外国文学学术史研究

主编

陈众议

茨维塔耶娃学术史研究

Исследования по истории изучения творчества Марины Цветаевой

荣洁 等著

译林出版社

图书在版编目(CIP)数据

茨维塔耶娃学术史研究 / 荣洁等著. —南京：译林出版社，2014.9
（外国文学学术史研究 / 陈众议主编）
ISBN 978-7-5447-4925-1

Ⅰ.①茨… Ⅱ.①荣… Ⅲ.①茨维塔耶娃（1892～1941）-人物研究 ②茨维塔耶娃(1892～1941)-文学研究 Ⅳ.①K835.125.6 ②I512.065

中国版本图书馆 CIP 数据核字（2014）第 186262 号

书　　名　茨维塔耶娃学术史研究
作　　者　荣　洁 等
责任编辑　胡兴曼
出版发行　凤凰出版传媒股份有限公司
　　　　　译林出版社
出版社地址　南京市湖南路 1 号 A 楼，邮编：210009
电子邮箱　yilin@ yilin. com
出版社网址　http://www. yilin. com
经　　销　凤凰出版传媒股份有限公司
印　　刷　江苏凤凰扬州鑫华印刷有限公司
开　　本　718 毫米 × 1000 毫米　1/16
印　　张　18. 25
插　　页　4
字　　数　247 千
版　　次　2014 年 9 月第 1 版　2014 年 9 月第 1 次印刷
书　　号　ISBN　978-7-5447-4925-1
定　　价　58. 00 元
译林版图书若有印装错误可向出版社调换
（联系电话：025-83658316）

总序

在众多现代学科中，有一门过程学。在各种过程研究中，有一种新兴技术叫生物过程技术，它的任务是用自然科学的最新成就，对生物有机体进行不同层次的定向研究，以求人工控制和操作生命过程，兼而塑造新的物种、新的生命。文学研究很大程度上也是一种过程研究，从作家的创作过程到读者的接受过程，而作品则是其最为重要的介质或对象。问题是，生物有机体虽活犹死，盖因细胞的每一次裂变即意味着一次死亡；而文学作品却往往虽死犹活，因为莎士比亚是“说不尽”的，“一百个读者就有一百个哈姆雷特”。

换言之，文学经典的产生往往建立在对以往经典的传承、翻新乃至反动（或几者兼有之）的基础之上。传承和翻新不必说，即使反动，也每每无损以往作品的生命力，反而能使它们获得某种新生。这就使得文学不仅迥异于科学，而且迥异于它的近亲——历史。套用阿瑞提的话说，如果没有哥伦布，迟早会有人发现美洲；如果伽利略没有发现太阳黑子，也总会有人发现。同样，历史可以重写，也不断地在重写，用克罗齐的话说，“一切历史都是当代史”。但是，如果没有莎士比亚，又会有谁来创作《哈姆雷特》呢？有了《哈姆雷特》，又会有谁来重写它呢？即使有人重写，他们缘何不仅无损于莎士比亚的光辉，反而能使他获得新生，甚至更加辉煌灿烂呢？

这自然是由文学的特殊性所决定的，盖因文学是加法，是并存，是无数“这一个”之和。鲁迅谓文学最不势利，马克思关于古希腊神话的“童年说”和“武库说”更是众所周知。同时，文学是各民族的认知、价值、情感、审美和语言等诸多因素的综合体现。因此，文学既是民族文化及民族向心力、认同感的重要基础，也是使之立于世界之林而不轻易被同化的鲜活基因。也就是说，大到世界观，小到生活习俗，文学在各民族文化中起到了染色体的功用。独特的染色体保证了各民族在共通或相似的物质文明进程中保持着不断变化却又不可淹没的个性。惟其如此，世界文学和文化生态才丰富多彩，也才需要东西南北的相互交流和借鉴。同时，古今中外，文学终究是一时一地世道人心的艺术呈现，建立在无数个人基础之上，并潜移默化、润物无声地表达与传递、塑造与擢升着各民族活的灵魂。这正是文学不可或缺、无可取代的永久价值与恒久魅力之所在。

于是，文学犹如生活本身，是一篇亘古而来、今犹未竟的大文章。

此外，较之于创作，文学研究则更具有意识形态和上层建筑属性，因而更取决于生产力和社会形态、社会发展水平。这也是马克思主义的基本观点之一。如是，我国现代意义上的文学研究起步较晚，外国文学研究更是如此。虽然以鲁迅为旗手的新文学运动十分重视外国文学，但从实际成果看，1949 年前的外国文学研究却基本上属于旁批眉注、前言后记式的简单介绍，既不系统，也不深入。因此，我国的外国文学研究几乎可以说是在新中国成立以后全面展开的，而系统的外国文学学术史研究，这还是第一次。

一

学术史研究也是一种过程学，而且是一种相对纯粹的过程学。不具备一定的学术史视野，哪怕是潜在的学术史视野，任何经典作家作品研究几乎都是不能想象的。

然而，后现代主义解构的结果是绝对的相对性取代了相对的绝对性。于是，许多人不屑于相对客观的学术史研究而热衷于空洞的理论了。在一些人眼里，甚至连相对客观的真理观也消释殆尽了。于是，过去的“一里不同俗，十里言语殊”，成了如今的言人人殊。于是，众声喧哗，且言必称狂欢，言必称多元，言必称虚拟和不确定。这对谁最有利呢？也许是跨国资本吧。无论解构主义者初衷如何，解构风潮的实际效果是：不仅相当程度上消解了真善美与假恶丑的界限，甚至对国家意识形态，至少是某些国家的意识形态和民族凝聚力都构成了威胁。然而，所谓的“文明冲突”归根结底是利益冲突，而“人权高于主权”这样的时鲜谬论也只有在跨国公司时代才可能产生。

且说经典在后现代语境中首当其冲，成为解构对象，它们不是被迫“淡出”，便是横遭肢解。所谓的文学终结论也正是在这样的背景下提出来的。它与其说指向创作实际，毋宁说是指向传统认知、价值和审美取向的全方位的颠覆。因此，经典的重构多少具有拨乱反正的意义。

正是基于上述原由，中国社会科学院外国文学研究所于2004年着手设计“外国文学学术史研究工程”计划，并于翌年将该计划列入中国社会科学院“十一五规划”。这是一项向着重构的整合工程，它的应运而生，标志着外文所在原有的“三套丛书”(即20世纪60至90年代——“文革”时期中断——的“外国文学名著丛书”、“外国古典文艺理论丛书”和“马克思主义文艺理论丛书”)等工作的基础上又迈出了新的一步，也意味着我国的外国文学研究已开始对解构风潮之后的学术相对化、碎片化和虚无化进行较为系统的清算。

于是，关乎经典的一系列问题将在这一系统工程中被重新提出。比如，何为经典？经典是必然的还是偶然的？经典重在表现人类的永恒矛盾(用钱锺书的话说是“两足动物的基本根性”)呢，还是主要指向时代社会的现实矛盾？它们在认知方式、价值判断、审美取向方面有何特征？经典及经典批评与时代社会的生产力和生产关系、经济基础和上层建筑等关系何如？批评及批评家的作用(包括其立场、观点、方法及其与时代社会的一般和特殊关系)又如何？此外，经典作家的遭际与性情、阅历与禀赋，经典的内容与形式、继承与创新，以及文学的一般规律和文学经典的特殊性等诸如此类的问题，都将是本工程需要展示并探讨的。

且说世界文学一路走来，其规律并非羚羊挂角，无迹可寻。童年的神话、少年的史诗、青年的戏剧、中年的小说、老年的传记是一种概括。由高向低、由外而内、由强至弱、由大到小等等，也不失为一种轨辙。如是，文学从摹仿到独白、从反映到窥隐、从典型到畸形、从审美到审丑、从载道到自慰、从崇高到渺小、从庄严到调笑……终于一头扎进了个人主义和主观主义的死胡同。小我取代了大我，观念取代了情节；“阿基琉斯的愤怒”变成了麦田里的脏话；“路漫漫其修远兮，吾将上下而求索”变成了“我做的馅饼是世界上最好吃的”；诸如此类，不一而足。是谓下现实主义。当然，这不能涵盖文学的复杂性和丰富性。事实上，认知与价值、审美与方法等等的背反或迎合、持守或规避所在皆是。况且，无论“六经注我”还是“我注六经”，经典是说不尽的，这也是由时代社会及经典本身的复杂性和丰富性所生发的。

二

众所周知，文学是人类文明的重要组成部分。马克思主义的经典作家向来重视文学，尤其是经典作家在反映和揭示社会本质方面的作用。马克思在分析英国社会时就曾指出，英国现实主义作家“向世界揭示的政治和社会真理，比一切职业政客和道德家加在一起所揭示的还要多”。恩格斯也说，他从巴尔扎克那里学到的东西，要比从“当时所有职业的历史学家、经济学家和统计学家那里学到的全部东西还要多”。列宁则干脆地称托尔斯泰是俄国革命的一面镜子。这并不是说只有文学才能揭示真理，而是说伟大作家所描绘的生活、所表现的情感、所刻画的人物往往不同于一般抽象的概括、数据的统计。文学更加具体、更加逼真，因而也更加感人、更加传神。其潜移默化、润物无声的载道与传道功能更不待言。站在世纪的高度和民族立场上重新审视外国文学，梳理其经典，展开研究之研究，将不仅有助于我们把握世界文明的律动和了解不同民族的个性，而且有利于深化中外文化交流，从而为我们借鉴和吸收优秀文明成果、为中国文学及文化的发展提供有益的“他山之石”。胡锦涛前不久说过:“我们必须准确把握当代世界和中国发展变化的大势,坚持立足国情,同时又吸收世界文化的优秀成果;坚持立足当代,同时又大力弘扬中华民族优秀文化传统。”这和“洋为中用”、“古为今用”思想一脉相承。

“观乎天文以察时变,观乎人文以化成天下”;文学作为人文精神的重要基础和介质,既是人类文明的重要见证,同时也是一时一地人心、民心的最深刻、最具体的体现,而外国文学则是建立在外国各民族无数作家基础上的不同时代、不同民族的认识观、价值观和审美观的形象反映。研究人心自然不能停留在简单抽象的理念上,因此,走进经典永远是了解此时此地、彼时彼地人心、民心的最佳途径。换言之,文学创作及其研究指向各民族变化着的活的灵魂,而其中的经典(包括其经典化或非经典化过程)恰恰是这些变化着的活的灵魂的集中体现。

如是,“外国文学学术史研究”立足国情,立足当代,从我出发,以我为主,瞄准外国文学经典作家作品和思潮流派,进行历时和共时的梳理。其中第一、第二系列由十六部学术史研究专著、十六部配套译著组成:第一系列涉及塞万提斯、歌德、雨果、左拉、庞德、高尔基、肖洛霍夫和海明威;第二系列包括普希金、茨维塔耶娃、康拉德、狄更斯、哈代、菲茨杰拉德、索尔·贝娄和芥川龙之介。

三

格物致知,信而有证;厘清源流,以裨甄别。“外国文学学术史研究”中的经典作家作品学术史研究系列,顾名思义都是学术史研究(或谓研究之研究)。学术史研究既是对一般博士论文的基本要求,也是一种行之有效的文学研究方法,更是一种切实可行的文化积累工程,同时还可以杜绝有关领域的低水平重复。每一部学术史研究著作通过尽可能抽丝剥茧式的梳理,即使不能见人所未见、言人所未言,至少也能老老实实地将有关作家作品的研究成果(包括有关研究家的立场、观点和方法)公之于众,以裨来者考。如能温故知新,有所创建,则读者幸甚,学界幸甚。相配套的经典论文翻译,则遴选有关作家作品研究的阶段性和标志性成果,其形式类似于外文所先前出版的“外国文学研究资料丛书”。

此次面世的“外国文学学术史研究”中的每一部学术史研究著作将由三部分组成。第一部分为经典作家(作品)的学术史梳理。这是相对客观的,但其中的艰难也不可小觑。首先,学术史梳理既不像平素泛舟书海,拾贝书海,尽意兴而为之的俯拾由己和随心所欲;其次,牵涉语种繁多,而且经过20世纪的形形色色的方法论和批评思潮的浸染,用汗牛充栋来形容经典作家作品研究成果已不为过。因此,要在浩如烟海的研究史料中攫取最有代表性的观点和方法,实在是件考验耐心和毅力的事情。战战兢兢,生怕挂一漏万,自不待言,且挂一漏万在所难免。因此,我们只能择要概述,甚至把侧重点放在经典作家的代表作上。不然纵使篇幅再大,也难以涵括浩瀚的文献资料。换言之,去芜杂的枝蔓和重复的敷衍,留精粹要义和真知灼见是必然的,但也是不容易做到的。它考验我们涉猎的深度和广度,而且也是检验我们学术水准和价值判断的重要环节。

第二部分研究之研究何啻是一大考验。都说20世纪是批评的世纪,在经历了现代主义的标新立异和后现代主义的解构风潮之后,在各种思潮、各种方法杂然纷呈的情况下,如何言之有物、言之成理、不炒冷饭,殊是不易;如何在前人的基础上有所发现、有所前进,就更是难上加难。反过来看,正因为文化相对主义的盛行和批评的多元,也才有了我们展示立场、发表见解的特殊理由和广阔余地。举个简单的例子,解构主义针对二元论的颠覆虽然是形而上学的,却不可谓不彻底。其结果是相当一部分学者怀疑甚至放弃了二元思维,但事实上,二元思维不仅难以消解,而且在可以想见的未来仍将是人类思维的主要方法。真假、善恶、美丑、你我、男女、东方和西方等等实际存在,并将继续存在。与此同时,作为中国学者,面对西方话语,我们并非无话可说。总之,从文学出发，关心小我与大我、外力与内因、形式与内容、反映与想象、情节与观念，以至于物质与精神、肉体与灵魂、西方与东方等诸如此类的二元问题，以及经典在民族和人类文明进程中的地位和作用，依然可以是我们的着力点。当然，二元论决不是排中律，而是在辩证法的基础上融会二元关系及二元之间所蕴藏的丰富内涵和无限可能性。毋庸讳言，改革开放以来，学术界解放思想，广开言路，但日新月异中不乏矫枉过正、时髦是趋。比如大到存在与意识、物质与精神的辩证关系，小到客观与主观、客体与主体等等，都大有乾坤倒转、黑洞化吸之势。至于意识形态"淡化"之后，跨国资本主义的一元化意识形态更是有增无已；真假不辨、善恶不论、美丑混淆的现象所在皆是；个人主义大行其道，从而使抽象的人性淹没了社会性；普世主义势不可挡，以致文化相对主义甚嚣尘上。文学从大我到小我，从外向到内倾，从摹仿到虚拟，从代言到众声喧哗；真实给虚幻让步，艺术向资本低头；对妖魔鬼怪和封建迷信津津乐道，任帝王将相和无厘头充斥视阈，能不发人深省？然而，经典作家是说不尽的，以上的任何一位作家都是无法穷尽的。用巴尔加斯·略萨的话说，伟大的经典具有"自我翻新"的本领。至于何为经典，虽然也是个说不尽的话题，但用简单的方式综观前人的观点，也许可以用两句话来概括：一是它们必须体现时代社会(及民族)的最高认知和一般价值(包括人类永恒的主题、永恒的矛盾)；二是其方法的魅力及审美的高度不会随着岁月的更迭而褪色或销蚀。当然这是将复杂问题简单化的一种说法。而本课题便是关乎经典其所以成为经典的一种较为复杂的论证方式。需要说明的是，经典不等于市场。用桑塔亚那的话说，经典不在于一时一地喜欢者的多寡，而在于喜欢者的喜欢程度。如果在此基础上再加上一个历史的维度，那么这话也就更加全面了。

学术史研究的最后部分为文献目录。它在尽可能详尽的基础上，还要有所选择。不然，展示一个经典作家的学术史，光文献目录就可以编辑厚厚的几大本。因此，去粗存精，是为重要或主要文献目录。

最后需要说明的是，"外国文学学术史研究"的中长期目标是在作家作品和流派思潮研究的同时，进行更具问题意识的学术史乃至学科史研究，以期点面结合，庶乎“既见树木，又见森林”；若能密切联系实际，促进中华学术的繁荣、发展和创新，则读者幸甚，我等幸甚。无疑，此工程面向全国高校及科研机构，希望有志于外国文学学术史研究的同仁踊跃加盟、不吝赐教。

陈众议

2010年1月

目录

1 绪言

1 第一编 茨维塔耶娃学术史

3………… 第一章 20世纪之初的评论

3………… 第一节 欢迎你,初生的诗人

8………… 第二节 褒与贬——两极的评价

15………… 第二章 20世纪20年代的评论

15………… 第一节 非凡的诗人,非凡的创作个性

22………… 第二节 关于组诗《致勃洛克》的评论

25………… 第三节 关于长诗的评论

35………… 第四节 关于诗艺的评价

48………… 第三章 20世纪30、40年代的评论

48………… 第一节 来自祖国的评论

52………… 第二节 来自中国俄侨的评论

54………… 第三节 来自欧洲俄侨的评论

59………… 第四章 20世纪50、60年代的评论

59………… 第一节 关于散文作品的评价

62………… 第二节 关于《天鹅营》的评论

64………… 第三节 关于诗歌作品的评论

74………… 第五章 20世纪70、80年代的评论

74………… 第一节 综述性评价

79………… 第二节 关于民间文学因素和语言特点的评述

82………… 第三节 关于诗歌创作主题和艺术特色等的评论

85………… 第六章 20世纪90年代的评论

85………………… 第一节 作品出版、相关研究概述
89………………… 第二节 关于茨维塔耶娃创作主题的评论
90………………… 第三节 关于创作特色的评论
96………………… 第四节 萨阿基扬茨关于茨维塔耶娃的评论
100………… **第七章 21世纪初的评论**
100………………… 第一节 研究概述
101………………… 第二节 对作品主题的研究
103………………… 第三节 对创作手法和世界观的研究
106………………… 第四节 对茨维塔耶娃与其他诗人的比较研究
110………… **第八章 非俄语语境下的译介与评价**
110………………… 第一节 作品的译介
114………………… 第二节 研究的新视角
122………… **第九章 茨维塔耶娃之中国接受**
123………………… 第一节 文学史、专著中的茨维塔耶娃
126………………… 第二节 期刊中的茨维塔耶娃及其创作

131 **第二编 茨维塔耶娃学术史研究**
133………… **第一章 诗人茨维塔耶娃**
139………… **第二章 茨维塔耶娃的组诗研究**
157………… **第三章 茨维塔耶娃长诗创作主题研究**
183………… **第四章 茨维塔耶娃的《捕鼠者》**
207………… **第五章 茨维塔耶娃童话长诗创作研究**
223………… **第六章 茨维塔耶娃的普希金**
236………… **第七章 茨维塔耶娃创作意识中的“神”**

248 **附录一 重要文献**

264 **附录二 人名中外文对照及索引**

272 **附录三 书、报、刊、篇名中外文对照及索引**

绪言

茨维塔耶娃堪称20世纪最真诚的俄罗斯诗人，20世纪俄罗斯文学中最豪爽、最富有个性的诗人。在布罗茨基眼中，她是“20世纪第一诗人”。

茨维塔耶娃是一个无论在生活中，还是在创作中都让幻想与真诚做其舵手，让自由与个性做其旗帜，让爱做其航标的“海的女儿”。她爱大海，因为大海是她的“自由元素”；她更爱高山，因为在她的意识中，高山是真诚、勇敢、爱的代表，是伟岸的男人。爱海的人会有浪漫的情怀，爱山的人又会拥有豪爽、粗犷、顽强的性格。她就是一个“自由元素”，诗歌更是与其灵魂不可分割的“自由元素”。这是一个对生活，无论此岸还是彼岸的生活，都充满热情的人，她一生都在执著地追寻着爱之梦，并用诗和散文再现了她所有的梦。

茨维塔耶娃是这样一位诗人，翻开她的诗集，扫一眼诗文，你会马上走开。因为，对外国读者来说，读懂她用俄语写的诗，绝非易事！读者会觉得，其诗的写法太特别，用词太个性化，理解起来障碍重重。可是，当你静下心来，开始仔细阅读时，你会觉得，她悄悄为你开了一扇窗，小小的换气窗，你嗅到一种气味，它吸引你向里看去，并在不知不觉间钻进了她的空间。

于是，你的心会随着诗的节律一起跳动，你的心情会随着诗的内容一起变化。它哭，你落泪；它笑，你欢歌。你也渴望像她那样，穿越时空，在子虚乌有的墓穴中，与此岸世界的过客开开玩笑；你也希望像她那样，充满豪情地预言：我的诗终有一天，会像陈年佳酿一样，被人赞赏……你也许不会像她一样桀骜不驯、孤独地生活，但是你却会因她真诚且勇敢面对人生的态度而敬重她，为她那骇俗的世界观而击掌叫绝……不同阅历、不同情绪、不同文化背景的人会读出不同的茨维塔耶娃！

爱她的诗，因为她的诗是燃烧的激情，它会点燃你内心隐秘的火；她的诗是高山，让你对它充满景仰，克服万难去向上攀登；她的诗是一个高尚、纯洁、个性鲜明的“王国”，这里没有任何虚情假意；她的诗是爱的变奏，让你见识到大海的“各种脾气”。读她的诗，你会被充满真诚、无私、刻骨铭心的爱感动；读她的诗，你会见到诸神、诸英雄的画廊，更会见到茨维塔耶娃钟爱的诗人……

爱是她创作中的永恒主题之一，从第一部诗集到最后的绝笔之作，到处都跳动着爱的音符：对诗歌的爱；对诗人的爱；对俄罗斯的爱；对莫斯科的爱；对父母的爱；对丈夫的爱；对孩子的爱；对情人的爱；对友人的爱；对大自然的爱；对故乡的爱；对布拉格的爱，等等。她始终渴望心灵相通的爱，心灵和谐的爱，这爱可以是零距离的爱，也可以是远隔千里的爱，更可以是穿越时空的爱。但有一点是共同的，那就是他们的灵魂是不分离的，他们爱的桥梁是相通的，就如对里尔克、帕斯捷尔纳克的爱。这种爱超越时空，超越此岸彼岸的界限，但必须遵循一个原则，那就是爱必须是完整的，属于“我的爱”，为了这份真爱，茨维塔耶娃可以放弃一切。

爱是茨维塔耶娃生活与创作的支柱，这爱是理想化的爱，是燃烧着整个生命的爱。她的爱容不下一丝一毫的虚伪与“分享”，更容不得一丝一毫的背叛。否则，等待这份爱的就只有拒绝。她很在意别人的背叛，但自己却经常处在背叛的旋涡中。不！她不是在背叛，她只是在听从心灵的召唤。她的每一次爱都真诚、忘我。为了心中那份美好的爱，她会像《捕鼠者》中听到长笛声的孩子们一样，义无反顾地抛开一切，走向理想的幸福彼岸。

就是因为爱，她才显得不合时宜；也正是因为爱，她才显得无比真诚，她的个性才显得无比鲜明。她始终忠实于自己的爱神，一旦爱神弃她而去，她的生命之火和创作之火就到了尽头。她就是这样一位诗人。为了追随那份对丈夫无法割舍的爱，她带着女儿毅然离开了深爱的莫斯科，离开了让她魂牵梦绕的花楸树，开始了漂泊、艰难的侨民生活。同样为了那份刻骨铭心的爱，她又在十七年后，追随着丈夫回到了“那边也无法活”的祖国。但无论是在故国，还是在侨居地，她的爱总是充满“复调”。她的诗歌记录了她生命中所有重要的爱情故事。

侨居国外期间，诗人为了拥有更广阔的创作空间，开始了散文创作，当然，诗人的这次“转向”还有一个原因，用诗人的话来讲：“散文更容易养活她”（侨居期间，诗人的生活非常艰难）。她的散文与她的诗歌一样，也充满深厚的文化底蕴，也富有深邃的思想内涵，所不同的是，她的散文拉近了她与读者的距离。正如布罗茨基所言：“在转向散文创作时，茨维塔耶娃几乎把她作品中的每一个词都拆成了零件，以便向读者展示每个词，每个思想，每个句子的构成；她试图（经常违背自己的意愿）让读者接近自己；让读者变得与自己同样高大。”但有一点必须指出，那就是：“散文是她的诗歌以另一种方式的继续。”在进行散文创作时，她无意识地将诗歌语言的活力带进了散文。

研读茨维塔耶娃的作品，我们可以感受到她对诗歌的热爱，对故乡的热爱，感受其真诚的诗人个性。阅读她的诗，我们情不自禁地为她对世界的看法叫绝。她通过作品无数次地强调了她的“仇富”观念。在她的意识中，物质上贫穷的人，精神上是富有的，灵魂是高尚的；物质上充足的富人，精神上是贫穷的，灵魂是肮脏的。她的这种观念突出体现在她的散文作品《谈感谢》中。茨维塔耶娃那些关于感激、贫富的论断令人拍案叫绝。

一次，在谈及茨维塔耶娃的时候，一个好友对笔者说，你可别成为茨维塔耶娃那样的人，笔者当时还毅然回答说，不会。为什么这样回答，为什么这么快地回答，现在想来，真是觉得唐突。为何不呢？！她始终忠实于自己，忠实于自己的信条，为了既定的目标，她忽视所有客观存在。她的生存哲学，她的人生理念，她对诸多事物“不合时宜”的看法，也许才是最应视为“公理”的观点。一个人最难得的就是对自己信仰的始终如一。成为她那样的人，需要穷尽一生的智慧和勇气。人世间又有几个人有她那样的大智慧和豪气！

茨维塔耶娃就是这样一位个性鲜明的诗人。从她刚步入文坛时起，读者和评论界就分为截然不同的两个阵营：接受并喜爱、甚至迷恋她的个性和创作；排斥、抨击她的作品，批评她创作中的内容与形式。之所以不接受她，是因为对于一些人来说，走进她的诗歌世界“难于上青天”，她的写作太过个性化：跳跃的思维、作品中体现出的深厚文化底蕴；用词、语法、隐喻等都成了理解她的巨大障碍。她的为人处世更是普通人所无法理解、接受的，她活在自己的世界里，有着自己的生存法则。

本书的第一编中笔者对收集到的文献进行了归纳，梳理了其中的重要观点；第二编中探讨了诗人创作的若干问题。本书由荣洁主持，合作者的姓名在相关章节末尾处注明，请读者留意。

第一编

茨维塔耶娃学术史

第一章 20世纪之初的评论

1910年，茨维塔耶娃年满18岁，卓尔不群的玛丽娜为自己准备了一份生日厚礼。她把此前写下的111首诗汇编成一部诗集，自费出版了！并起名为《黄昏纪念册》（Вечерний альбом）。诗集刚一问世，就引起了白银时代名家沃洛申、勃留索夫、古米廖夫等人的关注。他们发表了各自的看法，对这位刚出道的诗人给予很高的评价。

1912年，茨维塔耶娃的第二部诗集《魔灯》（Волшебный фонарь）出版。1913年《自两部书》问世。之后《青少年诗篇》（Юношевские стихи）（1913—1915）与读者见面。期间，她还完成了长诗《魔法师》（Чародей）（1914）。关于茨维塔耶娃创作的文章日渐增多，形成"高"与"低"的和声。

第一节 欢迎你，初生的诗人

1910年，白银时代著名诗人沃洛申（Волошин, М. А.）（真实姓氏为Кириенко-Волошин）发表了题为《女性诗歌》（Женская поэзия）[①]的文章。沃洛申认为，最近十年来他和同时代人见证了法国女性诗歌神秘而又迅猛的崛起。在象征派诗人之后出现的那一代诗人的创作激情仿佛已然淡去时，一批个性鲜明的女诗人步入文坛。她们创作的诗歌内容丰富，感情浓厚，真诚可见。从某种意义上来看，这种女性抒情诗比男性抒情诗更有意思。它没有承载那么多的思想重负，

① 《俄罗斯晨报》（Утро России），莫斯科，1910年第323期。

没有那么多的羞耻感（羞耻是男人特有的感觉），却更深刻一些。女人的感受比男人更深刻和细腻，这在她们的诗歌中得到印证。

沃洛申认为，在俄罗斯诗歌中可以看到几乎平行发展的创作倾向。最近几年，只出现了为数不多的新诗人。例如，柳鲍芙·斯塔丽采、阿捷拉伊达·赫尔茨科、玛格丽特·萨巴施尼科娃。他认为，吉皮乌斯（Гиппиус, З.）、索洛维约娃（Соловьёва, П.）这些此前出道的女诗人，在创作时仿佛隐去了自己的性别，穿上了男装，写“阳性”的自己。刚出道的女诗人则与法国女诗人一样，使用真实的性别，言说自己私密的、女人的悄悄话。在这些写女人、女孩儿私密之事的诗篇中，没有哪个诗人能拥有玛丽娜·茨维塔耶娃的那份童真和真诚。《黄昏纪念册》是一部充满童稚的诗集，写的是最后的童趣和刚开始的少年生活。

沃洛申指出，随便翻开这部诗集，其中的许多首诗都会让你会心一笑。他认为，要按着顺序阅读这部诗集，要像读日记一样，这样才能读懂、理解每一句诗。沃洛申强调说，这部诗集的作者不仅会巧用句子，而且善于准确、清晰地表现出她对内部世界的观察，用印象主义手法记录下每一个瞬间。这说明，这部诗集具有纪实性特征。它使人想起孩提时期的言说或听到的词语：不能准确地描述出所看到的事物或自己的感受。“唉，尚未成熟的诗篇能否反映出/这个世界和活在世界上的幸福？”[①]作者认为，诗中流露出的担心是多余的。茨维塔耶娃“不成熟”的、有点儿缺乏自信、像小孩儿说话似的时断时续，但却完全能够清楚并细致地表达出“成熟”诗篇所不能传递出的细节。

沃洛申认为，《黄昏纪念册》是一部美好、率真的诗集。它充满女性的魅力。其中有西卜拉的喃喃低语，草原上绿草的沙沙声，有亚杰拉伊达·赫尔茨克的古老哭诉，天主教的祈祷，有优雅、非凡的、任性的切鲁比娜·加布里阿克夫人和俄罗斯北方的狂女，柳鲍芙·斯托里扎恶魔般的、亵渎神灵的自白。玛丽娜·茨维塔耶娃赋予女性一种全新尚未被言说过的气质。

在总结男性诗人和女性诗人创作的特点时，沃洛申认为，女人自己不能创作语言，所以在创造言语元素的时代，她寂静无语。而当语言形

① 茨维塔耶娃：《我的王国》（Мои царства）。

成后，她能够用它来表达思想，并驾驭那些难以捕捉的细微差别的词语，这是男人所不擅长的，女性抒情诗更深刻一些，但却缺少个性。它更像是一类人的抒情诗，而非个人的抒情诗。茨维塔耶娃是这类诗人的代表，女性诗歌的意义在于：其诗歌表现的不仅仅是诗人本人的观点，而且还表现大多数女性的观点，每一首抒情诗都是一种来自使女性变得崇高的潜在的声音，是女性本质的声音。

继沃洛申之后，象征派诗人勃留索夫（Брюсов, В. Я.）也发表了评论文章《新出版的诗集》（Новые сборники стихов）①。在这篇文章中，作者阐述了对茨维塔耶娃这位新人及其处女作《黄昏纪念册》的看法。

首先，勃留索夫把茨维塔耶娃与爱伦堡（Эренбург, И. Г.）这两个几乎同时出道的年轻诗人进行了比较。他认为，茨维塔耶娃与爱伦堡截然不同。爱伦堡经常周旋于自己营造的想象世界中，不愿意谈那些亲身体验的情感，而喜欢谈他渴望体验的情感。茨维塔耶娃的诗歌则相反。她的诗总是源起于某一真实的故事，某一亲身感受。她不怕把日常生活引进诗歌中，总是直截了当地反映生活的特征，从而使她的诗有了一种非同一般的暧昧性。勃留索夫有一段精彩的评价："读她的诗时，有那么一阵子，你会觉得很不自在，好像向别人家半开的窗里窥视了一眼，并无意中看到了不该看到的一幕。"

勃留索夫希望茨维塔耶娃在今后的创作中尽量去描写那些更强烈、刺激的情感，而不是那些占据了《黄昏纪念册》大量篇幅的可爱的有趣琐事；去表达出更有益的思想，而不是老生常谈。这位象征派大师相信，玛丽娜·茨维塔耶娃这位才华出众的诗人一定会写出更好的展示隐秘生活的真正诗歌。

同年，阿克梅派诗人古米廖夫（Гумилёв, Н. С.）在《谈俄罗斯诗歌的书信》（Письма о русской поэзии）②一文中也称赞了茨维塔耶娃以及《黄昏纪念册》。

这位阿克梅派的创始人写道：20年前，敢作敢为者不多，因此他们显得弥足珍贵。他认为，在向过去宣战的时候，在需要冲锋陷阵的时

① 《俄罗斯思想》（Русская мысль），莫斯科，1911年第2期，第227—233页。

② 《阿波罗》（Аполлон），彼得堡，1911年第5期，第78页。

候，没有什么会比炮灰更有用。那时候的年轻诗人们穿过胡言狂叫和装腔作势的密林来到艺术的殿堂。如今的年轻诗人已经不是契诃夫笔下那些渴望摆脱腐朽生活的主人公，而更像是离开巴格达想一睹新生事物的航海者辛巴达。辛巴达因对安拉法典心怀敬意而获救，而年轻的诗人们只要对诗人的佳作、对俄语怀有景仰的态度，必能得救。

在古米廖夫看来，诗集《黄昏纪念册》的作者玛丽娜·茨维塔耶娃是一个充满内秀、卓尔不群的人。他认为，这部诗集有很多新颖之处，例如，勇敢的私密性；让人眼睛一亮的主题，例如，小孩子的爱情，或由生活小事儿引起的狂喜。这部诗集不仅仅是一部少女自白的迷人诗集，更是一部优美的诗集。

俄苏女作家，诗人莎吉娘（又译沙吉尼扬）（Шагинян, М. С.）在其《文学日记》（Литературный днавник）①一文中，结合文本分析了茨维塔耶娃的创作特点。

她写道，《黄昏纪念册》的作者只有18岁，但绝不能从年龄角度去解读她。她不是神童，不是"未来的天才"；然而她却写出是真正地道的诗歌。这本诗集刚一问世，莫斯科就开始谈论起玛丽娜·茨维塔耶娃。莎吉娘预言，这位受过良好启智教育、有文化修养、才华横溢的女诗人决不会无声无息的。

莎吉娘认为，《黄昏纪念册》这部诗集没有华丽的辞藻，创作思维缜密，有鲜明的个性。让女作家感触颇深的是：一方面，茨维塔耶娃的才华是文化外的，就是说，它独立于历史和其同时代之外；另一方面，她的才华又充盈着文化。玛丽娜·茨维塔耶娃没有与人争辩、较量过，没有借用过别人的东西，没有与人发生过冲突；她就这样带着自己的诗集走上了诗坛。她没有参加任何文学流派，因为她对文学创作有着自己的正确理解和判断力。这里，莎吉娘指出了茨维塔耶娃的一个鲜明特征，即：虽然她不与任何人争斗，但是她却时刻准备迎接任何挑战。恰是这一点决定了其诗歌的重要性。

极端的亲密性是诗集《黄昏纪念册》最吸引人之处。其诱惑力无异于去阅读别人尘封已久的书信、日记和笔记。在这部诗集中，茨维塔

① 《亚速海沿岸地方报》（Приазовский край），顿河畔罗斯托夫，1911年第259期，第2版。

耶娃创建了一种独特的抒情诗。她只写自己的，外人听起来云山雾罩的东西。她用自己的语言、自己的方式来描写孩子们的玩耍场景。

通过对文本的分析，莎吉娘得出结论：茨维塔耶娃擅长讲孩子的事情，也擅长给孩子们讲故事，正因如此，她的一些诗才被收录到一些文选中，成为儿童诗歌的优秀典范。以莎吉娘之见，茨维塔耶娃的摇篮曲就是一幅画面，在俄罗斯文学中还没有可与之比肩的摇篮曲画面。此外，她还指出，茨维塔耶娃用零散的、但是组织得相当出色的语句创作出虽没有任何抒情色彩、情节，但却非常优秀的诗篇。例如，《喝汤时发生的事情》。

莎吉娘对《寂静的街道》(Die stille strasse)、《致下一位女士》(Следующей)等诗篇进行了分析。她认为，描写莫斯科街道的十四行诗《寂静的街道》写得非常好。莎吉娘对诗人大胆使用的创作技巧大加称赞。她认为，就是这些大胆使用的韵脚构建出诗歌的美妙之处，并使描写回荡晚钟的诗句魅力倍增。分析《致下一位女士》时，作者指出，这首诗充满了特别的女性柔情。

谈及爱和激情话题时，莎吉娘将茨维塔耶娃和米拉·拉赫维茨卡娅(Лохвицкая, Мирра)进行了对比。她认为，茨维塔耶娃的爱不同于米拉·拉赫维茨卡娅的爱。拉赫维茨卡娅的爱独立自在、超越家庭、超越婚姻，是特殊的爱；而茨维塔耶娃的爱体现在日常生活、家庭和母爱中。拉赫维茨卡娅的激情缺少分寸，是原始、纯洁、无意识的激情；而茨维塔耶娃的激情极其细腻、有趣，她对激情有很多深思熟虑、甚至带有英勇女性的思考。拉赫维茨卡娅笔下没有性的问题。她全身心沉浸在爱情里。她全身心崇拜着爱情。她的爱是强烈、不由自主、忘我的，像沙漠的西蒙风[①]。玛丽娜·茨维塔耶娃触动了性的问题，而且是狠狠地触动了这个问题。

莎吉娘也指出了诗集的不足之处。她认为，《只有影子》是这部诗集中最薄弱的部分。令她不解的是，为什么很多人看得非常珍贵的东西在茨维塔耶娃眼里却成了影子。她希望，茨维塔耶娃能找到真正的自己，因为找到了自己就找到了世界，而找到了世界就意味着找到了通往永恒、现实的路。

---

① 西蒙风，北非和阿拉伯半岛沙漠区的干热风。

第二节　褒与贬——两极的评价

茨维塔耶娃的《魔灯》几乎是《黄昏纪念册》的翻版，同样的主题，同样的写作手法，甚至有些形象也与第一部诗集的相同。面对这部诗集，勃留索夫和古米廖夫表达了自己的失望之情。其他评论界人士也就这部诗集发表了各自的看法。

1912年，勃留索夫在《今日的俄罗斯诗歌》（Сегоднящний день русской поэзии）[①]一文中谈及茨维塔耶娃和她的第二部诗集《魔灯》。他认为，在《魔灯》这部诗集中，茨维塔耶娃依旧忠实于自己，固执地从其狭隘、私密的个人生活中选取题材。勃留索夫因诗中"上帝没给我敏锐的感觉和必要的思想"这句针对他的诗文，大为痛心。当然，勃留索夫也理解，茨维塔耶娃为何重复了第一部诗集的故事，这是因为每个人都写他们熟悉、亲近的东西，他只是无法接受茨维塔耶娃那"漫不经心的写诗态度"。

这位象征派大师认为，在这部诗集中，只有五六首诗篇写得非常优美，可是它们被诗集中的平庸之作淹没了。勃留索夫认为，只有好友才会饶有兴趣地去阅读她这样的诗。

古米廖夫也不认同《魔灯》这部诗集。他在1912年《阿波罗》杂志第5期上发表的《关于俄罗斯诗歌的书信》（Письма о русской поэзии）一文中阐述了对这部诗集的看法。作者指出，玛丽娜·茨维塔耶娃的第一部诗集《黄昏纪念册》让人相信了她。也许是因为她的天真无邪，那么可爱，没有意识到自己和成年人的区别。《魔灯》则是模仿之作，而且是在一家貌似儿童读物出版社出版的，该出版社的目录里只有三本书。同样的主题，同样的形象，只是比前部诗集苍白、乏味，仿佛写的不是过去的经历和对过去的回忆，而只是回忆之回忆。形式也是如此。之前的诗写得欢快、无忧无虑；现在的诗写得拖沓、沉闷、时断时续，诗人总想用单一的技巧替代灵感。长诗写得好像喘不过气来，短诗则基本是某一诗行的重复和套用。"都说，通常年轻诗人的第

① 《俄罗斯思想》，1912年第7期，第24—25页。

二部诗集是最不成功的。我们权且认同此观点吧……”[①]这就是古米廖夫对《魔灯》的评价。

阿克梅派诗人戈罗杰茨基（Городецкий, С. М.）对这部诗集也持否定态度。他在《女人的手工制品》（Женское рукоделие）[②]一文中，阐述了对1912年出版的女诗人作品集（阿赫马托娃的《黄昏》，库兹米娜—卡拉娃耶瓦的《西徐亚人的颅骨》，茨维塔耶娃的《魔灯》，柳博芙·斯塔丽察的《亲爱的：歌曲集》，娜塔莉亚·格鲁施科的《诗》）的看法。也发表了对茨维塔耶娃诗歌创作的看法。戈罗杰茨基客观地评价了这些作品。一方面，他认为这些诗集写得挺好，它们呈现出了女人精神生活的真正特征；但另一方面他又否定了它们，觉得它们矫情，不自然、矫揉造作。谈及《魔灯》，戈罗杰茨基指出，这部诗集有一种特别的、私密的奢华，它告知天下：女诗人有写“特别”诗歌的权利。

他认为，茨维塔耶娃的作品中既有女人的任性，还不乏孩子的任性。她能够感受到瞬间出现的情感，她有这种天赋，她写的一些诗句能反映出孩子的真实感受，但这样的优点却经常被糟糕的文学淹没！文章作者以《十五岁》中的诗句为素材，分析了茨维塔耶娃创作的得与失。

在戈罗杰茨基看来，茨维塔耶娃的作品中有一种“神童的毒药”。在写孩子的主题中，诗人把孩子写得像成年人那样装腔作势。他认为，在这部诗集中茨维塔耶娃给人一种感觉，好像有人禁止诗歌触及儿童、青少年等话题，她则要为争取写这样主题的权利而奋争一般。他承认，茨维塔耶娃确实擅长描写坠入爱河的孩子们在街心花园和滑冰场上约会的场景！[③]他只是不解，茨维塔耶娃为何想神童化？

一些当时颇为活跃的评论家也加入了评价茨维塔耶娃及其《魔灯》等作品的行列。

1912年《莫斯科之声报》第70期上发表了诗人、作家、文学评论家别尔佐夫（Перцов, П. П.）关于茨维塔耶娃的评论文章《关于茨维塔耶娃的第二部诗集“魔灯”》（Рец: Марина Цветаева. Волшебный

① 《阿波罗》，彼得堡，1912年第5期，第50页。

② 《言论报》（Речь），莫斯科，1912年4月30日，第3版。

③ 茨维塔耶娃：《街心花园中》（В сквере）和《滑冰运动员》（Конькобежцы）。

фонарь: Вторая книга стихов. М.,1912)[①]。别尔佐夫在该评论中指出，该诗集的作品使人愉悦，诗作“平凡”，易于阅读，接近生活。充满才气。作品中有现代派的气息，但它没有使作品变得死气沉沉，相反，却令作品充满活力。作品中回荡着诗人独特的“家”的旋律，还不时跳动着巴尔蒙特、勃留索夫、勃洛克、沃洛申的音符。茨维塔耶娃的诗篇是女性的诗篇，她擅长写诸如亲密生活、儿童生活、对逝去时光的回忆这样主题的作品。这些作品比她同时代那些新锐诗人写的大谈世界观、永恒主题的作品好得多。此外，别尔佐夫指出，茨维塔耶娃也写重大题材的作品，但即便在创作这样作品的时候，诗人也不“放卫星”，因为她深知：“作品永恒，之于其宁静”的道理。他认为，面对勃留索夫的批评，她的回答是睿智的：“上帝没给‘敏锐的感觉’和‘必要的思想’。”读者是站到茨维塔耶娃一边的。因为她的作品真诚、清新。

1913年欧列—卢克耶出版社出版了茨维塔耶娃的第三部诗集《自两部书》。

文学评论家拉尔斯基（Ларский, И.）撰文评论了这部作品。拉尔斯基在该文中写道：“茨维塔耶娃的诗是专有名词的诗，乐观向上的诗，还带有一些伤感和童稚的天真。”[②]《妈妈在别墅》、《妈妈在花园》这两首诗的主题唤起了人们难忘的回忆。作者认为，妈妈对于小孩子来说就是女王。茨维塔耶娃在诗集的前言中写有这样一句话：“写吧，多写一些（记下每一个瞬间、每一个手势、每一声叹息）”，拉尔斯基认为，这个建议同样适用于茨维塔耶娃。但指出，写可以写，但不要全部发表。他认为，像“你拎着旅行包站在门口。你的脸充满忧愁”这样的诗句应该发表，因为读到这样的诗句，读者脸上会闪现出会意的微笑。但“还来得及，我们两人最后一起念首诗文，你愿意吗”这样的诗就不要发表了，因为它虽很感人，但是从感人到可笑只有一步之遥。

别尔佐夫也对《自两部书》发表了自己的看法。他在《私密的诗歌》（Интимная поэзия）[③]一文中首先谈论了对俄罗斯的诗歌现状的看法。他认为，俄罗斯诗歌中出现了“妇女参政运动”倾向。女诗人较

① 《莫斯科之声报》（Голос Москвы），1912年3月24日，第70期，第5版。

② 《莫斯科新闻报》（Московские новости），1913年4月13日，第86期，第3版。

③ 《新时代报》（Новое время），圣彼得堡，1913年4月20日（5月3日），第9—10版。

之男诗人的创作更令人期待，她们问世的作品似乎更多一些。茨维塔耶娃就是一位令人期待的女诗人。他认为，她很有才华，但她的才华不像莎吉娘那样外露。她的诗没有东方诗歌的芳香和乐感。她的诗甚至有些暗淡，有些地方读起来不够流畅……但是她善于描绘家庭生活、舒适房间之画面，擅长表达隐秘的、尤其是女人的情感。

对茨维塔耶娃在《自两部书》的前言中发出的号召："记下每一个瞬间、每一个手势，每一声叹息。"别尔佐夫做出了如下评价：好在茨维塔耶娃的诗歌没有去记录每一个瞬间，每一个手势，没有写所有的女友，而只选择了死于北方的公爵小姐尼娜作为其书写的对象；在莫斯科众多的街道中，她只选择了特维尔大街为其描写的背景。

别尔佐夫认为，诗集作者显然对自己要求很严，她应该从《魔灯》中再多选些作品。

女诗人、戏剧评论家布哈洛娃—卡吉娜（Бухарова-Казина, З. Д.）在评价茨维塔耶娃和其《自两部书》时指出，玛丽娜·茨维塔耶娃没有与当时大行其道的阿克梅派、未来派等流派诗人为伍，这是件幸运的事。显然，布哈洛娃—卡吉娜对这些流派诗人创作的作品持批评态度，她认为，这些当代的"预言家"、奠基者、主宰者们所写的内容太过沉重、单一，不清晰。其作品不外乎是对自我中心主义、赤裸裸色情的描写，等等。区别也就是使用了不同的写作手法而已。

"记下每一个瞬间、每一个手势、每一声叹息"，因为"我们会经历一切"，我们所写的内容，包括对家居环境的描写，将"留在大千世界中，成为我们贫瘠心灵的载体"。布哈洛娃—卡吉娜认为，能说出这样的话的人必是年少无忌。

文章作者对诗集的主题和创作特点做了简要的分析。她认为，在这部诗集中茨维塔耶娃记录的都是其童年时期纯洁的生活。这些诗讲述了两个姐姐小时候的美好故事，她们一起玩耍，都爱自己的妈妈，都爱上了一个人，而这个人却欺骗了她们，她们一起第一次深深体验到失恋的痛苦，然后各奔东西，去找寻自己的人生目标。布哈洛娃—卡吉娜认同诗人称自己的诗是日记的说法。此外，作者指出，茨维塔耶娃的调色板上有很多种色彩，在她的竖琴上有很多属于她的琴弦，但她绘出的画和弹奏出的旋律带有一种不成熟、不稳定性。作品中写的是小孩的声音，小孩的手，而眼睛却充满疑问，完全不像小孩的眼神。文章作者认为，恰是这些东西才使得作品显得弥足珍贵，因为它们散发着芬芳的气息，令人愉悦。而且茨维塔耶娃的诗几乎总是悦耳动听，朴实简洁。

布哈洛娃—卡吉娜也指出了诗集中存在的不足。她认为，诗集中的个别诗篇有矫揉造作之嫌，这样的诗会影响读者的情绪。她告诫茨维塔耶娃不要参加任何文学小圈子，要摆脱所有时髦东西的影响，要保持住自己诗歌创作的特色。

阿舒金（Ашукин, Н. С.）①在评论茨维塔耶娃的创作时指出："茨维塔耶娃在内心深处感受着物质的诗歌，日常生活的诗歌，就如诗人在前言中所写的那样：'别小看外部世界！您眼睛的颜色和眼神，沙发套同样重要，用墨要同样……没有什么是不重要的！'"②作者认为，茨维塔耶娃的诗写得情真意切。此外，他指出诗人创作的一个特点：她经常为自己的诗篇加上题词；题词的内容是家里人聊天的一段内容，并且还细心地冠以"12月20日的谈话"，"12月27日的谈话"等字样。

作者认为，茨维塔耶娃的诗优雅，充满乐感。诗中充盈着纯洁、几近孩子般的天真和真情实感。诗中情到深处、有感而发时描写的私密之情令人回味。茨维塔耶娃创作的不足之处是：有时会不合时宜地过度描写私密世界。

诗人、小说家纳尔布特（Нарбут, В. И.）在《欧洲导报》上发表了关于茨维塔耶娃《自两部书》的评论文章。③他分析了同时代俄罗斯女诗人的创作情况。作者首先分析了卡洛琳娜·巴甫洛娃的诗歌创作，认为，从总体上看，卡洛琳娜的诗有自己的特色，能更多地表现女人对世界的感受。纳尔布特认为，她是"女人的诗歌"中的魁首，并因此而显得形单影只。作者寄望，俄罗斯能出现一个不羞于讲自己、女人、写全部真情的女诗人，希望她能像普希金揭示男人心理那样，也写得简单明了。茨维塔耶娃和莎吉娘的诗集令纳尔布特眼前一亮。他相信，俄罗斯

① 阿舒金，俄罗斯诗人，评论家。

② 阿舒金：《当代女诗人》（Современные женщины-поэты），《妇女世界》（Мир женщины）1913年第19期，第6页。

③ 纳尔布特：《关于茨维塔耶娃的〈自两部书〉和莎吉娘的东方文化》，《欧洲导报》（Вестник Европы），圣彼得堡，1913年第8期，第355—356页。

一定会出现伟大的女诗人。但作者指出了茨维塔耶娃创作中的不足，认为，诗人的创作形式应该更明确一些才好。另外，指出了诗集《自两部书》语言方面上的不足，诗人过多使用了表小词语，使作品显得过于亲热，显得肉麻，有些地方润色过度，过于陈腐。一些语句晦涩，对韵脚过于斟酌，语句有些重复，重音使用得不够规范，等等。

但作者也肯定了茨维塔耶娃创作中的亮点，诗集中不乏充满创作灵感的真诚诗句。那些写闺蜜之事的诗篇美好如初，洋溢着生活气息。

1914年《收获》（Жатва）第5辑中刊登了女诗人里沃娃（Львова, Н. Г.）的文章《早晨的寒冷》（对女性文学创作的几点看法）（Холод утра—несколько слов о женском творчестве）。在分析同时代女性诗歌创作特点时，里沃娃指出，女性诗歌具有独特的魅力，它充满自然力；女性直接表现对世界的感受和认知，感性地接受世界。爱情、激情是诗歌创作中的主导旋律。以往写这类主题的基本路数是：男人拥有的是整个世界，而女人拥有的“只有爱情”。而且她们的爱情大多是苦痛的，这种爱情占据女人的全部心灵。很多女性诗人写作时，只写自己的内心感受，而不能将其升华为全人类的感受。里沃娃认为，茨维塔耶娃的诗歌给人以明快、简洁、鲜明之感，同时还充满乐感。茨维塔耶娃写出了童年的所有特征和天真脆弱的感受。但在描写人的感情和感受时缺乏整体性、连贯性，不够深入。所用语言未经认真推敲。

20世纪初俄罗斯诗坛上女性诗歌崛起的这一现象也引起了爱伦堡的关注。他撰文分析了当时活跃在诗坛上四个女诗人：英别尔、梅尔古里耶娃、克朗基耶夫斯卡娅、茨维塔耶娃的创作特点，标题就是《四位女诗人》（Четыре поэтессы）。他尝试着从男性角度去解读女性诗人。评论茨维塔耶娃时，爱伦堡指出，茨维塔耶娃是一个变化多端的人，她一会儿像个知识渊博的高等女校的学生，一会儿又像个农村小伙子。爱伦堡表示，他不喜欢茨维塔耶娃谈玛丽亚·巴什基尔采娃，也不喜欢她讲马德里的吉他，因为这都是醉心于西方浪漫之花的天真女学生的所作所为。

他认为，茨维塔耶娃创作中最宝贵和令他激动和感叹的是以下主题和特色：“当她讴歌莫斯科的土地、卡鲁加的道路，吟唱斯杰潘·拉辛：任性又专一的爱情的时候，她的歌声是多么的无拘无束，多么的响亮。俄罗斯的多神教徒，她身上蕴含了多少快乐呀！……她的诗响亮，时断时续，犹如春天的小溪，这里有无垠的森林，有碧蓝的天空，有黑色的土地，远处还有农妇飘起的头巾。可爱的女学生！从墙上摘下波堤切利[①]复制品吧，把缪塞[②]或者是（俄罗斯很了解的）诺爱丽女士的小诗集扔到一边吧，风吹到我们的房间，这是，玛丽娜·茨维塔耶娃在散步，在吟唱自己的歌儿……”[③]

1918年，诗人、评论家阿克肖诺夫（Оксенов, И. А.）就诗集《13位诗人》发表了《诗人的评论》（Отклики поэтов）一文。在这篇文章中作者评析了诗集中收录的13位诗人的作品。他认为，诗集中有些作品写得不太好，读这样的诗歌作品时，读者不由得会对它们的作者生出怜悯之情。他认为，莫斯科诗人茨维塔耶娃作品就属于此类。他认为，只有那些对“逝去的、腐朽的辉煌往事充满热爱和担忧之情”的人才能理解茨维塔耶娃那“老爷式的、奢华的忧伤情调”[④]。

① 波堤切利（Боттичелли Сандро）（1445—1550），意大利画家，文艺复兴早期的代表。

② 缪塞（Мюссе Альфредде）（1810—1857），法国浪漫主义诗人。

③ 《新闻日报》，莫斯科，1918年4月13日，第4版。

④ 《劳动旗帜报》（Знамя труда），彼得格勒，1918年3月8日，第4版。

第二章 20世纪20年代的评论

20世纪20年代是茨维塔耶娃诗歌创作的最高峰。她发表了数量众多、主题迥异、创作风格独特的抒情诗、叙事长诗、童话诗、戏剧诗等。例如，诗集《里程碑》（Вёрсты），《天鹅营》（Лебединый стан）；组诗《致勃洛克》（Стихи к Блоку）；长诗《终结之诗》（Поэма Конца），捕鼠者（Крысолов）；童话长诗《少女—女王》«Царь-девица»，《勇士》（Молодец）；戏剧长诗《淮德拉》（Федра）等。由于特殊历史原因使然，这一时期的评论文章基本出自俄侨文学界。诗人的个性、创作特色等成为这一时期评价的热点。

第一节　非凡的诗人，非凡的创作个性

真诚是茨维塔耶娃的显著特点，它体现在方方面面，在日常生活中，在文学创作中。这是她的个性，也是其创作个性使然。她的诗歌有着独特的标志：律动性；民间文学特点。

1921年，巴尔蒙特发表了一篇关于茨维塔耶娃的文章，标题就是《玛丽娜·茨维塔耶娃》（Марина Цветаева）①。该文中，巴尔蒙特向读者呈现其眼中的茨维塔耶娃。

作者心怀感激地回忆起茨维塔耶娃的友谊。“在饥饿的年代，

① 《现代人札记》，巴黎，1921年第7期，第92页。巴尔蒙特和茨维塔耶娃相识于1917年，两人的友谊一直持续到茨维塔耶娃离世。茨维塔耶娃写过两篇献给巴尔蒙特的特写：《关于巴尔蒙特》（Слово о Бальмонте）（1922年），《献给巴尔蒙特》（Бальмонту）（1925年）。巴尔蒙特则给茨维塔耶娃写下特写《我的家在哪里？》（Где мой дом?）。

玛丽娜如果有六个土豆，她会拿给我三个。一次，由于我无法搞到像样的鞋（棉鞋），我冻病了，她不知从哪儿弄到了几小捏真正的茶叶……”[①]回忆自己在莫斯科的生活时[②]，巴尔蒙特不由得想起茨维塔耶娃那一系列迷人的诗篇和她七岁女儿阿丽娅绝妙的诗篇。他认为，茨维塔耶娃和她的女儿是两首诗的灵魂，她们更像是对姊妹。她们是最令人感动的、完全排斥现实和自由地活在幻想中的灵魂，他认为，换了别人，在这样的环境中，就只能呻吟、抱病和死亡了。巴尔蒙特印象中的茨维塔耶娃，是位内心充满爱、追求美的诗人，她能勇敢、乐观地面对苦痛和忧伤，面对饥饿、寒冷和孤独。他认为，茨维塔耶娃和她的女儿是两个苦行僧，看着她们，他不止一次地重又感受到了早已消失的力量。谈及茨维塔耶娃在俄罗斯诗坛中的地位，他坚称，在俄罗斯女诗人中，茨维塔耶娃以其独特的诗歌，充盈的内在自由、抒情的力量，自然流露的真诚和真正的女性情怀赢得了俄罗斯诗坛上首屈一指的地位。

评价茨维塔耶娃的创作个性和文学地位时，墨丘利斯基（Мочульский, К. В.）这位活跃在20世纪20年代俄罗斯文坛的文艺理论家、诗人、作家与巴尔蒙特所持观点相同。在《俄罗斯女诗人：玛丽娜·茨维塔耶娃和安娜·阿赫马托娃》（Русские поэтессы: Марина Цветаева и Анна Ахматова）[③]一文中，他断言，“茨维塔耶娃是当代诗坛中最有才气的诗人之一”[④]。

墨丘利斯基充分理解茨维塔耶娃的个性，接受茨维塔耶娃的“缺点”：举止有时过于不拘礼节，表达有些粗俗，她的忙乱有时令人疲倦。因为这就是茨维塔耶娃，她不会为了别人的什么想法去改变自己。她的一切都是那么真实：脸颊上的红晕，不随和的性格，莫斯科口音，顽皮的笑声。文章作者对茨维塔耶娃的诗歌创作有着深刻的理解。他走进

---

① 《现代人札记》，1921年第7期，第92页。

② 巴尔蒙特：《我的家在哪里？》（同时代人回忆玛丽娜·茨维塔耶娃：“诗人的诞生”，莫斯科，阿格拉夫出版社，2002年，第116—123页。）巴尔蒙特1917年至1920年间居住在莫斯科。1920年侨居国外，1921年起定居法国。

③ 《环节》（Звено），巴黎，1923年第5期，第2页。

④ 同上。

了茨维塔耶娃这位“莫斯科诗人”的世界。他清晰地指出了诗人重要的创作主题——莫斯科主题和经常唱响的音符，这就是：莫斯科的金色圆顶，洪亮的钟声，迷宫一样的胡同，关于莫斯科的古老传说和童话；讴歌勇敢、虔诚、自由的歌曲，还有她的拜占庭和金帐汗国。

他认为，茨维塔耶娃的诗歌有如其人：生机勃勃，充满青春的活力，它阳光、感性。她的诗歌中涌动着狂暴、狂喜，酒神的情绪。

作者如是评价了茨维塔耶娃的信仰：她喜欢教堂的宏伟壮丽，仪式的庄重气氛，祈祷时的愉快感觉。“她虔诚，但却不信教”。[①]谈及诗人对祖国的态度时，墨丘利斯基认为，祖国于茨维塔耶娃，不是灵魂的悲痛，而是被撕裂的躯体的可怕哀号。她不在乎战死的人能否成为神之军队的新战士，他们都是她的儿子，她的躯体。她就像母亲保护儿子那样，用自己的躯体为他们遮挡，在他们的尸体旁，发出野兽般的哀嚎。作者用诗中的一段哭诉歌说明他的观点：“无论左边还是右边/看到的都是流血的伤口/每个受伤的人儿/都在叫喊着：妈妈！//所有人躺在一起，——/无法分出彼此！/一眼望去，都是战士！/哪个是自家孩儿？哪个是别家娃儿？……//没有了意志，没有了愤怒/拉着长声一个劲儿地叫着/——妈妈！/这喊声直冲向云霄。”[②]

最后，作者对茨维塔耶娃的创作特点做了总结。他认为，她的创作有民间文学的风格，有四句头的特点。她的作品激情不断。

霍达谢维奇（Ходасевич, В. Ф.）这位侨民诗人、评论家，发表了数篇评论茨维塔耶娃创作的文章，茨维塔耶娃每发表或出版一部作品，霍达谢维奇都会对其进行评论。

1923年茨维塔耶娃的两部诗集《手艺集》（Ремесло）和《普叙赫》

---

① 《环节》，1923年第5期，第2页。

② 茨维塔耶娃：《噢，我的小蘑菇》《Ох, грибок ты мой, грибочек, белый груздь!..》。著名的政治活动家，社会革命党人切尔诺夫（В. М. Чернов）读罢该诗后发表了如下感想：“读茨维塔耶娃的诗，例如《复活节致沙皇》，《噢，我的小蘑菇》时，你能得到休息，这些诗真实，明快，情真意切，充满崇高的人性。我们可以读这样的诗，也愿意去重读这样的诗，读它们，会有一种喝完烈酒后饮清澈冰冷的泉水般的感觉。”（切尔诺夫：《革命的风奏琴》，《俄罗斯之声》，1922年4月16日，第7版。（Эолова арфа революции. Голос России. 1922. 16 апреля. С.7）

（Психия）相继问世，霍达谢维奇随即撰文，评价了茨维塔耶娃的创作，分析了其作品的创作特点。

他首先指出，茨维塔耶娃是一位有超凡音乐天赋的诗人，其诗歌具有永恒的音乐性。在诗歌的音乐性方面，“当下健在的诗人中尚无一人能与她比肩”[①]。她的音乐性与谢维里亚宁、巴尔蒙特以及戈罗杰茨基的不同，谢维里亚宁的诗歌有一种甜蜜婉转的旋律，巴尔蒙特的诗歌有一种外在的、令人愉悦的“浪漫变幻”，戈罗杰茨基的诗歌则有一种热情奔放的叮咚声。茨维塔耶娃的音乐不追求表面效果，其内部构造非常复杂，有丰富的管弦乐形式。她的音乐与勃洛克严谨的音乐非常接近。

霍达谢维奇认为，诗歌的本质与音乐的本质是相通的，诗歌和音乐拥有同样的根，正因如此，茨维塔耶娃的诗永远写得那么好。“假如只去听它们，而不理解它们”[②]。针对这一特点，作者提出了自己的见解，他认为，诗歌是门语言艺术，而不是音响艺术。语言是被发声叙述的思维：思想的内核体现在音响的外壳上。他形象地比喻说：“咔啦，这是我们咬坚果的声音，也是倒霉的事情，如果坚果里面的仁是苦的，或者是空的，没有仁。”[③]

霍达谢维奇对茨维塔耶娃创作个性的解读是：茨维塔耶娃歌曲的“仁儿”都是一样的。茨维塔耶娃不善于、也不打算驾驭自己的诗歌。她可以抓住一个隐喻，无限延伸；可以开个好头，却突然打住，不给任何展开的机会；她不善于“用理性检测想象”[④]，这时候，她的诗篇就变成了衔接不当的冗长的隐喻。她不太在意读者怎么看待她的诗歌，她甚至从来没有想过，她是否相信她自己所说的话。她的一切都是激情，都是瞬间；在每一页纸稿上她准备都向她点燃的一切顶礼膜拜，

① 霍达谢维奇：《关于玛丽娜·茨维塔耶娃的“手艺集”和“普叙赫”》（Марина Цветаева Ремесло: Книга стихов, Берлин: Геликон, 1923; Психия. Романтика, Берлин: Изд-во З. Гржебина, 1923）《图书与革命》（Книга и революция），彼得格勒，1923年第4期，第72页。

② 同上。

③ 同上。

④ 这里作者替换了普希金的名句“用代数检测和谐”（选自《莫扎特和萨里耶利》）。

并准备烧掉她崇拜的一切。[①]她既热爱又诅咒它，既赞美又鄙视它。无论对待政治，还是爱情，抑或其他，她总是如此。今天她会拥护白卫军，明天就会拥护布尔什维克。一切在她眼里都一钱不值（什么都无所谓），为了拜倒在不存在的事物面前，例如，讴歌现实生活中并不存在的化身为伯利恒幼子的"勃洛克的儿子"[②]，她无视眼前存在的、触目惊心的一切，她的这种表现令不相信她的人感到可笑，让相信她的人产生反感。

透过《手艺集》和《普叙赫》凝望读者的是一个有天赋的任性女人，但仅仅是任性的女人，也许是一个歇斯底里症患者：偶尔、经常、过渡期的患者。这样的人在文学界并不少见，但是文学史中却从没有留记他们的名字。

爱伦堡在其著作《俄罗斯诗人肖像》（Портреты русских поэтов）[③]中，专辟一节《玛丽娜·伊万诺夫娜·茨维塔耶娃》（Марина Ивановна Цветаева）描绘了其心中的茨维塔耶娃肖像。他的茨维塔耶娃就是这个样子：

"高傲的步伐，高高的额头，一头短发。不知这是一个豪爽的小伙子，还是一个经不起说笑的小姐？边读诗，边吟唱，最后用绕口令结束诗句。小伙子唱得真好，他喜欢唱狂放的歌曲，他歌唱卡鲁萨、斯杰潘·拉辛，还有豪饮。小姐则喜欢伯爵小姐和法国旺代省的旗帜。"[④]文中，作者对诗人的个性形成做了溯源分析。通过茨维塔耶娃的作品，他了解到，诗人有两个祖母：一个是平凡的、教育儿子读书的祖母，一个是波兰小姐、一个娇生惯养的女人。他认为，诗人作品中流露出的感伤情绪应该源自于波兰贵族小姐。勇敢、豪放的个性源自于亲祖母。她

① 这里作者替换了屠格涅夫长篇小说《贵族之家》中的一行诗，这句诗是小说中米哈列维奇吟诵的。诗文是："我烧掉了我膜拜的一切。我膜拜所有我点燃的东西。"（克拉斯杰列耶夫的观察）

② 组诗《伯利恒》始于献词《献给勃洛克的儿子》。茨维塔耶娃错把彼得·谢苗诺维奇·卡冈和娜捷日达·亚力山大洛夫娜·诺列-卡冈的儿子当成了勃洛克的儿子，勃洛克曾在他们家住过。

③ 爱伦堡：《俄罗斯诗人肖像》（Портреты русских поэтов），柏林，阿尔戈船英雄出版社，1922年。

④ 同上，第150页。

从亲祖母那里继承了灵魂和声音。文章作者从茨维塔耶娃作品中听出的是下游自由民众的歌声，而不是和谐维护者的呼唤声。

爱伦堡认为，茨维塔耶娃的诗之所以充满激情，是因为诗人突破了所有禁忌、规矩和障碍。他相信，对茨维塔耶娃而言，反对什么不重要，重要的是叛逆。在爱伦堡的意识中，所有伟大的异教徒、幻想家，暴乱分子都这样豪爽。作者指出，茨维塔耶娃的诗歌中除了勇敢和豪爽外，还蕴藏着无限的温柔和爱情。她的温柔，她的爱不是献给某个人、不是献给上帝的，而是献给黑暗、献给由于春天的潮气而发闷的大地、献给黑暗的俄罗斯。人们无法选择母亲，也不会像拒绝不舒适的房间那样拒绝她。玛丽娜·茨维塔耶娃知道这一点，所以即便被拷打也不会背叛自己亲爱的土地。该文中爱伦堡再次重申了1918年的观点，认为，茨维塔耶娃是一个快乐、迷人的多神教徒。只不过她吻的不是伊庇鲁斯的石头，而是莫斯科黝黑的胸膛。爱伦堡不无惋惜地说，她白受了洗礼，枉费了对她的教诲。拜占庭的圣衣下躁动着火热的肉体。斋戒和膜拜未能根除其不合时宜的笑声。[①]

爱伦堡对茨维塔耶娃诗歌的评价是：世间的一切都可能被遗忘，但茨维塔耶娃那些书写对生命的渴望、与死亡亲近的爱情、一个人向所有人宣战等主题的美妙诗篇却会永远留存。

时隔不久，爱伦堡在《俄罗斯新书》（Новая русская книга）上又发表了对茨维塔耶娃的诗集《离别》（Разлука）和《致勃洛克》的书评[②]。这原本是他写给茨维塔耶娃的一封书信。文中，爱伦堡温情地谈起对女诗人其人和作品的细腻感受。

作者首先回忆起两个一起走过的路，回忆起茨维塔耶娃走过的创作之路。爱伦堡把茨维塔耶娃的诗集视为其快乐、柔情的源泉，同时也是日晷刺眼的黑暗。

他用形象的比喻说明了他对茨维塔耶娃诗歌创作的理解。他把此时茨维塔耶娃的创作比作正午的太阳：太阳当空照，又闷又热。他不想为此祝贺茨维塔耶娃。他认为，诗人此前的创作不拘一格，快快乐乐，

① 爱伦堡：《俄罗斯诗人肖像》（Портреты русских поэтов），柏林，阿尔戈船英雄出版社，1922年，第152页。

② 《俄罗斯新书》，1922年第2期，第17页。

并预言，之后应是荣耀和宁静，他相信，孕育于痛苦中的果实的最高奥秘就在于此。爱伦堡还指出了这两部诗集主题的变化：现在书写的是功勋，而此前写的是爱情、忧伤、任性、激情等内容。

诗人、文学史家斯维亚托波尔克-米尔斯基（Святополк-Мирский, Д. П.）公爵在《俄罗斯诗歌现状》（Современное состояние русской поэзии）一文中分析了茨维塔耶娃的创作个性。[①]作者首先把茨维塔耶娃置于红色莫斯科的对立面上。“茨维塔耶娃对抗整个红色的莫斯科”[②]。

他认为，茨维塔耶娃是俄罗斯当代诗歌中最有魅力、最优秀的诗人之一。她是一个彻头彻尾的莫斯科女人。她的每一句诗行中都含有莫斯科式的直率、莫斯科式的热情、莫斯科式的放纵。只不过她的莫斯科是别样的莫斯科，是十月革命前的、大学生的莫斯科。

她的诗与阿赫马托娃等彼得堡女诗人的诗，与“咖啡馆”诗人的诗几乎毫无相似之处。她写的是日常生活。她的诗真诚、自由、奇特，充满活力。

谈及其诗歌“归属问题”，斯维亚托波尔克—米尔斯基认为，很难把茨维塔耶娃的诗歌归到哪一种诗歌传统中，因为她没有继承前辈诗人的衣钵，“而是直接从阿尔巴特大街下冒出来的”[③]。她的作品处于一种无秩序状态，她的创作形式和方法自由、多样，她对规矩和品位毫无兴趣。她可以写出任何人都写不出的蹩脚诗，也能写出美妙无比的诗篇，这些诗有如青烟般轻盈、透明，而且还经常带着几许调皮和愉快的挑战。

曼德尔斯塔姆（Мандельштам, О. Э.）在《文学莫斯科》（Литературная Москва）[④]一文中尖刻地评价了茨维塔耶娃的创作。对莫斯科而言，最令人忧伤的标志是玛丽娜·茨维塔耶娃的圣母手工活。他认为，女性诗歌是文学莫斯科的最糟糕现象。女性创作的诗歌中出现了大量的模仿作品。大多莫斯科女诗人都痴迷于隐喻。曼德尔

① 这篇文章本是作者为司徒卢威主编的俄侨杂志《俄罗斯思想》（索菲亚）而写的，可不知何故，当时未能发表。《新杂志》（Новый журнал），纽约，1978年第131期，第93—94页。

② 同上，第93页。

③ 同上。

④ 《俄罗斯》（Россия），莫斯科，1922年第2期，第23页。

斯塔姆把茨维塔耶娃视为预言者，而在他眼里，预言就是一门制作手艺。他认为，茨维塔耶娃所写的关于俄罗斯的诗篇索然无味、且与历史不符，她的这些诗是伪人民的、伪莫斯科的诗。

第二节　关于组诗《致勃洛克》的评论

1921年，勃洛克去世。茨维塔耶娃把1916年到1921年间写给勃洛克的16首献诗集结成组诗。1922年柏林星火出版社出版了这部诗集。俄侨评论界发表了数篇关于组诗《致勃洛克》的评论。

俄侨诗人，华沙“诗人小酒馆”社团成员沃伊诺夫（Воинов, О.）在华沙发行的《自由报》上发表了关于《致勃洛克》的看法。他认为，这本47页的诗集给他留下了难以磨灭的印象。读诗时，眼前会浮现出一个温柔、完整的女性形象，她袒露了自己对勃洛克的情感。她称之为“无可挑剔的骑士”，“雪白的天鹅”，“带来光明的太阳”。茨维塔耶娃独有的女性韵律在这部诗集中显得非常温情，如同做祈祷一般。读者应该珍惜这部作品，因为在这些诗篇中可以看到勃洛克极其朴素、鲜明的形象。对于“我们这些俯身于逝者墓前，想看清其真实面孔的人来说，这支照亮坟墓的蜡烛给了我们仔细观察神秘又亲切的面孔的机会。我们应该更深刻地去理解她的诗句。我们应该由衷地感谢茨维塔耶娃”①。

文学戏剧评论家、小说家皮尔斯基（Пильский, П. М.）认为，茨维塔耶娃是才华横溢的诗人。她创作的组诗《致勃洛克》真诚、有一种真正的女性力量，卓尔不群。逝去的诗人对茨维塔耶娃来说，既宝贵又亲近。他认为，组诗的总体基调令人愉悦。这里有发自肺腑的声音，有女人痛苦的声音，有真爱，有温馨的回忆，还有一个人遭遇到巨大不幸时表现出的那种不耐烦，甚至是不知所措。在所有诗篇中皮尔斯基对《你向落日走去》（Ты проходишь на запад Солнца）评价最高。

作者认为，诗集中存在一些败笔，那就是有些诗句未经推敲斟酌，处理得不够细，给人以草率之感。②

① 《自由报》（За свободу），华沙，1922年5月6日，第3版。

② 《今日报》（Сегодня），里加，1922年4月23日，第5版。

1923年《印刷与革命》杂志第1期上，发表了勃留索夫关于《致勃洛克》的评论文章。对茨维塔耶娃的组诗，他提出了一些意见，首先，勃留索夫质疑了诗中带有“你的名字”的诗文（你的名字是手心里的鸟，/你的名字是舌尖上的冰。//你的名字是双眸上的吻，/你的名字是白雪上的吻。）勃留索夫认为，照这样的写法，这首诗可以无休止地写下去。而后面的诗行（你朝日落的方向走去，/你将看到晚霞的余晖。//你是我美好的上帝使者，/你是我灵魂柔和的光明//你是柔和的光明，/神圣的光荣，——/你是我灵魂万能的主宰）在勃留索夫眼里，简直就是写给勃洛克的祈祷文。他认为，茨维塔耶娃用于勃洛克的诸如“雪的幻影”，“不受责备的骑士”等评价苍白无力。

总体来看，勃留索夫认为，茨维塔耶娃的诗写得不错，因为“她创造出了东正教祈祷文的写作风格。但是，笃信上帝的人会认为，她的这种写作风格是渎神的。随着时间的推移，这种风格会渐渐被人厌倦……”①

俄侨诗人、小说家巴焦姆金（Потёмкин, П. П.）对诗集《致勃洛克》的评价非常独特。他认为，这是一部“之于印象之印象的诗集，一部受他人诗歌的影响而出现的诗集，不是自己的诗，但却成为自己的诗”②。这部诗集的全部实质，所有的宝贵之处就在这“成了自己的诗”中。接收他人的“我”，为了他忘却自己的“我”。巴焦姆金认为，这部诗集的与众不同之处在于：它具有典型的女人特点，写的是女人的崇拜，女人的爱情，女人的敏感和直觉。

作者认为，这部诗集具有预言性，写得很抒情，充满感情和爱的激情。这样的作品无法用好与坏来评说。谈及写作技法，他以为，真情实意、充满笃信的诗没有作诗法可依。什么样的手段于它都适宜，什么样的方法于它都适用，只要能达成目的。

在巴焦姆金看来，《致勃洛克》是茨维塔耶娃写怀念主题的最好抒情诗集之一。

侨民诗人渥龙佐夫斯基（Воронцовский, В. Г.）在题为《柏林的

① 《印刷与革命》（Печать и революция），1923年第1期，第75页。

② 《俄罗斯意志》（Воля России），布拉格，第19期，第24页。

小鸟在啼啭》(В Берлине птахи поют)[①]的文章中，分析了《致勃洛克》中爱情主题，并将之与爱伦堡的《毁灭的爱情》的爱情主题进行了比较。他认为，茨维塔耶娃（女人）的爱只献给爱人，恋爱中的女人只歌颂爱人。爱伦堡（男人）恋爱时，赞美的是爱情。茨维塔耶娃心爱的人死了，她无人再去赞美，爱伦堡的爱情永远不会逝去。他的爱不在某个人身上，而在自身。对于茨维塔耶娃来说，爱情是"亚历山大·勃洛克圣洁的心"。

茨维塔耶娃的组诗是对勃洛克的呐喊，女人的呐喊，有女性的力量，也有女人的任性。她笔下的勃洛克、勃洛克的名字充满女性的真诚和细腻。"你的名字是舌尖上的冰块……是口中的银色铃铛"。就是说，勃洛克是冷冰冰、清脆嘹亮的声音。勃洛克在女人心中就是这个样子。"我不会喊出你的名字，/也不会伸出我的双臂。/只会向苍白神圣的面容/致以遥远的敬意。"沃龙佐夫斯基认为，这就是女人的心态。这就是一个爱着又怕被爱的女人的心理。成为被爱的女人是最大的幸福。显然，茨维塔耶娃深谙于此，所以才会写道："女人需要用计，/沙皇需要统治，/我只需要赞美/你的名字。"沃龙佐夫斯基认同诗人的观点，即：恋爱中的女人应该去赞美。这是茨维塔耶娃对勃洛克的大声的赞美。发自女人的肺腑，就像乐队中突然高扬的小提琴声。不和谐，但是必须有。不和谐的是形式，内容上必须有。爱情是功勋，是女人肩上的十字架。

该文作者认为，茨维塔耶娃对勃洛克的爱，是诗人对诗人的爱。读她的《致勃洛克》就像读大卫的圣诗和《雅歌》一般。

哈尔滨俄侨报《光明报》发表的署名为Д. ГР-В的文章《论"致勃洛克"》[②]，作者对作品中的爱情、死亡主题，诗人的创作个性等问题进行了分析。该文作者认为，这本诗集是俄罗斯最优秀的女性和女诗人的诗集，它摆脱了无休止的政治宣传。茨维塔耶娃的诗歌充满无与伦比的真诚、柔情和推心置腹，使她的诗歌卓尔不群。她的语言像泉水般清澈，像克里姆林宫教堂的古老壁画般明快、耀眼、华丽，她的语言还带有一种俄罗斯亘古以来的忧伤色彩。

① 《俄罗斯回声报》(Русское эхо)，上海，1922年6月10日，第4版。

② 《光明报》(Свет)，哈尔滨，1922年6月10日，第4版。

作者认为,《致勃洛克》和《莫斯科组诗》一样,是俄罗斯文学中的瑰宝。只有俄罗斯人,才能理解并深刻体会其诗歌的所有美妙之处。爱情和死亡是两个漂亮的姊妹,她们纯洁、冷漠,就像基督的新娘,牵着手穿过茨维塔耶娃的所有诗歌,穿过这个迷人的花园,互不敌对。Д. ГР-В指出,16首诗虽写于不同时期,但表达的情绪却基本相同。勃洛克的死没有让茨维塔耶娃"失控",在描写诗人之死时,她没有过于感慨和慌乱不安。在她看来,死亡不过是:"瓦干科沃墓地的朝霞/自由的梦,大钟的叮咚声。"[①]

作者认为,茨维塔耶娃的创作具有深刻的宗教性,而且是"纯粹的东正教的宗教性"[②]。这种宗教性在其诗歌中的作用就如同拜占庭圣像圣饰上的黄色烛光一般。俄罗斯灵魂——茨维塔耶娃诗歌宁静之美就蕴涵于此。

关于组诗中的创作手法,作者重点分析了诗人使用的象征手法,认为,茨维塔耶娃的象征具有强烈的感染力,明白易懂。其华丽、慢悠悠的莫斯科话就像清澈的泉水令人舒爽。

墨丘利斯基对《致勃洛克》的一些创作特色发表了一些看法。他认为,茨维塔耶娃的组诗中律动着民歌特有的曲调,这里有重复和排比结构。"摇摆"的曲调充满豪迈的激情。

关于茨维塔耶娃对诗歌节奏的处理,墨丘利斯基做了如下解读。他认为,读茨维塔耶娃作品时,你会觉得,她始终在运动;由于走得很快,呼吸不由得加快,这种"快"反映在她的诗歌节律中。她给人的感觉是:她似乎在气喘吁吁、急急忙忙地讲着什么,还挥动着双臂。讲完后又马上向前走去。这是个闲不住的人。她像旋风一样。你永远看不清她的脸,因为她不停地在运动。她的面部表情异常丰富。[③]

第三节　关于长诗的评论

《少女—女王》,《骑在红色的骏马上》、《捕鼠者》(Крысолов),

① 《莫斯科组诗》之《四周都是云彩》(Облака — вокруг)。

② 《光明报》,1922年6月10日,第4版。

③ 《环节》,巴黎,1923年第5期,第2页。

《山之诗》(Поэма горы)、《卡萨诺瓦的结局》(Конец Казановы)等长诗是这一时期评论界热议的作品。长诗的创作主题和技巧是评论的焦点。

墨丘利斯基认为，童话长诗《少女—女王》中的女主人公勇敢、善战、贪婪，对爱执著，能把握住自己的爱。她抓住的东西，不会放手。她就像摆弄手中的珍珠一样，操纵着世间的所有欢乐。土地、大海、绿草、霞光远不够她摆弄，她不断寻找，在草原和"海洋"上游荡。她的目光敏锐，她的心永远不会满足。作者指出，茨维塔耶娃之所以能塑造出这样的形象，是因为她的创作扎根于大地，她依附于温暖、强大的大地，与大地保持着紧密的联系。她本人就是活力四射的女性，当她沉迷于尘世的快乐时，她不会去想永恒之事。①

马克·斯洛尼姆(Слоним, М. Л.)是活跃在俄侨文学界的文学评论家，也是作家和社会活动家。他撰写的关于俄侨作家和诗人创作的评论文章在俄罗斯文学界、俄侨文学界具有较大的影响。关于茨维塔耶娃，他写了数篇评论文章。在《玛丽娜·茨维塔耶娃》(Марина Цветаева)②一文中他重点分析了茨维塔耶娃的《骑在红色的骏马上》(На красном коне)这部童话长诗。

作者首先对收录了这部长诗的诗集《离别》的内涵进行了简要分析。他认为，《离别》表现的不仅仅是离别，还有离去和拒绝。"离别"是茨维塔耶娃创作的分水岭，这部诗集呈现出别样的茨维塔耶娃，她的诗歌具有全新的面貌。在这部诗集里，昔日作品中常见的主题和形象已然淡去。清晰的爱情故事、母性的柔情和对生活的热情渴望都被抛向夜空。

斯洛尼姆把《骑在红色的骏马上》定为象征主义长诗。他认为，在这部长诗中，茨维塔耶娃把人的一生比作飞驰的火红骏马，主人公为了被俘灵魂的胜利而悲壮地拒绝快乐。在《骑在红色的骏马上》中，所有的东西都在燃烧，所有的东西都在毁灭："火焰的嗥叫，玻璃的哗啦声……/每个人的眼睛都变成/两道反光！——羽毛褥子飞上天！/我们在燃烧！燃烧！燃烧！"象征着女孩幻想、快乐的洋娃娃在大火中丧生。爱情淹没在汹涌澎湃的激流中，神秘旗手驰向峭壁，为了胜利的碧

① 《环节》，巴黎，1923年第5期，第2页。

② 《俄罗斯意志》，1922年第13期，第24页。

空他需要放弃和牺牲，于是孩子们消失了。女孩失去了洋娃娃，少女失去了朋友，妇女失去了孕育的能力。

"从喧嚣的搏斗中传来/低语声：我就希望你这样！/低语声：我选的就是这样的你，/我激情的孩子—姊妹—兄弟—/冰封的未婚妻—铠甲！/我永远的未婚妻。/我，举起双手，说：光明！/—你会来吗？不会成为别人的未婚妻，是吧？/我，压住伤口，说：不会。/不是女神，不是女神，不是/姻亲的短暂桎梏—不是你的桎梏，/友谊啊！不是一只女人的手，而是只残酷的手/勒紧我身上的绳索。"斯洛尼姆认为，上述诗句展现的就是离别的画面，这是与友谊的离别，与爱情的离别，与生命的离别。离别，是为了接收圣灵的洗礼，为了"能有一副轻如鸿毛的翅膀"，为了摆脱尘世的桎梏。

斯洛尼姆指出《骑在红色的骏马上》、整部诗集、乃至整个诗歌创作的若干典型特征。茨维塔耶娃始终喜欢短促、有打击乐感的节律，不屑语法正确与否。这些特点在《离别》的自由体诗篇中得到了突出的表现。句子仿佛被砍断，而且被砍断后的诗行时常没有结尾，没有谓语。诗人经常不使用动词，有意截断句子，她刻意追求电报效果。在《骑在红色的骏马上》中诗人经常使用感叹句、独词句和短句。长诗和诗集中的一些诗句非常简洁，极具表现力，这样的诗篇比较难懂费解。

斯洛尼姆认为，茨维塔耶娃是俄罗斯最优秀的女诗人之一。《离别》展现了其创作中卓尔不群的一瞬间，是可圈可点的文学现象。

安托科尔斯基（Антокольский, П. Г.）[①]在评论《离别》的一篇文章中也分析了《骑在红色的骏马上》。茨维塔耶娃留给安托科尔斯基的印象是：这个诗人严肃而无情。她的诗篇写得直接、生硬。可是随着阅读的深入，你会被它吸引住，会一遍又一遍地阅读它，于是在未言说尽的诗行、词语后面，透过咬紧的牙关你开始产生幻觉：你看到茨维塔耶娃的心灵之火，它忽而是蓝色的火光，忽而是紫红色的火光。[②]他认为，

① 安托科尔斯基（1896—1978），诗人、戏剧家、演员、文学批评家。茨维塔耶娃曾为他写下《送你期盼的戒指……》一诗，组诗《兄弟》（献给安托科尔斯基和扎瓦茨基Завадский Ю.），在特写《关于索涅契卡的故事》中也提到了他。

② 《前夜报》（Накануне）：《文学之页》（Литературные страницы），1922年5月13日，第8版。

《骑在红色的骏马上》是一部简练、费解、充满激情的、同时又有些费解的长诗，这是一首书写桎梏于沉重、痛苦肉体中的灵魂的歌，是首歌颂永恒自由的歌。

“伸出，伸出/手——两只。/向上！—冲啊，骑兵！/让我的灵魂冲出肉体——奔向你。/我不是一个平凡的妻子——而是天定的妻子。”安托科尔斯基认为，这样的诗简直就是谜语。六行诗中使用了三个动词。可正是在这高度凝练的叙述中蕴藏着整个玛丽娜·茨维塔耶娃。

文艺理论家、评论家高尔波夫（Горбов, Д. А.）在《俄罗斯境外文学十年回眸》（Десять лет русской литературы за рубежом）[①]一文中首先对俄罗斯境外文学近况进行了综述，并提出了几个尖锐的问题：俄罗斯侨民文学是不是个完整、完美的文化现象？这种说法是否合适？作者认为，侨民文学和苏联文学的界限是人为的，是布尔什维克想出来的，俄罗斯文学不应有这样的区分，因为它是一个整体文学。文中，作者重点论述了列米佐夫和茨维塔耶娃的创作。他认为，他们是侨民文学“文艺复兴”的代表，是大艺术家。关于茨维塔耶娃，他的看法是：这个诗人有极大的创作热情。她的诗歌具有异常丰富的韵律、与众不同的诗节、充盈的情节。由于她的创作手法太过丰富，所以一时很难理解其表面含义，必须对其进行认真仔细的思考。在《山之诗》和《捕鼠者》中，她显示出超凡的驾驭主题的能力。在这些作品中，茨维塔耶娃早期诗歌作品中的那些杂乱无章和女人的歇斯底里荡然无存；另外，女性抒情诗特有的极限也被彻底战胜。在《捕鼠者》和《山之诗》中，诗人写的虽然并非重大主题，但却使用了丰富的创作手法。

这里所说的“主题”当然不是艺术家使用的素材，它无法说明艺术家是好还是坏。文章作者认为，较之街头巷战，茨维塔耶娃更愿意去描写爱情故事，呈现音乐对人的“权利”的图景。艺术家更愿意选取那些他能展开深入思考的素材进行写作。证明艺术家成长进步的不是他的选材能力，而是他的创作视角。那么，茨维塔耶娃把自己的素材置于怎样的视角之下呢？是《山之诗》中的爱情故事，还是《捕鼠者》中关于艺术神秘魔力的情节？高尔波夫认为，这两部作品写的都是小市民习气。它就像一堵石墙，阻碍了演员和情人的激情。它就是茨维塔耶娃

① 《印刷与革命》，莫斯科，1927年第8期，第9,11,15,23—27页。

为自己素材添加的特色。她可以有的放矢地整理、加工她所熟悉或不熟悉的故事，并形成自己的个性特征。

在《捕鼠者》中，我们看到如下画面：德国的小市民、吹笛拯救市民摆脱鼠患的捕鼠者；市民不兑现许诺的奖赏，捕鼠者被骗；捕鼠者借笛子报复食言者；捕鼠者曾吹笛把老鼠诱骗进附近的湖中，现在则用笛声带走市民家的孩子，把他们引到湖中。诗人用非常简单的手法描绘了上述画面。在《山之诗》中，诗人忧心忡忡，她以为，她与心爱的人度过了幸福时光的大山上将盖满别墅，自由情感的殿堂将变成丈夫和妻子的城邦。

关于茨维塔耶娃的政治观点，高尔波夫认为，无需认真对待。《捕鼠者》中她把布尔什维克比作潜入小市民家粮仓、后被笛声引走并淹死的老鼠，这是“一种爱抱屈、糊里糊涂、天真的女人的反革命行为”。对她的这种态度，最好采取资产阶级交际圈惯用的方法，“不和女斗”。虽然作者不想深究诗人的政治观点，但却给茨维塔耶娃以及所有诗人提出一个建议，他希望，诗人都要去了解国家的发展变化，不要用抽象的“永恒”之歌淹没沸腾的生活之音。确切说，就是不要用他们的笛子演奏革命赞歌。革命无需赞美。只希望，捕鼠者的歌曲能够召唤人们去创造、去投身集体生活和斗争；只希望，捕鼠者别用温柔的锁链把人们带到历史的湖泊或是临近的沼泽中淹死。

依高尔波夫之见，茨维塔耶娃的诗篇，尤其是《捕鼠者》等长诗，情绪高涨，充满“英雄主义”。但这些诗篇中表现的不是让人一逞英勇的精神，也不是时代大主题中弘扬的那种真正、固有的英雄精神。女诗人更注重表现自己的兴趣，只描写自己内心世界的爱与恨，抒发自己的内心感受。这样的人无需谈对时代的最新感受。

最后作者指出，茨维塔耶娃对词语的使用是将她与俄罗斯文学复兴联系在一起的纽带。当下俄罗斯文学中开始了真正的复兴之路，他们的经验会得到借鉴并加以利用。

1926年，斯维亚波尔克—米尔斯基在《玛丽娜·茨维塔耶娃》（Марина Цветаева）①一文中，评说了《终结之诗》、《捕鼠者》这两

① 《新政治家》（The New Statesman），伦敦，第26卷，1926年第670期，第611—613页。

部长诗作品。

他写道：随着契诃夫的离世，诗歌在俄罗斯文学中的统治地位走向末日。从1922年起对诗歌的兴趣普遍降低，在这一时期的俄罗斯诗坛上，帕斯捷尔纳克的诗集《我的姊妹是生活》无疑成为革命时期（1917—1922）文学中的翘楚。这是一部伟大和真正意义的新诗集。同样无可厚非的是，近三四年来最显著的成就是玛丽娜·茨维塔耶娃的长诗，尤其是近作《终结之诗》和《捕鼠者》。

茨维塔耶娃在战前作为学生，就出版了自己的几部诗集。这些诗集展露了其卓尔不群、桀骜不驯的个性。1920—1921年，莫斯科掀起诗歌创作的浪潮。在饥饿和战争的年代图书出版全面停止，取而代之的是诗歌朗诵，有很多听众。茨维塔耶娃突然发现自己具有超凡的诗人力量。在那个年代里，她与所有俄罗斯知识分子一样，过着饥寒交迫的生活。但是在莫斯科所写下的诗篇，见证了其精神上的桀骜不驯和顽强的生命力。尽管茨维塔耶娃的处境异常艰难，但其诗歌快乐、充满活力、沸腾着充盈的生命力，在其源源不断的诗歌湍流中有一种超人的东西。对于那些知晓茨维塔耶娃并听过她的人来说，她本人和她的诗歌是诸神的真正恩赐。茨维塔耶娃那时写了大量的诗，诗的品质不一。她那个年代写的一些诗歌有很高的、意想不到的灵感，独一无二的个性无处不在。上述特点弥补了那些看似幼稚和没有品位的东西。

1922年玛丽娜·茨维塔耶娃离开了俄罗斯，来到布拉格。当时莫斯科和柏林已经出版了她的几部诗集。俄罗斯侨民热烈欢迎诗人的到来。但是他们的热情没能持续多久。她于1920-1923年间创作的诗歌作品基本都属于实验诗。这些诗作中加入了俄罗斯民歌元素。她俨然是一个现代新诗人。这就是使保守的（即便他们曾是社会党人）侨民文学界和新闻界大腕们疏远她的真正原因。另一方面，布尔什维克的检查制度不允许在俄罗斯刊发侨民的作品。所以，现在俄罗斯失去了阅读本国最伟大诗人之一的作品的机会。

斯维亚波尔克—米尔斯基认为，茨维塔耶娃不是未来派诗人，她不属于左翼诗歌阵营。她永远是特立独行者。但是她的诗，尤其是最近创作的诗却是俄罗斯反对西方影响的延续和最后的证明。在语言方面尤其如此。这是第一次使俄罗斯诗歌语言摆脱古希腊语、拉丁语和法语句法“压迫”的成功尝试（下意识的尝试）。在散文创作方面，罗赞诺夫和列米佐夫已首开先河，但在诗歌方面至今还没有先例。独具一格的玛丽娜·茨维塔耶娃令人震撼地把自由还给了俄罗斯。

茨维塔耶娃在诗歌创作中潇洒自如地使用多样的韵律，这让斯维亚波尔克—米尔斯基惊叹不已。她不仅运用特有的词汇来规避单一性和平缓性，而且还经常使用“各种加长的”，充满各种情感的诗行来摆脱单一性和平缓性。其诗歌特点是：诗行短小，充满语音表现力，诗歌中充满各种各样的双关语和文字游戏。

斯维亚波尔克—米尔斯基在分析《终结之诗》和《捕鼠者》的主题、特色时指出，前者是一部长“戏剧诗”（大约有750个诗行），大部分是对话性的诗行，描写的是两个相恋的人在不成功的“爱的尝试”后分手的故事。《终结之诗》较《尤利西斯》大约长30分钟。但这部长诗与《尤利西斯》完全不同，因为它不断地将“印象”转换成极巧妙的想象，从生活转向诗歌。

在《茨维塔耶娃的“捕鼠者”》（«Крысолов» М. Цветаевой）[①]一文中，作者指出，茨维塔耶娃的“捕鼠者”在以往创作的作品中出现过许多次，例如在《少女—女王》中，尤其是在作品的结尾。《捕鼠者》的主题是永恒的浪漫主题，它是对最浪漫的尘世俗物——德国音乐的歌颂，是对管理得井井有条的社会的守旧和丑陋的揭露。在写这一主题的时候，茨维塔耶娃忠实于自己的浪漫主义本质。在创作时，她强调并提出了其无政府主义的构想。

与其他“捕鼠者”不同的是（例如，勃朗宁[②]），茨维塔耶娃的《捕鼠者》的特点是：在描写彬彬有礼的哈默尔恩小市民时重点突出了讽刺元素。在第五章中茨式讽刺风格得到充分体现。这一章的最后旋律是童话王国，是《孩子的天堂》，吹笛人将欺骗他的哈默尔恩人的孩子带到“孩子的天堂”。在茨维塔耶娃笔下，这一旋律只出现在第六章的

① 《俄罗斯意志》，1926年第6—7期，第99—102页。

② 罗伯特·勃朗宁（Браунинг Роберт）（1812—1889），英国诗人，系《关于来自哈默尔恩的穿彩衣吹笛人的童话》（哈默尔恩的彩衣吹笛人）的作者（马尔沙克的俄译本名为《哈默尔恩的吹笛人》）。

标题处。于是，读者只在德国传说中看到的吹笛人淹死孩子们的复仇故事，在茨维塔耶娃笔下变成了现实，给作品增添了一种冷酷无情的讽刺色彩。

斯维亚波尔克—米尔斯基认为，《捕鼠者》并不仅仅是一部内容丰富、布局合理的文学作品，还是一部严肃的“政治”（是广义的“政治”）、伦理性的讽刺作品。

在同年发表的另一篇文章中（评玛丽娜·茨维塔耶娃的童话《勇士》）[①]中斯维亚波尔克—米尔斯基再度评价了茨维塔耶娃在俄罗斯文学中的地位。他认为，在十月革命后出现的诗人中，茨维塔耶娃占据数一数二的地位，唯一可算作是她对手的诗人是鲍里斯·帕斯捷尔纳克。两人虽创作风格完全不同，但却有一个共同的创作特征，那就是欢快情调。

斯维亚波尔克—米尔斯基认为，茨维塔耶娃是一个“理想主义者”。物质世界对她来说就是对“本质”的辐射。物质只存在于词语中。它们只能存在，不能被感知。茨维塔耶娃回忆录中的人物，无论是日常生活中的人物，还是个性化、卓尔不群的人物都是那么活灵活现、个性鲜明。茨维塔耶娃具有透过现象看本质的能力。作者指出，诗人1919—1920年间创作的作品中给人以特别轻盈之感，不拖泥带水。茨维塔耶娃对词语有敏锐的感觉，其创作与民间文学有着密切的联系。她的《山之诗》和《终结之诗》是用情感建造起来的诗歌大厦。

帕斯捷尔纳克（Пастернак, Б. Л.）是最理解茨维塔耶娃及其创作内涵的诗人之一。两人的通信集就是一部敞开心扉、畅谈诗歌艺术的佳作。

在1926年6月14日、18日，7月1日、2日写给茨维塔耶娃的书信中，《捕鼠者》成了帕斯捷尔纳克书写的主要内容。帕斯捷尔纳克将《捕鼠者》和《终结之诗》进行了对比。他认为，较之《终结之诗》，《捕鼠者》写得不够完美，但内容却丰富许多。它的情节更加跌宕起伏。这部长诗中有更多让读者意想不到的地方。读者对《终结之诗》的赞美发自肺腑。这部长诗有一种向心力，它甚至能让读者阅读它时，心生嫉妒，并因此而使它增添了活力。《终结之诗》是一个自我的、封闭的抒情世

① 《现代人札记》，1926年第27期，第569—572页。

界，被确定到极端的世界。这是一部抒情作品。作者用第一人称展开叙事。她把《捕鼠者》看成是具有自己品格的完整世界。在这个世界里，一个想法用跳跃的括号截住另一个想法，从而制造出不规律的跳动和韵律的交替。魔鬼般的节律，不断加快的单一音效打破了词汇间的语义界限，使得飞驰的语调具有了形象，词义更加突出。

长诗中，同一词语翻来覆去地使用，让人读到麻痹的程度，它或是嘲笑的等价物，或是笛子主旋律的化身。帕斯捷尔纳克认为，在这方面茨维塔耶娃简直就是女版瓦格纳。主旋律是茨维塔耶娃优选、有意使用的一种手段。同一主题在下一章中也偶尔闪现，这里它除了起提示作用外，还代表一种激情。在第二章中，从关于梦境的沮丧、缺少解析的评论到“未能撬开锁”这一幕的不断变换，处理得非常好，这一幕好像在惹被压制的节奏发怒一般。这是茨维塔耶娃惯用的手法。她让节奏变得“狂暴”起来，并开始抒情议论。

帕斯捷尔纳克指出，茨维塔耶娃这部长诗中的内容和形式总与节奏密切相连。当自然力开始思考、并开始“大甩”修饰、套话、皮提亚的“咒语”时，其威力发挥到极限，这时的修饰十分自然。她对“无穷大”（修饰、箴言等）的使用总是比“无穷小”（内容、形象等）多得多。

他认为，长诗中最好的章节是《离去》和《孩子的天堂》。因为，这些章节具有独特的节奏、音乐特征、主导旋律。在《离去》和《孩子的天堂》中，节奏享有绝对的特权。这里有作者的“主观节奏”，有作者的强烈情感、激情、高潮，这都是几乎永远无法得到的东西。帕斯捷尔纳克高度评价了《灾难》中的节奏，他认为，这一部分的节奏鲜明、生动、形象。他比喻说，它就像一个天然形成的商场，好像音乐早就熟知这种调性。小市民说长道短那一段写得特别精彩（为之后的写作提供了丰富的空间）。

关于《离去》，帕斯捷尔纳克评价说：这一章使用的所有词汇都有统一的风格，它们都适用于去描写遥远国度的事情。它们组成一个梦幻的词群，吹笛人带他们去的地方生长着特殊的植物、有独特的风俗和秘密，并常用这些词解释这些现象。总之，这一部分的故事情节激动人心。吹笛人形象充满现实性、话语很有节奏感。

《捕鼠者》的韵律形象令人惊叹！

帕斯捷尔纳克还就作品的创作主题和特色发表了自己的看法，他认为，长诗中“我”的主题写得也好。她很巧妙地使套子具有了象征意义。《孩子的天堂》一章的内容残酷、令人恐怖。

帕斯捷尔纳克的结论是：《捕鼠者》是一部由韵律做主宰的作品。其创作特点值得认真研究。

茨维塔耶娃是这样一个诗人：她的人生轨迹始终与文学创作交叉在一起，她人生中的每一个阶段、每一个故事基本都会反映在她的文学创作中。因此，读她的作品就能读到她的人，她的人生。

1918年到1919年间，诗人与安托科尔斯基、扎瓦茨基（Завадский, Ю.）、斯塔霍维奇（Стахович, А.）等演员交往密切，这是茨维塔耶娃人生中的一段重要经历。正是在这一时期，茨维塔耶娃诗歌创作中出现了一种新的形式—戏剧长诗。关于这一问题，茨维塔耶娃本人如是说道：“我开始写戏剧，这无法避免，声音超过诗歌，对于长笛来说，心中的叹息太多了。”尽管诗人说，她不太认同戏剧，但戏剧的神秘，其崇高的浪漫主义精神却让茨维塔耶娃倍感亲切，它使诗人忘却可怕的现实生活，给了诗人生活的勇气。她给后人留下了《福尔图娜》（Фортуна）、《石天使》（Каменный Ангел）、《卡萨诺瓦的结局》（Конец Казановы）、《淮德拉》（Федра）、《阿里阿德娜》（Ариадна）等戏剧长诗作品。遗憾的是，茨维塔耶娃生前，大部分戏剧长诗作品都未与读者见面。

1922年莫斯科群星出版社出版了茨维塔耶娃的《卡萨诺瓦的结局》（Конец Казановы: Драматический этюд）。作品问世后，影响不大，关于它的评价不多。1922年《耶尔姆涅》第1期上登载了巴格达诺夫斯基（Богдановский, С. Д.）的关于这部诗集的评论文章。

首先，作者引用了茨维塔耶娃为该部作品写的序言。“我总觉得，戏剧（用眼观看）是为心灵空虚的人提供支持、为福马·涅威尔内[1]这样狡猾的人提供保障的，这样的人只相信他们看到的东西，更有甚者，只相信能触摸得到的东西——是盲人使用的符号。诗人的本质——相信词语！诗人，通过天生就有的、对可见生活的幻想，来展现神秘生活的本质。戏剧最终把看到的世界（存在）重新变成可见生活，也就是日常生活……最终证明我是正确的，即：在无比激动的时刻，你或会

① 意指不可信的人。

仰视、或低下你的目光，或闭上你的眼睛……这不是戏剧，这是叙事长诗，是爱情，是对卡萨诺瓦的一千零一次表白。这还是演出，而我是演员。认识我的人会会心一笑。”博得达诺夫斯基写道：“我本人与作者并不相识，我们也认为，这不是戏剧或剧本，当然，可以把它搬上舞台。由于缺少情节，所以不能把它看成是剧本，这样的作品通常被认定是诗体对话。”这里，作者阐明了对这部作品体裁的看法。

博格达诺夫斯基对茨维塔耶娃的那句“诗人，通过天生就有的、对可见生活的幻想，来展现神秘的生活”给出了自己的解释：诗人把一些非诗歌素材加工成诗歌材料。首先，对卡萨诺瓦已有一种固定的、公认的、历史和伪历史的看法；诗人通过其对不可见世界的理解，塑造出自己的、诗歌中的卡萨诺瓦形象，作者认为，这是一种歪曲的理解。现在读者面前有三个卡萨诺瓦：一个是客观真实存在的卡萨诺瓦，一个是穆拉托夫的卡萨诺瓦，一个是茨维塔耶娃戏剧长诗中的卡萨诺瓦。总的来看，对情圣卡萨诺瓦的传统看法不甚清晰、明确，这与那个时代背景不无关系。穆拉托夫和茨维塔耶娃的作品旨在重构对卡萨诺瓦的认识。穆拉托夫塑造的是穿着短睡袍，露出肌肉、汗毛发达的大腿，头裹着花头巾，刚从床上爬起，打着大哈欠的卡萨诺瓦形象。茨维塔耶娃的卡萨诺瓦则是一个70岁的衰弱老头，她的卡萨诺瓦与传统上对卡萨诺瓦的认识相差不大：优雅、严厉、高贵，动作如虎，自觉如狮。

文章作者指出，这部作品的对话极其生动，整部作品富于变化、激情，充分体现出茨维塔耶娃无与伦比的诗歌天赋。最初的对话部分是用成对的四步抑扬格写成，之后交替为五步抑扬格，最后使用的是抑抑扬格。博格达诺夫斯基更喜欢的是四步抑扬格，因为它们有不断变化的对话语调、诗行，所以更令人激动。

作者认为，茨维塔耶娃的这部作品是从叙事长诗向戏剧文学过渡的作品。

第四节　关于诗艺的评价

20世纪20年代，茨维塔耶娃的创作技艺日趋成熟，形成自己独特的风格。其创作风格和特点是这一时期评论者探讨最多的话题。独特的韵律，茨维塔耶娃式的腔调等让安德烈·别雷，伊万诺夫，巴赫拉赫等人为之“折腰”……

1922年安德烈·别雷（Белый, Андрей）发表了评论文章《女诗人—歌手》（Поэтесса-певица）[①]。文中，这位象征派大师发表了对茨维塔耶娃诗歌的印象，并对其作品、一些诗歌特征进行了独特的解读。

从最初漫不经心的阅读到对诗集的爱不释手，这就是别雷阅读茨维塔耶娃作品的感受。让别雷深有感触的不是诗集的内容、形象和词语，而是其中无处不在的激情，以及茨维塔耶娃表现激情的艺术手段。

别雷把《离别》解读为写离别激情的诗。他认为，扬抑抑扬格是表现激情的最佳方法。茨维塔耶娃恰好非常出色地掌握了这个技巧。她写的诗，只能吟唱，不可朗读。之所以如此，是因为茨维塔耶娃将抒情和诗歌元素结合在了一起。这里漫不经心的词语、诗行和诗节是思维活动的基础，而思维活动的基础则是整体的旋律，这个整体决定着韵律的发声法。当富有表现力的明快曲调响起时，一切形象描写艺术都嫌多余；无歌调的诗就不称其为茨维塔耶娃的诗；这里别雷把茨维塔耶娃类比于平达[②]，索福克勒斯[③]。他写道，他们也不是语言家—诗人，不是演说家，而是歌唱家—作曲家。茨维塔耶娃所有的诗行都律动着悦耳的旋律。所以，别雷建议说，要想读懂茨维塔耶娃，就需去吟唱她的诗，而不要在句法中纠缠。

别雷认为，玛丽娜·茨维塔耶娃大胆地组合音步不同的抑扬抑格，并将之截短，这是茨维塔耶娃诗歌创作中重要的技艺，它能制造出一种格言诗效果；创造出有声的诗行。

有人曾对别雷说：写“我躺着，看着影子”«лежу и слежу тени»（这里重音在碰撞）这样的诗句很容易。他认为，这种意见是唯理论的表现。茨维塔耶娃不同于新古典主义，阿克梅派的诗人，她重视旋律，

① 《俄罗斯之声报》（Голос России），1922年5月21日，第7—8版。

② 平达（Пиндар），公元前约518年—前442/438年，古希腊抒情诗人。

③ 索福克勒斯（Софокл），公元前约496年—前406年，古希腊诗人，三大悲剧作家之一。

并早就开始准备向扬抑抑扬格过渡，把抑扬格四音节韵律化。她那从扬抑抑扬格到抑扬格的转变令人吃惊，还很绝。

作者通过对“是谁——突然一扬风衣/ 把我扔到空中？/是谁像红色的火苗/奔向蓝色的 火焰？/…… 扑通声——胜利的呼唤……/从无底深渊。轻轻的一跃。/呼哧声——雷鸣般的吼声”的分析，指出了四音节韵律在诗句向诗句过渡中所起的作用，指出了茨维塔耶娃诗歌韵律的丰富多彩性。别雷认为，如果勃洛克是韵律家，古米廖夫是形象描写艺术家，赫列勃尼克夫是音响家的话，那么茨维塔耶娃就是作曲家和歌唱家。别雷坦言，较之绘画和乐器，他更喜欢旋律。正因如此，他渴望亲耳聆听茨维塔耶娃的歌唱。他向她致敬。作者指出，茨维塔耶娃的诗歌作品中形象极富表现力，她的诗句有音响、能发声。

茨维塔耶娃在《手艺集》（Ремесло）中特有的茨维塔耶娃腔征服了格奥尔基·伊万诺夫（Иванов, Г. В.）。这位诗人、小说家、文学评论家在其文章《信箱》中对茨维塔耶娃的创作、尤其是对其创作的鲜明特征给予了很高的评价。

伊万诺夫写道：茨维塔耶娃的《手艺集》写得非常完美。这部诗集中有一种独特的创作方法。通常诗人在做诗集的时候，总会千方百计地控制自己，慎用每个词，压缩写过的内容，认为自己写的诗是糟粕。茨维塔耶娃正好相反。她就像打开的堤坝，任由诗篇奔腾涌出。[①]作者认为，创作诗歌时，任何创作手法都是好的，只要它成功。没人会对胜利者品头论足。茨维塔耶娃不是胜利者，但人们不想、也不该去责备她。之所以不想，是因为她是一个真正的诗人，倘若不是一个前行的诗人，也是一个正努力向前进的诗人。不应该去责备他，因为她的缪斯就像是叽叽喳喳叫的鸟，让她克制就等于捂住正在歌唱的鸫的嘴。

茨维塔耶娃的诗歌有无数缺点，它们冗长、松懈、没有意义，很多作品看起来就像是鞭笞派的歌曲，而非通常意义上的诗歌。但即便在她写的最差的诗歌作品中也含有其缪斯最宝贵之处的优点，那就是她的语调，她那特别浓的俄语味和女人的腔调。

文艺理论家巴赫拉赫（Бахрах, А. В.）在其《韵律诗》（Поэзия

① 该文载于《诗人行会》（Цех поэтов），第4辑，柏林，“三桅战船”出版社，1923年，第70—72页。

ритмов)[①]一文中，从诗歌韵律角度分析了茨维塔耶娃《手艺集》及其创作的特点。

巴赫拉赫首先谈到茨维塔耶娃诗歌作品给他的印象：起初就像是有节奏波动的猛烈、急速、肆无忌惮的旋风，就像猛然刮进屋里的风。它的突然造访带来了一股清新、令人激动的气氛。强烈而不由自主的风，由于其自发性而显得不定的风；它不知道任何界限。需要时间来习惯它，熟悉它，了解个别的抽象意义，在不和谐的体系中挖掘其特别的深层含义，在形式中觉察思想，感受情感的本质。《手艺集》有情不自禁的激情，有所有非机械造物的缺陷，也有固有的、“自我”造物的缺陷。读这部诗集时，巴赫拉赫克制着保持平静，忍着不去动弹、不去疯狂地跳舞。

作者认为，《手艺集》是为少数人而写的。大多数读者读它有困难。大多数人甚至可能会问：这是诗吗？之所以有如此困惑，是因为诗人把最本质的内容都蕴藏在标点符号、各种停顿中了。巴赫拉赫认为，《手艺集》中的茨维塔耶娃正处在转折点上。之前创作的作品，如《别离》、《里程碑》、《致勃洛克》，都是“转型时期”作品。《手艺集》是登峰造极之作。往下已无路可走。因为顺着这条路往下走就是无底的深渊；会离开诗歌而走向纯音乐。从这部诗集开始，炙热的东西渐渐冷却下来了。激烈的韵律变得轻柔、缓慢，而混乱将趋于稳定。面对世界时茨维塔耶娃总是胸襟坦荡面对，但她的灵魂却总是躁动不安。

茨维塔耶娃的诗歌空间有时是忧郁的。在这种氛围中，俄罗斯主题得到多方面的表现。各种小调和思念情绪不停涌出。在前半部奔放的情节后，诗人突然出现在已经被毁的满目疮痍的死城基捷日[②]，只能听到诗人拉长、嘶哑的失望声音。这就是巴赫拉赫对《手艺集》创作特色的解读。

关于《手艺集》，茨维塔耶娃的好友，小说家、文学评论家索欣斯基（Сосинский, В. Б.）也发表了自己的看法。他认为，茨维塔耶娃的诗有一种无与伦比的力量和勇气，没有哪一个女诗人能写出这样的诗。她的诗韵律丰富多样、响亮动听，这是其诗歌的主要创作特征。《手艺

① 巴赫拉赫：《日子》，1923年4月8日，第19页。

② 茨维塔耶娃：《在山坡上》（По нагориям）。

集》"是茨维塔耶娃的第一部技艺精湛的重要诗集"[①]。索欣斯基简要分析了作品的主题和特点。他指出，诗集中有一些描写俄罗斯革命的作品；在《可汗的战俘》（Ханский полон）中诗人描写了蒙古—鞑靼人的入侵；在《格奥尔基》（Георгий）中描写了白卫军的运动——常胜圣格奥尔基与蛇的搏斗故事。在写莫斯科的作品中，诗人直接发表了对革命的看法。

作者对《小巷》（Переулок）的评价是：在这部诗集中《小巷》占有特殊的地位。这部长诗写的是一名年轻女巫、俄罗斯喀耳斯的故事。这部长诗的韵律优美悦耳。长诗中使用了很多民间词语，诗人借用了不少鞭笞派的"狂跳"和斯拉夫歌曲的旋律。茨维塔耶娃的民间童话长诗总是充满运动，一些截短句完全不同于我们熟知的传统俄语句式。在这部诗集中茨维塔耶娃虽没有借鉴普希金的民间童话写法，但也呈现给读者充满活力、音乐性，具有丰富色彩的民间童话，没有哪一个诗人能做到这一点。

"阅读她的作品时，仿佛能感受到一阵清风，而随着风儿飘进房间的是茨冈人流浪时吟唱的歌儿。只有在朦胧的黑海星空下、在草原的篝火旁、在烟雾缭绕的饭店里，歌手才可能如此忘情地歌唱。"[②]这是诗人、文学评论家罗日杰斯特文斯基（Рождественский, В. А.）阅读茨维塔耶娃《里程碑》时发出的感慨。

1923年，罗日杰斯特文斯基为刚出版的《里程碑》撰写了评论文章。上段文字就出自这篇文章。作者观照了茨维塔耶娃作品与环境的关系，其诗歌中的民间文学元素等问题。

作者认为，茨维塔耶娃的作品给读者的印象与读者所处的环境形成了鲜明的对比。读者所处的世界是喧嚣的，他的窗外是无轨电车，有不断闪烁的霓虹灯广告，到处是无线电广播的声音，可在原始记忆的深处还存有游牧人陈酿美酒，精力充沛、带有野性的歌曲，这歌如纱丽般绚丽、如尖刀般锋利。一首《茨冈人的婚礼》（Цыганская свадьба）把这种情绪表现得淋漓尽致。在这首诗中，茨维塔耶娃对茨

① 《俄罗斯档案》（Руски архив），贝尔格莱德，1928年第1期，第180页。

② 罗日杰斯特文斯基：《巡回派剧院札记》（Записки передвижного театра），彼得格勒，1923年4月9日，第7—8版。

冈人生活的生动描写让人联想起俄罗斯文学中出现过的茨冈人形象。谈及诗人创作中茨冈人歌曲的根源，作者认为，它源于“野性、鞑靼人的自由”，源自游牧的时代。在那个时代，歌曲自动“生成”，记忆——无论是贪婪的记忆还是苍白的记忆都指向神话、预感、占卜和命运的伟大友谊，所以，茨维塔耶娃的诗歌中总能听到咒语和诅咒。在她的周围生长着茂密的童话森林，理智在这里迷失了，蕨类化成孩子对奇迹的信念。作者感叹道：茨维塔耶娃简直就是一个巫婆！她掌握了无数魔咒，她的预言非常奔放。茨维塔耶娃生就具有游牧人的原始记忆。正因如此，她才能感受到词语的火一样的自然力，领悟歌曲的迷醉之处。作者认为，当下，除茨维塔耶娃和帕斯捷尔纳克外，没有谁能创作出韵律更加丰富的作品了。阅读茨维塔耶娃的每一部作品，都会产生一种印象：由于说话太过激动、热烈而无法匀称呼吸。

罗日杰斯特文斯基把他们所生活的时代称之为“俄罗斯文化复兴的前夜”。“彼得堡诗人”尽量捍卫着俄语。他们使用的语言清晰，但毫无激情，人们渴望莫斯科的诗人能刮起炙热的俄罗斯之风。茨维塔耶娃做到了。她对莫斯科怀有热烈的爱。她怀着满腔的爱创作出真正的“莫斯科”诗歌，确切说，是俄罗斯的、自由的、流浪的、茨冈人的诗歌。

在对茨维塔耶娃的作品进行总体评价时，作者指出，一些诗写得很好，体现了高超的创作技艺，但有些诗写得比较随意。但总的印象还是好的。要想使诗的韵律丰富多彩，必须成为真正的俄罗斯人，必须能很好地体会出俄语、俄语歌曲、壮士歌、四句头的味道、分量和气息。以作者之见，茨维塔耶娃和巴拉腾斯基（Баратынский, Е. А.）、丘特切夫（Тютчев, Ф. И.）、安年斯基（Аннеский, И. Ф.）、霍达谢维奇等人一样，肩负着捍卫俄语的使命。

也许是意识形态使然，罗德夫（Родов, С. А.），这位无产阶级文化协会的文艺理论家对莫斯科里程碑出版社出版茨维塔耶娃《里程碑》大发感慨，对这部作品的评价带有比较浓厚的时代烙印。关于诗人及其创作，他有这样的见解，他认为，茨维塔耶娃具有强盗习性，在这方面，她和索洛维约夫如出一辙。为证明自己的观点，罗德夫引用了《假如命运使我们相聚》（1916年）中的诗句：“假如命运使我们相聚——/噢，我们就会快乐地踏上祖辈的土地！/没有一座城市会向我们致敬，/噢，我的亲兄弟，我真正的，举目无亲的兄弟！//桥上最后的灯火已熄灭——/我是小酒馆的皇后，你是小酒馆的沙皇。/臣民们，向我的王宣誓，/向他的皇后宣誓，——我把自己赐给众人！”他认为，这里反映的就是强盗的天性，豪放的天性。文中作者还分析了另一首诗“我的灵魂诱惑着众人”，旨在说明，这里的茨维塔耶娃是一个绝望的女罪人。在罗德夫看来，从罪恶到忏悔只有一步之遥。一个人坏事干多后，就会去教堂。文章作者认为，圣母崇拜和教堂是茨维塔耶娃这部诗集的中心。他建议共青团团员去阅读《莫斯科组诗》中的《从我手中接过非人手所能建造的城市》一诗。因为教堂的钟声响彻全诗，这钟声反映出整首诗的全部力量。

茨维塔耶娃是“活着并继续创作、不断探索、勇敢前进而非原地踏步的诗人中最好的俄罗斯诗人”①，这是奥索尔金（Осоргин, M. A.）对茨维塔耶娃的评价。在《诗人玛丽娜·茨维塔耶娃》译文中，奥索尔金与读者分享了阅读茨维塔耶娃作品的经验：不要怕她，虽然她有的时候会让人吓一跳。不要对她作品体裁、题材的多样性和发表其作品的诸多刊物感到吃惊，也不要被她那乍看上去显得有些轻率的“小可爱”惊着。

他不赞同把茨维塔耶娃归入俄侨公民诗人类的说法，认为，这样的结论毫无根据。茨维塔耶娃最不擅长的就是去做政客，她最擅长做的事情就是“令人失望”。他也无法苟同茨维塔耶娃是俄罗斯弹唱诗人这一说法。他认为，她最好的作品是写卡萨诺瓦的戏剧长诗，例如《凤凰》（Феникс）、《离奇的事》、《福尔图娜》等。而她最喜爱的同时代诗人是帕斯捷尔纳克，一个地道的俄罗斯诗人。鉴于此，作者认为，给玛丽娜·茨维塔耶娃贴任何标签都不合适。奥索尔金认为，茨维塔耶娃的诗会令懂诗的人激动、颤抖；她的诗是舞鞋击打的节奏，是细腻交织在一起的爱情。她具有爱的洞察力，这种能力是女人的天赋。男人永远不会写出《福尔图娜》这样的作品。

关于诗人和读者的关系，作者发表了一下看法：茨维塔耶娃是最伟大、最了不起的诗歌大师，所以，她可以去写那些“道行”不深的读

① 《新闻报》，巴黎，1926年1月23日，第1765期，第3版。

者看不懂的作品。作者建议那些真正喜欢诗歌的读者，好好学习阅读这门手艺，因为就是到画廊看画，也得有足够的知识储备。作为一个读者，可以去责备所喜欢的诗人，但却不可怨恨他们。这就是奥索尔金对读者的建议。

1929年，斯洛尼姆在《玛丽娜·茨维塔耶娃》（Марина, Цветаева）[①]一文中重点分析了茨维塔耶娃诗歌的主题和创作特点。他认为，茨维塔耶娃是最能惹起争议的俄罗斯诗人。一些人认为，茨维塔耶娃是革命时期最出色的诗人。而有一些人则认为，她的诗是毫无意义的辞藻堆砌，普通读者根本没法读懂她的诗[②]。她的每一部长诗问世后，总会有人出来对她恶言相加，也总有人出来激情相护，围绕着她的长诗总有热烈的争论。“前辈们”读不懂她，所以不认可她，年轻一代正好相反，他们把她视为老师。评论界，无论是喜欢还是不喜欢她，越来越信服她的实力和她的创作才华。

茨维塔耶娃是一个难以理解的诗人。因为她的作品太新、太简洁。她总是让读者绞尽脑汁去猜想其诗歌的内涵。很多读者无法读懂她的作品，所以声称，茨维塔耶娃的作品没有什么内容，她的诗充其量不过是文学实验，她只注重语言文雅含蓄的表达。这样的结论显然是错误的。纳博科夫（Набоков В. В.）甚至认为，“茨维塔耶娃的东西是写给自己看的，而不是写给读者的”[③]。读不懂茨维塔耶娃的作品，是读者自身的毛病，因为他不愿过多思考，因为他习惯并只喜欢业已形成的诗歌模式。

较之熟悉的格律和旋律，接受新的诗歌形式可不是一件容易的事情。所以，当很多读者在寻找装有茨维塔耶娃诗歌宝藏的盒子时，会不由自主地想起带暗锁的箱子，这没有什么好奇怪的。但当读者凭借直觉、学识或是认真钻研而得以深入宝盒之秘密，并打开这个神秘的圣器后，他们会看到非常神奇的画面。

① 《俄罗斯档案》，贝尔格莱德，1929年第4期，第99—110页。（原文为塞尔维亚—克罗地亚语。由切尔卡索夫 B. M. 译成俄语。）

② 伊万诺夫，霍达谢维奇，别尔别洛娃，阿达莫维奇曾在自己的文章中说茨维塔耶娃的诗歌“毫无意义”，是“大量辞藻的堆砌”。

③ 纳博科夫：《方向盘报》（Руль），1929年5月8日，第4版。

茨维塔耶娃刚开始发表作品时，还是一个青涩、无忧无虑、有一头金发的女孩，对生活充满激情，为世事的瞬息万变和幸福的短暂而忧伤。莫斯科的沙龙和文学晚会上经常可以见到她那匀称的身影、听到她那爽朗的声音。她的诗写的是青春、创作的轻松愉快，她的诗是脱口而出之作，它们“犹如喷泉四溅的水珠，犹如爆竹迸发的火花”①。第一次世界大战开始时，她已经小有名气。全俄罗斯都流传着她为杜撰的墓碑而写的墓志铭诗：“路人，停一下！/采一把毛茛和罂粟花——/看一眼我的墓碑——/我叫玛丽娜/芳龄几何。”②斯洛尼姆认为，这首诗已经展露出诗人某种不同寻常、不拘一格的特征。诗人坦言：“我喜欢/在不该笑的时候笑！”她就是喜欢唱反调，不顾及任何禁忌。十月革命开始后，她重又剑走偏锋，歌颂起18世纪、王冠和帝王的宝座，歌颂起上流社会的公爵夫人、冒险家等。

茨维塔耶娃的抒情诗主要是爱情诗篇。年轻的茨维塔耶娃敞开心扉去写爱情，她的爱是燃烧的、不安分的火焰，她毫无顾忌地把自己的情感世界呈现给读者。但1918—1920年间，诗人的内心世界发生了变化。这种变化在她的诗集《离别》中有所体现。这部诗集中悲剧因素感动了读者。这是与过去的别离，与曾经诱惑和吸引她的世界的别离。即便爱情短暂回归，厄运也会毁掉快乐。茨维塔耶娃这一时期创作的作品告诉人们，不应去追求尘世的光荣，外在的胜利不总会与内在、精神的胜利相一致，灵与肉的道路是两条截然相反的道路，为了认知世界和世界的完美，应该逃避无情、可恶的现实。这样，日常生活和诗人的崇高理想之间就出现了深渊。就像堂吉诃德一样，茨维塔耶娃遁入了理想、空想、纯精神的世界，她不喜欢模棱两可、妥协，讨厌麻木、庸俗之人的愚蠢行为。她与所有形式的因循守旧抗争着。她要深入到思想、人和自然的核心、本质中去。茨维塔耶娃鄙视目光短浅、庸俗的东西，蔑视肉体对灵魂的统治。在长诗《捕鼠者》中，她化诗歌为讽刺漫画，嘲讽了饱食终日，听从“尺度、神圣召唤”、循规蹈矩生活的哈默尔恩人。

斯洛尼姆认为，茨维塔耶娃凡事追求探源本质。她的这种极端性、深刻性与其紧张的精神生活和高涨的激情有机地结合在一起，使

① 茨维塔耶娃：《我的诗写得太早……》。

② 茨维塔耶娃：《你走来，你像我……》。

其成为最有激情的俄罗斯诗人。茨维塔耶娃在写爱情、离别、音乐或是工厂的关卡、革命、白卫军时，只会专注于一种思想、一种激情。她决不去理解、也不认可冷漠的态度。她要么赞美，要么鄙视；要么保护，要么攻击。她认同易卜生的忠告：无论想成为什么样的人，首先要做一个完整的人，不要做不完整的人，不要分裂。这赋予茨维塔耶娃的诗歌以特殊的力量和表现力，使她的诗充满情感色彩和严肃、哲学的内容。

茨维塔耶娃创作的典型特征是：茨维塔耶娃的诗歌中感性和纯精神的东西并存。她总是充满激情地思考问题。任何纯精神的东西都能让她激动不已和着迷，有时，这种激动甚至超过大自然或是人类带给她的激动。她的诗歌作品，尤其是她那总是充满诗歌灵感的散文作品中，总能感受到一种精神力量。

分析作品的语言特点时，作者指出，茨维塔耶娃是一个擅长运用所有语言表达手段的语言大师。她力求让自己的诗篇具有格言的特征。她通过一种完善、扼要的形式表达出自己的思想和独特性。在茨维塔耶娃作品中有一种被人称之为“难以理解的东西”，它其实就是凝聚的词语，快如闪电的思想表达，读者需要认真思考才能理解这样的东西。她的每一个词语都有分量和意义，都有形象或是思想，所以甚至其最好的作品《山之诗》和《终结之诗》读起来也颇费工夫，需全神贯注地读每一个词，需紧跟珀伽索斯的每一跑动的步伐，即便如此，也不是每个人都能在浪漫主义诗歌不平坦的田野上完成这种疯狂的跳跃。

茨维塔耶娃塑造的形象是诸种象征形象的聚合，她不会对他们做细节描写，因此读者要自己做功课。茨维塔耶娃的诗篇是运动的诗篇，腾飞的诗篇。与阿赫马托娃一样，茨维塔耶娃对形象、诗歌句法的重视超过对韵律的重视。不同的是，阿赫马托娃常用俗语，“把诗语庸俗化”，而茨维塔耶娃则使用响亮、充满文字游戏的词语，她的诗中蕴含着丰富的文学宝藏，具有典型的民间文学风格，她会出其不意地使用一些日常口语。

日常生活中，茨维塔耶娃总在不停地探究生活的本质，诗歌创作中，她则竭力使词语摆脱附加的特点，摆脱与之相连的直接意义。她总在玩文字游戏，因为她坚信：“太初有道，道与神同在，道就是神。”[①]

① 《新约·约翰福音》第一章第1节。

她认为，音响相似的词语中有一种比简单、和谐更重要的东西。

茨维塔耶娃为俄罗斯新诗歌带来了优美、明晰的词语。其作品的诗歌韵律与古典韵律有很大的不同，其中有元音重复，经常改变韵脚，有独特的隐喻。

茨维塔耶娃是真正的俄罗斯女诗人，俄罗斯精神在她身上得到集中体现，这一点在当代俄罗斯作家身上少见。斯洛尼姆甚至认为，她的诗篇较之那些写共产主义或是革命的作品，更符合俄罗斯时代的主旋律，正因如此，俄罗斯才会关注她的创作，甚至再版她的诗歌作品。茨维塔耶娃超越了政治，她在政治之上。

茨维塔耶娃就像祭司一样对待自己的手艺和创作，她用词就好像火镰敲击石头般精准。茨维塔耶娃的诗歌女神不是面带忧伤、而是面带灿烂微笑的女神。她化身面色苍白、目光深邃的普叙赫步入诗歌的殿堂，她高举着烛台，艰难地攀登上西卜拉和预言家居住的可怕悬崖。

1928年，茨维塔耶娃的诗集《离开俄罗斯后》（После России）问世。和茨维塔耶娃所有新作品问世后的反响一样，有人喜欢，有人不接受。在《离开俄罗斯后 玛丽娜·茨维塔耶娃的新诗》（После России Новые стихи Марины Цветаевой）[①]一文中，阿达莫维奇发表了对这部作品的看法。阿达莫维奇喜欢茨维塔耶娃的诗，它优美、独特；因为其创作中的优点多于不足，且非常突出。这首先体现在：茨维塔耶娃的诗是最高意义的情爱作品，它们放射着爱情的光芒，充满爱，它们仿佛冲向世界，并试图把整个世界揽入怀中。她的诗写得感情真挚、大气。他甚至认为，读茨维塔耶娃的诗，人可以变得更好、更善良、更富有自我牺牲精神、更高尚。此外，他还总结出诗人创作的另一个重要特征，即：她的每首诗中都有一个统一完整的世界感，也就是与生俱来的意识。在涉猎某一主题时，茨维塔耶娃总是会谈及整个人生。正是基于这些特点，阿达莫维奇才不再要求作品尽善尽美，才“接受”她的诗。

但是，阿达莫维奇并没有因为喜欢茨维塔耶娃的作品，而不说“但是”。他指出了茨维塔耶娃创作中他认为不足的地方。首先，茨维塔耶娃由于完全沉浸在自己的理想和腾飞中，而使其作品变得迷惑、晦涩，

① 《新闻报》（Последние новости），1928年 6月21日，第3版。

使其作品不具长久的生命力。其次，他认为，茨维塔耶娃不是太深邃、太复杂的诗人。其作品难懂的原因在于：在需要展开思想或是诗篇时，她总会打断它们，好像怕把事情说明白似的。她会在无需大喊的地方发出呐喊。她总是使用不同寻常的词语、使用最高级形式，而标点符号则是清一色的感叹号！一个正常人读这样的作品会很痛苦。她让自己的诗处处都磕磕绊绊，她想要的是粗鲁、野蛮的表现力。诗中经常缺少节奏感，等等。但阿达莫维奇认为，茨维塔耶娃是位真正的、罕见的诗人。

霍达谢维奇也为《离开俄罗斯后》撰写了一篇评论文章[①]。关于《离开俄罗斯后》诗集本身，他基本没有发表意见。茨维塔耶娃的诗歌创作特征是他探讨的中心话题。他认为，17年来，茨维塔耶娃诗歌创作的基本特征没有变化，善变是这些基本特征中最重要的特征。茨维塔耶娃在霍达谢维奇眼中，是最“不安分”，不停变化、不断创新的诗人。说明诗人始终在紧张地进行创作，始终保持着活力。

文章作者肯定了这个特点，但同时指出，在不懈的探索中，诗人经常会受其他诗人的影响。他认为，在茨维塔耶娃的作品中总能清晰地听到阿赫马托娃、曼德尔斯塔姆、勃洛克、别雷、帕斯捷尔纳克的声音，当然，最强的声音依旧是茨维塔耶娃独特的声音。关于这一点，勃留索夫早有微词，他曾称茨维塔耶娃是永远的模仿者。霍达谢维奇不同意勃留索夫的观点。每个人在创作时都会受到别人的影响，要向其他人学习一些东西。

霍达谢维奇指出，在从一种创作手法到另一种创作手法的转变过程中，茨维塔耶娃总是要重新开始诗歌创作，她从不愿意从自己以往的创作中汲取经验，正因如此，她呈现给读者和研究者的不是创作形式的循序渐进的发展变化，而是形式的机械变化，她给人一种印象，仿佛她在排空以往的东西。诗歌应该呈现作者的艺术个性。

诗人不同于哲学家，诗人的任务是要参透并感受世界，而不是直接评判这个世界。茨维塔耶娃是一个“贪婪”的观察者，她有敏锐的洞察力，并总是充满激情。她更重视记录她的所见所闻和感受，而不是发

① 霍达谢维奇：《关于玛丽娜·茨维塔耶娃 离开俄罗斯后：1922—1925年的诗篇的评论》，《复活报》(Возрождение)，巴黎，1928年6月19日，第3版。

表哲学感慨。她的诗歌总是感情充沛，甚至在叙事性作品中都充满抒情色彩。茨维塔耶娃珍惜每一个印象、每一个内心活动，她的主要任务是：尽可能多地、并按时间顺序记下这些印象和活动，不会去评价和区分孰重孰轻，她关注的不是艺术的可信度，而是心理接受的可信度。茨维塔耶娃想让她的诗歌成为日记。这一特点在《离开俄罗斯后》表现得尤为突出。

茨维塔耶娃能很好地驾驭词语，她的词汇量非常丰富。但她的创作中有一些不足之处，即：她没有深化思想内涵；把不能结合在一起的形象聚合在一起；想法和情感未经理智的检验；太过喜欢抛出未经斟酌的诗句；太过注重语音效果，结果给作品带来了重负，并让读者不得不经常去破译词汇堆积而成的作品。

茨维塔耶娃通过这部诗集告诉读者，她没有破坏创作的规矩。她总能创作出完全能体现艺术家构想的完整、完美的作品。

第三章 20世纪30、40年代的评论

1922—1939年茨维塔耶娃侨居国外，期间大部分作品都在苏俄境外发表，苏俄读者很难读到她的作品。苏俄评论界对她几乎只字不提。20世纪30年代，俄侨界对她的关注虽不比20年代，但对她的评论并未中断，期间出现了一些较为重要的评论文章，例如：伊瓦斯科，阿尔谢尼·涅斯梅洛夫，阿达莫维奇，别姆等。40年代的评论文章比较少，只有几篇散见于苏俄地方报和俄侨出版物上的文章。

第一节　来自祖国的评论

由于意识形态使然，茨维塔耶娃这样的侨民诗人、作家几乎都成了前苏联人民的敌人。侨民作家、诗人的作品几乎都被尘封。公开出版物上几乎见不到他们的名字，更不用说关于他们的评论、研究文章了。如果出现评论的话，也仅是顺便一提，且多是被批判的对象。

1930年《文学岗位上》（На литературном посту）第19期上发表了马雅可夫斯基（Маяковский, В. В.）的《关于诗歌的若干问题》（О некоторых вопросах поэзии）[①]一文。它是1929年9月马雅可夫斯基在俄罗斯无产阶级作家联合会理事会上所作的报告。报告中，马雅可夫斯基谈及茨维塔耶娃，他认为，茨维塔耶娃的诗写得很好，只是“走偏”了。他认为，应该给茨维塔耶娃施加些影响，使其诗歌走上正道。依马雅可夫斯基之见，凡是反对苏联的作品都没有存在的权利。

马雅可夫斯基对茨维塔耶娃的创作了解不多，但对她的创作却持

① 《文学岗位上》（На литературном посту），1930年第19期，第67页。

一种怀疑态度。1926年他在《红色处女地》(Красная новь)第4期上发表了《别急着去谴责诗人》(Подождём обвинять поэтов)一文，其中，马雅可夫斯基谈到诗集《里程碑》(1921年篝火出版社)，他写道："书店的售货员应该更想让读者服从自己的意愿。例如，进来一名女共青团员，她特别想买茨维塔耶娃的书。售货员应该一边吹去书皮上的灰尘，一边对女共青团员说，同志，你如果对茨冈人的多愁善感感兴趣的话，那我就斗胆建议你买谢尔文斯基[①]的作品，同样的主题，但你看人家写的！"[②]茨维塔耶娃读后非常伤心，1926年6月21日，在写给帕斯捷尔纳克的信中，她请求他转告马雅可夫斯基，说，她还有其他作品。言外之意，建议马雅可夫斯基去读一读，以便给她一个正面评价。她非常在意马雅可夫斯基的意见，因为对她来说，马雅可夫斯基比上一世纪的所有诗人都亲切。马雅可夫斯基的工厂和操场比封建城堡或是富有诗意的布宁的白色圆柱更亲切。茨维塔耶娃曾为马雅可夫斯基写了组诗(由7首诗组成)和一首短诗《致马雅可夫斯基》(Маяковскому)。在《诗人谈评论家》(Поэт о критике)、《诗人和时代》(Поэт и время)、《有历史的诗人和无历史的诗人》(Поэты с историей и поэты без истории)、《当代俄罗斯的叙事文学和抒情诗》(Эпос и лирика современной России)等文章中也谈到马雅可夫斯基及其创作。

1939年，茨维塔耶娃回国后，整理出一部诗集(玛丽娅·别尔金娜在其著作《命运的交错》(Скрещение судеб)之《面对冰冷的窗户》(Перед лицом стылого окна)[③]一章中描写了茨维塔耶娃精心筛选作品的细节)，准备在国家文艺书籍出版社出版。1940年11月19日苏俄文艺理论家、批评家捷林斯基(Зелинский, К. Л.)审读书稿后所写的意见终结了这部诗集的问世。捷林斯基在《关于玛丽娜·茨维塔耶娃诗集的评论》[④]一文中发表了如下见解：真正的抒情诗不说假话。它仿

① 前苏联苏维埃作家。

② 《红色处女地》(Красная новь)，第4期，第224页。

③ 别尔金娜(Белкина М.)：《命运的交错》(Скрещение судеб)，莫斯科，《祈祷前的钟声》，鲁多米诺出版社，1992年，第202—207页。

④ 该文自穆努欣档案。

佛是讲自己的事儿。但有时候透过诗人的个人感受、不以作者的意志为转移。它有时不可避免地会展现诗人生活的世界，出现中心形象，抒情主人公。诗歌凝结成某种完整的东西，成为描写现实生活的小说。上述一切都可以用来说明茨维塔耶娃的诗歌。她的诗集，内容完整、真诚，符合艺术要求和逻辑。也许正因如此，她的诗集才给人一种鲜明的印象，让人觉得，她的诗“来自彼岸世界”，与苏联人对世界的认识完全相反，对苏联人生活的世界甚至还怀有敌对的看法。

捷林斯基认为，这部诗集的主导情绪就是逃避生活，诗集中的《当心》（Берегись）[①]等诗就是告诉读者：要防备所有人，当心所有事。之所以如此，是因为现实生活充满欺骗与打击，所以茨维塔耶娃召唤人们到农村和大自然中去，逃避现实世界。茨维塔耶娃借诗集把读者带入一种朦胧的预言世界中，带进间接语的世界中。作品中的抒情主人公渴望潜入生活，不被别人发现，碰不到任何人，也“不踩到一棵小草”：“也许，战胜时间/和痛苦的最好结局就/走过去，不留下任何痕迹，/走过去，不留下任何影子……/撒光一切，不把骨灰留/在骨灰盒中……/也许——要用欺骗的方式？/释放自己？/就这样，像时间，像海洋一样，/无声无息地渗入，不惊扰海水……”[②]捷林斯基断言，这就是该诗集的主要基调。诗人离开历史，遨游在梅特林克幻想之雾和交相辉映的词语自然力中，遨游在自我陶醉的幻想中。

分析茨维塔耶娃的诗歌语言特点时，作者指出，她似乎在修建一条属于自己的走向世界的通道。她的诗歌语言蕴含着比隐喻、神话还要深刻的意义。他认为，茨维塔耶娃的诗歌思想丰富、情绪饱满。但韵律不够流畅。它们总被羁绊在无数的移行符号上。茨维塔耶娃经常随意地用韵律设障碍，把句子分开。有时甚至在诗行末尾，把一个词分为两部分，分置于不同的诗行里，从而造成理解上的困惑。

在茨维塔耶娃的这部作品中，经常出现省略重音的现象，尤其是有双音节词时，经常使用四音节韵律[③]，这样的用法让人想起老派的诗歌创作。作者认为，写诗的主要原则是单音连觉。选择搭配的词语，不

① 茨维塔耶娃：《但两个人在一起太挤》（Но тесно вдвоём）。

② 茨维塔耶娃：《潜入》。

③ 四音节韵律：由一扬三抑四音节组成的诗韵。

光是要表达诗的思想内容，还要考虑发音的相似特征。一些诗篇建构在"л"、"п"的重复上，另一些则在"ц"、"в"、"р"的重复上，等等。这样的诗给读者和翻译都制造了不小的障碍。

谈及阅读的感受，作者写道：读茨维塔耶娃的诗，你会有一种感觉，觉得喉头发紧，很闷。你很想马上出去透透空气。茨维塔耶娃具有写诗的天赋，但却不具备叙述的能力，这正是她的悲剧。捷林斯基认为，茨维塔耶娃为满足韵文的要求，大量使用了复杂、加密的诗歌结构，而忽略了内容，导致作品"缺少人性"。

作者也指出，《我在岩石上书写……》（Писала я на аспидной доске）、《给你——百年之后》（Тебе — через сто лет）、《我被钉到耻辱柱上》（Пригвождена к позорному столбу...）等作品值得阅读，它们写得明了，充满真实情感。这些诗带有某种政治宣言色彩，它们向苏联读者说明，诗歌的作者是哪条道上的人。诗人想通过它们告诉世人，它的政治立场是中立的。但捷林斯基认为，诗集作者政治立场中立的宣言与事实并不相符。

他对这部诗集的结论是：诗集与苏联生活格格不入，与社会主义现实主义诗歌、苏联诗歌相悖，所以不建议出版。

1942年11月，普斯科夫地方报《为了祖国》上刊登了著名的阿尼西莫夫（Анисимов, О. В.）的文章《玛丽娜·茨维塔耶娃》（Марина Цветаева）①。文中作者通过与阿赫马托娃的对比，把他认知的茨维塔耶娃呈现给读者。

阿尼西莫夫认为，阿赫马托娃和茨维塔耶娃之间存在着明显的不同，阿赫马托娃是圣彼得堡的代言人，而茨维塔耶娃则是克里姆林宫莫斯科的代言人。阿赫马托娃诗歌明晰，思路流畅，注重细节，韵律严谨。阿赫马托娃的特点是让每一首诗都以悲剧性色彩结尾，让每一首诗都独一无二。茨维塔耶娃与阿赫马托娃截然相反。茨维塔耶娃对世界、对他人充满了爱，然而，她却感觉到自己是个独立的存在。茨维塔耶娃钟爱歌德，她喜欢让每一个主人公都表现出本能的爱。阿赫马托娃的诗歌中没有这些元素。而茨维塔耶娃的诗歌中则没有那些琐碎的细节画面。茨维塔耶娃生活在时间之外，在组诗《致勃洛克》中，茨维

① 《为了祖国》（За Родину），普斯科夫，1942年11月28日，第2版。

塔耶娃塑造了一个超然尘世的勃洛克形象。茨维塔耶娃写给女儿的诗有着同样的特点。

茨维塔耶娃根本不看重诗歌中的个人因素，在她看来，无论是过去还是现在抑或是将来的诗篇，都出自一个女性之手，无名氏之手。茨维塔耶娃是一个才华横溢的女诗人。其诗歌主题异常丰富。茨维塔耶娃具有陀思妥耶夫斯基所说的那种俄罗斯人特有的再现能力。她的诗歌既有18世纪诗歌特有的风格，又有民间故事和传说的精髓。她深爱并能感受到俄罗斯民间诗歌的音乐性，深爱着俄罗斯大自然和俄罗斯人的淳朴。

她的诗歌中具有独特的音乐性。茨维塔耶娃在诗集《离开俄罗斯后》和《普叙赫》中加入了象征主义诗人对音乐性的理解。茨维塔耶娃写诗的方法多种多样，她完全掌握了写诗的技巧。茨维塔耶娃最优秀的诗作都是在侨居国外完成的。但是诗人早期的创作已展露出其创作个性。

第二节　来自中国俄侨的评论

十月革命后，由于各种原因，一些作家、诗人离开祖国，侨居国外。在东方，哈尔滨、上海成为俄侨居住的中心；在西方，柏林、法国等成为欧洲俄侨中心。在侨居地，这些诗人、作家继续用俄语创作。两个俄侨中心的作家、诗人虽远隔万里，但文学交往却没有距离。

阿尔谢尼·涅斯梅洛夫（Несмелов, Арсении）（真名为Митропольский, Арсений Иванович），著名的哈尔滨俄侨诗人，作家于1927年在巴黎的俄侨杂志《俄罗斯意志》上发表了《800俄里外》一诗，题词用的是茨维塔耶娃的诗文：“轻轻地想想我，轻轻地把我忘记。”这首诗成了两个人通信的一个契机。

1931年，涅斯梅洛夫在哈尔滨俄侨创办的《喉舌报》上发表了《玛丽娜·茨维塔耶娃谈马雅可夫斯基》（Марина Цветаева о Маяковском）一文。文中，作者针对若干关于马雅可夫斯基的评论发表了自己的见解。作者着重分析了茨维塔耶娃的组诗《致马雅可夫斯基》。该组诗由7首诗组成。以涅斯梅洛夫之见，这“7首诗是7次灵感的大爆发”，这些诗真实、完整地再现了马雅可夫斯基形象。他完全认同并接受茨维塔耶娃塑造的马雅可夫斯基形象。分析这些诗篇的时候，涅斯梅洛夫指出，作品中的若干诗句是为侨居西方的俄侨而写的。他准确地捕捉到茨维塔耶娃描写马雅可夫斯基的几个“致命点”：其一，这位诗人一生都在向右开枪，只有一次射向左边，结果丧命了。其二是：女诗人勾勒了一幅马雅可夫斯基与叶赛宁在冥界会面的画面。涅斯梅洛夫认为，这是该组诗“最可怕的地方”。在涅斯梅洛夫眼中，茨维塔耶娃的创作有如钻石，它不仅闪闪发光，而且还可用做切割之用。她的每一句话都会在心灵之窗上留下不可磨灭的印迹。诗人、小说家、记者罗基诺夫（Логинов, В. С.）与哈尔滨大部分俄侨作家和评论家一样，在参加俄侨举办的马雅可夫斯基追思会[①]后，撰写了《还是那样》（Всё то же）[②]。文中作者谈及茨维塔耶娃的组诗《致马雅可夫斯基》。罗基诺夫认为，茨维塔耶娃在这部作品中用最直接的语言和最鲜明的形象表现出俄罗斯诗人的悲剧命运。在书写别人命运的时候，反映出诗人的命运和自己的命运。最重要的是：她秉承了自己的反叛天性，号召人们去反抗因循守旧的东西，敢于叛逆。关于茨维塔耶娃的组诗《致马雅可夫斯基》，哈尔滨俄侨评论家施泰恩（Штерн, О.）与涅斯梅洛夫和罗基诺夫所持的看法截然不同。对茨维塔耶娃的才华他也大加肯定，但认为她的这些诗篇太过苍白，缺少真诚。[③]

列兹尼克娃（Резникова, Н. С.）这位活跃在20世纪20到40年代哈尔滨俄侨文坛上的女作家、诗人、评论家，在《边界》杂志上发表了数篇关于茨维塔耶娃的评论。她认为，茨维塔耶娃写沃洛申的回忆录《关于生者的活生生的事》是一篇具有很高艺术价值的作品。只有诗人才能写出如此出色的散文作品。作品中，茨维塔耶娃克服了所有女性弱点，呈现出女性身上最美好的品质：温柔、敏感、忠诚、高尚。在茨维塔耶娃笔下，沃洛申是一个精力充沛、内心强大，具有超凡魔力的诗人。列兹尼克娃为茨维塔耶娃塑造的这个具有强大生命力的形象所征服。茨维塔耶娃让人相信，人世间存在沃洛申这样的人，并让人在这样的

① 1931年3月哈尔滨俄侨在哈尔滨商业俱乐部举办了纪念马雅可夫斯基的追思会。

② 《大公报》（Гун-бао），1931年4月3日，第3版。

③ 施泰恩：《舵》（Рупор），哈尔滨，1932年4月24日。

巨人面前颤抖。是茨维塔耶娃使他获得了永生。[①]列兹尼克娃对《被俘的灵魂》(Пленный дух)的评价是:这部作品全方位地展现出茨维塔耶娃的才华。在这部作品中,别雷被塑造得栩栩如生,其命运充满悲剧色彩。但列兹尼克娃也指出,这里无论是对形象还是对命运的描写都有夸张之嫌。[②]

谈及《索涅奇卡的故事》(Повесть о Сонечке),她认为,茨维塔耶娃塑造的索尼奇卡形象充满活力,感情真挚,是敢爱敢恨的女性。对她来说,爱就是生活的支柱,她喜欢爱情,因为她本人需要去爱,并凭借自己的天赋"把心给别人",在爱情中忘却自己,等等。列兹尼克娃认为,也许生活中根本就没有茨维塔耶娃所写的这个索涅奇卡。她只是女诗人的一种理想。如果真是这样,那这个理想人物比真实存在的人物更真实。[③]

第三节　来自欧洲俄侨的评论

欧洲的俄侨中心在巴黎、柏林。梅列日科夫斯基、布宁、巴尔蒙特、吉皮乌斯、列米佐夫等著名俄罗斯作家都随第一次侨民浪潮漂流到此。俄侨在这里创办了自己的出版社、杂志和报纸,发表用俄语创作的作品。其他欧洲城市,例如,捷克、保加利亚、波兰等,也有俄侨作家、诗人居住,那里也有俄侨创办的出版物。这一阶段既有对茨维塔耶娃诗歌、散文作品的评论,也有对其人的评论。

"玛丽娜·茨维塔耶娃是伟大的诗人,是当代俄罗斯诗坛上最'有诗意'的诗人"[④],这个评价来自诗人温特尔瓦尔德(Унтервальд, Анатолий)。他在《玛丽娜·茨维塔耶娃的晚会》(Вечер Марины Цветаевой)中把茨维塔耶娃的读者分为两个阵营,一是喜爱茨维塔耶娃作品的读者;一是不喜欢其作品的读者。但凡喜爱诗歌的读者,没有谁能漠视茨维塔耶娃的诗歌作品,因为茨维塔耶娃的诗歌充满自然力和强大的旋风。在作者眼中,茨维塔耶娃是一个敢写所有题材,绝不循

① 《边界》(Рубеж),哈尔滨,1933年第47期,第24页

② 《边界》,1934年第28期,第24页。

③ 《边界》,1938年第15期,第24页。

④ 《年轻词语》(Молодое слово),索菲亚,1932年1月1日,第5期,第3版。

规蹈矩的诗人。在这方面，没有哪位诗人能和她相提并论。作者认为，茨维塔耶娃是俄罗斯民族的骄傲，是伟大的俄罗斯诗人。

1932年阿达莫维奇撰文分析了茨维塔耶娃的《良心光照下的艺术》（Искусство при свете совести）的主题和创作特点。他认为，《良心光照下的艺术》的主题尖锐、深刻。显露出作者精湛的技艺，也显露出她的傲慢任性。在这部作品中茨维塔耶娃旁征博引，既引用了丘特切夫的诗文，也引用了魏尔伦的话，但所引用的内容不是很准确。阿达莫维奇认为，诗人关于歌德和普希金的书写，都非常独特、非常有意思。茨维塔耶娃能写出这样的作品，是因为她是个聪明、有才气的人。她会遨游在思想的世界里。她不会装腔作势，总是真诚地表达自己的想法，话语中总有一团燃烧的火焰。但不管怎样，她是女性，她身上还有颓废者的一些特点。①

1933年侨居芬兰的诗人、小说家、评论家布里奇（Булич, В. С.）在《关于新诗人》（О новых поэтах）②一文中较为深入地分析了茨维塔耶娃的诗歌创作特点。布里奇把俄侨诗歌分为两部分。一部分继承了俄罗斯的传统诗歌创作，保留了简洁明了特点，并继续沿着这条传统之路前行。另一部分则走求新之路，摒弃创作传统，探索新的诗歌创作形式和内容。根据创作特点，她把茨维塔耶娃列入第二阵营中，并视之为这一阵营中最鲜明、最有才华的代表人物。她认为，茨维塔耶娃的创作是现代诗歌中独具特色的现象。

作家、诗人创作时总有某种无意识的成分自然流淌于作者笔下。灵感不是被呼唤出来的，需耐心等待它的出现，并听从它的指挥。艺术家或是有意识地塑造出充满自然力的形象，赋予他们情感、思想和情绪，或者完全无意识地、盲目地听命于灵感，记录、创造形象，不顾及任何人的观点。作者认为，茨维塔耶娃就是这样的诗人，她就是这样天马行空、自由自在地进行创作。运用听觉—词语的联想是茨维塔耶娃诗歌创作的创新之处。对于茨维塔耶娃而言，词语不是手段，而是目标。正因如此，她的诗才令人费解。读茨维塔耶娃的诗，会情不自禁地把它们与新的音乐作品做一比较。

① 《新闻报》，巴黎，1932年10月27日，第3版。

② 《团结一致》（Журнал содружества），维堡，1933年第7期，第12—17页。

关于诗人和读者的关系，作者阐释说，诗人和读者间好像有一堵双面墙，一面是读者的不理解和误解，一面是诗人对读者的漫不经心态度，不想减轻读者接受其创作的难度。像茨维塔耶娃这样崇尚自由、与众不同的诗人，有权“随着自由思想的指引，沿着自由之路前行”[①]。读者的任务就是尽量去理解诗人，找寻开启诗人创作的钥匙。

茨维塔耶娃在《上帝呀，什么时候……》（Когда же, Господин...）一诗中写有这样一句话：“在艺术的土地上我是一个语文学家。”布里奇认为，茨维塔耶娃这句诗文是对其本人的准确评价。她确实是一个语文学家，一个把词语编织成优美花纹的“花边女工”。对茨维塔耶娃而言，词语具有自身价值，但其价值并不体现在其表达的意思中，而在其声响上，其语音构成上。茨维塔耶娃的创作基础是韵律和词语，而非具有各种情感和情绪的形象。她使用的词语具有各种音响，它们能引起各种音响上的联想与和声。

布里奇对柏林《离开俄罗斯后》进行历时性的研究后，发现其诗歌创作的一个特点：一首诗经常与另一首形成呼应关系，而把它们联系在一起的是某一不断浮现的单词，例如，“手掌”。作者指出，组诗《两个人》（Двое）中的诗文“世界建造在和声上”，是理解茨维塔耶娃全部创作的关键。对她来说，和声就是基础、规矩、真理。她用声音相和的词语建构自己的“虚拟”世界，而且在她眼里，这个世界要比现实世界更真实、更重要。在她的笔下，意义上基本没有关联、但声音相合的词语被连在一起使用，并获得某种意义。诗人通过声音自由联想这种方法为自己提供了广阔的创作道路和新的创作视角，更新了旧观念和概念，赋予它们以某种新的、深刻的意义，并拓展了词语搭配的空间。

作者认为，茨维塔耶娃的作品具有标志性的特征。古旧词语与随机词并存；诗歌充满激昂的情绪和西卜拉的语气；截短的诗句；没有动词；把诗行的末尾移到下一诗行；富有表现力的节奏；具有特殊意义的破折号，等等。另外，她不注重韵律的平缓性，没有大量使用元音。相反，在她的作品中经常出现违反发音法，并因而造成朗读障碍的诸个辅音连缀现象。作品中声音相合或是语法相近的词语经常对称出现。茨维塔耶娃用信手拈来的、能产生音响联想的词语建造起其诗歌殿

① 普希金：《致诗人》。

堂。除注重音响的联想这一特点外，茨维塔耶娃还擅长“玩”文字游戏。谈及这一特点时，布里奇回顾了诗人的早期创作，她认为，诗人早期创作的作品中形象、情感、情绪等一应俱全，但侨居国外后，诗人走上了全新的创作道路，她醉心于词语，把它视为最有价值的东西。布里奇认为，此时茨维塔耶娃的创作更接近结构主义，因为结构主义诗人最注重的是音响和韵律，不太重视诗的意义。

除了上述特点，布里奇认为，茨维塔耶娃的创作还有一些有待商榷的地方，例如，技巧多于真诚，诗人更相信偶然的联想，而非直接的感受和创作直觉。她的诗要反复阅读，才能读出诗人未说出来的内容。

伊瓦斯科（Иваск, Ю. П.）是第一个系统研究茨维塔耶娃的文学评论家，也是一生都在研究茨维塔耶娃的诗人。其第一篇研究茨维塔耶娃的文章是《茨维塔耶娃》（Цветаева）。[①] 该文中作者阐释了对茨维塔耶娃其人和创作的理解。

他认为，茨维塔耶娃是孤独的。茨维塔耶娃是在孤独中挖掘着现实的主题。茨维塔耶娃的创作与现实生活格格不入，但其中却蕴含着时代的激流（但不受制他们的影响）。茨维塔耶娃是“划时代的”人，但要比时代睿智，她看得更深、更远。在分析茨维塔耶娃的诗歌传统时，他认为，茨维塔耶娃以18世纪的诗歌为创作基础。她的诗歌创作中保留了杰尔查文—希什科夫流派的传统。关于茨维塔耶娃的诗歌特点，作者观点是：古典中蕴含着浪漫，“逻辑”中蕴藏着“自发性”，日神精神中蕴藏着酒神精神，逻各斯中蕴藏着情欲，秩序中蕴含着自然力。

在另一篇文章《确定主题的尝试》（Попытка наметить тему）[②]中，伊瓦斯科探讨了茨维塔耶娃和时代的关系，以及茨维塔耶娃诗歌作品中的结构主义特征等问题。伊瓦斯科认为，如果说伊利亚·谢利文斯基（Сельвинский, Илья）等结构主义者笔下都是“冰冷的数字”、光秃秃的结构的话，那么茨维塔耶娃诗歌中则是“冰冷数字的激情”。还有一种结构主义。茨维塔耶娃的结构主义没有脱离生活，她不停地从生活中汲取营养。

无论是民间词语、古旧词语，还是现代日常词语，在茨维塔耶娃的

① 《处女地》（Новь），塔林，1934年第6期，第61—66页。

② 《剑》，华沙，1936年第10期，第6页。

作品中都拥有自己的位置，并具有新意。茨维塔耶娃“用代数检验和谐”，但是代数对她来说，不是目的，而是方法。伊瓦斯科认为，大多数当代结构主义者的分析和综合思维能力都很强，但他们的构思和幻想中缺少自然力和创造力。茨维塔耶娃的诗歌中有统一的逻辑构想，统一的生活范围。她的结构主义诗篇中，思想非但没有扼杀生活，还激发了处于冷冰冰、纯推理氛围中的生活。茨维塔耶娃的激情就在于此。

“血要永远不枯竭该多好，/未来赫拉克勒斯的光荣！/还有——世界未见过的百牛大祭！/不可胜数的事情……”[①]作者认为，这些诗句表现的是狂喜，但在感叹句和感叹号后面蕴含的却是清晰和清醒。茨维塔耶娃诗歌中有时代特有的新风格特征。她的诗歌反映出新斯巴达克人最美好、最纯洁、最重要的心声。

《声雨》[②]（Звуковой ливень）是巴赫拉赫为纪念茨维塔耶娃而写的一篇文章。文章中，作者抛开了一切表面现象，直接切入已故诗人的本质，剖析了诗人最核心的东西。在巴赫拉赫的意识中，茨维塔耶娃比任何人都适用于“诗人是天生的”这个定理。她热爱诗歌，她的诗歌和生活相互交融在一起。她喜爱诗歌创作。她对诗、对词语有着无尽的爱。由于对节律和完美音色的过分追求、对词语的过分挑选，导致她无法驾驭词语。也就是说，她把它们引出来，可却被它们给控制了。

她的诗歌必须放声朗读。音在她的诗歌创作中，同音乐一样占据着主导地位，有时音与音乐融为一体。茨维塔耶娃喜欢移行、断句。由于酷爱头韵，她大量使用口语双关语形式。音成为选词的重要参照。在其诗歌中挖掘具体意象的想法是不切合实际的。有鉴于茨维塔耶娃诗歌创作手法的独特性，读者阅读其作品时，一定要认真查看诗人的标注，看看重音在哪里。这是巴赫拉赫给读者提出的建议。

巴赫拉赫认为，《普叙赫》和《手艺集》是茨维塔耶娃所有诗作中最好的作品，她用超凡的艺术手法和大胆无羁的形式表现出自己的真诚。《手艺集》是茨维塔耶娃创作的巅峰。之后她创作的诗作，暴风骤雨般的节奏减少了，对言语的痴迷也有所减弱。音乐天赋造就了她，也给她带来了困扰，音乐是母亲给她的财富，而写诗的技艺却属于她本人。

① 茨维塔耶娃：《阿里阿德娜》（Ариадна）。

② 《俄罗斯汇编》，巴黎，1946年第1辑，第183—186页。

第四章 20世纪50、60年代的评论

20世纪50、60年代，除了阿达莫维奇、安托科尔斯基、古里、司徒卢威、爱伦堡、伊瓦斯科等“年长的一代”评论者外，研究茨维塔耶娃的队伍中增添了新的血液，例如，女作家、文学评论家谢列波夫斯卡娅，文艺理论家别尔佐夫，诗人、小说家、文学评论家杰拉皮阿诺，查别仁斯基，奥尔洛夫，威利奇科夫斯卡娅，帕乌斯托夫斯基，特瓦尔托夫斯基等。诗人的个性，诗人的命运诗歌，散文作品的创作主题和创作特点依旧是评论的热点。对《天鹅营》(Лебединый стан)，《我的普希金》(Мой Пушкин)等作品的解读亦是这一时期探讨的主要话题，此外一些评论家还就茨维塔耶娃与文学传统等问题进行了有益的分析。

第一节　关于散文作品的评价

茨维塔耶娃侨居巴黎后，完成了数篇散文作品和回忆录，例如：《母亲和音乐》(Мать и музыка)，《劳动英雄》(Герой труда)，《被俘的灵魂》(Пленный дух)，《索涅奇卡的故事》(Повесть о Сонечке)，《我的普希金》(Мой Пушкин)等。但只有为数不多的作品进入读者和研究者的视线。

茨维塔耶娃的散文作品其实就是她的人生回忆录。她在散文作品中记录了她的童年，她的过去和她的亲人，文学创作的开端，回忆了她所熟悉的文学家，等等，这是尤·杰拉皮阿诺在《茨维塔耶娃的散文作品》(Проза Цветаевой)[①]和《重读茨维塔耶娃》(Перечитывая

① 《新俄罗斯词语》(Новое русское слово)，纽约，1954年3月7日，第8版。

Цветаеву)[①]中提出的观点。她的散文作品既呈现了她的人生经历，也表达了她对创作的看法。作者认为，茨维塔耶娃的散文集非常有趣。她通过回忆告诉读者：她是个颇具天赋的人，有着非凡的气质，她独立不羁，感觉敏锐。在茨维塔耶娃的诗歌和个人命运中有些东西是不合时宜的，使得诗人命运多舛。

杰拉皮阿诺认为，《我的普希金》和《母亲与音乐》这两部作品具有独特的叙事特点，它们都以成人之身，儿童心态来描写往事。而在《良心光照下的艺术》中，诗人通过对诗歌、诗人的阐释，展现出她对世界、创作的观照。个性化词语的运用、充满律动感的节奏是茨维塔耶娃创作的一个标志性特征。其散文作品展现出她对世界、艺术、诗人的独到见解。她的散文是俄罗斯文学中宝贵的财富。

茨维塔耶娃的散文与诗歌相互交融在一起了。这是弗·斯杰布恩（Степун Ф.）对《玛丽娜·茨维塔耶娃 散文作品》的评价。在为这部书撰写的《前言》（Предисловие）[②]中，斯杰布恩高度评价了诗人茨维塔耶娃的散文创作，并分析了其创作人生和创作特点。

作者认为，她的笔下，疯狂的灵感与精致的写诗技艺有机地结合在一起。她对诗歌创作有着永无止境的爱，她酷爱古语和现代言语，酷爱节奏和辅音与元音的相互转化。她的散文作品就是艺术作品，是诗歌作品。茨维塔耶娃的创作水平精湛。描写别雷时，茨维塔耶娃借敏锐的洞察力、精湛的语言技巧准确地勾勒出别雷的外部特征，展现出其深邃的内心世界。散文集中记录了茨维塔耶娃式的名言警句，它们向读者揭示了诗人的思想历程。茨维塔耶娃有跳跃性的思维，尼采曾经把这种思维比作创造性思维。

茨维塔耶娃是孤独的，这与其性格不无关系。斯杰布恩认为，她是一个桀骜不驯、特立独行的人，从不对任何人妥协，从不屈服于任何人。她总是自己一个人孤独前行。她内心中的矛盾使她在这个时代倍感孤独。对她来说，创作是灵与肉的结合。茨维塔耶娃认为自己为诗而生，没有诗就不能活，但她深知，艺术不能脱离生活而独立存在。

① 《俄罗斯思想》（Русская мысль），1956年12月8日，第4—5版。

② 《玛丽娜·茨维塔耶娃 散文作品》，纽约，契诃夫出版社，1953年，第7—16页。

斯杰布恩认为，能够理解茨维塔耶娃诗歌的人越来越少了。俄罗斯人文精神传统发生了改变，俄罗斯文学水平日趋下降。在此背景下，茨维塔耶娃的散文作品显得弥足珍贵，“它代表的是革命前俄罗斯文化的一部分”[①]。古里对此也持有同样的观点。他亦认为，茨维塔耶娃的散文作品在“日益衰弱的俄罗斯文学中显得十分出众。它的出版不仅是俄侨文学中的大事件，更是俄罗斯文学中的大事件”。[②]古里与大多数评论者一样，深信茨维塔耶娃是一位真正的诗人。艺术在茨维塔耶娃生活中不可或缺，十分神圣。她的全部生活都蕴藏在艺术中。在阐释茨维塔耶娃创作的特征时，作者指出，音乐性、时代感、无节制是最鲜明的特征。时代感体现在诗人复杂的创作技巧中，体现在音乐性上。音乐性不仅存在于诗歌中，也回荡在散文作品中。

茨维塔耶娃的散文作品具有口头文学特征。诗人通常不关注词语的发音及色彩，却对用词的搭配用心良苦。民间口头文学成为她喜爱的创作形式。她酷爱“摆弄”节律，这一特点在她的散文作品中也有所反映。从对节律的偏爱角度看，别雷与茨维塔耶娃两人堪称同道中人。别雷读过茨维塔耶娃的作品后曾如是评价说：“她的诗让我怦然心跳。”两人虽都酷爱节律，但“玩法”却大有区别。古里认为，别雷作品中的节律是真的不协调，而茨维塔耶娃作品中的不协调只是表面的。深处，它具有普希金式的和谐。茨维塔耶娃的散文作品与别雷的本质区别：她从不背离自己的本性。在她的作品中富有迷人的形象和尖锐的思想，没有一个句子、词语是多余的，内容也不空洞。词语于她，不只是心爱之物，更是工具、珍品。夸张、奇特等艺术手法被她行云流水般地运用到作品中，凸显其超凡的创作才能。茨维塔耶娃将艺术比作纯真孩童的游戏。这种游戏体现在神话中，而俄罗斯便是最新的神话。

帕乌斯托夫斯基（Паустовский, К.）在《桂冠：关于玛丽娜·茨维塔耶娃的“父亲和他的博物馆”》（Лавровый венок: Несколько

① 弗·斯杰布恩（Степун Ф.）：《前言》（Предисловие），自《玛丽娜·茨维塔耶娃散文作品》，纽约，契诃夫出版社，1953年，第16页。

② 古里（Гуль Р. Б.）：《茨维塔耶娃和她的散文作品》（Цветаева и её проза），《新杂志》（Новый журнал），纽约，1954年第37期，第129页。

слов о рассказе Марины Цветаевой «Отец и его музей»）[①]一文中对《父亲和他的博物馆》进行了分析。作者指出，茨维塔耶娃在诗歌创作方面具有丘特切夫的深度和力量，她使用的语言生动、有力。见过茨维塔耶娃的人都会被她真诚的魅力所折服。她对俄罗斯怀有一份女儿般的爱。

作者认为，茨维塔耶娃的散文准确、精细、自由，它不仅可与其诗歌比肩，有时甚至还高于诗歌。茨维塔耶娃的每个词都属于俄罗斯诗歌，属于俄罗斯人民。她是女性内在美的表达者。在《父亲和他的博物馆》中，茨维塔耶娃以雕刻家的自信完成了一件出色的雕塑品。该作品可以说是女儿献给父亲的宝贵桂冠。帕乌斯托夫斯基指出，茨维塔耶娃的散文作品是俄罗斯文学的宝贵财富。

特瓦尔托夫斯基（Твардовский, А. Т.）对《玛丽娜·茨维塔耶娃选集》（Рец: Марина Цветаева. Избранное）[②]的评价是：诗集中的诸多诗篇反映出诗人的精神痛苦以及她对痛苦的深思。透过茨维塔耶娃的诗篇可以看出，她对生活、诗歌、俄罗斯充满深沉、热烈的爱。她对资产阶级的仇恨和反法西斯的激情鲜明、强烈。茨维塔耶娃诗歌中的词、音、调都是俄罗斯诗歌中罕见的现象。诗中富含深意的破折号是词语更换的标志，它充分展现了茨维塔耶娃诗歌语言所具有的情感力量。它虽像呼吸时断时续，不匀称，但却非常生动，不造作，这都是茨维塔耶娃诗歌创作的独特之处。

第二节　关于《天鹅营》的评论

《天鹅营》（1917-1921）是一部献给白卫军的诗集。茨维塔耶娃本人在回国前曾整理好诗稿，准备付梓出版。由于各种原因，未果。手稿存档于瑞士巴塞尔大学。后来，该大学的俄语教授叶·埃·马勒把手稿交与司徒卢威。后者为这部诗集的出版付出了不懈的努力和辛勤劳动。1957年诗集在慕尼黑出版后，评论文章随之出现。有人研究了诗人及其世界观；有人观照了作品的主题和特色。但相关评论都有不够深入之嫌。

① 《自由》（Простор），1965年第10期，第35页。

② 《新世界》（Новый мир），莫斯科，1962年第1期，第281页。

侨民作家、诗人雅科诺夫斯基（Яконовский, Е. М.）在其《玛丽娜·茨维塔耶娃的“天鹅营”》（Лебединный стан Марины Цветаевой）[①]一文中，首先介绍了前言中一些评论家对茨维塔耶娃的评价。诗集的作者被冠以“高雅的茨维塔耶娃”，“与众不同的诗人”等标签。一些评论者探讨了茨维塔耶娃与传统的关系，有人把她归入涅克拉索夫阵营，有人把她归入丘特切夫阵营，做这样的归划，该文作者觉得毫无意义，甚至可笑。他认为，茨维塔耶娃虽身为侨民，却是和马雅可夫斯基、安德烈·别雷、帕斯捷尔纳克一样的诗人。

雅科诺夫斯基在其研究中关注到诗人创作中蕴藏的独特俄罗斯民族气质，把她比作《伊戈尔远征记》中的雅罗斯拉夫娜，她的丈夫谢尔盖·埃夫隆就是她命中的“伊戈尔”。她一生都在等自己的“白天鹅”。《天鹅营》是关于“白卫军”的诗；是写失败的反革命阵营的诗；是写自我牺牲、青春和军人高尚品质的诗。他认为，茨维塔耶娃不善于同政治打交道，经常做一些不合时宜的事情。

杰拉彼阿诺结合历史背景，介绍了诗人创作《天鹅营》的历程。[②]他认为，在写《天鹅营》时，茨维塔耶娃一直都想象她是同丈夫在一起。当时丈夫正在白卫军中作战，而她肩负起他的事业。文章作者认为，为荣誉而战是茨维塔耶娃1918年创作诗歌主导旋律组诗。《安德列·谢尼埃》（Андрей Шенье）表达了两种情绪：对所有饥饿者的同情以及对富人的仇恨。1920年所创作的优秀诗篇中，茨维塔耶娃着重强调了红军攻克克里米亚这一事件。该诗的节奏极具冲击力。

茨维塔耶娃特有的抒情性独白仿佛是一堵墙，使她明显地区别于其他诗人。她具有强烈的反抗精神。她排斥她那个时代的生活。这是别尔涅尔（Бернер, Н. Ф.）在为1957年慕尼黑出版的《天鹅营》撰写的评论文章[③]中提出的观点。由于《天鹅营》充满真情实感，带有某种英雄主义激情，别尔涅尔称其诗歌为“热情洋溢的演讲”。他认为，在这部

① 《俄罗斯星期日》（Русское воскресенье），巴黎，1958年5月24日，第3版；1958年5月31日，第3版。

② 《俄罗斯思想》，巴黎，1958年2月15日，第4—5页。

③ 别尔涅尔（Бернер Н. Ф.）：《图书年鉴：苏联和境外文学》（Библиографический бюллетень: Советская и зарубежная литература），慕尼黑，1959年第15期，第19—21页。

诗集中，诗人较多地运用了象征手段。她使用的象征手法虽使形象发生变形，却未使其轮廓变得模糊不清。

在他看来，茨维塔耶娃是位真正的抒情诗人，只有她仍在秉承19世纪俄罗斯大师的艺术传统。在她的笔下，白卫军的社会活动获得了罕见的展现。甚至在白卫军失败后，茨维塔耶娃仍对其大加颂扬。这是其真情的流露，也是其不合时宜的表现。在同时代的俄罗斯诗歌中无论如何也找不到像茨维塔耶娃这样的诗歌，诗人充满激情地颂扬着："白卫军是神圣的"。为了颂扬它，为了展现它的神圣本质，女诗人使用了极具表现力的词汇和鲜明的形象。[①]

第三节　关于诗歌作品的评论

20世纪50年代，苏俄首次出版茨维塔耶娃的作品《玛丽娜·茨维塔耶娃选集》。苏俄评论界的评论中充分反映出意识形态对人观念的影响，一些评论中有一种极左倾向，例如谢列波罗夫斯卡雅的文章，这是这一时期文学评论的一个特点。主流评论依旧出于"经典"的评论家，研究对象多是：诗人的个性，诗歌的创作主题和特色等。不同的是：研究开始了由表及里、由单一向复杂的转变。

1956年，爱伦堡以《玛丽娜·茨维塔耶娃的诗歌作品》(Поэзия Марины Цветаевой)[②]为题，对诗人的创作进行了较为深入的研究。爱伦堡关于茨维塔耶娃的评论被同时代研究者引用、批评，更为之后的研究者所借鉴。在这篇文章中，这位数年研读茨维塔耶娃作品的评论家、作家，攀登上了只有少数人才能企及的阅读高峰，走进了茨维塔耶娃的世界，并窥见到诗人创作的秘密。他发现，茨维塔耶娃的诗歌极富感情色彩，她有一种魔力，能把读者迅速带到其韵律、形象和词语

① 梅斯尼亚耶夫(Месняев Г. В.)：《关于茨维塔耶娃的"天鹅营"》(Рец.: Марина Цветаева Лебединый стан)，《信使报》(Вестник)，普通立宪民主党人联合会出版物，1958年第58期，第3页。

② 《文学莫斯科：作家文学艺术作品》(第2辑)(В кн. Литературная Москва: литературно-художественный сборник писателей)，莫斯科，1956年，第709—715页。

的世界；她热爱音乐，且能够像古老咒文的编撰者一样，通过词语进行占卜；她能让一个词语瞬间、毫无疑义地、准确地引出另一个词语。她为俄罗斯诗歌注入了很多新鲜东西，例如，一系列特点鲜明的形象；让人产生强烈感受的词语的吸引力和排斥力；急促的节奏；像螺旋线一般的抒情诗和长诗的结构，等等。她的诗歌是发现的诗歌。

爱伦堡指出，茨维塔耶娃并不追求荣誉，她曾写过这样一句话："俄罗斯人认为，追求生前的荣誉，是被救济的和可笑的。"[①]茨维塔耶娃尽其所能以使自己无名。有些人认为，她这样做，是因为她高傲。而有些人纠正说，这样做，是因为诗人们都太敏感。也许两者兼而有之，但更多的是，取决于其独特的接受。孤独，更准确地说，分离，就像诅咒一样，如影随形一生。但她不仅努力把这个诅咒高价卖给别人，也高价卖给自己。她总感觉自己是个流亡者，被抛弃的人。

谈及茨维塔耶娃的世界观时，作者写道，茨维塔耶娃热爱生活，肯定生活，但却无法像她所希望的那样度过自己的人生。在莫斯科生活期间，她曾写过关于罗拉莱、巴黎、圣海伦岛的诗作，但在巴黎，卡鲁加的白桦树和让人忧伤的接骨木却让她魂牵梦绕。斯捷潘·拉辛的自由逃亡曾令她赞叹不已，但遇见心爱英雄的后代时，她却没能"认出"他们。她一生都在同自己作斗争。她写了一部关于"唐璜式"人物卡萨诺瓦的剧本，想让别人，或给自己看看。她是平静、甚至愉快的女人。她写过关于射击兵、索菲娅公主和俄罗斯旺代省的诗歌。她写这样的作品，是因为她有躁动不安的灵魂，而非出于对制度的忧虑。

分析茨维塔耶娃诗歌中的俄罗斯特征时，爱伦堡没有提到她的童话诗，以及诗人所借鉴的民歌因素。他只是通过一些外部现象说明了这一特征。他指出，她了解并喜爱各具特色的国家，如古希腊、德国和法国。少年时，茨维塔耶娃曾迷恋写"雏鹰"和罗斯丹的所有浪漫主义作品。后来，她又喜欢上歌德、《哈姆雷特》、《淮德拉》。她用法语和德语写诗。但除了俄罗斯以外，在任何地方她都觉得自己是外国人。她创作的一切都离不开家乡的自然风光，无论是年轻时的"火红花楸树"，还是生命最后时刻的血色接骨木。

爱情、死亡和艺术是其诗歌创作的基本主题，她用俄罗斯方式书

① 茨维塔耶娃：《劳动英雄》(Герой труда)。

写这些主题，忠实于俄罗斯文学传统，忠实于俄罗斯人民的精神财富。对她来说，爱情就是丘特切夫所说的那种“命运的决斗”。爱情要么是分离，要么是痛苦的分裂。关于死亡她想过很多，没有恐惧，没有妥协。她很智慧，她的智慧是多神教式的，而非古希腊式的，是自己的，俄罗斯的。

以爱伦堡之见，茨维塔耶娃关于艺术的诗篇写得最好。她蔑视工匠——写诗者，但也深知，没有激情就没有技巧。其创作中的俄罗斯主题和艺术主题紧密相连，这是因为，这两个主题中责任和灵感、生活和创作、艺术家的思想和艺术家的良心相互交织在一起。

爱伦堡认为，茨维塔耶娃是一个有良知的人，她纯洁、高尚。虽生活贫困，却鄙视生存的外在幸福，她在日常生活中热情洋溢，渴望爱恋和“不爱”。她热爱俄罗斯，迷恋艺术，怀揣着对它们的厚爱度过了自己复杂、艰难的一生。她是一个真正的诗人。

斯捷潘诺夫（Степанов, Н. Л.）在《关于“玛丽娜·茨维塔耶娃的诗集”的评语》（Отзыв о книге “Стихотворения” Марины Цветаевой）中所写的第一句话就为该文定了“调子”。他写道：“茨维塔耶娃的诗首次成为苏联读者的精神财富。”[①]

祖国主题贯穿于她的全部创作。由于诗歌中表现了对祖国的热爱，茨维塔耶娃逐渐受到苏联读者的喜爱。他认为，茨维塔耶娃关于拉辛和普希金的诗作都是非常重要的作品，因为这些作品充满了因普希金而产生的骄傲之情，表现出对尼古拉一世的蔑视态度。她的诗歌中蕴藏着反抗激情和对资产阶级私有制世界的批判和蔑视。这是她与侨民诗人决然不同的地方。

茨维塔耶娃的作品具有极强的情感张力和说服力。抒情诗是茨维塔耶娃创作的最优秀作品。关于长诗，他认为，该文集中收录的《勇士》、《山之诗》、《终结之诗》等作品展现了茨维塔耶娃创作的不同方面。最有特点的长诗当属《勇士》。这部作品展现了茨维塔耶娃与俄罗斯民间文学的渊源。《山之诗》、《终结之诗》充分体现出茨维塔耶娃创作的两个主要特点，即极度的真诚和紧张的情绪。

斯捷潘诺夫认为，茨维塔耶娃是位杰出、极富天赋的诗人。让她

① 自穆努欣档案，手稿，1957年。

进入俄罗斯诗歌文化圈内是件非常好的事。

别尔佐夫（Перцов В.О.）在《对玛丽娜·茨维塔耶娃选集的评论》（Рец.: Марина Цветаева Избранные произведения）[①]一文中，对《捕鼠者》、《致捷克》等作品发表自己的见解。他认为，《捕鼠者》是茨维塔耶娃创作的里程碑。这部完成于侨居时期的作品说明，作者没能理解革命的意义，歪曲了革命者形象，但是作品的艺术特点和意义不容置疑。分析组诗《致捷克》（Стихи к Чехии）时，作者高度评价了这部作品。他首先肯定了其创作思想和艺术价值，认为，组诗《致捷克》在用词、形象塑造方面具有鲜明的特点。指出，这些作品饱含高昂的公民热情和对侵略者的愤怒。《抢走了》（Взяли）这首诗是公民诗的典范。作者以"捷克人唾弃德国人"作为卷首题词，表达了公民对入侵者的愤怒。《致捷克》在第二次世界大战期间的革命诗作中占有重要地位。作者认为，诗人的思想正是在这一时期发生了转变。

别尔佐夫对戏剧长诗《凤凰》（Феникс）也给予了高度的评价。他认为，拒绝是这部作品的主旋律之一。作品篇名本身强调了主人公人性的复活。人文激情和辉煌的形式使这部作品具有重要的意义。探究茨维塔耶娃的诗歌特点时，作者指出，她的诗表现了巨大的痛苦和屈辱。许多诗反映了内心的慌乱，这些诗篇很有特点，但却很难理解。一些诗篇仅仅是猜字游戏而已。她的诗具有独特的韵律。诗人借助这种技巧表现出情绪和内心变化。在别尔佐夫看来，茨维塔耶娃是俄语诗歌界的一种独特现象。

谢列波罗夫斯卡雅（Серебровская, Е. Б.）在《反对虚无主义和不严格要求》（Против нигилизма и всеядности）[②]一文中，没有正面论述茨维塔耶娃的创作，而是通过爱伦堡所写的评论文章《茨维塔耶娃的诗歌》（我们在上文中介绍过爱伦堡的评价），阐述了对爱伦堡评论的看法，发表了自己的观点。

她首先指出，离开诗人生活的时代和历史背景是无法理解诗人的。而爱伦堡恰恰忽视了这一点。"很少有人知道茨维塔耶娃的诗"，这是爱伦堡的观点，原因是，茨维塔耶娃的作品发行量小，且大多数作品是

① 自穆努欣档案，手稿，1957年。

② 《星》（Звезда），1957年第6期，第299—302页。

在国外发表的，所以读者很难见到她的作品。对爱伦堡关于茨维塔耶娃孤独原因的解释，谢列波罗夫斯卡雅更是无法接受。她发问：从哪里得出她崇拜孤独的结论？从哪里知道她有被放逐的感觉？难道她真的是被赶出去的？难道不是她自己离开祖国的吗？谢列波罗夫斯卡雅肯定了爱伦堡关于茨维塔耶娃生活中缠杂着顿悟和错误这一观点。她认为，要想明白其中缘由，就要摒弃那些含糊不清的外表，直接明了地讲述诗人的一切。

文章作者承认，茨维塔耶娃天赋异禀。她早年的诗作中呈现了渗透了人类的情感和恐惧，使用了清晰而又不矫揉造作的对话式语言，充满了热爱生活的思想和玩笑、讽刺，透露出女性独立的基调。在其革命前创作的诗篇中有很多类似的优点。但也指出，由于对革命的不理解和不接受，受白色侨民分子太多的影响，她写下了一些抨击红色政权的诗篇。这就是其悲剧的开始。她用一生弥补其错误。

谢列波罗夫斯卡雅认为，茨维塔耶娃的性格特点反映在她的命运上。爱伦堡看出诗人身上有一种超乎常人的敏感性。他把这点视为诗人主要的优点，同时也视为许多作家悲剧命运的原因。他就这样把茨维塔耶娃和马雅可夫斯基的命运联系在一起了，这是不妥的。

该文作者指出，茨维塔耶娃没有成为也不可能成为真正的人民艺术家，但没人否认她诗歌创作的亮点。在许多作品中茨维塔耶娃反对谎言，反对庸俗的道德，反对女性在资产阶级社会中狭窄的生存空间，但她没有找到解决方法，缺乏积极的思想，脱离人民，从而导致其产生悲观主义和绝望的情绪。

为了阐明自己的思想，作者将茨维塔耶娃和阿赫马托娃进行了对比。她指出：两人都在革命前颓废派的沙龙里开始自己的创作道路，都不理解、不接受革命。但阿赫马托娃留在了俄罗斯土地上，她感受到自己命运和祖国命运的联系。茨维塔耶娃长时间远离故土，深受资产阶级的毒害，这一点尤为重要。

茨维塔耶娃不为大众熟知，但她的诗作具有永恒性，喜欢她的人可称之为真正的诗歌鉴赏家。[①]

① 奥楚布·Н. А.：《苏联的人道主义》(Гуманизм в СССР)，《边界》(Грани)，法兰克福，1957年第335期，第267页。

伊瓦斯科在其《关于茨维塔耶娃的读者》(О читателях Цветаевой)[1]一文中分析了读者对茨维塔耶娃的接受问题。首先他区分了俄罗斯诗歌中存在的三种倾向:朗诵类(演说类,杰尔查文、马雅可夫斯基为代表);音调铿锵类(茹科夫斯基、勃洛克为代表);口语类(《叶甫盖尼·奥涅金》中的对话,阿赫马托娃的对话诗),并把茨维塔耶娃归于第一种。以伊瓦斯科之见,茨维塔耶娃走得是杰尔查文的路。针对阿达莫维奇的批评"她的诗就是胡诌,毫无品位",伊瓦斯科回答说,我就是喜欢她的胡诌和没品位。他用"情人眼里出西施"这句话解释了他持这样态度的原因。

诗人茨维塔耶娃,要么被人颂扬,要么被人责骂。无论是颂扬者,还是责骂者,都不是悄悄说,而是大声地谈。无论是赞美,还是批评,都是人的正常反应。无论过去,还是将来,诗人都要去写赞美诗,否则就被逐出教门,读者也是一样,有醉心于说赞美话的,也有喜欢提出批评的。但除了赞美和斥责外,诗歌中还有一个最基本,最古老的现实,这就是爱。

如果要指责阿达莫维奇,说他对茨维塔耶娃太"冷漠"的话,那么也只能说,他在自己的文章中没有引用他喜欢的、或曾经喜欢过的茨维塔耶娃的诗歌,例如,《嫉妒的尝试》等。

作为结语,伊瓦斯科引用了普希金《哀歌》中的一句诗文:"我会对着虚构再倾流热泪。"伊瓦斯科认为,这个虚构正是茨维塔耶娃的财富,她也为之倾流了泪水。

查别仁斯基 (Забежинский, Г. Б.) 在其《炽热的暴动分子:关于玛丽娜·茨维塔耶娃》[2](Вулканическая бунтаркаО Марине Цветаевой)一文中,对茨维塔耶娃诗歌作品中的反叛性进行了分析。

"没有我们的地方是最美好的"这一思想贯穿于茨维塔耶娃浸透反叛旋律的所有作品中。茨维塔耶娃从青年时代起就开始歌颂、赞美死亡。她不仅歌颂个人的死亡,还到处倾听死亡的声音。这一难以理解的现象却并没有妨碍她实施下一行动:为叛逆而叛逆,为词语而创造词语,为韵脚和韵律而使用韵脚和韵律,为生活而热爱生活,为爱而

① 《新俄罗斯词语》(Новое русское слово),纽约,1957年6月30日,第8页。

② 《现代人杂志》(Современник),多伦多,1962年第6期,第57—67页。

爱。对茨维塔耶娃而言，她是在为智慧进行创作。她渴望在主题、内容、思想、形式上的创新，这种渴望是不可遏止的。这一切在茨维塔耶娃的笔下都被描绘成尚未熄灭的红色火焰和尚未冷却的隐秘之火。查别仁斯基指出，这就是阅读茨维塔耶娃作品时所获得的第一印象。它们引人入胜的力量是如此强大，以至于把读者一次又一次地卷入阅读的漩涡，让读者一次又一次地在诗中寻找它们的迷人之处。

谈及茨维塔耶娃的创作风格时，查别仁斯基指出诗人的典型标记特征：按自己的方式移行。但该文作者对这一"移行现象"做了"横向和纵向"的解析。茨维塔耶娃的移行很特别，她所使用的移行并不是从一首诗的结尾部分向另一首诗的开头部分移行，而是从一首诗的开头部分向另一首诗的开头部分移行。

查别仁斯基认为，要想全面了解茨维塔耶娃的创作手法，需从正反两个方面来观照其创作，既要研究优长之处，也要挖掘不足之处。也许，"这些不足"从另一个角度来看还是她的优点。

安托科尔斯基在《玛丽娜·茨维塔耶娃的诗集》(Книга Марины Цветаевой)[①]一文中，重点分析了茨维塔耶娃的性格与其命运和诗歌创作的关系。分析茨维塔耶娃的性格时，安托科尔斯基指出，茨维塔耶娃是自信、勇敢的诗人。在《和普希金会面》中，她写道："普希金！——你只凭第一声呼吸，就知道谁和你同行……"在象征主义者看来，这种写法太不可思议，也有失体统。可是，这种温柔、调皮的写法正是茨维塔耶娃自信性格使然。茨维塔耶娃年轻时的许多做法、写法都非常大胆。她蔑视那些人尽皆知的真理，无论是庸俗道德范畴内的真理，还是时尚审美准则方面的真理，她一概不予理睬。茨维塔耶娃特立独行，她对世界有着自己的看法，她奉行自己爱的准则，她坚守着自己那一套偏袒或任性的权利。

文中安托科尔斯基分析了茨维塔耶娃作品的时空问题，他认为，茨维塔耶娃的时空极为复杂。随着年龄的增长、侨居生活的日益艰难，其抒情诗中"远方形象"变得越来越清晰，但却永远无法企及。这是一个在时间上不可逆转的形象。在其作品中，诗人驾驭着话语，而话语又将诗人引向遥远的地方。这种空间感伴随茨维塔耶娃一生。侨居国外

① 《新世界杂志》(Новый мир)，1966年第4期，第213页、215—223页。

期间，正是这种空间感使她感受到离开祖国的痛苦。正因如此，其抒情诗中原有的欢快基调才被绝望情绪所取代。

安托科尔斯基高度评价了《捕鼠者》。他认为，无论构思，还是体裁和情节，甚至心理描写，该长诗都极为复杂。就体裁看，这是一部讽刺作品，是对"人类不朽庸俗习气"的反射。通过对叙述主人公，神奇的捕鼠者，长笛的演奏者，徒步旅行者，流浪者这一形象的描写，茨维塔耶娃亲切地描绘了自己喜爱的人物形象。可以说，她赋予捕鼠者以鲜明的特征，她的捕鼠者是音乐、音乐的力量与奥秘的体现。长诗中的音乐不仅具有创造性的力量，还具有对历史进行革新的力量。

安托科尔斯基认为，《阿里阿德涅》也是茨维塔耶娃独具特色的作品。它以古希腊悲剧为素材，构建了自己关于阿里阿德娜、忒修斯、狄奥尼索斯的悲剧故事。在茨维塔耶娃笔下，迪奥尼索斯—忒修斯"着陆"了。较之欧洲诗歌中对这一形象的描写，茨维塔耶娃的忒修斯更接近人的日常生活。这就是茨维塔耶娃的创新和独特之处。

安托科尔斯基认为，《捕鼠者》和《阿里阿德涅》这两部作品都鲜明地体现出茨维塔耶娃独特的时间观。分析作品中的爱情主题时，作者指出，自古以来女性对本质的认识就最为深刻。茨维塔耶娃的爱情诗证明了这个观点。幸福和不幸的爱情、相濡以沫和背弃的爱情、昙花一现和永恒的爱情、纯洁和充满激情的爱情，离别、热望、绝望、希望等等与爱情相关的情感在茨维塔耶娃的作品中得到了极好的体现。

奥尔洛夫（Орлов, В. Н.） 在《玛丽娜·茨维塔耶娃：命运·性格·诗歌》（Марина Цветаева. Судьба, характер, поэзия）[①]中，对玛丽娜·茨维塔耶娃的命运、性格及创作特色进行了总体剖析。首先，在谈及茨维塔耶的命运时，作者指出，茨维塔耶娃的命运十分坎坷，其创作道路也充满艰辛。茨维塔耶娃刚步入诗坛时，其诗歌虽青涩，但却因显露的才华和独特的气质而受到了评论家的一致认同。文中，奥尔洛夫分析了茨维塔耶娃对十月革命的态度。十月革命前，茨维塔耶娃曾公开声明，她对任何政治都不感兴趣，不了解也不想去了解革命。十月革命后，由于目睹了一些人间悲剧，茨维塔耶娃不理解也无法接受这场

① 《茨维塔耶娃选集》（Цветаева М. Избранные произведения），莫斯科—列宁格勒，作家出版社，1965年，第5—54页。

革命。面对革命所带来的破坏力，茨维塔耶娃为了哀悼“生活”和“秩序”所遭受的破坏，采取了对这一切都持冷漠的态度。

奥尔洛夫指出，诗人茨维塔耶娃的特色鲜明，与众不同。其作品的语言响亮，因此很容易就可以将她与其他诗人区分开来。在抒情诗中，她从历史和日常生活等多个角度描写了俄罗斯民族。在她的笔下，俄罗斯有一个典型的特征，即：不安分，不顺从，一意孤行。

在茨维塔耶娃优秀的诗歌作品中几乎都有俄罗斯民歌的韵律。其诗歌作品中崇高文体与俗语混合使用，旧词与口语一起使用。这种写作特点使茨维塔耶娃作品中的作者形象具有了无限的诗意。

威利奇科夫斯卡娅（Величковская, Т. А.）在《关于玛丽娜·茨维塔耶娃》（О Марине Цветаевой）[①]一文的开篇处指出，评论茨维塔耶娃的作品并不是一件容易事，其原因之一是，茨维塔耶娃的作品至今未能收集齐全。另一个原因是她的诗歌是一种特殊的现象。她创作时所采用的语言和手法可谓是前无古人，后无来者。她的诗歌充满了个性，而诗歌与个性之间又构成了有机的整体，密不可分，相得益彰。只有她才能写出这样的诗歌，这正是茨维塔耶娃未能形成所谓“学派”的原因，也是她没有太多模仿者和追随者的原因。也曾有人尝试着去模仿她，但最终都以失败而告终。茨维塔耶娃的另外一个特点是：她像男人一样思考问题，像女人一样感受世界。她用心灵选取主题，用理智进行创作。她极好地平衡了这两个因素并将它们紧密地结合在了一起。但有时情感因素会多一些，这是茨维塔耶娃的天性使然。

威利奇科夫斯卡娅认为，茨维塔耶娃是真正的语言艺术家，印象派艺术家，是最高级别的俄罗斯女诗人。如果说科里佐夫和叶赛宁这些最富俄罗斯味儿的诗人的作品尚可译成外语的话，那么茨维塔耶娃的大部分优秀作品都是不可译的。这是因为其诗歌的形式（也就是音）和内容（也就是义）密不可分，容不得任何变动；其次因为任何语言中都没有茨维塔耶娃式的词语，它们是她独创的。茨维塔耶娃诗歌的精髓由俄罗斯歌曲、咒语、哭诉歌等构成。其卓尔不群之处就在于它的精髓，也就是形式，是由浑然天成的俄罗斯歌曲构成的，而内容则是由细腻、巧妙的想法和感情组成的。除了俄罗斯气质外，自发性是茨维塔

① 《复活》（Возрождение），巴黎，1963年第40期，第45—56页。

耶娃创作的另一个特点。在创作海洋中，她像游动的鱼儿一般自由。这是她的世界、她的王国，她在这里创造了自己的词语、新的节奏和韵律。

茨维塔耶娃一生写过诸多令人兴奋、丰富多彩的作品。斯金卡·拉辛，唐璜，马雅可夫斯基，拿破仑，拜伦，歌德，卡萨诺瓦，罗斯丹，里尔克，玛丽娜·姆尼舍科，淮德拉，勃洛克和俄罗斯的吸血鬼等形象都令她激动不已。但茨维塔耶娃第一个爱上的形象是普希金。在散文《我的普希金》中，茨维塔耶娃饱含着炽热的情感，讲述了她对普希金的爱。茨维塔耶娃的这篇散文堪称俄罗斯文学中最优秀的作品之一。（董冬雪，史思谦）

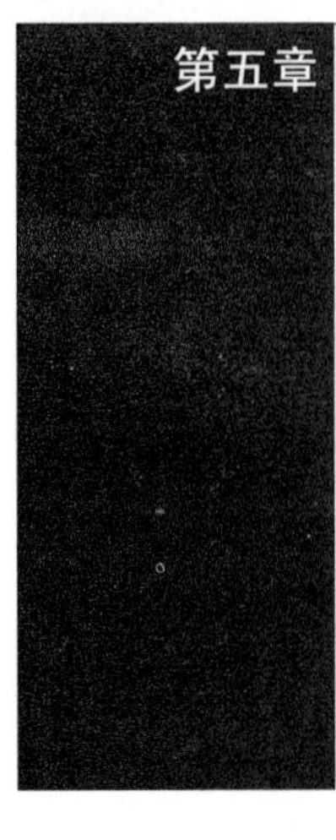

第五章 20世纪70、80年代的评论

自20世纪70年代末起，茨维塔耶娃的研究者对其作品进行了整理、注释与出版，并为作品集写了序言。在序言中，研究者阐释了他们对诗人和作品的认识。一部分研究者对茨维塔耶娃诗歌作品的语言特色产生了浓厚兴趣。自80年代起，对茨维塔耶娃的作品研究呈现多维度态势：从诗人生平到诗歌创作主题，从诗歌内容到诗歌形式，从民间文学因素到神话因素等，都成为研究对象。在这一时期，出现了研究茨维塔耶娃及其作品的副博士及博士论文。这一时期的研究者更加注重深入挖掘诗人的诗歌价值。此类研究对俄罗斯文学乃至世界文学都具有重大意义。俄罗斯诺贝尔文学奖获得者布罗茨基曾高度评价茨维塔耶娃及其诗歌创作，认为茨维塔耶娃是20世纪最伟大的诗人。

第一节 综述性评价

1988年，图尔科夫（Турков, А. М.）整理出版了《抒情诗·长短》（Стихотворения. Поэмы），并写下了序言《这个响亮的呼唤……》（Сей громкий зов...）①。作者分析了茨维塔耶娃对十月革命的态度，探讨了长诗《捕鼠者》，阐释了诗人生活与创作中的悲剧因素等问题。1982年穆努欣（Мнухин, Л.）和格拉特科娃（Гладкова, Т.）在巴黎出版了茨维塔耶娃的作品目录，其中包括1910年到20世纪80年代俄罗斯境内外发表、出版的诗人的所有作品，既含俄语出版物，也包括译成其

① 玛丽娜·茨维塔耶娃（Марина Цветаева）：《抒情诗·长诗》（Стихотворения. Поэмы），莫斯科，苏维埃俄罗斯出版社，1988年。

他多种文字的出版物。[①]1989年穆努欣整理出版了《玛丽娜·茨维塔耶娃生平及活动的文献目录》（Биографический указатель литературы о жизни и деятельности Марины Цветаевой）[②]，其中收录了自1910—1962年间发表的有关茨维塔耶娃生平与创作的文献。1984年安娜·萨阿基扬茨（Саакянц, А.）整理出版了《抒情诗·长诗·戏剧作品集》（Стихотворения. Поэмы. Драматические произведения），并为该书做了注释，罗日杰斯特文斯基（Рождественский, Вс.）为该书写了序言《玛丽娜·茨维塔耶娃》（Марина Цветаева）[③]。作者阐述了茨维塔耶娃不同时期的创作风格。他将诗人的创作分为侨居前和侨居后两个时期。他认为，茨维塔耶娃是位渗透着俄罗斯民族精神的诗人，是个充满个性及俄罗斯天性的人。她的创作与俄罗斯歌曲和民间口头文学非常接近。1988年安娜·萨阿基扬茨整理出版了《抒情诗·长诗·戏剧作品集》（Стихотворения. Поэмы. Драматические произведения），并为收录的作品做了注释。这部诗集有选择地收录了茨维塔耶娃1908—1939年间创作的抒情诗和长诗：《小巷》、《山之诗》、《终结之诗》以及《淮德拉》。罗日杰斯特文斯基撰写了序言《玛丽娜·茨维塔耶娃》（Марина Цветаева）。

1988年阿里阿德娜·埃弗隆（Эфрон, Ариадна）和安娜·萨阿基扬茨编辑出版了玛丽娜·茨维塔耶娃的戏剧作品《戏剧》（Театр），并共同做了注释，安托科尔斯基写了序言《玛丽娜·茨维塔耶娃的戏剧作品》（Театр Марины Цветаевой）[④]。这是第一篇较为详细、系统研究茨维塔耶娃戏剧作品的文章。作者在文中分析了茨维塔耶娃戏

① 穆努欣（Мнухин Л.），格拉特科娃（Гладкова Т.）：《玛丽娜·茨维塔耶娃 文献目录》（Марина Цветаева Библиография），巴黎，1982年。

② 穆努欣（Мнухин Л.）：《玛丽娜·茨维塔耶娃生平及活动的文献目录》（Биографический указатель литературы о жизни и деятельности Марины Цветаевой），维也纳，1989年。

③ 玛丽娜·茨维塔耶娃（Марина Цветаева）：《抒情诗·长诗·戏剧作品集》（Стихотворения. Поэмы. Драматические произведения），莫斯科，文学出版社，1984年。

④ 玛丽娜·茨维塔耶娃（Марина Цветаева）：《戏剧》（Театр），莫斯科，艺术出版社，1988年。

剧作品的某些主题、艺术特色，探讨了茨维塔耶娃戏剧作品与希腊神话作品的某些内在联系等。1989年安娜·萨阿基扬茨整理出版了《在我好歌唱的城中 诗·剧本·书信体小说》[①]（В певучем граде моем. Стихотворения. Пьеса. Роман в письмах ）一书，并写下了后记。作者分析了诗人个性形成的前因后果，指出茨维塔耶娃诗歌创作的两个主要特色："一是臆想出来的，或源于书本或剧本的浪漫情调；一是民间的、俄国化的东西。"此外，作者还分析了茨维塔耶娃对待革命的态度。萨阿基扬茨指出，在茨维塔耶娃身上，在她的创作、爱情中永远存在着两种对立的因素：地与天的对立，肉体和灵魂的对立。此外，作者还探讨了诗人的崇高使命和责任等问题。1986年萨阿基扬茨出版了《玛丽娜·茨维塔耶娃 1910—1922年的生平与创作之页》（Марина Цветаева: Страницы жизни и творчества 1910-1922）[②]一书，成为将茨维塔耶娃生平与创作研究撰写成书的第一人。她首次将茨维塔耶娃早年履历中的一系列重要档案材料引入研究中。1988年别尔金娜（Белкина, М.）的著作《命运的交错》（Скрещение судеб）[③]问世。作者首次详细介绍了茨维塔耶娃回国后的命运。1989年巴甫洛夫斯基（Павловский, А.）出版了著作《花楸树丛 玛·茨维塔耶娃的诗歌与生平》（Куст рябины. О поэзии и жизни М. Цветаевой）[④]。作者主要探讨了茨维塔耶娃的诗歌创作原则问题。他认为，在茨维塔耶娃的创作过程中，先有声（音）、音乐，然后才有诗。茨维塔耶娃的创作艺术观也是研究者着意落墨之处。库德洛娃（Кудрова, И.）在其论

① 玛丽娜·茨维塔耶娃（Марина Цветаева）：《在我好歌唱的城中 诗·剧本·书信小说》（В певучем граде моем. Стихотворения. Пьеса. Роман в письмах），萨兰斯克，莫尔多夫图书出版社，1989年。

② 萨阿基扬茨（Саакянц А.）：《玛丽娜·茨维塔耶娃 1910—1922年的生平与创作之页》（Марина Цветаева: Страницы жизни и творчества 1910—1922），莫斯科，苏联作家出版社，1986年。

③ 别尔金娜（Белкина М.）：《命运的交错》（Скрещение судеб），莫斯科，图书出版社，1988年。

④ 巴甫洛夫斯基（Павловский А.）：《花楸树丛 玛·茨维塔耶娃的诗歌与生平》（Куст рябины. О поэзии и жизни М. Цветаевой），萨兰斯克，莫尔多夫图书出版社，1989年。

文《山上的房子 玛丽娜·茨维塔耶娃，1923》（Дом на горе. Марина Цветаева,1923）[①]、《玛丽娜·茨维塔耶娃三十年代初的生命之页》（Страницы жизни Марины Цветаевой в начале тридцатых）[②]、《玛丽娜·茨维塔耶娃在异乡的最后岁月》（Последние годы чужбины. Марина Цветаева）[③]、《被俘的狮子 玛丽娜·茨维塔耶娃，1934》（Пленный лев.Марина Цветаева,1934）[④]等文章中都对这个问题有所涉猎。

伊瓦斯科在其文章《早年的茨维塔耶娃》（Ранняя Цветаева）[⑤]中，分析了茨维塔耶娃创作特色、主题等问题。谈及《魔法师》和《里程碑》时，伊瓦斯科解释了诗人的创作动机。他指出，长诗《魔法师》是献给茨维塔耶娃姊妹的第一个好友埃利斯的。正是这位稍显古怪的象征派诗人将她们带入了一个全新的、略感陌生的文学世界，并为她们逐渐揭开了诗歌创作的神秘面纱。分析茨维塔耶娃献给勃洛克和阿赫马托娃的组诗时，伊瓦斯科指出，在茨维塔耶娃笔下，阿赫玛托娃和勃洛克都给人以远离尘世的感觉，但实际上他们并非不食人间烟火的诗人。

伊瓦斯科认为，歌颂与赞美是茨维塔耶娃创作的主要内容之一。文中，作者还介绍了布罗茨基等人对茨维塔耶娃及其创作的评价。关于布罗茨基的评论，他认为，其评论中存在一些不够准确的地方：其一，布罗茨基认为诗人的地位高于东正教的神甫。伊瓦斯科否认了这一观点。在《良心光照下的艺术》中，茨维塔耶娃坚信医生和神甫比诗人更加重要，因为这些人可以伴在弥留者的病榻前，而诗人却不

① 库德洛娃（Кудрова И.）：《山上的房子 玛丽娜·茨维塔耶娃，1923》（Дом на горе. Марина Цветаев,1923），《星》，1987年第8期。

② 库德洛娃（Кудрова И.）：《玛丽娜·茨维塔耶娃三十年代初的生命之页》（Страницы жизни Марины Цветаевой в начале тридцатых），《十月》，1988年第9期。

③ 库德洛娃（Кудрова И.）：《玛丽娜·茨维塔耶娃在异乡的最后岁月》（Последние годы чужбины. Марина Цветаева），《新世界》，1989年第3期。

④ 库德洛娃 （Кудрова И.）：《被俘的狮子 玛丽娜·茨维塔耶娃，1934》（Пленный лев. Марина Цветаева,1934），《星》，1989年第3期。

⑤ 伊瓦斯科 （Иваск Ю.）：《早年的茨维塔耶娃》（Ранняя Цветаева），《俄罗斯新词》，纽约，1981年4月5日，第2版。

能，而且茨维塔耶娃认为，诗人不会得到宽恕，她将等待基督耶稣的最终审判，但她相信最终能够得到救赎。布罗茨基解读茨维塔耶娃的上帝时，把她的上帝比作了一棵树等。伊瓦斯科对此给出了不同的解释。他认为，茨维塔耶娃笔下的“上帝”是“无形的”，自然规则即上帝的戒律。

作者指出，古旧词汇与新词汇、高雅词汇与低俗语词汇交替使用，这是茨维塔耶娃诗歌中的一个典型特征。茨维塔耶娃具有极强的道德感。在其晚期创作中，茨维塔耶娃诅咒了即将被推翻的、濒死的沙皇政权，表达了对瓜分波兰的纳粹德国的仇视。

罗日杰斯特文斯基在其《玛丽娜·茨维塔耶娃》[①]一文中，对茨维塔耶娃的个人命运和诗歌创作特色进行了评价。他认为，茨维塔耶娃诗歌话语的力量和独特性在于，其个人生活和诗歌中的一切都明显超出了传统认知和主流文学趣味的范畴。在青少年时期，她就坚定地说出了自己的生活准则：坚持做自己，任何情况下都不会依赖于时代和环境。

作者指出了茨维塔耶娃诗歌创作中的若干特点：其诗歌韵律极富动感和表现力；语言朴实，感情真挚；钟爱组诗这一体裁；注重揭示现实生活对人内心世界的影响等。他认为，在茨维塔耶娃青年时期创作的诗歌中，古罗斯形象是灵魂狂暴、专横、肆意漫游的自发力量和源泉，茨维塔耶娃由此创作了热衷于暴动的女性形象。文中作者探讨了茨维塔耶娃长诗的一些特征。他认为，《阶梯之诗》的结构最为复杂。在该诗中，楼梯成为映射富人和穷人生活的一面镜子，反映了穷人生活的艰辛和不幸。此外，作者还简要评论了长诗《捕鼠者》、组诗《电线》、《诗人》、《桌子》等诗歌作品。

作者认为，茨维塔耶娃的诗歌韵律对俄罗斯当代诗歌产生了重大影响，应当成为学者们重点及深入研究的对象。在俄罗斯诗歌史中，诗人茨维塔耶娃将永远占据无比重要的地位。茨维塔耶娃独一无二的卓越天赋和不同凡响的生活经历都使她得以进入20世纪上半叶俄罗斯最富正义感诗人的行列。

① 罗日杰斯特文斯基（Рождественский Вс.）：《玛丽娜·茨维塔耶娃》（Марина Цветаева），列宁格勒，苏联作家出版社，1979年，第5—48页。

第二节　关于民间文学因素和语言特点的评述

20世纪七八十年代，涌现出一批探讨茨维塔耶娃作品中神话因素和民间文学元素的成果。例如，科尔金娜（Коркина, Е.）的《玛丽娜·茨维塔耶娃的长诗〈叶果鲁什卡〉》（О поэме Марины Цветаевой «Егорушка»）[①]，阿·埃弗隆（Эфрон, А.）的《玛·伊·茨维塔耶娃的长诗〈叶果鲁什卡〉的序言》（Предисловие к поэме М. И. Цветаевой “Егорушка”）[②]，特鲁姆博卡伊斯（Трумпокаис, Е.）的《舞蹈——茨维塔耶娃诗歌中的民间文学传统因素》（Танец как элемент фольклорной традиции в поэзии М. Цветаевой ）[③]等。

阿·埃弗隆在《玛·伊·茨维塔耶娃的长诗〈叶果鲁什卡〉的序言》（Предисловие к поэме М. И. Цветаевой “Егорушка”）[④]一文中，讲述了茨维塔耶娃构思《叶果鲁什卡》的一些细节和主人公的形象原型等问题。作者认为，革命初期，俄罗斯民间文学和民歌的自然力开始进入茨维塔耶娃的创作并生根发芽，它们改变了其作品的结构、音律和词汇；正是自那时起，茨维塔耶娃的抒情主人公开始具有超凡的人道主义精神；也正是从那时起，她创作出了极富俄罗斯民间文学特色的长诗《少女—之王》、《小巷》和《勇士》，构思并创作了《叶果鲁什卡》的部分章节。

① 科尔金娜（Коркина Е.）：《玛丽娜·茨维塔耶娃的长诗〈叶果鲁什卡〉》（О поэме Марины Цветаевой «Егорушка»），莫斯科，青年近卫军出版社，1988年，第 137—142页。

② 埃弗隆（Эфрон А.）：《玛·伊·茨维塔耶娃的长诗〈叶果鲁什卡〉的序言》（Предисловие к поэме М. И. Цветаевой «Егорушка»），《新世界》，1971年第10期，第18页。

③ 特鲁姆博卡伊斯（Трумпокаис Е.）：《舞蹈——茨维塔耶娃诗歌中的民间文学传统因素》（Танец как элемент фольклорной традиции в поэзии М. Цветаевой），《学报》，1977年第1期，第216—219页。

④ 埃弗隆（Эфрон А.）：《玛·伊·茨维塔耶娃的长诗〈叶果鲁什卡〉的序言》（Предисловие к поэме М. И. Цветаевой «Егорушка»），《新世界》，1971年第10期，第18页。

长诗《勇士》是一部堪与歌德的《浮士德》相媲美的悲剧作品。特鲁姆博卡伊斯的《舞蹈——茨维塔耶娃诗歌中的民间文学传统因素》[①]是研究这部作品的重要文章。在文中，作者分析了舞蹈在茨维塔耶娃作品中的作用，他认为，在茨维塔耶娃的诗歌世界里，舞蹈是一种符号、一种象征，是一种民间文化因素，是宗教仪式的一种体现。在其作品中，舞蹈表现了主人公对宗教的狂热痴迷，表达了一种无法言传的神秘。舞蹈象征着一种不可调和矛盾的急剧转变、向神秘圣礼的转变或向鞭笞派宗教仪式的狂舞的转变等；舞蹈隐含着对"快乐—死亡"之原始意义的探寻，长诗《勇士》正是以此意义为基础进行创作的。

茨维塔耶娃作品中的舞蹈具有双重寓意：一方面，玛露霞和勇士在一起疯狂跳舞，彼此相爱，却无力反抗邪恶力量，舞蹈转化为一种祭祀仪式的符号；另一方面，玛露霞又寄希望于崇高的心灵力量，希望拯救爱人的灵魂。作者强调指出，诗中呈现的疯狂舞蹈表现了主人公的天性，舞蹈是茨维塔耶娃表达自由的创作思想和民间文学因素的方式之一。

伊瓦斯克在文章《玛丽娜·茨维塔耶娃世界中的俄罗斯形象》（Образы России в мире Марины Цветаевой）[②]中，总结了茨维塔耶娃笔下人物形象的特点及其作品中体现的民间文学元素。伊瓦斯克认为，茨维塔耶娃的作品中常常融入一些传说、歌谣等民间故事的色彩，诗人创造出了许多只属于她的形象。萨阿基扬茨也指出了茨维塔耶娃创作中的俄罗斯民间文学因素。她认为，茨维塔耶娃创作中有两个重要元素："一是臆想出来的，或源于书本、剧本的浪漫情调；一是民间的、俄国化的东西。"[③]

① 特鲁姆博卡伊斯（Трумпокаис Е.）：《舞蹈——茨维塔耶娃诗歌中的民间文学传统因素》（Танец как элемент фольклорной традиции в поэзии М. Цветаевой），《学报》，1977年第1期，第216—219页。

② 伊瓦斯克（Иваск Ю.）：《玛丽娜·茨维塔耶娃世界中的俄罗斯形象》（Образы России в мире Марины Цветаевой），《新杂志》，纽约，1983年第152期，第131—140页。

③ 玛丽娜·茨维塔耶娃（Марина Цветаева）：《在我好歌唱的城中 诗·剧本·书信小说》（В певучем граде моем. Стихотворения. Пьеса. Роман в письмах）萨兰斯克，莫尔多夫图书出版社，1989年。

自普希金以来，俄罗斯诗歌在世界文学中都占有重要地位。茨维塔耶娃选择创作诗歌，用诗歌思维进行思考，终其一生都痴迷诗歌，她对创作的热情始终不减，始终关注个体的内心生活。在她的诗歌世界里，语言开辟了通往新世界之路，她的诗句总是空灵自由，摆脱了格律与节奏的藩篱，音调和谐而动听。其诗歌语言经过个性化创造，已成为一个个亟待解读的语言密码。

20世纪七八十年代，出现了数十篇研究茨维塔耶娃诗歌语言特征的论文。1979年沙亚赫梅托娃（Шаяхметова, Н.）撰写了副博士论文《茨维塔耶娃使用的新词》（Семантические неологизмы в контексте М. И. Цветаевой）[①]；列芙季娜（Ревзина, О.）从1977年起，完成了一系列研究茨维塔耶娃诗歌语言的论文，研究角度包括词汇、句法、语义、修辞等。祖波娃（Зубова, Л.）的研究同样始于20世纪70年代末。主要研究茨维塔耶娃诗歌中的词法、语法、语义等问题。

列芙季娜的《茨维塔耶娃诗歌语言的表现手段及其个性化使用》[②]，是较为系统、全面研究茨维塔耶娃诗歌语言特点的论文。在这篇文章中，列芙季娜从"图解"、语音、语素、构词等层面对茨维塔耶娃的诗歌语言进行了细致的分析。

"图解"层面：语义重音、斜体字、把单词拆分为音节等都属于图解层面的表达手段。在茨维塔耶娃的诗歌创作中，斜体字比语义重音的使用范围更为广泛。茨维塔耶娃还经常将词语的音节划分开来，既可重建诗句的节奏，也可拓展词汇的语义，使读者慢慢品味词语的真正意义。语音层面：在茨维塔耶娃的诗歌中，经常需标注重音，以帮助

① 沙亚赫梅托娃（Шаяхметова Н.）：《茨维塔耶娃使用的新词》（Семантические неологизмы в контексте М. И. Цветаевой），阿拉木图，《副博士论文摘要》，1979年。

② 列芙季娜（Ревзина О.）：《茨维塔耶娃诗歌语言的表现手段及其个性化使用》（Выразительные средства поэтического языка М. Цветаевой и их представление в индивидуально-авторском словаре），《20世纪俄罗斯诗歌语言》（学术论文集），莫斯科，苏联科学院俄语所，1989年，第46—78页。

读者区分近义词，凭借重音区分语言单位，并以此形成语段对比；词素层面：茨维塔耶娃喜欢对复杂的词汇进行划分，把单词的重要部分放置于韵脚处；构词层面：茨维塔耶娃大量使用随机词；词汇层面：在茨维塔耶娃早期创作的诗篇中，指小表爱的词汇居多；句法层面：茨维塔耶娃的句法特点是交叉使用复杂的书面语与口语结构。她用不合乎句法规则的诗句代替了符合句法标准的诗句，用不合乎规则的句法结构取代了符合规则的句法结构；标点符号层面：在她的诗歌作品中，标点符号有表达语义的功能。破折号、连字符、冒号、括号、省略号、感叹号等除与语调和句法有关外，还与诗歌结构有直接联系。它们能表达多种感情意义及色彩。

列芙季娜为对茨维塔耶娃的进一步研究提供了全新的视角与途径。

第三节　关于诗歌创作主题和艺术特色等的评论

研究者们为了能够深入理解茨维塔耶娃创作，对其作品的诗学特征等进行了研究，主要的相关研究成果有：列芙季娜的《茨维塔耶娃诗歌中的树之主题》(Тема деревьев в поэзии М. Цветаевой)[①]，伊瓦斯克的《玛丽娜·茨维塔耶娃世界中的俄罗斯形象》(Образы России в мире Марины Цветаевой)[②]、《对俄罗斯诗歌的赞赏》(Похвала российской поэзии)[③]，萨阿基扬茨的《诗人的相遇》[④] (Встреча поэтов)等。

在茨维塔耶娃的诗歌作品中，生命与死亡、家园与离别、爱情与孤

① 列芙季娜(Ревзина О.)：《茨维塔耶娃诗歌中的树之主题》(Тема деревьев в поэзии М. Цветаевой)，《符号系统丛刊》第15辑，塔尔图，塔尔图国立大学出版社，1982年，第141—148页。

② 伊瓦斯克(Иваск Ю.)：《玛丽娜·茨维塔耶娃世界中的俄罗斯形象》(Образы России в мире Марины Цветаевой)，《新杂志》，1983年第152期，第131—140页。

③ 伊瓦斯克(Иваск Ю.)：《对俄罗斯诗歌的赞赏》(Похвала российской поэзии)，《新杂志》，纽约，1985年，第161期，第106—115页。

④ 安娜·萨阿基扬茨(Саакянц А.)：《诗人的相遇》(Встреча поэтов)，《文学问题》，1982年第4期，第275—280页。

独等主题得到了淋漓尽致的展现。萨阿基扬茨认为，在茨维塔耶娃的诗歌作品中，爱情始终伴随着剧烈的冲突。柔弱而不懈追求的男主人公与强大却痛苦不堪的女主人公在冲突中相爱，又因无法克服两人间无法解决的矛盾而分离，这在其长诗《少女—女王》、《勇士》、《终结之歌》中都有体现。[①]树木是茨维塔耶娃钟爱的描写对象。列芙季娜在其文章《茨维塔耶娃诗歌中的树之主题》中，深入分析了茨维塔耶娃诗歌作品中的树木主题。作者认为，树木在茨维塔耶娃的作品中是祭祀之神和鲜活生命的化身。诗人笔下的树木向来是含有生命、富有灵性的，组诗《书桌》（Стол）便是最明显的体现。书桌是树木的"孩子"，是树木的结晶，因此书桌也是鲜活的生命，是松树或是橡树的子孙。诗人渴望背叛"传统的书桌"，进入真正自由自在的森林。树木成了帮助诗人躲避"人世间卑微岁月"的栖身之地。

伊瓦斯克在《玛丽娜·茨维塔耶娃世界中的俄罗斯形象》一文中，分析了茨维塔耶娃作品中的俄罗斯"帝国"形象。他写道，茨维塔耶娃没有像涅克拉索夫或勃洛克那样去打造自己关于俄罗斯的巨大神话，但她对俄罗斯的关照有其独特的俄罗斯视角。她同西方、尤其是与德国的联系非常密切。俄罗斯帝国形象在茨维塔耶娃诗作中具有无可匹敌的地位。伊瓦斯克指出，茨维塔耶娃青年时期的作品充满热忱与激情。她的激情中夹杂了狂暴，这一特点尤其鲜明地表现在其抒情诗中。茨维塔耶娃最富激情的诗歌是《嫉妒的尝试》（Попытка ревности）。此外，伊瓦斯克还关注了茨维塔耶娃作品中的音节与修辞等问题。[②]

萨阿基扬茨在《诗人的相遇》一文中回顾了茨维塔耶娃同诗人安德烈·别雷的友谊，简要介绍了别雷对茨维塔耶娃作品的评论。作者将两位诗人进行对比后得出结论，茨维塔耶娃与别雷之间在创作上存在着亲缘关系。别雷的《离别之后》（После разлуки）与茨维塔耶娃的《离别》在主题、风格和韵律等方面都存在明显的"亲缘"关系。

① 玛丽娜·茨维塔耶娃（Марина Цветаева）：《在我好歌唱的城中诗·剧本·书信小说》（В певучем граде моем. Стихотворения. Пьеса. Роман в письмах），萨兰斯克，莫尔多夫图书出版社，1989年。

② 伊瓦斯克（Иваск Ю.）：《对俄罗斯诗歌的赞赏》（Похвала российской поэзии），《新杂志》，纽约，1985年第161期，第106—115页。

布罗茨基对茨维塔耶娃其人及其作品有着深刻而独到的理解。曾发表数篇关于他眼中的“20世纪第一诗人”[①]的评论文章，如在《怎样阅读一本书》中，在推荐母语诗人时，首推茨维塔耶娃。在《诺贝尔获奖演说》中，他曾心怀感激地谈到影响他创作的五位诗人，其中之一就是茨维塔耶娃。“他们的创作，他们的命运我十分珍重，这是因为，若没有他们，作为一个人，作为一个作家我都无足轻重：至少我今天不会站在这里。”[②]而在1979年发表的《诗人与散文》[③]一文中，他深刻分析了茨维塔耶娃散文创作的特点。指出：“对于茨维塔耶娃而言，散文不过是其诗歌以另一种方式的继续……诗歌思维的方法被移入散文文体，诗歌发展成了散文。茨维塔耶娃的句式构造遵循的不是谓语接主语的原则，而是借助了诗歌技巧：声响引起的联想，根韵、语义的‘移行’。”文中，布罗茨基还分析了语调、破折号等。布罗茨基认为，对于茨维塔耶娃而言，语调远比诗歌和其内容重要。他在文中高度评价说：“20世纪的俄罗斯诗歌中没有比她更富激情的声音了。”

在1981年完成的《关于一首献诗》（Об одном стихотворении）[④]一文中，布罗茨基探讨了《新年书简》中的一些诗学问题。作者指出，《新年书简》首先是诗人的自白，不是对神父自白，而是对诗人自白。对她而言，诗人的地位高于神父。

布罗茨基指出，该作品尽显茨维塔耶娃抒情独白的语言风格。她的语言具有独特的节奏。朗读她的作品，需要具有超乎想象与经验的语速。茨维塔耶娃的诗句大多以扬抑格开头，而非扬格，结尾则通常是扬抑抑格。茨维塔耶娃的押韵比帕斯捷尔纳克的押韵更具创造性。他认为，茨维塔耶娃那不羁的诗歌天赋与才能已得到人们的肯定。

---

① 沃尔科夫（Соломон Волков）：《与约瑟夫·布罗茨基对话》（Диалоги с Иосифом Бродским），莫斯科，独立报出版社，1998年。

② 布罗茨基：《文明的孩子》，刘文飞译，中央编译出版社，1999年。

③ 《诗人与散文》这篇随笔是布罗茨基为1979年纽约出版的《玛·茨维塔耶娃 散文作品选》（两卷本）写的序言，该文用俄语写就。后来这篇文章收录到布罗茨基的《少于一》中。1991年俄罗斯发表了该作品。本文所用材料来自网页：http://litera.edu.ru/catalog.asp?cat_ob_no=&ob_no=13098。

④ 布罗茨基于1981年在纽约完成了该文章，1992年在俄罗斯出版。本文所用材料来自网页：http://lib.ru/BRODSKIJ/tsvetaeva.txt。

第六章

20世纪90年代的评论

20世纪90年代是茨维塔耶娃研究的重要时期，也是这一领域的研究高峰时期。这一时期，茨维塔耶娃的作品密集问世，而且，几乎每一作品集中都附有文集整理、编辑者撰写的有一定研究指向的文章，使读者在阅读作品之前能对茨维塔耶娃其人、其作品有一定的了解，可以“有的放矢”地展开阅读。这是这一时期茨维塔耶娃研究的一个亮点。关于茨维塔耶娃生平及创作研究的专著也出现了不少，这也是20世纪90年代茨维塔耶娃研究的一个特点，研究走向系统化。学院派研究中出现了对某一问题的深入研究，尤其体现在对茨维塔耶娃诗学特征研究方面。

第一节　作品出版、相关研究概述

20世纪90年代的茨维塔耶娃研究呈宏观、多角度研究态势。

专著方面：施维采尔（Швейцер, Виктория）于1992年出版了《茨维塔耶娃的日常生活和存在》（Быт и бытие Марины Цветаевой）[①]一书。作者打破了固有的对茨维塔耶娃作品的研究模式，将茨维塔耶娃的作品一部部地放进其生平中进行研究，通过生活经历来把握茨维塔耶娃创作的特点。作者认为，20世纪30年代是茨维塔耶娃创作的顶峰。这一时期，茨维塔耶娃转向了散文创作。施维采尔对这种转型的解读是：诗人需用新的方式来表达其世界观。1992年洛斯卡娅（Лосская,

① 施维采尔（Швейцер В.）：《茨维塔耶娃的日常生活和存在》（Быт и бытие Марины Цветаевой），莫斯科，因特尔普林特出版社，1992年。

B. K.）出版了《生活中的茨维塔耶娃》（Марина Цветаева в жизни）[①]一书，书中分十个章节详细介绍了茨维塔耶娃的人生经历。脉络十分清晰。1997年，萨阿基扬茨完成了著作《玛丽娜·茨维塔耶娃：生平与创作》（Марина Цветаева: Жизнь и творчество）[②]，全书长达815页。她写这部著作的宗旨是："我将竭尽全力最完整地再现出20世纪最重要的诗人之一茨维塔耶娃的生活和创作道路。"[③]同年，库德洛娃出版了《离开俄罗斯后》（После России）[④] 一书。书中作者介绍了茨维塔耶娃侨居国外十七年（1922—1939年）的经历，剖析了诗人的生活悲剧，呈现了诗人与侨民界的复杂关系以及茨维塔耶娃侨居时期的创作活动等。1999年，库德洛娃又完成了一部关于茨维塔耶娃的力作《玛丽娜·茨维塔耶娃之死》[⑤] 。在这部著作中，作者描写了茨维塔耶娃因丈夫被疑谋杀依格纳基·赖斯而遭俄侨排斥的痛苦经历。揭秘了此前不为人知的大量档案材料，揭示了诗人死亡的原因。

作品整理出版方面：1990年，洛古诺娃（Логунова, Г. Н.）收录和整理出版了《抒情诗·长诗·散文》（Стихотворение Поэмы Проза）[⑥] ，并写了序言《玛丽娜·茨维塔耶娃的世界》（Мир Марины Цветаевой）[⑦]。洛古诺娃将茨维塔耶娃的生平与创作分成四个阶段：1. 1914年前；2. 1914—1922年（侨居国外前）；3. 1922—1939年（侨居国外时期）；4. 1939—1941年（回国），并对茨维塔耶娃不同时期的创作特色做了有益的探讨。洛古诺娃对茨维塔耶娃不同时期的创作特点作了总结。她认为，

① 洛斯卡娅（Лосская В. К.）：《生活中的茨维塔耶娃》（Марина Цветаева в жизни），文化与传统出版社，1992年。

②③ 萨阿基扬茨（Саакянц А. А.）：《玛丽娜·茨维塔耶娃：生平与创作》（Марина Цветаева. Жизнь и творчество），莫斯科，埃利斯—拉克出版社，1997年（1999年再版），第5页。

④ 库德洛娃（Кудрова И. В.）：《离开俄罗斯后》（两卷本）（После России. В 2-х книгах），莫斯科，罗斯特出版社，1997年。

⑤ 库德洛娃（Кудрова И. В.）：《玛丽娜·茨维塔耶娃之死》（ Гибель Марины Цветаевой），莫斯科，独立报出版社，1999年。

⑥⑦ 玛丽娜·茨维塔耶娃（Марина Ивановна Цветаева）：《抒情诗·长诗·散文》（Стихотворения. Поэмы. Проза），符拉迪沃斯托克，远东国立大学出版社，1990年，第5—22页。

早期，尤其是国内战争时期，茨维塔耶娃重视展现此刻、某一行为的自然力；20年代和30年代重抽象表现思想，用格言形式表现她的艺术观、世界观等等。1990年，别洛娃（Белова, Л. А.）编辑出版了《茨维塔耶娃文选》（Избранное）[①]，并为作品作了注释，奥尔洛夫（Орлов, В. Н.）为本书写了序言《玛丽娜·茨维塔耶娃的命运·性格·诗歌》（Судьба Характер Поэзия Марины Цветаевой）[②]。文章分八部分写就。奥尔洛夫认为，茨维塔耶娃"成熟的"作品中最难能可贵的东西是：她对富人的刻骨仇恨、对所有庸俗行为的仇恨。文中作者挖掘了茨维塔耶娃作品中的"红色因素"。他指出："没人能把茨维塔耶娃与其他诗人弄混。她的诗可以被一眼准确无误地认出，因为她的作品有特殊的拖腔，无与伦比的韵脚，个性化的语调。她经常把语体崇高的词汇与俗语词混在一起使用，古旧词、书面语词与口语词、俚语夹杂在一起使用，从而形成了茨维塔耶娃的风格——崇高的简朴。"此外，作者还指出，停顿是茨维塔耶娃作品中最富表现力的手段之一。1990年尼基京娜（Никитина, Е. П.）整理出版了《抒情诗·散文》（Стихотворения. Проза）[③]，并撰写了后记《论玛丽娜·茨维塔耶娃的诗歌》（О поэзии Марины Цветаевой）[④]。作者分析了茨维塔耶娃诗歌的创作主题和作品中的悲剧因素。尼基京娜认为，茨维塔耶娃的命运是其抒情诗的主要创作主题，她个人的爱情生活是她的爱情组诗和长诗的主要来源。她的家人是其作品的永恒形象。

1991年萨阿基扬茨编辑出版了玛丽娜·茨维塔耶娃的《抒情诗·长诗》（Стихотворения Поэмы）[⑤]，并为作品做了注释。在为该作品集所写的序言《玛丽娜·茨维塔耶娃》（Марина Цветаева）中，重点阐述了诗人20世纪30年代将诗歌创作转向散文创作的原因，同时指

①② 玛丽娜·茨维塔耶娃（Марина Ивановна Цветаева）：《茨维塔耶娃文选》（Избранное），莫斯科，教育出版社，1990年，第4—46页。

③④ 玛丽娜·茨维塔耶娃（Марина Ивановна Цветаева）：《抒情诗·散文》（Стихотворения. Проза），萨拉托夫，伏尔加河河岸图书出版社，1990年，第245—263页。

⑤ 玛丽娜·茨维塔耶娃（Марина Ивановна Цветаева）：《抒情诗·长诗》（Стихотворения Поэмы），莫斯科，真理出版社，1991年。

出，尽管30年代茨维塔耶娃几乎只专心写散文，成了独特的散文家，但是她始终是位诗人，诗人用回忆录形式保持神话和现实世界的平衡。诗人赋予文学评论、关于艺术和诗歌的随笔以浓厚的情感。诗人把书信作品变成了带有抒情色彩的心理学、哲学文章。

1991年沙金（Шатин Ю. В.）编辑出版了茨维塔耶娃诗集《与世纪辩论》（В полемике с веком）[①]。在序言《与世纪辩论》（В полемике с веком）中，作者着重探讨了茨维塔耶娃创作中的某些特征，指出茨维塔耶娃创作个性形成的原因。1991年伊尔库茨克出版了沙拉耶娃（Шалаева, И.）编辑并注释的《诗·散文》（Стихи Проза）[②]。在序言《我不会让你被人遗忘!》（Не дам тебе порасти быльем）[③]中，作者指出，茨维塔耶娃的作品新奇，富有强烈的情感，细腻的思维、风格，和谐的语言。每次读她的作品，都会发现之前阅读时不曾发现的东西，这是因为在其每一诗行后都蕴含着比她说出的东西更多的内容。同年，圣彼得堡出版了由库德洛娃编辑的《玛丽娜·茨维塔耶娃致安娜·杰斯科娃书信集》（Марина Цветаева. Письма к Анне Тесковой）[④]。1992年莫斯科出版了波丽科夫斯卡娅（Поликоская, Л. В.）编辑的诗集《为大家——反对大家》[⑤]（За всех-противу всех）。波丽科夫斯卡娅和达尔戈娃（Долгова. М. А.）对作品进行了注释。1994—1995年间，莫斯科的埃利斯—拉克出版社出版了由萨阿基扬茨和穆努欣整理并注释的《茨维塔耶娃作品集》（七卷本），这套文集几乎收录了茨维塔耶娃在俄罗斯境内外发表过的所有作品，收录了她的部分书信。是目前俄罗斯出版的最全的一套茨维塔耶娃作品集，其文

① 玛丽娜·茨维塔耶娃（Марина Цветаева）：《与世纪辩论》（В полемике с веком），新西伯利亚，新西伯利亚科学出版社，1991年。

② 玛丽娜·茨维塔耶娃（Марина Цветаева）：《诗·散文》（Стихи. Проза）《我不会让你被人遗忘! 》，伊尔库茨克，东西伯利亚图书出版社，1991年。

③ 沙拉叶娃（Шалаева И.）：《诗·散文》（Стихи. Проза）《我不会让你被人遗忘! 》，伊尔库茨克，东西伯利亚图书出版社，1991年，第3—22页。

④ 玛丽娜·茨维塔耶娃（Марина Цветаева）：《玛丽娜·茨维塔耶娃致安娜·杰斯科娃书信集》（·Письма к Анне Тесковой），国家外贸出版公司，1991年。

⑤ 玛丽娜·茨维塔耶娃（Марина Цветаева）：《为大家——反对大家》（За всех-противу всех），莫斯科，高校出版社，1992年。

本注释也最为权威。这套文集拓宽了茨维塔耶娃研究的视角。之后又陆续出版了一些茨维塔耶娃的作品集，例如，1998年萨阿基扬茨编辑、注释并且撰写序言的《抒情诗，长诗》，巴甫洛夫斯基编辑出版的《茨维塔耶娃作品选》（两卷本）。文中探讨了诗人的艺术观，语言特色，作品中的民间文学因素，希腊神话对其创作的影响等问题。

第二节 关于茨维塔耶娃创作主题的评论

茨维塔耶娃的创作主题多样，这不仅仅与她自身的成长经历有关，也与她的创作风格有着密切的联系。可以说，正是由于有了多重创作主题，茨维塔耶娃的创作手法才会多元与丰富。

巴甫洛夫斯基认为，茨维塔耶娃诗歌中具有某种隐秘的力量，这种力量不仅反映出女性特有的感受，还反映出真实的现实生活。真实生活是她创作的一个主题。茨维塔耶娃早期创作的作品中现实与理想相互结合，现实生活是其创作源泉。她用抒情的笔触书写出对生活的热爱之情。茨维塔耶娃对爱情主题的处理独具特色。在她的爱情世界中，女性既像男性一样理性睿智，也如女性一般感性细腻。[①]谢米布拉托娃（Семибратова, И. Б.）在《白银时代诗人的命运》（Судьбы поэтов серебряного века）一文中指出，十月革命前，茨维塔耶娃更多关注的是人的内心感受和情感体验，表现出强烈的乐观主义情绪。但是革命后，侨居国外的茨维塔耶娃更多表现的是对故土的眷恋，对革命的不接受，以及面对革命发生时内心所产生的苦闷、迷茫和彷徨。[②]

茨维塔耶娃的创作具有很深的哲学思辨性。[③]这是萨阿基扬茨在其《玛丽娜·茨维塔耶娃 生命与创作之页（1910—1922）》中提出的观

① 巴甫洛夫斯基（Павловский А. М.）：《茨维塔耶娃作品选》（Марина Цветаева），奥林普出版社，1997年，第20页。

② 谢米布拉托娃（Семибратова И. Б.）：《白银时代诗人的命运》（Судьбы поэтов “Серебряного века”），莫斯科，书库出版社，1993年，第480页。

③ 萨阿基扬茨（Саакянц А. А.）：《玛丽娜·茨维塔耶娃 生命与创作之页（1910—1922）》（Марина Цветаева. Страницы жизни и творчества 1910—1922），莫斯科，苏联作家出版社，1990年，第352页。

点。作者认为，茨维塔耶娃的创作中充满哲学思考。茨维塔耶娃的创作虽具有哲学意义，但是并不十分晦涩难懂。相反，茨维塔耶娃的作品可以直抵读者内心深处，唤醒读者内心深处最为丰富的情感。生与死是茨维塔耶娃创作中的重要主题。在她的笔下，“生”充满对生活的乐观态度，尤其在其早期作品中可以明显感觉到茨维塔耶娃对生活的赞颂，对生命的讴歌。而写死亡时，茨维塔耶娃并没有把死亡描述得那么恐怖可怕，相反，对“死”有一种潇洒和解脱的看法。拉比诺维奇（Рабинович, Вадим）关于茨维塔耶娃的生死主题有过评述，他写道：“茨维塔耶娃笔下的生与死就像脸对脸，面对面。”[①]“生”是我们所存在的此岸世界，而“死”就是那看似遥远的彼岸世界。生与死的关系就如同一个真实的影像和镜中的倒影一样。茨维塔耶娃认为，生与死相互依存，如果想要获得生就要先经历死亡的考验，而同样如果想要死亡就要经历生的过程。茨维塔耶娃对死亡的描绘并不会令人有恐惧之感。它赋予作品以平静、安逸、舒缓的氛围。

埃特基恩德（Эткинд, Е. Г.）在其《吹笛人与老鼠》（Флейтист и Крысы）一文中指出，与同时代诗人相比，茨维塔耶娃在创作上更青睐选择已有的神话题材，传统的文学题材以及童话故事。茨维塔耶娃选择耳熟能详的题材来写，其原因就在于她从不追求和谐，在其大部分作品中都有争辩、争论，有对生活和感情的质疑，也有对这些疑问的回答，更有对这些答案的全盘否定。茨维塔耶娃是一个观点鲜明的作家。古希腊罗马神话、民间童话等在情节上满足了茨维塔耶娃寻求冲突、矛盾、对立的诉求。

第三节　关于创作特色的评论

谈及茨维塔耶娃的创作特色和创作手法，俄罗斯评论家、艺术史学者、文化学者魏德列（Вейдле, В. В.）指出，茨维塔耶娃不受任何文学流派的束缚，其创作因此而富有个性，自由灵动。但这不代表茨维

① 拉比诺维奇（Рабинович В.）：《死亡面具和玩弄生命者·主题与变体：帕斯捷尔纳克，曼德尔施塔姆，茨维塔耶娃》（Маски смерти и играющие жизнь. Тема и Вариации: Пастернак, Мандельштам, Цветаева），《文学问题》，1998年第1期，第296页。

塔耶娃的创作脱离了俄罗斯文学的传统。相反，茨维塔耶娃注重博采众家之所长，对同时代的作家，诸如马雅可夫斯基、帕斯捷尔纳克、叶赛宁非常推崇，同时还认真地研究普希金、莱蒙托夫、勃洛克、巴尔蒙特、勃留索夫、阿赫马托娃、曼德尔施塔姆等人的作品，从中借鉴并最终形成并发扬属于自己的创作风格。[①]

莫斯科大学教授奥林格在其《茨维塔耶娃诗歌的风格与象征主义表现手法》（Поэтический стиль М. Цветаевой и приёмы символизма）一文中指出，茨维塔耶娃最大的创作特色表现在她将古希腊罗马文化融入到自己的创作中，还兼顾了俄罗斯以及西欧各国的民间童话，德、英、法等现代主义风格。[②]他认为，茨维塔耶娃在第一部作品集《黄昏纪念册》中采用了十四行诗的形式。从语言运用上来看，茨维塔耶娃的文字和语言都给人以耳目一新之感，语言直接，表述详细准确，对事物的客观描写入木三分。茨维塔耶娃的语言具有自己的风格，她的每一个词语都有特殊的含义。她的文字极具感染力。

作者认为，茨维塔耶娃是一位具有浪漫主义情怀又奉行极端主义的诗人。对于茨维塔耶娃而言，从来就没有什么“中庸之道”，在创作过程中她不会遵守动词的使用规则。在表现人物性格自然界中万事万物的对立，以及极其强烈而又鲜明的反差时，茨维塔耶娃大量频繁地使用反义词。茨维塔耶娃经常使用语体混搭的词汇。例如，在高雅的诗歌当中，在某些诗节里会突然加入俗语词，她也经常在作品中将书面语、古语与口语词交替使用。这种“混搭”为作品增加了生动性、自由度、淡化了拘束感。

克林格指出，在诗歌的创作风格上，茨维塔耶娃有着自己的独到见解和创新之处。茨维塔耶娃认为，诗歌由于创作年代不同，所以会风格迥异，每一首诗歌作品都带有明显的时代烙印。在诗歌风格上需要有创新，在这方面茨维塔耶娃堪称标志性人物。关于茨维塔耶娃的创

① 魏德列（Вейдле В. В.）：《俄罗斯诗歌艺术与文化研究》（Статьи о русской поэзии и культуре），《文学问题》，1990年第7期，第108页。

② 奥林格（Клинг О. А.）：《茨维塔耶娃诗歌的风格与象征主义表现手法》（Поэтический стиль М. Цветаевой и приёмы символизма），《文学问题》，1992年第3期，第74页。

新，帕斯捷尔纳克曾有过这样的评价："在我们这个年代，最为胆大妄为的诗人就算是茨维塔耶娃了，她以其娴熟的创作技巧把诗歌的音节变得更为丰富，使得诗歌的风格有所突破，她的创作大胆而又富有新意。"①

洛特曼（Лотман, Ю. М.）以《玛丽娜·茨维塔耶娃"我的目光——钉子般……"》（Напрасно глазом—как гвоздем...）②为题，分析了组诗《墓志铭》③中的《我的目光——钉子般……》的作品结构、语义特征、句法特征等问题。

洛特曼认为，这首诗可谓是诗学语义学的典范。在这首诗中，部分名词的词义被极度弱化，名词几乎成了代词④。受此文本结构的影响，这些词获得了新的语义。该诗清晰地划分出完整的排比结构。这些排比变成语义聚合体，勾勒出文本的语义结构。为说明该诗的音律结构特点，作者绘制了两个图解，使本来深奥的内容一目了然地呈现在读者面前。洛特曼从词汇、语义等诸多角度、由表及里地分析了я—ты, здесь—там 的对立关系，得出结论，认为诗节的不凡之处在于，诗人不

① 拉比诺维奇（Вадим Рабинович）：《死亡面具，和玩弄生命者·主题与变体：帕斯捷尔纳克，曼德尔施塔姆，茨维塔耶娃》（Маски смерти и играющие жизнь. Тема и Вариации: Пастернак, Мандельштам, Цветаева），《文学问题》，1998年第1期，第298页。

② 洛特曼（Лотман Ю. М.）：《玛丽娜·茨维塔耶娃"我的目光——钉子般……"》（Напрасно глазом — как гвоздем···），自洛特曼的《关于诗人和诗歌》（圣彼得堡），圣彼得堡艺术出版社，1996年。

③ 《墓志铭》是茨维塔耶娃为纪念格隆斯基（Гронский Н. П. ）而作的组诗。尼古拉·格隆斯基（1904-1934），诗人，死于巴黎地铁的一次意外事件中。茨维塔耶娃对格隆斯基的评价很高。"小伙子是一位大诗人"（《茨维塔耶娃写给安娜·捷斯科娃的信》）。格隆斯基死后，茨维塔耶娃为他的作品《诗和叙事诗》撰写了一篇评论文章。文中诗人把他的创作和侨民的"年轻一代的诗歌"作了对比。该文发表在《现代人札记》1936年第61期上。通过茨维塔耶娃与安娜·捷斯科娃的通信，我们可以对茨维塔耶娃和格隆斯基的爱情故事略知一二。茨维塔耶娃于1934年9月27日写给捷斯科娃的信中写道："我是他的第一个爱人，而他是我最后一个爱人。"从信中我们得知，格隆斯基在十八九岁时与茨维塔耶娃相恋，1931年两人分手。1934年10月21日，尼古拉·格隆斯基不幸去世。除了《墓志铭》外，茨维塔耶娃还在1935年为格隆斯基写了《死后的礼物》一文。

④ 扎列茨基（Зарецкий А.）：《关于代词》（О местоимении），《中小学俄语》，1940年第6期。

仅挑战了教会的清规、神父、高层神职人员和旧约中的圣诗，还挑战了俄罗斯人对赞美诗中第21篇第7节的传统阐释。此外，洛特曼还指出，在诗文的中心部分诗人使用了交叉排比，使用这样的排比，旨在使同一主题的诗节形成呼应关系，构建出复杂的交织结构，而这种交织也就构成了诗歌的意义结构。

作者认为，交织出现的重复结构不仅勾勒出诗歌的基本结构，而且自身也充满了活力，它们使文本保持了一种不可预见性，确保了诗篇意义的完整性。

祖波娃在其专著《玛丽娜·茨维塔耶娃的诗歌语言（语音，构词和成语）》（Язык поэзии Марины Цветаевой （Фонетика, словообразование, фразеология）[①]中重点研究了茨维塔耶娃诗歌的诗学特征，分析了语音、构词、成语运用、《勇士》的语言等问题。

祖波娃认为，词语的声音定位是茨维塔耶娃建构作品的重要原则之一。在诗歌创作中茨维塔耶娃还使用了“声音象征”这一手法，有时茨维塔耶娃的声音远远不是简单的声音模仿。在作品中，诗人大量使用了描述性停顿手法，表达声音形象性的一个重要手段就是移行符号。茨维塔耶娃经常会使词语的音节缩小，而不是使音节扩大。谈及构词问题，祖波娃指出，使用个性化的词语是茨维塔耶娃诗歌创作中的一个明显特征。她大胆地创造新词，用以表达其诗歌思想和主题，也许只有未来主义者可以在这方面与之媲美。

祖波娃认为，1915—1916年是茨维塔耶娃诗歌创作风格的分水岭。她认为，此前，茨维塔耶娃的创作遵循了象征主义的创作手法，创作中使用了多种象征手段。而之后，更多体现出的是浪漫主义风格。作者指出，茨维塔耶娃的浪漫主义带有鲜明的19世纪俄罗斯印记，深受莱蒙托夫创作的影响。此外，茨维塔耶娃还吸收了一些柏拉图的哲学观念与思想。德国浪漫主义女作家贝蒂娜·冯·阿尔尼姆[②]对茨维塔耶

① 祖波娃：《玛丽娜·茨维塔耶娃的诗歌语言（语音，构词和成语）》［Язык поэзии Марины Цветаевой（Фонетика, словообразование, фразеология）］，圣彼得堡大学，1999年。

② 贝蒂娜·冯·阿尔尼姆（Bettia von Arnim）（1785-1859），近代德国浪漫主义杰出女作家之一，歌德、贝多芬、乔治·桑的朋友。

娃的创作也产生了不小的影响。

彼得罗夫在分析茨维塔耶娃的诗歌艺术时，指出其诗歌创作的“魔力”：翻阅茨维塔耶娃的每一页诗篇，读者会立刻进入其诗歌作品所描绘的世界中去，会看到诗人内心热情燃烧的火焰，同时也可以深刻体会到作品中所描写的意境与作者本身所处的客观世界之间激烈的冲突与矛盾。在茨维塔耶娃的作品中，读者找不到片刻的安宁、一丝一毫的平静，她永远都像是处于风暴的中心地带。茨维塔耶娃一直都追求事物间的对立。在她的文学创作中对于词语的使用，意象的选择都采取对立的原则，她从不认为统一是审美的最高要求。茨维塔耶娃在自己的创作中融入了很多音乐元素，这些音乐元素使得茨维塔耶娃的作品，尤其是诗歌作品，具有了很强的乐感。[①]

作者认为，茨维塔耶娃的诗歌魅力并不仅仅在于字里行间中可以捕捉到的意义和形象，更重要的是她那变幻莫测、韵律上或明快或铿锵的节奏变化。

加斯帕罗夫（Гаспаров, М. Л.）（1935-2005）在《玛丽娜·茨维塔耶娃：从生活诗学到词汇诗学》（Марина Цветаева: от поэтики быта к поэтике слова）[②]一文中，历时性地分析了诗人不同时期的创作特点和风格，研究了茨维塔耶娃创作的诗学特征等问题。

加斯帕罗夫指出，茨维塔耶娃早期的作品给人一种感觉，仿佛作品是在一个封闭的环境内创作而成的，它们束之高阁远离生活，就像没有生命的雕塑一般。但加斯帕洛夫随即指出，这仅仅是一种外在的假象，当时茨维塔耶娃虽然刚刚在文学领域崭露头角，可是其创作生活并没有与当时的文学创作生活背道而驰。年轻的茨维塔耶娃抱着找到并确立一条与众不同的文学创作之路的目的，开始了大胆的文学尝试。茨维塔耶娃对书信、随笔、日记等文学形式非常热衷，所以她勇于创新地把自己的诗歌全部变成了日记形式。茨维塔耶娃是当时敢把自

---

① 彼得罗夫（Валерий Петров）：《谈谈我们的现代诗歌》（Вокруг нашей современной поэзии），《文学问题》，1997年第6期，第265页。

② 加斯帕罗夫（Гаспаров М. Л.）：《玛丽娜·茨维塔耶娃：从生活诗学到词汇诗学》（Марина Цветаева: от поэтики быта к поэтике слова），《论文选》（Избранные статьи），莫斯科，新文学评论出版社，1995年。

己的诗歌变成日记形式的第一人。1915—1916年是茨维塔耶娃文学创作的转型时期，这一时期的诗歌作品融入了黑暗、沉重、带有敌意的感情。而此时诗歌的任务是要与这个客观的物质世界相互结合，使其崇高化和诗意化。诗歌作品中的诗行更显零散，这种创作手法，诗行的表现形式赋予诗作很大的自由度和灵活度，被奉为经典。1916—1917年，茨维塔耶娃的创作再一次发生了变化，其诗歌风格更具有游戏性。诗歌中具有游戏性带来了主题、风格多样化。茨维塔耶娃诗歌中还有一个显著的特点，就是诗歌中的断续性，茨维塔耶娃诗歌作品经常出现大幅带有省略号的不连贯的文字。

这一时期的茨维塔耶娃还创作了剧本。其戏剧创作同样极富个性。她的剧本是静态的，由一连串瞬间组合而成，而每个瞬间又都散落在剧中人物的独白和对话中。茨维塔耶娃的剧本创作同样具有日记体特征，抒情日记中的一天光景被压缩成剧本中的一个场景，一个片段；印象压缩成了形象；思想压缩成了象征。而中心形象不是动态的展现，而是静态的展开。

在《玛丽娜·茨维塔耶娃的“空气之诗”：注释经验》[①]一文中，加斯帕罗夫对该部作品做了“切片式”研究。从写作动因、主题，到诗学特征分析，从外在因素写到内在因素，等等。分析《大气之诗》的诗歌特点时，加斯帕罗夫重点关注了诗歌的韵律和节奏。指出平行和重复的作品结构是茨维塔耶娃擅长使用的手段，通过重复可以突出作品的主题意义。他认为，《大气之诗》中的很多内容不仅可解读出死亡，还能解读出自杀情结。

茨维塔耶娃作品中蕴含着丰富的音乐性。诗人通过停顿等方式表现出诗歌韵律的不同变化。为了表现出韵律上的音乐感，茨维塔耶娃在创作过程中经常刻意改变词汇的重音位置，甚至直接取消重音，尽显创作个性。正是这些停顿、词汇音响效果的变换、重音的人为改变或“取缔”，使茨维塔耶娃的阅读者常受窒息之苦。

七重天是俄罗斯文学当中，乃至整个俄罗斯文化当中非常重要的一个意象。对于俄罗斯文化，七重天的意义非常深远，它不仅代表了至

① 加斯帕罗夫（Гаспаров М. Л.）：《选集》（Избранные статьи），《新文学观察》，1995年，第259-275页。

高至上，也蕴含了很浓厚的宗教意义。在《大气之诗》当中茨维塔耶娃的七重天有其特殊的含义。

加斯帕罗夫指出，茨维塔耶娃的创作手法与绘画艺术中以分析为基础的立体主义有相似之处。她在创作时首先把世界分解为若干个元素，然后平衡这些元素彼此之间的关系，最后把它们组合成新的体系。加斯帕罗夫认为，通过对茨维塔耶娃创作手段的研究，不难发现，茨维塔耶娃为保证诗歌的连贯性而运用了上述方法，它们构成了茨维塔耶娃独特的诗学特征。

第四节　萨阿基扬茨关于茨维塔耶娃的评论

萨阿基扬茨披沥十载，数易其稿，撰写了总结性的传记著作《玛丽娜·茨维塔耶娃：生活与创作》（Марина Цветаева Жизнь и творчество）[①]。在这部书的前言中，她强调了出版此书的宗旨，即：力求让"女主人公"说话，用生动的语言讲述真实的经历。为此，她阅读了大量的书信、笔记、评论、回忆录等历史文献资料，深入分析了诗人的作品、日常生活与生存意识、创作心理及人生感悟，揭示出作品与岁月之间的联系，真实地展现了诗人非凡的一生与独特的创作个性。阅读这本书的过程，仿佛就是和诗人进行一次"云端上交谈"的过程。萨阿基扬茨通过这部作品，把诗人的灵魂，深沉的思想，真诚的心展现给读者和研究者。《玛丽娜·茨维塔耶娃：生活与创作》这部著作，无论从其深度上还是广度上来看，都堪称一部研究茨维塔耶娃的"百科全书"。读她的这部著作，我们可以进入茨维塔耶娃的世界，了解诗人的成长过程和秘密……

萨阿基扬茨首先呈现了茨维塔耶娃凭借卓尔不群的女性气质、独特的抒情日记体诗歌，在备受争议的氛围中走上俄罗斯文坛的过程。作者通过对《黄昏纪念册》主题和特色的分析，得出结论：一些作品已经"预告"了诗人的未来，可把《祈祷》看成是诗人的第一篇文学宣言。萨阿基扬茨认为，茨维塔耶娃诗集里所写的人和事就是诗人自己、她的情感、她对自己内心敬重珍惜的那些人的情感。《黄昏纪念册》中的

① 萨阿基扬茨：《玛丽娜·茨维塔耶娃：生活与创作》（Марина Цветаева Жизнь и творчество），莫斯科，埃利斯—拉克出版社，1997年。

诗篇含有许多主题，其中很多主题多次出现在其日后的创作中，例如，梦的主题、光明与黑暗的主题、爱情主题等。

茨维塔耶娃爱情主题诗中经常出现的某些基本冲突（“地”与“天”的冲突，情欲和理想爱情的冲突，此刻与永恒的冲突）在这部诗集中已初露端倪。这些冲突就本质而言就是日常生活与生存意识的矛盾冲突。[①]萨阿基扬茨和许多评论家一样，对《魔灯》的评价不高，也认为，这部诗集没有多少新颖之处。但也指出，其中几首诗虽尚带有往昔情感的余波，但抒发的却是更复杂、更成熟的感受。在这些诗篇中愧疚之感与爱情经常纠缠在一起，而心灵在挣脱了沉重的罗网后复归平静。这部诗集在某种程度上彰显出了年轻诗人独特的立场与创作追求。诗集《自两部书》中不仅描写了她与亲人、友人交往时所感到的快乐，也写了青少年和死亡，写了关于花样年华和花样年华的终结。长诗《魔法师》（Чародей）在茨维塔耶娃早期诗歌创作中具有特殊意义。萨阿基扬茨甚至认为，它是描写“诗人”的长诗，第一次极为清晰地展现了“茨维塔耶娃式的”的神话创作。

1915年是茨维塔耶娃诗歌创作技艺“成长”的一年。她笔下的女主人公已经不是从前那个“年轻的女友”了。她的声音坚定，“女诗人”的声音变成了“诗人”的声音。献给帕尔诺克（Парнок, С. Я.）的组诗是诗人迈向成熟创作的重要一步。一场萨福之恋（与帕尔诺克）引出了急流浩荡的许多诗篇，例如，《在方格绒毛毯的爱抚下》（Под лаской плюшевого пледа...）、《今天冰雪消融，今天……》（Сегодня таяло, сегодня...）。为了逃离这种处境，摆脱帕尔诺克对自己的束缚，茨维塔耶娃的诗中出现关于奔跑、飞腾、疾速运动的主题。经历这些复杂的变故后，茨维塔耶娃成熟了，从前那种无忧无虑、欢乐幸福的日子将不复重现。

1916年是茨维塔耶娃诗歌创作的一个新阶段。在这一阶段，她笔下的诗句自由灵活，不受格律与节奏的局限，而音调却和谐动听。创作大量组诗也是这一时期的特点。1916年冬，茨维塔耶娃去了一趟当时的诗歌王国——彼得堡。彼得堡之旅激起了茨维塔耶娃为“莫斯科诗

① 萨阿基扬茨：《玛丽娜·茨维塔耶娃：生活与创作》（Марина Цветаева Жизнь и творчество），莫斯科，埃利斯—拉克出版社，1997年，第19页。

人”扬名的决心。回到莫斯科后创作的诗歌给人耳目一新的感觉。在组诗《致勃洛克》和《致阿赫马托娃》中，茨维塔耶娃表达了对这两位诗人的景仰和赞美之情。如果说勃洛克是茨维塔耶娃心中的“光明的太阳”，那么阿赫马托娃就是“风暴的驱动者，暴风雪的散播者”。总体而言，这一时期创作的作品富有异国情调。黑夜主题、爱情主题、罪恶主题贯穿这一时期的创作。

萨阿基扬茨将1917—1919年划为茨维塔耶娃心灵腾飞的时期。这一时期，诗人的作品与思想都发生了重大的转变，不论是诗集，还是剧作，都散发着一种哲理性思考——垂直与水平的二元对立。1918—1919年，茨维塔耶娃进入了浪漫主义剧作的“盛产”期。《卡萨诺瓦的结局》是诗人浪漫主义剧作中最出色的作品之一。在分析1919—1922年间茨维塔耶娃的创作体裁和主题时，萨阿基扬茨认为，这一时期茨维塔耶娃笔下的女主人公基本都经历了“沉醉——失落、美满融合——分裂深渊”的爱情发展历程，形成了茨维塔耶娃诗歌中的“爱情十字架”。

1922年茨维塔耶娃开始了长达17年的侨居生活。萨阿基扬茨详尽地描述了茨维塔耶娃在国外的生活。在柏林期间，茨维塔耶娃得到了爱伦堡夫妇的热情帮助。柏林出版的《里程碑》成了20世纪两个著名俄罗斯诗人心与心交往的第一座桥梁。《西卜拉》堪称这一时期的代表作品。这部作品中的西卜拉是个付诸行动的预言家，是开口说话的西卜拉。她表现了诗人对永恒、高处生活的追求。远离—分离—疼痛—爱情—死亡，这就是这一年诗歌中反复出现的主题。《山之诗》和《终结之诗》是茨维塔耶娃侨居捷克时完成的重要作品。无论内容，还是形式，它们都堪称茨维塔耶娃标志性的长诗作品。

侨居地的第二站——巴黎，给了她无限的创作激情。茨维塔耶娃的创作发生了重大变化。这种变化体现在创作体裁上，也体现在创作内容上。从萨阿基扬茨对茨维塔耶娃30年代的生活的描述中，我们感受到诗人这一时期重要的变化：诗人开始追忆往昔生活。在这一时期的创作中，诗人不断追溯过去，不断去写逝去的人和事。另外，一些具有哲理性的作品流淌于诗人的笔尖下。

在本书的尾声，萨阿基扬茨着重探讨了茨维塔耶娃后期创作的一些重要作品及文学观念。《被俘的灵魂》(Пленный дух)被该书作者誉为诗人散文作品中的“佼佼者”。这部作品中诗人成功地描写了别雷的内心世界,内心独白真实可信。茨维塔耶娃按照自己的联想跳跃式行文,将作者的叙述转换成两人的对话。在茨维塔耶娃的回忆录中人物繁杂,而凌驾于一切之上的则是别雷的诉求、欢喜一个被俘灵魂的忏悔。1937年茨维塔耶娃完成《普希金与普加乔夫》(Пушкин и Пугачев)的创作。诗人既表现出丰富的诗意,又反映出真实的思想。普希金在作品《普加乔夫叛乱史》和《上尉的女儿》中塑造了两个完全不同的普加乔夫形象。茨维塔耶娃认为,普加乔夫怎样不关键,符不符合史实也不重要,重要的是普希金的创作思想。

谈及茨维塔耶娃的个性特征时,作者指出,诗人永远走不出她固有的两面性,她超越了同时代的许多诗人,然而,她的目光并非向前,而是回顾往昔。在她心中,只有过去才是美好的,只有父辈人才是正直的、有良心的。因此,诗人创作了组诗《致父辈》(Отцам),该组诗与《西卜拉》、《贝壳》(Раковина)一起被视为诗人创作巅峰时期的杰作。萨阿基扬茨认为,在这些诗行后面蕴藏着许多崇高、威武的灵魂,他们常常成为时代的牺牲品,然而留在他们身后的却是永久的光亮。

诗人一生都在孜孜不倦地找寻自己内心深处的“俄罗斯灵魂”。茨维塔耶娃留给世人的不仅仅是完美的文学作品,还有她对生命的感悟,对人生的追求。(黄玫,于晓利,赵梦雪,魏梦莹)

第七章 21世纪初的评论

新千年伊始，对茨维塔耶娃研究进入了新阶段。关注了茨维塔耶娃作品中的宗教、爱情等主题；开展了对茨维塔耶娃诗学特征的研究；观照了诗人的宗教观、战争观和死亡观；分析了诗人独特的写作风格和艺术魅力。

第一节　研究概述

21世纪初期，俄罗斯关于茨维塔耶娃及其创作的研究取得了显著的成效。茨维塔耶娃故居博物馆延续此前的传统，每年圣约翰日举办一届不同主题的“茨维塔耶娃国际学术研讨会”。会后都出版论文集。2004年别利亚科娃（Белякова, И. Ю.）编辑的《“异乡，我的祖国”：茨维塔耶娃侨民时期的生活和创作》[①]（«Чужбина, Родина моя!»: Эмигрантский период жизни и творчества Марины Цветаевой）中，收录了“第十一届茨维塔耶娃国际学术研讨会”参会的所有论文。2005年出版了题为《玛丽娜·茨维塔耶娃生活和创作中的自然力与理智》（Стихия и разум в жизни и творчестве Марины Цветаевой）[②]

① 《“异乡，我的祖国”：茨维塔耶娃侨民时期的生活和创作》（«Чужбина, Родина моя!»: Эмигрантский период жизни и творчества Марины Цветаевой）/别利亚科娃（Белякова И. Ю.）编辑，莫斯科，茨维塔耶娃故居出版社，2004年。

② 《玛丽娜·茨维塔耶娃生活和创作中的自然力与理智（Стихия и разум в жизни и творчестве Марины Цветаевой: XII Международная научно-тематическая конференция）/魏库林娜（Викулина Л. А.）等编辑，莫斯科，茨维塔耶娃故居出版社，2005年。

论文集，收录了与会者的全部论文。

除论文集外，这一时期还出版了相关的研究专著和学位论文。例如，克雷希科娃（Кресикова, И. А.）的《预言家和西卜拉：普希金和茨维塔耶娃的多神意识——创作自由的“神器”》（Пророк и Сивилла（Пушкин и Цветаева）: Политеизм Пушкина и Цветаевой как необходимость их творческой свободы）[①]。马斯洛娃的《诗人与文化：玛丽娜·茨维塔耶娃的概念范畴》（Поэт и культура: Концептосфера Марины Цветаевой）[②]，这是一本关于茨维塔耶娃的教学参考书。在这部书中，马斯洛娃把茨维塔耶娃归为文化诗人，探讨了茨维塔耶娃作品中文化因素，分析了茨维塔耶娃诗歌中的空间等问题。

第二节 对作品主题的研究

作为文艺作品内容的主体和核心，主题是文艺作品中心思想的承载者，体现了作家对现实生活的思考与认识。因此评论家始终注重对创作主题的研究。通过对21世纪初俄罗斯关于茨维塔耶娃研究成果的整理，我们发现，在主题研究方面，研究者主要关注的是茨维塔耶娃作品中的宗教主题和爱情主题。

莉莉娅·潘（Панн, Лиля）在其《随笔和评论》（Эссеистика и критика. Сезам по складам. Вопрошая посветлевшие чернила Марины Цветаевой）[③]中对茨维塔耶娃作品中的宗教主题和爱情主题进行了研究。作者认为，茨维塔耶娃的题材一个比一个富于戏剧

① 克雷希科娃（Кресикова И. А.）：《预言家和西卜拉：普希金和茨维塔耶娃的多神意识——创作自由的“神器”》（Пророк и Сивилла（Пушкин и Цветаева）: Политеизм Пушкина и Цветаевой как необходимость их творческой свободы），М.: РИФ «РОЙ», 2004 г。

② 马斯洛娃（Маслова В. А.）：《诗人与文化：玛丽娜·茨维塔耶娃的概念范畴》（Поэт и культура: Концептосфера Марины Цветаевой），莫斯科，科学出版社，2004年。

③ 莉莉娅·潘（Лиля Панн）：《随笔和评论》（Эссеистика и критика. Сезам по складам. Вопрошая посветлевшие чернила Марины Цветаевой），《星》，2002年第10期，第195—205页。

性，因此出现了诸多传记作品，但她的自传性诗歌却无论如何也不能替代真正的自白诗歌。茨维塔耶娃曾坦言，她的诗歌是“不彻底的自白”。就实质而言，她的诗歌已经超出了“我”的范围。莉莉娅·潘认为，茨维塔耶娃的题材虽然不是很新颖，但却很尖锐。在俄罗斯文学史中，从索洛维约夫（Соловьев, Владимир）的“爱的意义”到爱普斯坦（Эпштейн, Михаил）关于性爱的沉思，学者们始终都在孜孜不倦地探讨着性爱的二律背反问题。在绝望和欢跃两极之间久久徘徊，最终茨维塔耶娃找到了“良心光照下的爱”。

在《文学评论：谈玛丽娜·茨维塔耶娃新出版的作品》[①]（Литературная критика. Марина Цветаева на фоне новых изданий. «Нецелованный крест»）中，杜哈尼娜（Духанина, Маргарина）指出，《良心光照下的艺术》是茨维塔耶娃卓越才能的突出体现，它使读者无法漠视“上帝—罪孽—神圣—折磨”这一模式。作者认为，茨维塔耶娃并不相信词语的神性，但她却十分肯定词语的隐喻性。关于布罗茨基的“茨维塔耶娃的加尔文主义”这一论点，杜哈尼娜认为，这样的观点有待商榷。

作者分析了茨维塔耶娃传记散文中写爱和童年的内容。爱是文集中最常见的一个词。她看到的爱不是母爱，也不是对母亲的爱；不是父爱，也不是对父亲的爱；不是小妹妹的爱，也不是对小妹妹的爱。家中唯一真实的爱就是穆霞对爷爷的爱。非现实之爱的存在弥补了现实生活中爱的缺失。茨维塔耶娃始终觉得自己不受妈妈的喜爱，这种感受贯穿她写童年的所有散文作品中。

茨维塔耶娃的“人性之爱”或多或少是可以理解的，但要了解至高无上的上帝之爱就需要回到茨维塔耶娃的童年，看一下影响其个性形成的关键人物——她的母亲。杜哈尼娜认为，受母亲影响，童年时茨维塔耶娃就接受了基督教，但她只在形式上接受了它。正因如此，茨维塔耶娃的作品中鲜有圣经、福音书和那些渗透在基督教神话故事中的英雄事迹。在她的传记散文中唯一可以看到的基督和圣母。

① 杜哈尼娜（Маргарина Духанина）：《文学评论：谈玛丽娜·茨维塔耶娃新出版的作品》（Литературная критика. Марина Цветаева на фоне новых изданий. «Нецелованный крест»），《新世界》，2005年第3期，第157—166页。

第三节 对创作手法和世界观的研究

通过对21世纪初俄罗斯茨维塔耶娃研究情况的整理，我们发现，研究者对茨维塔耶娃创作手法的研究是多方面的。与此同时，研究者还不断地对诗人的精神世界进行挖掘，以期能够更加深入地了解她。

贝斯特罗娃（Быстрова, Татьяна）的《20世纪俄罗斯文化中的茨维塔耶娃》（Хроника научной жизни. Марина Цветаева в русской культуре XX века）[①]是关于第十届茨维塔耶娃国际学术研讨会大会发言的综述。在本次研讨会上，来自世界各地的与会者围绕着两个议题开展了对茨维塔耶娃的学术研究活动，其一是："俄罗斯和世界文化领域内的茨维塔耶娃"和"茨维塔耶娃的艺术世界：诗歌创作及个人风格"。

列芙季娜在其《茨维塔耶娃的俄罗斯天性》（Русская натура Марины Цветаевой）一文中指出，茨维塔耶娃对俄罗斯的理解是双重的。"在她的诗歌词典中，俄罗斯可以被划分成两个词语—概念范畴：一个是茨维塔耶娃的俄罗斯空间（它饱含情感，善良，是东正教的），另一个是茨维塔耶娃的俄罗斯民族空间（它凶猛，血腥，令人痛苦的，但却是祖国的）。"柳托娃 （Лютова, Светлана）在其《茨维塔耶娃的古老多神教和20世纪俄罗斯文化中的新多神教》（Архетипический политеизм Марины Цветаевой и неоязычество в русской культуре XX в） 中探究了茨维塔耶娃宗教观形成的根源，并在20世纪初俄罗斯文化背景语境下探究了茨维塔耶娃对多神教的理解。她认为，茨维塔耶娃已经摆脱了新多神教的外在影响，在创作过程中申明了自己的民族宗教属性。奥西诺娃 （Осинова, Нина） 认为，茨维塔耶娃诗歌作品中，除了先锋派艺术家所特有的风格和创作手法以外，还可以找到试图远离现实、客体对象和日常生活的倾向，及为了塑造更加完善的精神世界而把物质世界抽象化的尝试。谈到茨维塔耶娃的超现实主义宇宙感知力和抒情诗的体裁时，斯科里波娃指出，茨维塔耶娃创作于

① 贝斯特罗娃（Татьяна Быстрова）：《20世纪俄罗斯文化中的茨维塔耶娃》（Хроника научной жизни. Марина Цветаева в русской культуре XX века），《独立文学杂志》（电子期刊），2002年第58期。

1926—1927年间的长诗在体裁风格上尤为突出地展现了浪漫主义同象征—表现主义聚合体之间的相互关系。若基娜指出，与茨维塔耶娃和弗洛连斯基交往时，两人给人的印象极为相似。他们都有极端的忘我精神，苦行僧式的外表及对荒谬行为的热爱。他们都认为，是词语，语言和形式创造了世界。谢尔比尼娜（Щербинина, Ольга）在《茨维塔耶娃：律动的声音》（Цветаева. Живой звук）[①] 一文中主要探讨了茨维塔耶娃作品中的声音特征及其所承载的思想内涵。在茨维塔耶娃看来，声音乃是象征性词语的精神和内涵，诗人多次强调词语的情感作用及其所承载的哲理涵义。谢尔比尼娜认为，在诗歌声响表现力方面，茨维塔耶娃堪称现代诗人的先驱。茨维塔耶娃经常采用内部声响和内部韵脚相结合的声音平行法。她对音色、词语内部形式，尤其是词根有着敏锐的感觉，在她的作品中经常可以看到词根的扩展和溢流。声音是词汇和韵脚涵义的基础。正因如此，作者得出结论：茨维塔耶娃的声音是真正律动的声音。

此外，谢尔比尼娜还探析了茨维塔耶娃诗歌创作的其他特征。她认为，在茨维塔耶娃早期的诗歌中就已经显露出了其创作中的一个重要命题："两个起源——尘世和天堂，肉体和灵魂的斗争。在茨维塔耶娃看来，生活乃是尘世和最高自然力牢不可破的融合。"谢尔比尼娜指出，茨维塔耶娃同陀思妥耶夫斯基的主人公在精神方面具有同源性，他们都具有无限的激情。因此谢尔比尼娜得出结论："在文学中，只在两个伟人身上，即：陀思妥耶夫斯基和茨维塔耶娃身上可以看到耶稣才具有的自我牺牲精神和轻率。"

卡恰诺娃（Кочанова, Е. Н.）在其副博士论文《茨维塔耶娃诗歌语言中称名句的结构，语义及功能》（Структура, семантика, функция номинативных предложений в поэтическом языке М. И. Цветаевой）[②]中，从结构特点、语义和功能三个角度出发，对茨维塔

① 谢尔比尼娜（Ольга Щербинина）：《茨维塔耶娃：律动的声音》（Цветаева. Живой звук），《涅瓦》，2007年第10期，第190—197页。

② 卡恰诺娃（Кочанова Е. Н.）：《茨维塔耶娃诗歌语言中称名句的结构，语义及功能》（Структура, семантика, функция номинативных предложений в поэтическом языке М. И. Цветаевой），莫斯科，莫斯科州国立大学，2009年。

耶娃抒情诗中的称名句进行了研究。卡恰诺娃认为，在茨维塔耶娃的抒情诗中，最引人注目的就是移行现象及诗人所惯用的移行符号，它们是以诗人的总体创作目标为前提条件的。分析茨维塔耶娃所使用词语的特点，有助于更好地理解、掌握她的精神气质，探知她对现实生活的认识。

斯卡托娃（Скатова, Людмила）在《隐秘的花环：纪念茨维塔耶娃逝世60周年》（Теневой Венец. К 60-летию гибели Марины Цветаевой）[①]中指出，茨维塔耶娃的母亲，在把音乐注入女儿的灵魂时，也把神秘主义和浪漫主义灌输到女儿的意识中。斯卡托娃甚至认为，母亲还埋下了女儿渴望死亡的种子。

斯卡托娃指出，茨维塔耶娃很早就意识到自己与世界的格格不入。无论在哪里，她都有一种陌生感、不平等感。白银时代，随着俄罗斯诗歌的复兴，茨维塔耶娃年轻的灵魂中响起了启示录的声音："我同魔鬼具有直接，与生俱来的关系。"了解茨维塔耶娃所说的"魔鬼"，对理解诗人的本质、诗人的命运至关重要。借助福音书情节、旧约故事和圣徒传记等，玛丽娜在自己的诗歌中真诚地赞美了上帝。茨维塔耶娃将东正教的礼拜看作安魂祈祷，读者可以在其中感受到她的宗教倾向。后来，在茨维塔耶娃的诗作中渐渐出现了白卫军顿河主题、白卫军战争主题。

茨维塔耶娃将白卫军战士的功勋视为蒙难者的功勋，因此她并不认为国内战争是同胞间自相残杀的战争。对她而言，这首先是千年俄罗斯的捍卫者同"恶魔式"人物间的战争，这些"恶魔式"人物并不是为人民的共同事业而战，而是为了随政局而不断变化的利益和口号而战。今天倡导的是共济会的"自由、平等和友爱"，而明天可能就不再具有任何意识形态色彩。法国诗人安德烈·谢尼埃的不幸遭遇使茨维塔耶娃深感不安，在他身上茨维塔耶娃看到了残暴和暴行的真正原因。在谈及安德烈·谢尼埃被处以死刑一事时，茨维塔耶娃说："当安德烈·谢尼埃走上断头台时，我看到，这是可怕的罪孽。"斯卡托娃认为，

① 斯卡托娃（Людмила Скатова）：《隐秘的花环：纪念茨维塔耶娃逝世60周年》（Теневой Венец. К 60-летию гибели Марины Цветаевой），《我们的现代人杂志》（Наш современник），2001年第8期，第258—275页。

勃洛克和古米廖夫、叶赛宁和马雅可夫斯基、克柳耶夫和茨维塔耶娃都具有可怕的疾病，都经历了不幸的事件，他们都精神失常，具有杀人和自杀的征兆。不虔诚的生活和上帝天赋在恶魔身上的体现都预示了他们可能的结局，并将他们交到了"恶魔式"人物的手上。这些人的目的只有一个：趁上帝及其化身转身之际做出不法行为，将所有人都杀死。

萨福拉诺娃（Сафронова, И. П.）在其副博士论文《茨维塔耶娃诗歌中标点符号的美学功能——基于组诗〈致勃洛克〉和〈献给普希金的诗〉》（Эстетические функции пунктуации в поэзии Марины Цветаевой: На материале циклов «Стихи к Блоку» и «Стихи к Пушкину»）① 中，对组诗《致勃洛克》和《献给普希金的诗》中标点符号的美学功能进行了分析。萨福拉诺娃指出，艺术语言，尤其是诗歌语言，具有自己的任务与使命，它并不仅仅只是简单地叙述生活中的某些现象和事实，通过复杂情感和感受的展现，它还应当最大限度地对人类产生影响，因此对语言书面形式的各种手法进行研究就显得非常重要了。标点符号正是这样一种传达人类复杂情感和感受的手段。借助词语和语法形式，它真实地展现出说话人所持的观点。茨维塔耶娃的诗歌中大量使用了被她赋予特殊功能的标识性符号。借助标点符号，诗人在表达内心感受的同时，还展现了对主人公的审美评价。

第四节　对茨维塔耶娃与其他诗人的比较研究

21世纪初，俄罗斯的茨维塔耶娃的研究开启了一种新的研究角度，茨维塔耶娃同阿赫马托娃、阿达莫维奇等诗人的创作进行对比研究，旨在凸显茨维塔耶娃与众不同的艺术才能和魅力。

库兹涅佐娃（Кузнецова, Анна）在《茨维塔耶娃和阿达莫维奇的对比研究》（Марина Цветаева—Георгий Адамович. Хроника

① 萨福拉诺娃（Сафронова И. П.）：《茨维塔耶娃诗歌中标点符号的美学功能——基于组诗〈致勃洛克〉和〈献给普希金组诗〉》（Эстетические функции пунктуации в поэзии Марины Цветаевой: На материале циклов «Стихи к Блоку» и «Стихи к Пушкину»），乌德穆尔特国立大学出版社，2004 年。

противостояния)[①]一文中，对茨维塔耶娃和阿达莫维奇的创作手法与创作理念进行了对比分析，并阐释了他们相互排斥的原因。阿达莫维奇是俄罗斯侨民文学的重要评论家，俄罗斯侨民文学的命运是他关注的中心问题。他是彼得堡人，他指责茨维塔耶娃，说她利用诗歌歌颂自己，因此建议决不能模仿她。

茨维塔耶娃同样认为不应当模仿。阿达莫维奇坚信，移居到欧洲土壤上的俄罗斯诗歌获得了它所居留空间的命运，但茨维塔耶娃却认为，“像所有生物一样，诗人并不依赖于地点，时间，生活方式，非诗人的命运，末世论和其他虚弱的物质而存在”。对诗人而言，意志的自由是存在的唯一可能。

在《“祖国！源泉和河口！……”阿赫马托娃和茨维塔耶娃的对比分析》（Родина! Исток и устье!... Опыт сравнительного анализа（А.Ахматова и М. Цветаева）[②]一文中，杜伯罗维娜（Дубровина, И. М.）对阿赫马托娃和茨维塔耶娃在创作方法及世界观上的异同进行了比较分析。杜伯罗维娜认为，阿赫马托娃的诗歌《我听到一个声音。这声音令人愉悦……》（Мне голос был. Он звал утешно）和茨维塔耶娃的诗歌《祖国的忧愁!早就……》（Тоска по родине! Давно…）是两个诗人创作中带有“标识性”的诗作，它们与两位诗人人生中的重要转折点紧密相联。在面临重要的人生抉择时，她们采取的解决方法不同，甚至完全对立。但她们对待革命的态度却是相同的：不接受革命。阿赫马托娃之所以不愿意接受革命，首先是因为，在她看来，革命是悲伤的。她无法接受革命，她却离不开俄罗斯。在写于1922年的诗歌《那些抛弃故土的人，我不和他们为伍……》（Не с теми я, кто бросил землю...）中阿赫马托娃提到了这一点。茨维塔耶娃也不接受革命。茨维塔耶娃把革命所带来的一切都看成是反自然的。茨维塔耶

① 库兹涅佐娃（Анна Кузнецова）：《茨维塔耶娃和阿达莫维奇的对比研究》（Марина Цветаева—Георгий Адамович. Хроника противостояния），《旗》，2001年第5期，第226—227页。

② 杜伯罗维娜（Дубровина И. М.）：《“祖国！源泉和河口！……”阿赫马托娃和茨维塔耶娃的对比分析》（«Родина! Исток и устье!...» Опыт сравнительного анализа（А.Ахматова и М. Цветаева），《俄罗斯文学》，2000年第2期，第14—20页。

娃离开了祖国。然而无论在哪里，她都觉得自己是外人。茨维塔耶娃的这种孤独感与她主要的人生抉择密切相关。

杜伯罗维娜认为，虽然阿赫马托娃和茨维塔耶娃具有完全不同的天性，但她们对文学的贡献却是相同的。她们为俄罗斯充满激情的爱国主义抒情诗的发展书写了卓越的篇章。

格尔特曼（Кертман, Лиина）在《阿赫马托娃和茨维塔耶娃创作意识中的普希金》（История русской литературы. Александр Сергеевич Пушкин. Безмерность и гармония. （Пушкин в творческом сознании Анны Ахматовой и Марины Цветаевой）[①] 一文中，探究了普希金于两个诗人的意义。她认为，普希金在两位女诗人心中占据极重要的位置。在自己的作品中阿赫马托娃从未称普希金是"我的普希金"。但茨维塔耶娃却坚定地说出了"我的普希金"，因为她相信，每个人都有权拥有自己的普希金。在某种程度上可以说，阿赫马托娃与茨维塔耶娃在美学和心理学方面的争论是19世纪俄罗斯古典作家"古老争论"的继续。关于阿赫马托娃和茨维塔耶娃之间的根本差异，阿里阿德娜·埃夫隆认为："茨维塔耶娃是无限的，而阿赫马托娃则是和谐的。她们之间（创作上）的巨大差异就源于此。一个人的无限性接受了另一个人的和谐，但和谐却无法理解无限性。"

在阿赫马托娃看来，茨维塔耶娃塑造的"普希金形象"说明，塑造者是一个对诗人声音置若罔闻、对普希金的本质并不是很熟悉的人，在一定程度上他"勉强"算是一个天才，因此无法得到她的完全赞同。而茨维塔耶娃则将自己的全部激情都倾注到"永恒对立者"上。文中，格尔特曼还对比分析了阿赫马托娃和茨维塔耶娃对待娜塔莉娅·冈察洛娃的态度。她认为，乍一看，阿赫马托娃和茨维塔耶娃对待娜塔莉娅·冈察洛娃的态度是一致的。事实上，她们的观点是截然相反的。因为她们每个人都在娜塔莉娅·冈察洛娃身上看到了与自己截然不同的女性类型。阿赫马托娃和茨维塔耶娃之间明显的"精神美学差异"和

① 格尔特曼（Лиина Кертман）：《阿赫马托娃和茨维塔耶娃创作意识中的普希金）》（История русской литературы. Александр Сергеевич Пушкин. Безмерность и гармония. （Пушкин в творческом сознании Анны Ахматовой и Марины Цветаевой），《文学问题》，2005年第4期，第251—278页。

心理鸿沟使她们在塑造女性形象时，描绘的都是与自己截然相反、甚至是完全对立的心理类型。她们在女性形象上强调的是完全不同的特质、性格和行为。正是这些因素致两位俄罗斯杰出女诗人在美学观和世界观等方面的巨大差异，但这种差异却并不会影响她们的伟大。她们相辅相成、互为补充，共同推动了俄罗斯诗歌的发展。（董冬雪，魏梦莹）

第八章 非俄语语境下的译介与评价

茨维塔耶娃的诗歌充满激情，细腻、深刻，凌厉而不失柔情，字里行间蕴含了一个女人一生的思考和探索。诺贝尔文学奖获得者布罗茨基宣称：在我们这个世纪，再没有比茨维塔耶娃更伟大的诗人了。茨维塔耶娃在世界文学史上的地位由此可见一斑。茨维塔耶娃很敏感，对世事有着超越常人的洞察力和理解力；她长于表达，往往寥寥数语，字字珠玉；她精于思索，渊深的哲理总是在她的作品中或显或隐……这一切都引起了研究者们的极大兴趣。近年来，随着茨维塔耶娃世界声誉日隆，愈来愈多非俄语国家的学者开始挖掘她为世界文学带来的财富，研究她的创作，希望能透过她的作品，跨越语言、时空的阻碍，去接近、碰触她的灵魂。

第一节 作品的译介

20世纪20年代，茨维塔耶娃的名字进入西方读者的视野，因为她在西方出版了书信集，并引起反响。1953年伊万斯科编辑出版的侨民诗选中收录了茨维塔耶娃的13首诗歌。1957年司徒卢威在慕尼黑出版了《天鹅营》。从1956年到1961年在国外陆续出版了五本此前未曾出版过的作品集。但真正引起西方读者、研究者关注是《玛丽娜·茨维塔耶娃：生平和创作》（Marina Cvetaeva: Her Life and Art）[①]，该书于1966年在美国出版，作者是西蒙·卡尔林斯基（Karlinsky S.）。这本书在英语国家被相关学者广泛阅读，茨维塔耶娃和她不同寻常的命运由此而

① 西蒙·卡尔林斯基（Karlinsky S.）：《玛丽娜·茨维塔耶娃：生平和创作》（*Marina Cvetaeva:Her Life and Art*），加州大学出版社（University of California Press），1966年。

被西方研究者渐渐了解。

此前，阿赫马托娃、曼德尔斯塔姆、帕斯捷尔纳克三位俄罗斯诗人在西方已广为人知。但茨维塔耶娃却长时间不被人了解。她没有像帕斯捷尔纳克那样获得诺贝尔文学奖，也没有像阿赫马托娃那样获得牛津荣誉学位，更没有像曼德尔施塔姆那样留下一个固执、健谈的伴侣[①]。陶布曼（Taubman, J.）认为，这主要"归罪于"茨维塔耶娃的个性和诗歌的特点。"茨维塔耶娃不仅同所有大诗人一样，对创作要求严谨，而且还创立了新的诗歌风格，她善于发现被忽略的事物并在创作中赋予新的意义。"[②]

20世纪六七十年代，茨维塔耶娃只在西方知识分子圈中为人所知，普通读者对她所知甚少。1992年是重要分水岭。捷克、法国和美国等国家为纪念茨维塔耶娃诞辰一百周年举办了各种活动：展览会、诗歌晚会和讨论会等，英国举办了"国际诗歌节"，十二名英美女诗人带着她们翻译的茨维塔耶娃作品参加了此次活动，俄罗斯演员用俄语朗诵了她们的译作。20世纪后期，越来越多的茨维塔耶娃作品被译成英语。影响较大的是伊莱恩·范斯坦（Feinstein, E.）、大卫·马克达夫（McDuff, David）、萨拉·马奎尔（Maguire, Sarah）等人的译作。他们的译作是横架于西方读者和茨维塔耶娃间的桥梁，在传播茨维塔耶娃作品方面起了不可估量的作用。

茨维塔耶娃的诗歌因其鲜明的民族性而被英语读者认同。在电子网页"纽约书评"（The New York Review of Books）[③] 上，茨维塔耶娃被描述成"最具俄罗斯天性的诗人"，这和诗人的自我评价基本一致。茨维塔耶娃虽受多国文化的熏陶和影响，但她在创作中展现出的个性与民族特点却非常和谐。这种和谐表现在各个层面上：主题、情节、体裁、思想、节奏和韵律、诗歌语言，甚至标点符号以及作品中主客体关系上。当然，这些创作特点也成为翻译其作品时的难点。

俄罗斯诗人至今在创作诗歌时仍广泛使用传统韵律。俄罗斯诗人

①② 简·陶布曼（Taubman J.）：《诗中的生命：玛丽娜·茨维塔耶娃的抒情日记》（*A Life through Poetry: Marina Tsvetaeva's Lyric Diary*），斯拉维察出版公司（Slavica Publishers），1989年，第101页。

③ http://www.nybooks.com/articles/article-peview?article_id=7261.

努力抛开音节—声调长短的束缚，走向单纯的轻重音节交替的俄罗斯民间诗歌（例如，茨维塔耶娃的节奏体诗，马雅可夫斯基的“重音诗”等）节奏。英美“自由体诗歌”拒绝规则重复的韵脚，避免行与行之间音节有节奏、整齐的重复。节奏变成了辅助手段，代之以句法、音调、语音的重复。鉴于此，大多数俄罗斯诗歌的英语译者不愿译出原作的节奏和韵脚，他们宁愿向读者传达所译诗歌的形象结构和主题。布罗茨基明确反对这种翻译倾向，他指出：“诗歌的韵律是最重要的，它和作品的精神层面密切相关，任何手段都不能替代它。”①

伊莱恩·范斯坦等人翻译的茨维塔耶娃作品，被评论家认为是最成功的译作。1979年她出版了译作《玛丽娜·茨维塔耶娃的诗集》。1981年、1986年、1993年和1999年再版四次。范斯坦在最后一版的前言中指出，西方很多不懂俄语的读者通过译作对茨维塔耶娃产生了兴趣。女诗人的情感力量和激情给读者留下了深刻印象。读者从诗人的诗中领略到她的执著和勇敢。②除了翻译茨维塔耶娃的作品外，范斯坦还从事对茨维塔耶娃的研究工作。

1975年范斯坦首次踏上诗人的故土，寻访诗人的足迹，并从此开始着手对茨维塔耶娃生平传记。她所写的茨维塔耶娃传记带有明显的个人解读印迹，其写作手法也受到茨维塔耶娃的影响，可以说，她把这位俄罗斯诗人的传记神化了。她把书定名为《被俘的狮子》③，这是从茨维塔耶娃为别雷所写的随笔《被俘的灵魂》一名借鉴而来的。

范斯坦的这部书为那一时期西方相关的研究者提供了重要的参考价值。她笔下的茨维塔耶娃是一位有着悲剧命运的女诗人，是那个革命时代和斯大林时期的牺牲品，是不断斗争、与社会和周围环境相脱离的艺术家典型，是从自身的苦难中汲取创作材料的典型。

① 彼得·法郎士（Ed. Peter France）：《牛津英译文献指南》（*The Oxford Guide to Literature in English Translation*），纽约，牛津大学出版社，2001年。

② 玛丽娜·茨维塔耶娃（Tsvetaeva M.）：《诗歌选集/伊莱恩·范斯坦翻译，导读》（*Selected Poems/Transl.,introd.Elaine Feinstein.*），曼切斯特，金项圈出版社，1999年。

③ 伊莱恩·范斯坦（Feinstein E.）：《被俘的狮子。玛丽娜·茨维塔耶娃的一生》（*A Captive Lion. The Life of Marina Tsvetaeva*），约翰内斯堡，哈钦森出版社，1987年。

范斯坦的合作者安·利文斯通（Livingstone, A.）[①]探讨了翻译茨维塔耶娃诗歌的难点。她认为，诗人的韵律和音步非常独特；其诗中充满各种转喻。除了固定的元音重复和同音重复以外，还使用省略、个性化词语等。译者认为，这些东西很难用英语传达出来，其原因就在于不同民族的语言描述与语言系统的差别。她所指出的翻译难点恰恰就是茨维塔耶娃诗歌创作的一些典型特点。

范斯坦本人在诗集的前言中不无遗憾地承认，俄罗斯怪才茨维塔耶娃的许多特点在译作中没被表现出来，原因是民族诗歌语言具有不同的传统。这其中有极致的节奏创新。范斯坦指出，她经常不得不有意破坏茨维塔耶娃诗歌分节规律的整体性，以免给英语读者造成阅读障碍，使其费解困惑。除此之外，范斯坦还强调，她不得不经常主动改变词序，而忽略茨维塔耶娃诗歌语言的断续性。范斯坦特别强调了标点符号问题。这是茨维塔耶娃诗歌中极具个性的部分。如果准确、连续地再现茨维塔耶娃诗歌的标点符号，可能会破坏英语诗歌贯有的语气和语调，而如果不译出大量使用的感叹号（尤其是背后隐含的意义）的话，可能就会削弱诗句的响亮程度。

关于范斯坦的译文，有褒有贬。《牛津文学翻译手册》上有一段关于范斯坦译文的评价：译文让人印象深刻，尽管几乎没有表现出茨维塔耶娃诗歌句法和音律特征的独特性，并且还有许多原则性错误。

大卫·马克达夫是茨维塔耶娃诗歌的另一位重要译者。他的译文集于1987年首次出版，1991年再版。谈及翻译茨维塔耶娃诗歌的体验时，马克达夫坦言，翻译茨维塔耶娃作品最难的是其“俄罗斯式的诗歌风格”。译者觉得，茨维塔耶娃的语言最具典型诗歌特征。她把诗歌构筑在节奏和语言结构上，同时又不局限于节奏和语言。马克达夫尤其强调语音在诗人创作中所起的作用，他认为，它表现出了“环境音乐”，并指出，茨维塔耶娃在词语字母的思想中听出了这种音乐。翻译过程中，马克达夫尽可能地保留茨维塔耶娃抒情诗独特的形式，尽管他也承认，这种努力基本徒劳。但是他认为，如果忽视这种特征，就意味着忽

① 安·利文斯通（Livingstone A.）：《写作方法注释/玛丽娜·茨维塔耶娃，伊莱恩·范斯坦译，导读》（*Note on Working Method //Tsvetaeva M. «Selected Poems» Transl.,introd. Elaine Feinstein.*），牛津大学出版社，1981年。

视了茨维塔耶娃创作的本质、核心的东西。没有它，茨维塔耶娃诗歌中特有的写诗技巧就被“抹杀”了。

马克达夫和布罗茨基曾就茨维塔耶娃的诗歌创作风格交换过看法，他认为，美国诗人哈尔特·科莱恩（Крейн, Харт）和英国诗人霍普金斯（Хопкинс, M.）结合在一起的风格最接近茨维塔耶娃的诗风。布罗茨基对此观点持赞同意见，他认为，他们有共同的创作特点，都有复杂的发音，都使用特殊的句法、特殊的移行和个性化的词语。

萨拉·马奎尔在翻译茨维塔耶娃作品时，一方面努力再现原著精神，另一方面又要兼顾读者的感受，力求让读者读懂作品，了解茨维塔耶娃。为了达到这一目的，译者斟酌着用英语读者相对熟悉的隐喻替代原作中的隐喻。另外，由于茨维塔耶娃作品中使用了不少具有文化伴随意义的词语，给翻译带来了很大的困难，一些词，由于内涵特殊，所以很难译成外语。于是，她和大多数译者一样，在本民族语言中选出自己认为合适的词语翻译。

1992年美国出版《离开俄罗斯后》的译本，译者是麦克·纳伊登和斯拉瓦·亚斯特列姆斯基。[①]这部译作基本保留了原著的风貌。译者努力不放过任何一个原汁原味的词语，不放过那些可能包含原文句法、抒情的结构。他们甚至保留了所有原著的标点符号。

近二十年来，在英国和美国，越来越多的茨维塔耶娃的译著问世出版。对茨维塔耶娃的评价也由最初简单的介绍发展到对其创作的深入研究。而译著则成为各项研究的基础之基础。目前，西方的译者开始重新翻译茨维塔耶娃的作品。他们期待着，通过他们的译文，英语读者能有机会听到茨维塔耶娃的诗歌吟唱。

第二节　研究的新视角

通过对所收集文献的梳理和对比，我们发现世界范围内的茨维塔耶娃研究出现了如下新趋势：1. 跳出俄罗斯本土哲学的框架，将茨维塔耶娃的作品引入其他欧美哲学体系进行研究；2. 以文本分析为基

① 玛丽娜·茨维塔耶娃（Tsvetaeva M.）：《离开俄罗斯后》（*After Russia*），麦克·纳伊登和斯拉瓦·亚斯特列姆斯基译，密歇根州，阿迪斯出版社，1992年。

础，结合大量材料，复原茨维塔耶娃的精神世界。最能体现这几点的当属斯密特（Смит, А., 新西兰）、那奇（Надь, И., 匈牙利）和秋谢姆巴耶娃（Дюсембаева, Г., 以色列）等人的研究成果。

柏格森哲学与茨维塔耶娃的创作

斯密特首先从茨维塔耶娃生活的时代背景出发，再结合沃洛申的文章，具体分析了茨维塔耶娃《离开俄罗斯后》中蕴含的哲学思想，分析并论证了柏格森哲学同茨维塔耶娃创作之间千丝万缕的联系。

法国哲学家柏格森对1910—1920年欧洲、美国和俄罗斯的现代主义发展都产生了重要的影响[①]。1900年在彼得堡出版刊印了他的随笔《生活中和舞台上的笑》（«Смех в жизни и на сцене»），1909年在莫斯科出版了他的著作《创造进化论》（«Творческая эволюция»），1913—1914年间出版的柏格森文集使他在俄罗斯声名大噪，这为茨维塔耶娃接触柏格森哲学提供了便利的条件。

吉皮乌斯和柏格森本人有过交往，奥楚布和古米廖夫在巴黎聆听过柏格森的讲座，帕斯捷尔纳克坦言，在19世纪初的十年，柏格森哲学在莫斯科大学哲学系学生当中非常流行，沃洛申则在自己的自传中将柏格森视为自己的精神导师之一，鉴于沃洛申同茨维塔耶娃的关系，斯密特提出：正是沃洛申让茨维塔耶娃接触到了柏格森哲学。

柏格森将世界分为无机体和有机体（即所有生命），提出这两者经历的时间完全不同，无机体所经历的时间是数学时间，所以无机体的过去对于现在来说是无，而有机体经历的时间则是连绵不断的直觉时间，过去和现在相互混合。斯密特认为，茨维塔耶娃同柏格森一样，将过去的事件想象成现在正在发生的事件。他首先引述了茨维塔耶娃早期的诗《你走来，你像我……》。这首诗体现了很多柏格森的主要哲学思想。从地下传来让路人止步的声音，是柏格森创造进化论的隐喻：“你走来，你像我，俯视着你的那双眼睛。我也曾把目光低垂过，过路人，请在这儿停留！”阅读第一行诗的时候就会发现，这是过去发生的

---

① 希拉里·芬克（Fink H. L.）：《柏格森和俄罗斯现代主义：1910—1930》（*Bergson and Russian Modernism*: 1910—1930），埃文斯顿伊利诺斯州，北美大学出版社，1999年，第3页。

事件，但使用的是现在时。这首诗就像一出戏，像是读者同“路人”正在进行的谈话。同时，这又可以被想象成抒情主人公在遥远的未来同作者的会面。叙述变得复杂是因为“已经故去”的女主人公在同路人谈话时使用了过去时，她建议路人去阅读她的墓志铭，因为它记载了她的过去。[①]

在这里，墓志铭就像一个失去生机的外壳，静立不动，女主人公只将其视为对过去的回忆。这样，就好像是活人在和路人交谈，这个声音表达了某种已经埋葬于地下的创造动机。实际上这里谈及的是两个共存的时空范畴：其一渗透于现在，其二展开于未来，又似乎含有对过去的生动回忆。

此外，茨维塔耶娃对时间流动性，对生命的多变和脆弱的理解同柏格森是一样的。她诗中的女主人公只是稍微耽搁了路人几秒钟时间，试图从时间之中截取出一个片段再深埋于记忆之中，同时又将自己的印记从该片段抹去。沃洛申将这个时间流动的过程界定为对生活的创造性思考，这和对某种创作动机的直觉性认识有关：“应该说，所有外部经验和研究的事实只有在我们，哪怕只是模糊地感觉到它们在我们‘自我’当中的位置时才会真正具备创造性且变得生动起来。”[②]

斯密特认为，茨维塔耶娃将自己看作某个时间流变过程中创作能量的源泉，这本身就是对柏格森创作进化论的思想的反映。正如柏格森所言，不同的时间片段不停交织并“在永恒的时间流中发生变化”[③]。在茨维塔耶娃的诗歌中，声音正是这种创造能量的涓流，激励他人开始行动，号召他们参与进永恒的创造之中。茨维塔耶娃直觉上就把生命和诗歌看作某种同创造性进化有关的时间流。抒情女主人公对路人说，希望他轻轻地想一想她，再轻轻松松地把她忘记，这同柏格森关于时间流动性的概念是相互交织的，此处的时间可以看作具有生命的物质：过去的词句似乎渗透进了新的话语，成为未来将要说出的话语的某个部分。茨维塔耶娃的诗歌展示了不断运动着的生命。柏

① 斯密特对《你走来，你像我……》的解读。这首诗是诗人给自己虚构的墓志铭。

②③ 沃洛申（Волошин М.）：《戏剧如梦》（*Театр как сновидение*），《创作脸谱》（Лики творчества），列宁格勒，科学出版社，1988年，第349页。

格森认为:“接受的基本功能是看出一系列基本变化的技能。”[1]茨维塔耶娃的诗歌正好也具备这种对不同过程的多层面接受,例如,路人被设定成了男性,在谈话的时刻路人与抒情女主人公很相似;她的过去与玛丽娜这个名字有关;谈话在墓地进行,上面生长着罂粟、毛莨、草莓。路人已经采摘了一整束鲜花,她又建议他尝尝墓地上生长的草莓;金色的阳光照在他的脸上,就好像已经死去的女主人公在“鎏金的烟尘中”看见了他。这样,在茨维塔耶娃的诗歌中昙花一现的存在与永不停歇的言语流相对立:在说话人死后声音还继续存在。目的本身也好像是具有生命一样:它是永不停歇的话语之源,是盛放积极创造意识的容器;这里提到了美味多汁的草莓,也使文本更具有活力。

在《良心光照下的艺术》一文中,茨维塔耶娃发扬了柏格森和沃洛申关于艺术本质的思想。根据沃洛申关于梦境和游戏的思想,茨维塔耶娃将真正的艺术家称为“睡眠中的艺术家”,凸显了诗人智慧的灵活性和以不同方式评价同样生活现象的能力。与柏格森相同,茨维塔耶娃也把创作意识同某种对生活的直觉理解联系在一起。柏格森将生活比作某种稍纵即逝的、限定存在形式的意志动机,茨维塔耶娃创作意志和创作过程的特点同柏格森的理念相交叉。

斯密特指出,在《良心光照下的艺术》一文中,茨维塔耶娃透过普希金的《鼠疫流行时的宴会》(Пир во время чумы),表达了对宇宙本体的理解。茨维塔耶娃认为,为了自然而反抗自然的最后阵地就是艺术,自然为了自己的荣光战胜了自己。只要你是诗人,在自然中你就不会死亡,因为一切都将你引向诗歌的本源:词汇。茨维塔耶娃将普希金笔下的宴会比作儿童的笑声,揭示了喜剧情境的荒谬。

按照茨维塔耶娃的逻辑,在悲剧《鼠疫流行时的宴会》中,普希金将笑作为某种创造性的、隐喻性的因素使用,对现实进行了改造,使生活的更新之路得以显现。利用柏格森的思想来解读普希金的悲剧,这是茨维塔耶娃死亡主题的变体,也是她对创造进化的独特理解,这在她早期的诗歌《你走来,你像我……》中也有所表达。

斯密特将茨维塔耶娃的创作纳入柏格森哲学的视域进行审视是

① 亨利·柏格森(Bergson H.):《创造的进化》(*Creative Evolution*),米尼奥拉,纽约,多佛出版有限公司,1998年,第301页。

茨维塔耶娃研究中的一种全新的解读。

对茨维塔耶娃创作观的探索

研究茨维塔耶娃创作时，那奇（Надь, Н.）分析了茨维塔耶娃同俄罗斯象征主义者在思想上的联系，找出了他们创作上相关联之处。第一，艺术的界限问题，这个问题虽然没有引起茨维塔耶娃的兴趣，但是“艺术家”和“人”这二者的相互关系一直都是她所探究的对象。她在阐述自己关于艺术哲学的见解时，就针对“马雅可夫斯基”和“诗人马雅可夫斯基”之间的冲突进行了论述。第二，同勃洛克一样，茨维塔耶娃也认为诗人的灵魂是抒情诗的特殊领域，两人都认识到了抒情诗歌的某种“问题性”。第三，茨维塔耶娃将自然力视为自己诗歌观念的基础，将语言视为自然力。

那奇指出，在《良心光照下的艺术》中，茨维塔耶娃论述的出发点都是象征主义文学的公理，而这些公理则来自生活和创作的二律背反。同时“艺术家的死亡和/或拯救”这一问题的提出也符合当时欧洲文学的大环境，文学所遭遇的问题越来越多，不仅是作品的社会文化地位，就连创作过程本身也受到了质疑。

作者认为，茨维塔耶娃同象征主义者思想上的差异体现在：象征主义者强调直接的“生活创作”。人生的发展对于他们来说，是摆脱生活和文化间悲剧冲突的保证。茨维塔耶娃则把作品放在第一位，认为只有作品才能为艺术家辩解。在她的创作中，俄罗斯性、自然性和罪孽互相联系。

那奇认为，在文学创作中，茨维塔耶娃把道德同作者的语言行为直接联系了起来。没有经验的人比职业诗人道德高尚，因为诗人“将灵魂贩卖给魔鬼，只为求得作品的圆润通畅”，也就是说，文本的文学性越强，语言越精致，那么诗人就越有可能被语言自然力控制。

非俄语语境下的茨维塔耶娃研究领域，还有一些非常重要的成果。例如，波兰著名的俄语学家、文艺理论家法雷诺（Фарыно, Е.）的成果。1971年，法雷诺发表了《关于诗歌作品中的节奏和语义一致的问题：（普希金—叶夫图申科—茨维塔耶娃）》（К вопросу о соответствии ритма и семантики в поэтических текстах:

（Пушкин — Евтушенко — Цветаева）[①]一文，文中分析了三个诗人创作中的节奏和语义问题，以及两者相互一致的问题。1973年他又发表了《诗歌语言理论的一些问题——茨维塔耶娃的诗歌语言》（Некоторые вопросы теории поэтического языка）/ Поэтический язык М. Цветаевой）[②]，在这篇文章中，作者指出了茨维塔耶娃创作体系中的重要特征，他认为，她"完美、准确地复活了古老多神教的原型"。[③]这位波兰学者首开研究茨维塔耶娃诗歌作品中神话因素的先河，1982年在瑞士洛桑举办的第一届茨维塔耶娃生平与创作国际研讨会上，法雷诺做了《茨维塔耶娃的"玛格达丽娜"》（Магдалина Цветаевой）的报告。他认为，诗人循序渐进地把"我"与想象中的玛格达丽娜"合二为一"，并最终把玛格达丽娜塑造成一个具有"最古老的神话因素所有特征的形象"。[④] 在这次会议上，法雷诺的同胞马采耶夫斯基（Мацеевский, З.）做了《茨维塔耶娃自传体散文中的人物神话化的方法及其功能》（Приём мифизации персонажей и его функция в автографической прозе М. Цветаевой）的报告。他探讨了茨维塔耶娃散文创作中人物神话化的特点，指出了茨维塔耶娃散文作品中的文化人类学的特征。[⑤] 1985年法雷诺在维也纳出版了研究茨维塔耶娃的专著《茨维塔耶娃的神话因素和宗教因素——"玛格达丽娜"，

---

① 法雷诺（Фарино Е.）：《关于诗歌作品中的节奏和语义一致的问题：（普希金—叶夫图申科—茨维塔耶娃）》（К вопросу о соответствии ритма и семантики в поэтических текстах:（Пушкин — Евтушенко — Цветаева）），华沙出版社，1971年。

②③ 法雷诺（Фарыно Е.）：《诗歌语言理论的一些问题——茨维塔耶娃的诗歌语言》（Некоторые вопросы теории поэтического языка）/ Поэтический язык Цветаевой），收录于《符号学：文本结构。第七届华沙斯拉夫学国际学术研讨会论文集》，1973年，第162页。

④ 法雷诺（Фарыно Е.）：《茨维塔耶娃的"玛格达丽娜"》（Магдалина Цветаевой），载于《玛丽娜·茨维塔耶娃1982年洛桑第一届国际研讨会论文集》，维也纳，1991年，第345页。

⑤ 马采耶夫斯基（Мацеевский З.）：《茨维塔耶娃自传体散文中的人物神话化的方法及其功能》（Приём мифизации персонажей и его функция в автографической прозе М. Цветаевой），载于《玛丽娜·茨维塔耶娃1982年洛桑第一届国际研讨会论文集》，维也纳，1991年，第140页。

“少女—女王”，“小巷”》（Мифологизм и теологизм Цветаевой: («Магдалина» — «Царь-Девица» — «Переулочки»）[1]。在这部著作中，作者从神学角度探讨了茨维塔耶娃创作中的伦理范畴。美国作家费勒（Лили Фейлер）的《天堂和地狱的双重打击》（Двойной удар небес и ада）[2]以大量素材为基础，深入研究了茨维塔耶娃的精神世界，探究了诗人的创作内涵。在本书中作者力图呈现出诗人的生活悲剧和命运悲剧。这部著作史料翔实，作者分26章，依照诗人的生命和创作轨迹，勾勒出茨维塔耶娃的心理肖像。书中，费列尔分析了茨维塔耶娃的数篇长诗作品，例如，童话长诗《少女—女王》、《骑在红色的骏马上》、《勇士》，长诗《山之诗》、《终结之诗》、《捕鼠者》，戏剧长诗《淮德拉》等，描写了诗人丰富的感情世界：和埃弗隆的爱情，和爱伦堡、帕斯捷尔纳克、里尔克等人的精神交往，和帕尔诺克（Парнок, Софья ）、康斯坦丁·罗德捷维奇（Родзевич, Констатин）等人的感情纠葛，以及和曼德尔斯塔姆等人的恩恩怨怨。通过她的描述，英语世界的读者认识了一个真实的女性，才华横溢的女诗人。牛津大学的凯利（Kally, Catriona）也对茨维塔耶娃予以了关注，她在《1820—1992年俄罗斯女性文学史》（A history of Russian women's writing 1820—1992）[3]的第三章中介绍了茨维塔耶娃的生平与创作。作者认为，在西方读者眼中，茨维塔耶娃是最出名的俄罗斯作家之一。

英国诺丁汉大学的萨拉·奥西波夫（Оссипов, Сара）在《茨维塔耶娃和扎米亚京作品中的梦》（Сны в произведениях Марины Цветаевой и Евгения Замятина）一文中，对比了《捕鼠者》和扎米亚京的《我们》（Мы）中所描写的梦境，作者认为，尽管这两部作品中情

① 法雷诺（Фарыно Е.）：《茨维塔耶娃的神话因素和宗教因素——“玛格达丽娜”，“少女—女王”，“小巷”》（Мифологизм и теологизм Цветаевой: «Магдалина» — «Царь-Девица» — «Переулочки»），维也纳出版社，1985年。

② 利莉·费勒（Лили Фейлер）：《天堂和地狱的双重打击》（Двойной удар небес и ада），俄语译者:茨姆巴尔（Цымбал И. А.）译，顿河畔罗斯托夫，凤凰出版社，1998年，俄文版的书名是《玛丽娜·茨维塔耶娃》（Марина Цветаева）。

③ 凯利·卡特里奥娜 （Catriona Kally）：《1820—1992年俄罗斯女性文学史》（*A history of Russian Women's Writing* 1820—1992），牛津，克拉伦登出版社，1994年。

节发生的时间和地点有差异（未来社会和中世纪的城市），但都在批判非常危险的现象：对人的压制和对创作本质的漠不关心。基于这两部作品，结合《良心光照下的艺术》和《创作心理学》，奥西波夫找出了二者观点的相似之处：他们都认为梦境中和创作过程中的思维、其运作方式相同，所依托的都是联想。

此外，他还指出，茨维塔耶娃和扎米亚京都承认，对于艺术创作来说，回忆是非常重要的，不管这个回忆是有意识的还是无意识的。[①]

目前，非俄语语境下茨维塔耶娃的接受和研究呈现多元化的态势，各国研究者结合自己的文化背景和所学理论，描绘出茨维塔耶娃研究的“世界图景”。（赵梦雪、邱鑫）

① 米拉·费多洛娃（Мила Федорова）：《俄罗斯文化研究纪要》（Хроника научной жизни. В зеркале русской культуры），《新文学评论》，2003年第2期，第435—438页。

第九章 茨维塔耶娃之中国接受

20世纪90年代前，中国对茨维塔耶娃的译介很少，张会森等人翻译过数篇诗人的抒情诗。进入90年代后，茨维塔耶娃的译作开始陆续问世。1990年娄子良翻译出版了《温柔的幻影——茨维塔耶娃诗选》[①]。1999年刘文飞翻译的《三诗人书简》[②]问世，书中收录了俄罗斯作家帕斯捷尔纳克、茨维塔耶娃和奥地利作家里尔克之间数十封珍贵的通信。信函中既有对诗歌本身的讨论，也有关于彼此创作的交流。中国文联出版社于2001年出版了由苏杭翻译并作序的《老皮缅处的宅子》[③]一书，该书收录了茨维塔耶娃的散文及书信。2003年由汪剑钊主编的《茨维塔耶娃文集》[④]问世。2011年东方出版社出版了马文通翻译的《诗歌 战争 死亡：茨维塔耶娃传》[⑤]（利莉·费勒著〈美〉）。同年，汪剑钊主编的《茨维塔耶娃诗集（修订版）》[⑥]问世。顾蕴璞编译了

① 玛丽娜·茨维塔耶娃：《温柔的幻影——茨维塔耶娃诗选》，娄子良译（上海），上海译文出版社，1990年。

② 里尔克，帕斯捷尔纳克，茨维塔耶娃：《三诗人书简》，刘文飞译，中央编译出版社，1999年。

③ 玛丽娜·茨维塔耶娃：《老皮缅处的宅子》，苏杭译，中国文联出版社，2001年。

④ 玛丽娜·茨维塔耶娃：《茨维塔耶娃文集》，汪剑钊主编，东方出版社，2003年。

⑤ 利莉·费勒：《诗歌 战争 死亡：茨维塔耶娃传》，马文通译，东方出版社，2011年。

⑥ 玛丽娜·茨维塔耶娃：《茨维塔耶娃诗集（修订版）》，汪剑钊译，东方出版社，2011年。

《俄罗斯白银时代诗选》[①]，译者将茨维塔耶娃与叶赛宁等一起归入了“难以划入上述某一种流派的诗人”一章，诗选中收入了茨维塔耶娃1911年至1932年间创作的12首诗。2011年谷羽翻译的《茨维塔耶娃：生活与创作（上、中、下）》[②]问世。2012年出版了苏杭的译作《致一百年以后的你——茨维塔耶娃诗选》[③]，同年苏杭出版译作《刀尖上的舞蹈——茨维塔耶娃散文选》。上述译介为国内的茨维塔耶娃研究提供了的条件。

第一节　文学史、专著中的茨维塔耶娃

中国20世纪90年代后出版的俄罗斯文学史类书籍中几乎都有对茨维塔耶娃的描写。汪介之在《现代俄罗斯文学史纲》之“不会被遗忘的名字”一章中介绍了茨维塔耶娃创作的主要脉络，扼要地阐述了诗人的创作主题，同时向读者介绍了茨维塔耶娃的生平。作者认为：“茨维塔耶娃的诗歌以强烈的情感表现和浓郁的抒情风格见长，但又往往把深刻的精神感受注入看似平缓无波的诗句中，内涵深广，余味无穷。也许只有她才是全部20世纪俄罗斯文学中唯一的一位可同阿赫玛托娃相媲美的女诗人。”[④]许贤绪在其《20世纪俄罗斯诗歌史》[⑤]之“无具体派别的颓废派诗人”一章中介绍了茨维塔耶娃的生平与创作。文中对诗人创作的主题和诗艺做了分析。李明滨在其主编的《俄罗斯二十世纪非主潮文学》[⑥]之“‘白银时代’的尾声”一章中，把茨维塔耶娃的诗歌分为三个时期，并对每一时期的创作主题、特点进行了简要的总结。李

① 顾蕴璞编译：《俄罗斯白银时代诗选》，花城出版社，2000年。

② 安娜·亚历山大罗夫娜·萨基扬茨：《茨维塔耶娃：生活与创作（上、中、下）》，谷羽译，广西师范大学出版社，2011年。

③ 玛丽娜·茨维塔耶娃：《致一百年以后的你——茨维塔耶娃诗选》苏杭译，广西师范大学出版社，2012年。

④ 汪介之：《现代俄罗斯文学史纲》，南京出版社，1995年，第149页。

⑤ 许贤绪：《20世纪俄罗斯诗歌史》，上海外语教育出版社，1997年。

⑥ 李明滨：《俄罗斯二十世纪非主潮文学》山西太原，北岳文艺出版社，1998年。

辉凡、张捷合著的《20世纪俄罗斯文学史》[①]一书简要介绍和评述了茨维塔耶娃在侨居地的生活和创作。郑体武在《俄罗斯文学简史》[②]中认为，茨维塔耶娃的诗歌魅力并非在于可见的形象，而是其变换的节奏。此外，作者还认为，茨维塔耶娃的诗中饱含浪漫主义色彩，极富俄罗斯民族气息。在引进版的《20世纪俄罗斯文学》（阿格诺索夫〈俄〉主编，凌建侯等译）[③]中，作者从三方面介绍了茨维塔耶娃的生平与创作，其一，不合时宜的天才女诗人；其二，悲剧性矛盾的自我揭示；其三，自由不羁的心灵。结合具体诗作分析诗人创作的主题，揭示诗人思想的流变。在另一部引进版的《白银时代俄国文学》（阿格诺索夫〈俄〉主编，石国雄、王加兴译）[④]之第三章"文学团体之外者"中，作者结合具体诗作，分析了诗人的创作思想及写作特色。而在《俄罗斯侨民文学史》（阿格诺索夫〈俄〉主编，刘文飞、陈方译）[⑤]中，作者概述了诗人的家庭背景及其诗歌创作史，指出孤独、爱情、死亡、诗人等主题始终贯穿于茨维塔耶娃的创作之中。

刘文飞在其《二十世纪俄语诗史》[⑥]中简要地介绍了茨维塔耶娃的生平与创作。作者认为，以大胆、无羁的形式来体现真诚、奔放的情感，是茨维塔耶娃诗歌的基本特色。从诗歌的内容上看，茨维塔耶娃的所有诗歌都是她独特内心的"原始"记录。对感情和个性的积极追求，使茨维塔耶娃长期处在孤独的状态中，她只好在诗中作"独白"，或是与自己"对话"。文中还指出了茨维塔耶娃创作中的主要修辞特征：1.诗节创新，2.断句移行，3.自由韵律，4.跳跃式的省略。最后写道：茨维塔耶娃以其独特的个性和独特的诗风，在20世纪上半叶的俄语诗歌中立下了一个醒目的"路标"。刘文飞在其另一部专著《诗歌源流

① 李辉凡、张捷：《20世纪俄罗斯文学史》，青岛出版社，2004年。

② 郑体武：《俄罗斯文学简史》，上海外语教育出版社，2006年。

③ 阿格诺索夫（俄）主编：《20世纪俄罗斯文学》，凌建侯等译，中国人民大学出版社，2001年。

④ 阿格诺索夫（俄）主编：《白银时代俄国文学》，石国雄、王加兴译，译林出版社，2001年。

⑤ 阿格诺索夫（俄）主编：《俄罗斯侨民文学史》，刘文飞、陈方译，人民文学出版社，2004年。

⑥ 刘文飞：《二十世纪俄语诗史》，社会科学文献出版社，1996年。

瓶——布罗茨基与俄语诗歌传统》[①]中探讨了布罗茨基与茨维塔耶娃的诗与个性问题。重点分析了两者的个性特征及其诗歌的主要特征。而在《文学魔方——二十世纪的俄罗斯文学》[②]中刘文飞则重点探讨了“茨维塔耶娃的孤独”，作者将诗人的孤独归纳为三点：1.地域诗歌文化上的孤独，2.诗歌美学上的孤独，3.面向后代的孤独。同时认为，茨维塔耶娃的孤独既是带给她苦难、导致她死亡的原因，也是其诗歌得以升华的一个必要前提。刘文飞、陈方在《俄国文学大花园》[③]中介绍了诗人的生活经历及其诗歌创作之路。

高莽在《白银时代》之“孤独的灵魂——茨维塔耶娃（1892—1941）”一章中详尽地介绍了诗人成长的背景、生活的历史环境、侨居国外时期的思想与生活。作者指出，“茨维塔耶娃的创作与任何一名诗人的作品都不会混淆。她有自己的思维方法、讴歌对象、韵律与节奏。她继承了古典诗歌的传统，并吸收了俄罗斯民谣的因素，又不乏外国诗歌的技巧”[④]。李辉凡在《俄国“白银时代”文学概观》[⑤]之“诸流派和团体之外的诗人”一节中，简述了诗人的生平与创作，结合具体诗作分析了诗人的创作特色及其创作技巧的演变过程。

在对茨维塔耶娃研究的专著方面，我国学者的研究成果可谓少之甚少。到目前为止，只有荣洁的《茨维塔耶娃的诗歌创作研究》[⑥]一书，该书从主题思想与诗学特征方面入手，着重指出茨维塔耶娃诗作中的俄罗斯主题、爱的主题和神话意识。

---

① 刘文飞：《诗歌源流瓶——布罗茨基与俄语诗歌传统》，浙江文艺出版社，1997年。

② 刘文飞：《文学魔方——二十世纪的俄罗斯文学》，中国社会科学出版社，2004年。

③ 刘文飞、陈方：《俄国文学大花园》，湖北教育出版社，2007年。

④ 高莽：《白银时代》，中国旅游出版社，2007年，第191页。

⑤ 李辉凡：《俄国“白银时代”文学概观》，中国社会科学出版社，2008年。

⑥ 荣洁：《茨维塔耶娃的诗歌创作研究》，黑龙江人民出版社，2005年。

第二节 期刊中的茨维塔耶娃及其创作

中国对茨维塔耶娃创作的研究始于20世纪80年代，研究成果主要分为以下几类：诗人的悲剧人生在其创作中的折射；对艺术特色及修辞手段的研究；对作品主题、思想的分析。

蓝英年在其《性格的悲剧——俄国女诗人茨维塔耶娃之死》[①]一文中概述了诗人的成长经历，爱情故事。作者认为，诗人所经历的爱情都是不幸的，为了得到解脱，她将心中的酸甜苦辣宣泄于诗中。他指出，这便是诗人写爱情诗的独特方法，也是她的爱情诗格外打动人的重要原因。倪蕊琴在《一曲生命的悲歌——茨维塔耶娃的爱情、流亡生涯和生命的最后时日》一文中向读者展示了女诗人复杂的精神世界，她认为，茨维塔耶娃"才思过人，生性高傲"[②]。茨维塔耶娃是一位敏锐的诗人，她拥有天赐的诗才。也正因如此，面对物质与精神世界的双重困境，她选择了通往彼岸世界的道路。对于诗人的自杀，葛华解读是，首先是十月革命的影响和当时的社会压力，其次是诗人自身性格原因。的确，在茨维塔耶娃的许多作品中我们都能够感受到诗人的那份孤独感。[③]张梅、伍珺在《拣尽寒枝不肯栖：俄罗斯女诗人茨维塔耶娃的"孤独"》[④]中，便通过诗人的人生经历及其在诗歌创作中反映出的情感，分析了诗人的孤独。

荣洁认为，茨维塔耶娃的创作"充满了民间文学色彩，歌曲、神话（童话）、四句头民谣诗、笑话夹杂着古代的迷信传说，它们构成了一个独特的诗的混合体"[⑤]。诗人独特的修辞创作手段更是一次革新，她

① 蓝英年：《性格的悲剧——俄国女诗人茨维塔耶娃之死》，《俄罗斯文艺》，1995年2月。

② 倪蕊琴：《一曲生命的悲歌——茨维塔耶娃的爱情、流亡生涯和生命的最后时日》，《外国文学动态》，1997年3月，第34页。

③ 葛华：《社会阴霾笼罩下的作家——浅析法捷耶夫和茨维塔耶娃之死》，《北方文学》，2011年10月。

④ 张梅、伍珺：《拣尽寒枝不肯栖：俄罗斯女诗人茨维塔耶娃的"孤独"》，《西伯利亚研究》，2006年5月。

⑤ 荣洁：《走近茨维塔耶娃》，《俄罗斯文艺》，2001年2月，第21页。

大胆地移行断句，形成了十分独特的诗段结构，这种结构增强了其诗歌的浪漫主义色彩。“诗人非常喜欢使用旧词、口语词，并善于利用发音相似的不同词根进行文字游戏等”[①]。此外，诗人不属于任何流派，但却并未与世隔绝，在她的作品中仍旧可以体会到别雷、帕斯捷尔纳克等诗人的“味道”。在《茨维塔耶娃创作研究的历史及现状》[②]一文中，荣洁根据俄罗斯学者对诗人的研究，综述了茨维塔耶娃同时代人对其在创作风格、诗歌创作原则问题、诗人个性的成因、诗人思想中的二元对立性与宗教性、不同时期诗人的创作特点及创作手法等问题。谷羽在诗人的一首有关吉普赛女郎的诗中发现了“空杯”这一意象，并在文章《从“空杯”意象说起》[③]中指出，“空杯”——无论从视觉形象还是从听觉感触，都带有悲剧色彩和凄凉意味，让人联想到“空悲”。

顾蕴璞通过对茨维塔耶娃和阿赫马托娃的比较，发现二者在出身家世上的相似之处，她们都属于俄罗斯知识界的上层。更为重要的是，分析出两位杰出的女诗人在创作主题上的共同之处，及在表达方式上存在的差别。茨维塔耶娃和阿赫玛托娃的爱情诗都充满着忧伤的情调，但前者“不是对爱的痛苦的一种被动的宣泄，而是她自己在感情世界里掀起的风暴”[④]。在《她呼唤真诚与执着——浅析茨维塔耶娃抒情诗的审美情感》译文中，斯耶分析了茨维塔耶娃创作的爱情主题，他认为，“茨维塔耶娃是个非常纯粹的人，她向往美好的生活，憧憬忠贞的爱情，她的有关爱情题材的抒情诗体现着俄罗斯性格，这些诗作不仅忠实于伟大前辈们的传统，而且也忠实于自己民族的精神气质”[⑤]。诗人在诗中表现她那独特的情感世界，同时也是在表现自尊、自重、自爱的女性情感世界，她的诗作具有多重审美层次。

茨维塔耶娃是位十分关注“爱”的女性诗人，其创作个性在她的

① 荣洁：《走近茨维塔耶娃》，《俄罗斯文艺》，2001年2月，第21页。

② 荣洁：《茨维塔耶娃创作研究的历史及现状》，《俄罗斯文艺》，2002年4月。

③ 谷羽：《从“空杯”意象说起》，《中华读书报》，2013年3月20日。

④ 顾蕴璞：《命运·个性·风格——阿赫马托娃与茨维塔耶娃》，《国外文学》，1993年3月，第27页。

⑤ 斯耶：《她呼唤真诚与执着——浅析茨维塔耶娃抒情诗的审美情感》，《俄罗斯文艺》，2000年2月，第41页。

作品中集中地体现在其抒写“爱”的诗篇中。荣洁认为，在诗人的世界里，“总有一种无形的东西使她的灵魂与上帝接近——这就是爱”[①]。

对于诗人创作中的其他主题与思想，国内诸多研究者对其进行了分析研究。刘文飞等指出了诗人钟爱的四个主题——爱情、死亡、艺术和永恒（上帝），并评价“茨维塔耶娃的诗是不可遏止的激情的迸泻，她的诗歌声音运动的轨迹和节奏都呈现出一种非如此不可的特征……”[②]黄玫在文章《诗人的天空——茨维塔耶娃长诗创作中生活与存在的矛盾》[③]中对茨维塔耶娃的长诗进行了全面概述，并对其长诗创作的主要主题——生活与存在的矛盾进行了探讨。同时认为，她的作品中贯穿着对历史、时代及诗人命运的思考。荣洁在文章《茨维塔耶娃诗歌创作中的神话因素》[④]中提出诗人创作中的“我和宇宙”主题，并指出，诗人在诗歌创作中借鉴神话故事中的情节，引用诸神、英雄人物为原型，并把自己置身于神话王国中，给作品中的主人公插上翅膀，让她（他）获得诸神所具有的“法力”。诗人以自己独特的神话思维方式建构了她那独特的诗的宇宙，并从神话视角来探讨茨维塔耶娃的诗歌创作。杨芳则认为，“俄罗斯”是侨民文学作家共同具有的重要主题，在茨维塔耶娃的作品中也经常地出现“祖国”、“俄罗斯”、“远方”等词语，正是由于诗人对祖国主题的关注，她的诗作才会具有“经久不衰、振聋发聩”[⑤]的力量。

诗人也十分善于通过塑造人物形象来传达自己的感情。通过将诗人与其他作家、诗人的比较，有助于更清楚地认识诗人所具有的独特魅力。夏益群、蒋天平在《“他者”的域外之音——茨维塔耶娃回忆录〈中国人〉中“他者”形象分析》[⑥]一文中对《中国人》中的“他者”形

① 荣洁：《关于茨维塔耶娃的宗教意识》，《中外文化与文论》，2005年9月，第333页。

② 刘文飞、汪剑钊：《她等待刀剑已经太久》，《中国图书商报》，2003年4月。

③ 黄玫：《诗人的天空——茨维塔耶娃长诗创作中生活与存在的矛盾》，《俄罗斯文艺》，2011年4月。

④ 荣洁：《茨维塔耶娃诗歌创作中的神话因素》，《外语学刊》，2005年6月。

⑤ 杨芳：《茨维塔耶娃诗歌中的祖国主题——纪念诗人毅然回国60周年》，《黄河科技大学学报》，2000年1月，第79页。

⑥ 夏益群、蒋天平：《“他者”的域外之音——茨维塔耶娃回忆录〈中国人〉中“他者”形象分析》，《南华大学学报》，2007年2月。

象进行了分析，他们认为，作品中对中国人形象的丑化一方面是受到西方思想的影响，另一方面由于诗人注重写实，所以这些形象也可能是其真实遇到的。余献勤通过茨维塔耶娃给勃洛克的献诗解读出女诗人心中的勃洛克形象，并发现二人的共同特点，即关注个人的内心世界。同时，通过对两位诗人的对比发现，二人的创作题材和形象极为相近。

荣洁在《茨维塔耶娃精神世界中的普希金》一文中阐述了普希金对女诗人的影响。通过对《我的普希金》的分析研究，查晓燕将茨维塔耶娃的普希金评价为，"既带有浓厚的个性化色彩，又代表着非官方化的民间'普希金神话'的真实形态"[①]。

在诗人的许多作品中，我们都能体会到诗人的孤独感，而这份孤独不仅仅来自物质世界的贫乏，还包括精神世界的困扰。

焦晨从"孤独"这样一条贯穿诗人一生的线索着手，侧面反映诗人创作的基本主题、思想观点以及风格。[②]对于诗人的这份孤独，赵晓坤认为，诗人"无法融入自身所处的时代，成为了所处时代的局外人和不合时宜的孤独者"[③]。（王巍）

① 查晓燕：《普希金："动态的经典"——兼议"诗学流亡"中的阿赫马托娃、茨维塔耶娃和曼德尔施塔姆》，《北京大学学报》，1999年1期，第142页。

② 焦晨：《孤独的玛·茨维塔耶娃》，《西安外国语学院学报》，1999年2月，第59页。

③ 赵晓坤：《隔着忘川伸过去我的双臂——论茨维塔耶娃的孤独》，《邢台学院学报》，2011年3月，第122页。

第二编

茨维塔耶娃学术史研究

第一章

诗人茨维塔耶娃

玛丽娜·伊万诺夫娜·茨维塔耶娃（1892—1941）是20世纪俄罗斯文学中极为重要的女诗人。茨维塔耶娃一生充满对诗歌的热爱，对爱情的渴求，对祖国故土的眷恋。她无愧“莫斯科诗人”的称号。她的诗歌是俄罗斯诗坛上最让人目眩神迷的现象之一。

1

茨维塔耶娃出生于一个充满优美琴声，充满古希腊罗马神话和欧洲文化氛围的知识分子家庭。父亲是莫斯科大学教授，普希金造型艺术博物馆的奠基人。母亲是音乐家，会钢琴演奏并精通几门外语。由于母亲体弱多病，为了治病全家经常旅居国外，这样的生活经历使得茨维塔耶娃形成了孤高且冷漠的性格。但是茨维塔耶娃是一个充满幻想的人。儿时阅读过的书籍给她插上了幻想的翅膀。茨维塔耶娃从小就痴迷于古希腊神话。赫拉克勒斯、阿喀琉斯、阿里阿德涅、狄奥尼索斯、海伦、俄耳甫斯、维纳斯、普叙赫等神话人物似乎已融入到其骨血中，这对诗人今后的文学创作产生了深远的影响。

茨维塔耶娃是一位著作颇丰的诗人、作家。一生创作了大量的抒情诗，此外还有17部长诗、8部诗剧，写了自传、回忆录、散文和大量的随笔、书信札记等。

诗歌是茨维塔耶娃文学创作的主要形式。茨维塔耶娃18岁时出版第一部诗集《黄昏纪念册》。这部诗集中，茨维塔耶娃将111首诗分成了三个主题，分别是：《童年》、《爱情》、《只有影子》。这部诗集中的很多作品都是献给已故母亲的。对母亲的思念发展成对自己人生的思考。茨维塔耶娃曾说："我的诗赞美青春，歌唱死亡。" 茨维塔耶娃在其第一部诗集中已然展现出其诗歌创作的天赋，她的处女作赢得了白银时代著名诗人的好评。1912年，茨维塔耶娃与埃弗隆成婚。同年，茨维塔耶娃第二部诗集《魔灯》问世。茨维塔耶娃是位内心情感极其丰富而且极易动情、渴求心灵知己的女性，茨维塔耶娃经历了一个又一个的情感漩涡。对于爱情，茨维塔耶娃是狂热的，无所顾忌的。一次次爱情之火的点燃与熄灭都化作了一篇篇绝美的诗歌，这也是她写爱情诗的方法，那就是通过爱情的亲身体验，以真情实感描写爱情当中的幸福甜蜜，痛苦酸涩，这也正是她的爱情诗格外吸引人的重要原因。茨维塔耶娃用心来书写爱情，书写爱情的甜蜜与苦涩。1915年秋冬时节，是茨维塔耶娃艺术生命中的一段黄金时期，通过这一时期的作品（主要是诗歌作品），我们看到茨维塔耶娃创作技法的日臻成熟，同年写下的《茨冈人的离别激情》反映出诗人这一时期的心理状态。1915年12月末，茨维塔耶娃以《匆忙写下的诗，就放在那儿……》为自己的青少年诗篇画上了句号。从1916年开始茨维塔耶娃的文学创作进入了一个新的阶段。这一年，茨维塔耶娃的作品主要以"组诗"为主，《莫斯科》、《失眠》、《致勃洛克》。1916年茨维塔耶娃来到了圣彼得堡（当时叫彼得格勒），短暂之行给诗人留下深刻的印象，回到莫斯科后，她创作的作品中具有了前所未有的特征，这特征就是：开始突出莫斯科的城市特征。

茨维塔耶娃的创作特点就是真诚。她的诗歌是心灵的日记。她始终在不停地探究自己。1917年诗人的创作具有两种不同的特征，其一，写非现实的人和故事，写浪漫的故事，例如诗集《天鹅营》；其二，则是写纯粹的"俄罗斯风格"的作品，例如《如果灵魂生有一双翅膀……》，《死后不会说曾是》。除此之外，这一时期死亡主题仍然是茨维塔耶娃创作的核心主题。1918—1919年，茨维塔耶娃开始创作剧本。这一阶段是茨维塔耶娃个人生活较为困难的时期，十月革命让她的生活、思想都发生了变化，丈夫埃弗隆参加了白卫军，离开了祖国，"失踪"了。她同情白卫军，诗集《天鹅营》、《捕鼠者》便是她这一时期自己政治立场和思想的折射。

1921年是茨维塔耶娃诗歌创作的一个分水岭，她开始写讴歌友谊、真诚和禁欲主义的作品。这一时期的作品达到了诗人抒情诗创作的顶峰，例如：《学生》、《分别》、《赞美阿佛洛狄忒》。除此之外，罗斯亦是这一时期创作的主题。罗斯化身一位豪迈、有罪的暴乱分子。她为昔日的莫斯科和俄罗斯哭泣，为所有死去的俄罗斯儿女哭泣。这一时期她创作了长诗《骑在红色的骏马上》，这是一部含有深刻象征意义的长诗。此外还有长诗《小巷》、《勇士》，从形式上看，这两部长诗与《骑在红色的骏马上》都属俄罗斯民间童话长诗，从内容上来看，又都是写"残酷"爱情的悲剧。同一年茨维塔耶娃出版了诗集《俄里》。

1922年5月，从爱伦堡处得知埃弗隆在捷克的消息后，茨维塔耶娃毅然离开了深爱的莫斯科，去和丈夫团圆，从此开始了长达17年的侨居生活。这种生活一开始，茨维塔耶娃就感觉自己如同孤儿一般，"家"永远从生活中消失了。柏林是侨居生涯的第一站，她在这里和女儿阿里娅小住了两个多月。在这里茨维塔耶娃完成了二十余首诗，这些诗完全不同于以往创作的诗篇，展现了她诗歌创作的新特征。它们刻画了人的内心活动。1922年8月，她开始了在布拉格的生活。在捷克生活期间，诗人完成了《贝壳》、《刀刃》，长诗《山之诗》和《终结之诗》等诗篇。爱情成了她捷克时期创作的重要主题。虽然生活环境并不优越，但是爱情给了她巨大的创作能量。她的《山之诗》表达出诗人强烈的感受：爱情烈焰熊熊燃烧到最旺盛的时候终将化为灰烬。《终结之诗》则把爱情不幸带来的巨大痛苦化作万仞高山，高山突然轰然倒塌压在女主人公身上。这些诗都是她不同情感体验的流淌。

1925年茨维塔耶娃与丈夫一起移居巴黎。在巴黎期间，茨维塔耶娃创作了《捕鼠者》、《自大海》、《房间的企图》、《阶梯之诗》、《新年书简》、《大气之诗》、《红色牛犊》、《横沟》、《西伯利亚》、《少女—女王》、《淮德拉》等作品。在侨居的最后驿站，散文成为其主要创作体裁，诗歌成为"奢侈品"。1928年出版诗集《离开俄罗斯后》。

侨居后，茨维塔耶娃与帕斯捷尔纳克保持了长久的通信。帕斯捷尔纳克很赞赏茨维塔耶娃的诗歌作品，而茨维塔耶娃同样十分欣赏帕斯捷尔纳克的诗歌才华。茨维塔耶娃创作的作品中有三首长诗与帕斯捷尔纳克有关，它们是《自大海》、《房间的尝试》和《阶梯之诗》。此外，她还写了散文《光雨》。《光雨》中诗人分析了帕斯捷尔纳克的诗歌创作，而在《当代俄罗斯的叙事诗和抒情诗》中则评论了帕斯捷尔纳克和马雅可夫斯基在俄罗斯诗坛上的地位。

1931年6月，埃弗隆为苏联国籍及回国事宜去找苏联驻巴黎常设委员会。当时有人建议埃弗隆替内务部工作，以此换取回国的机会。埃弗隆对此早有准备。1937年他参与了一起谋杀案，受到法国警察的通缉。茨维塔耶娃的家被搜查，她本人被叫到警察局接受询问。女儿阿里娅和丈夫埃弗隆于1937年先后返回前苏联。本就不安定的生活变得更加动荡，侨民界对她一片嘘声。在艰苦的环境中，茨维塔耶娃依旧坚持创作，回国前，她完成了组诗《致捷克》、《索涅奇卡的故事》。1939年6月茨维塔耶娃带儿子回到前苏联。当时正值大清洗高潮，没有人敢接触在国外生活了17年的所谓“白俄”一家。8月阿里娅被捕，10月埃弗隆被捕，1941年埃弗隆被枪决。在此之前茨维塔耶娃的妹妹也被捕。第二次世界大战爆发后，茨维塔耶娃被疏散到叶拉布加镇。1941年8月31日精神上陷入绝境的诗人自缢身亡。

茨维塔耶娃是主题诗人，她写爱情、死亡，孤独，她写诗人和深爱的莫斯科等。她的诗极富乐感，这是茨维塔耶娃诗歌的重要特征。茨维塔耶娃的作品有限的创作空间内展现出了永恒性。她写抒情诗时流露出的才华，创作时对词语的痴迷和极具个性化的词语运用。在文学创作中对哲学、心理问题的关注，对古希腊、欧洲、俄罗斯古典及民间文化的深刻理解及发扬光大等等，使她自然而然地成为20世纪俄罗斯文学中的一个重要作家，成为20世纪俄罗斯文学，乃至世界文学中最独特的诗人之一。

2

茨维塔耶娃经常以死亡作为自己的创作主题。年轻时创作的许多作品都与这个主题密切相关。这与当时的社会历史背景不无关系。但主要与茨维塔耶娃的生死观有关。茨维塔耶娃把死亡视为一种最平常，不可违逆的生命规律来看待。她坚信，死亡可以引导人们走向永恒。死不是生的对立面，而是作为生的另一种形态延续下去。

爱情主题是诗人创作的另一重要主题。爱情被化作信念和理想出现在茨维塔耶娃的作品当中。茨维塔耶娃一生都在追求爱情。她是一个爱情至上的理想主义者。在茨维塔耶娃的创作中，爱情不仅仅是一种情感表达，更是一种神奇的力量。她为了爱而活，并大胆地追求爱情，她写出了诸多或凄美婉转，或激情四射的诗歌。

可以说，茨维塔耶娃的爱情诗篇表达了诗人渴望摆脱心灵束缚的诉求。茨维塔耶娃的勇敢精神和酒神精神极其契合：诗人敏锐的判断力和酒神细致入微的洞察力相吻合，同时也代表着诗人对世间万事万物的感悟；酒神在狂欢状态痛饮，然后沉醉，放纵私欲“迎合”了诗人身上所独有的率真和不羁；而诗人在创作过程之路上的崎岖难行，遇到的所有苦难、困惑、彷徨则与酒神迷醉后被惩罚的情节相吻合。

爱情的狂热、美好与真诚在茨维塔耶娃早期作品中表露无遗，正如同沉醉的酒神状态一般。除了在作品中表现爱情这一主题之外，茨维塔耶娃还追求寻觅心灵上的寄托，十分重视心灵之爱。

国外侨居的生活使茨维塔耶娃更加关注生命与死亡，爱情与艺术等问题。在这一时期，对故土深深的眷恋之情更是茨维塔耶娃集中表现的情感。在侨居地，诗人还完成了反对德国法西斯的组诗。

茨维塔耶娃的诗歌作品如其人，卓尔不群。

3

茨维塔耶娃的诗歌语言极富个性特征。她经常使用设问句式，插入结构以及随机性词汇。茨维塔耶娃的创作具有极强的音乐性。茨维塔耶娃对词语要求很高。茨维塔耶娃能够迅速感受到词汇当中所包含的所有元素，以及词汇的声音特点，修辞色彩，但是最为重要的是词语的分量。她的散文作品也会表现出明显的诗歌节律特点。安德烈·别雷的作品中也有这样鲜明的节律特征。如果从对诗歌节律的酷爱角度讲，别雷和茨维塔耶娃的创作可谓同宗同源。当身在柏林的别雷读过茨维塔耶娃的诗集《离开俄罗斯后》，他评价说，从茨维塔耶娃的作品中能感受到清晰的心跳。谈及她的诗歌时，别雷认为，她的诗歌作品具有悦耳的韵律感和无与伦比的节奏感。茨维塔耶娃会根据自己的要求，将词语进行些许变换和改造，这样既能满足词汇的要求，也可以满足节奏和韵律的要求。

词语的声音定位是茨维塔耶娃创作的一个基本要素，在她看来，有些人天生就懂得音乐，具有音乐天赋，而有些人则需要后天培养。在茨维塔耶娃的意识中，声音不可能超越词语而单独存在，同样，词语不可能超越意义而单独存在。在诗人的诗歌世界中声音、词语和意义是统一的，它们互为存在。另外，在诗歌创作中诗人还大量使用描述性停顿手法，词语的长度、音节成为茨维塔耶娃诗歌语言的基本单位。她笔下的很多词语会出现语音变体。

茨维塔耶娃的诗歌有独特的韵律，且变化多端，语调不落俗套。不少评论家都高度赞扬诗人的语言天赋。但高尔基却发出了不同的声音，他认为，诗人在粗暴地践踏俄语。

茨维塔耶娃是位伟大的诗人，但是她的年代对于她而言是一个悲剧时代。她没有迎合那个时代，那个时代也没有迁就伟大的诗人。对于那个时代而言，她就是一个不合时宜的诗人。（王晨，魏梦莹）

第二章 茨维塔耶娃的组诗研究

所谓组诗是指由若干相同体裁、主人公等构成的艺术作品，表达着连贯一致的主题和思想感情等。它通常由两个或多首诗组成。勃留索夫、别雷、勃洛克对组诗的特点进行了概括。他们认为，首先组诗是指在主题等方面具有共同性的一组作品（通常是诗歌作品），而每一个单个的抒情作品都与诗人的其他作品相互作用；其次，组诗表达的是所观照事物的统一且独立的看法，反映作者的艺术观点。由此，组诗被视为是某种大型诗歌体裁形式（例如，长诗）的变形。组诗应是一个完整的文本，其中的每一首诗都是一个部分，一个段落。

白银时代的俄罗斯诗人几乎都有创作组诗的倾向，诗人茨维塔耶娃也不例外。1916年后，组诗成为她诗歌作品的重要体裁，《女友》、《莫斯科组诗》、《无眠》、《致勃洛克》、《致阿赫玛托娃》、《献给普希金的诗》等堪称其组诗创作的代表作。它们全面、集中地表现出诗人的思想和创作特征。

1

1992年，正值诗人百年诞辰之际，俄罗斯境内外的研究者们借此机会掀起了研究茨维塔耶娃创作的热潮。诗人的组诗创作也成为俄罗斯相关学界研究的一个热点。对茨维塔耶娃组诗研究主要体现在以下几个方面：

首先是对神话因素的研究。茨维塔耶娃自幼接受了良好的家庭教育，不仅知晓俄罗斯的古老传说和故事，而且对古希腊罗马的神话故事也了然于胸，这自然不可避免地表现在其创作中，有时甚至发生了某种“变形”，创造出了属于自己的“神话”。在对《莫斯科组诗》的研究中，很多研究者就看到了其中蕴含的神话因素。贝斯特洛娃认为，茨维塔耶娃延续了人们习惯于将对土地和国家的想象与女性联系在一起的传统，将莫斯科视为女性，利用莫斯科文本的神话创造出独具特色的“女性莫斯科”。她分别从人物与城市的命运、人物与城市的关系、城市空间等方面对组诗进行了阐释。她指出，抒情女主人公的命运是与莫斯科这座城市的命运联系在一起的，并且在很多情况下，女主人公将自己与莫斯科视为一体：“爱我就是爱莫斯科。”作者认为，将莫斯科视为女人的神话已超出《莫斯科》的范畴，成为茨维塔耶娃本身个人神话的一部分，是诗人与抒情女主人公联系的表现，并将“莫斯科神话”投射到自己现实生活中。尼契波洛夫（Ничипоров, И. Б.）探究了诗人笔下莫斯科的“自传性神话”。格里高良（Григорян, А. Г.）则从《莫斯科组诗》入手，从若干角度阐释了茨维塔耶娃“莫斯科文本”所包含的“多重密码”。他认为，在诗人笔下，莫斯科多以女性身份示众。异化的城市体现着男性和女性、莫斯科和彼得堡的对立，呈现出不同信仰者的矛盾。作者指出，“莫斯科文本”包含了女主人公被恋人抛弃的神话。

其次是对宗教因素等问题的研究。潘诺娃（Панова, Л. Г.）在其《茨维塔耶娃与曼德尔施塔姆关于莫斯科的组诗：两个城市形象—两种诗学——两个艺术世界》一文中，将茨维塔耶娃的《莫斯科组诗》与曼德尔施塔姆创作的莫斯科诗篇进行了方方面面的对比，认为两位诗人呈现出的莫斯科是截然不同的。茨维塔耶娃笔下的莫斯科不仅仅是女主人公的出生地、生活和死亡之地，还是她继承的“家族遗产”。而曼德尔施塔姆的莫斯科则只是可以与罗马、佛罗里达等城市和文化相比较的城市而已，并且城市里的一切都具有“全人类性”，甚至是异域文化的特点。塞尔维亚研究者达比奇教授在其《玛丽娜·茨维塔耶娃的神圣莫斯科》一文中，简要分析了组诗《莫斯科组诗》中带有象征意义的词语。例如，花楸树，指出自古代俄罗斯，花楸树具有某种魔法力。认为它可以驱巫、辟邪，具有保护功能。她认为，在茨维塔耶娃的诗歌中，花楸树象征着诞生，生命的态度和茨维塔耶娃的创作。对组诗宗教因素的探究是该文章的核心部分。达比奇认为,《莫斯科组诗》是关于使徒约翰的诗篇,钟是该组诗中的重要意象,它与主题紧密相连。在组诗中茨维塔耶娃并没有把宗教、教规等同于神圣和永恒。在诗人的意识中,信仰上帝即是笃信爱情、宇宙能量,万物的和谐;即是去肯定,而非否定;即是相信人的精神自由和内在美;信仰上帝就是笃信最高的圣眷。

有一些研究者关注了组诗的时空问题。一些研究者认为,组诗《致勃洛克》中的时空反映出茨维塔耶娃创作的重要特点、创作实质。它甚至成为诗人感受的集中化体现。[①]词汇、声音的时空体成为组诗空间—时间连续性表达的关键手段。在对组诗《莫斯科组诗》进行分析时,奥西波娃指出,诗中的钟声象征着上帝的声音,它言说着真理,召唤人们去祈祷,同时也象征着时间的进程。诗人在与教堂的全宇宙的范围联系时创造出特殊的时空氛围。

再次是对象征意义等问题的研究。在白银时代现代主义文学流派中,象征派诗人无疑最喜欢用象征手段来表情达意。虽然茨维塔耶娃曾声称自己不属于任何文学流派,但所受各流派的影响却是毋庸置疑的。在她的组诗创作中,教堂、钟声、大海等都具有特殊的含义。

奥西波娃在分析组诗《致勃洛克》时,探讨了石头、球、太阳、天鹅、圆顶、河流等所蕴含的象征意义。她认为,组诗中的"球"在诗人笔下成为预见永恒的象征,并且"球—十字架"与勃洛克的名字联系在一起,说明勃洛克的诗歌创作是永恒的,与宗教的力量有关,由此产生了"勃洛克—耶稣"的联想[②];而"河流"则象征着过去和逝去的生命,拥有传递精神和肉体能量的能力。男女主人公的河流"不会相汇",所

---

① 尼契波洛夫(Ничипоров И. Б.):《茨维塔耶娃勃洛克组诗中的艺术空间和时间》(Художественное пространство и время в Блоковском цикле М. Цветаевой.),选自网页:http://www.dommuseum.ru/?m=konferenz&PHPSESSID=eacecec85c673a4fb78f7b83f8a59。

② 奥西波娃(Осипова О. В.):《茨维塔耶娃的组诗〈致勃洛克〉的象征手法》(Символические представления в художественной системе цикла М. Цветаевой «Стихи к Блоку»),选自网页:http://www.dommuseum.ru/?m=konferenz&PHPSESSID=eacecec85a84c673a4fb78f7b83f8a59。

以，他们在此岸世界不能结合，只能在永恒中“相遇”。尼契波洛夫认为，《致勃洛克》中的“雪的歌者”、“雪白的天鹅”、“骑士”等形象具有特殊的象征意义[①]。

一些研究者关注了诗人的创作意识。斯别希夫采娃在《茨维塔耶娃诗歌创作意识中的普希金现象》一文中指出，要想理解茨维塔耶娃的普希金，就必须理解她对诗人自由的理解。作者以茨维塔耶娃若干普希金主题作品为例，阐述了普希金形象在诗人创作中所蕴含的象征意义。分析组诗《献给普希金的诗》时，作者认为，在这部组诗中茨维塔耶娃书写的是普希金形象所具有的反抗精神。认为，普希金继承了彼得大帝的精神。研究者弗洛里亚在研究《献给普希金的诗》等作品时指出，茨维塔耶娃宣称自己与普希金“相似”，这是一种宣言，但在创作过程中却表现得并不明显。茨维塔耶娃对待纪念碑、石头的态度和情感是矛盾的，对它们的肯定与否定取决于上下文。普希金是青铜骑士的原型，他使青铜骑士得以复活。

研究者探讨了茨维塔耶娃组诗的句法、词汇、语音、标点等特点。例如乌哈奇探究了《致勃洛克》中专有名词所蕴含的语义特征，指出，组诗中的莫斯科、涅瓦河、莫斯科河、俄罗斯、上帝、罗斯等专有名词与大地、宗教、神话等具有一定的联系。勃洛克成为“神”、“天使”、茨维塔耶娃灵魂的“主宰”。有些研究者分析了《献给普希金的诗》中一些诗句中所蕴含的修辞、文化等意义。祖波娃分析了组诗中被诗人赋予特别意义的词语，例如，“попугай”（鹦鹉），分析后得出结论，诗中，诗人赋予该词“预言者”之意。

2

城市是一个巨大的空间，也是一个包罗万象的世界。各色人物在这里过着或平凡或伟大的生活，各种矛盾在这里或发展或消亡，这里

① 尼契波洛夫（Ничипоров И. Б.）：《茨维塔耶娃、阿赫玛托娃、帕斯捷尔纳克“勃洛克诗篇”中的自然力形象》（Образы стихий в «блоковских» стихотворениях М. Цветаевой, А. Ахматовой, Б. Пастернака），选自网页：http://www.getsoch.net/obrazy-stixij-v-blokovskix-stixotvoreniyax-m-cvetaevoj-a-axmatovoj-b-pasternaka/。

是新潮流的诞生地，又是传统民族文化的重要载体。在某种意义上，对城市的理解代表了对民族、文化、历史的理解和认知。

莫斯科是座古老的城市，建城于1147年。莫斯科被俄罗斯人亲切地称为“城市之母”，来对它的描写和赞美不胜枚举。俄罗斯著名文学批评家别林斯基认为，在所有俄罗斯的城市中，莫斯科是真正的俄罗斯城市，它完整地保留了俄罗斯民族的风貌，拥有丰富的历史记忆，并因其神圣古老而著称于世。在诗体小说《叶甫盖尼·奥涅金》中，普希金曾吟诵出这样的诗句：“……那白石的莫斯科，/古老的圆顶上金色的十字/如火焰般燃烧。/啊，兄弟们！我多么满足，/当教堂和钟楼，/花园和宫殿/如半圆展开在我的面前。”民谚和俗语中也饱含着对莫斯科的赞美之情：“莫斯科就是整个王国”，“去莫斯科吧，那里什么都能找到”……由此可见，莫斯科在人们心中的地位和意义。较之莫斯科，彼得堡是座年轻的城市。一提到彼得堡，人们就不由自主地想起它的多种称谓：因其与水为邻，为水环抱而被誉为“北方威尼斯”，还因其与西方的亲缘关系被称为“通向欧洲的窗口”等等，不一而足。这座城市具有一种独有的文化特征。作为俄罗斯的“北方之都”，彼得堡见证了俄罗斯历史的发展与变迁，演绎了历史与现实、传统与现代、旧与新、保守与开放的冲突与对话。

可以说，几乎从彼得堡在芬兰湾泥泞的沼泽地上诞生的那一刻起，莫斯科与彼得堡的对立关系便已扎根于整个俄罗斯历史文化之中。“这种对立可以用一连串意义完全相反的词来表示：自然的和人造的，俄罗斯的和西方的，中心的和边缘的，大陆的和海洋的，混乱的和文明的，专制的和开明的。在这种对立中，莫斯科代表的是古老的宗法制的俄罗斯，而彼得堡代表的则是新兴的改革的俄罗斯”①。

莫斯科和彼得堡被无数次写进文学作品中。例如，勃留索夫曾在诗中歌颂莫斯科的伟大：“世上没有谁能与你相比，/久远的莫斯科！……这里，过去是，现在仍然是/全罗斯神圣的心脏，/这里伫立着她的圣殿，/周围就是克里姆林宫墙！”②而果戈理的《涅瓦大街》、《鼻子》等作品，陀思妥耶夫斯基的《罪与罚》、《白夜》等作品，其

①② 徐曼琳：《白银的月亮：阿赫玛托娃与茨维塔耶娃对比研究》，四川人民出版社，2011年，第100-104页。

故事情节都发生在彼得堡，光怪陆离、既华丽又贫穷的彼得堡形象在他们的笔下得到了精彩呈现。安德烈·别雷描绘出了一个亦真亦幻的彼得堡形象……在茨维塔耶娃的诗歌创作中，城市也是重要的描写和歌咏对象，她在自己的作品中充分表达出故乡莫斯科的热爱和赞美。

1916年，茨维塔耶娃第一次来到彼得堡。彼得堡的诗歌氛围带给她极大的震撼，引发她当“莫斯科诗人”的激情。组诗《莫斯科》就是彼得堡之行的“产物”。这部组诗由9首诗构成，创作于1916—1922年间。组诗的城市主题引起了研究者的强烈兴趣。组诗中，茨维塔耶娃首先勾勒出了莫斯科的外貌，这里有错落有致的建筑群落，也有各色人物穿行其间；有悦耳的钟声萦绕耳畔，也有缤纷的色彩铺陈其间；有空间的移动和变换，也有时间的流逝。可以说，茨维塔耶娃利用有限的诗行展现了莫斯科这座城市无限的空间，全方位地向人们展示了作为首都和俄罗斯中心的莫斯科。

仔细研读组诗就会发现，茨维塔耶娃非常精准地勾勒出莫斯科的主要特点，诗中囊括了莫斯科的地理、人文、历史和宗教等因素。首先，在描写城市建筑时，诗人采取了从高到低，由远及近的顺序。在组诗的开篇，作者指引读者从高处俯瞰莫斯科的美景，首先映入眼帘的就是金光闪闪的教堂穹顶：“云彩——在周围，/拱顶——在周围。/在整个莫斯科上空/——如此众多的手啊！”[①]继而诗人写道：“你要守持着斋戒，/不要涂染眉毛，/那所有一数一下吧——/一千六百座教堂。/步履轻盈！——去踏遍/整个空旷的/七重山”[②]。在组诗中，“一千六百座教堂”（сорок сороков）出现了三次，说明莫斯科有众多的教堂和浓郁的宗教氛围。在第二首诗中，诗人从近处描绘了斯帕斯基钟楼和克里姆林宫的教堂群：“而斯帕斯基大门—缀满了鲜花，/东正教的帽子已经被摘下”[③]，诗人以“我的老朋友，充满灵感的朋友，请接受/五教堂合成的无可比拟的圆环”[④]这样的诗句引出克里姆林宫内的圣母安息教堂、天使长大教堂、天使报喜教堂

① 茨维塔耶娃：《茨维塔耶娃诗集（修订本）》，汪剑钊译，东方出版社，2011年，第72页。

② 同上，第73页。

③④ 同上，第74页。

等五座教堂，将规模宏大、庄严肃穆的东正教的象征物描摹出来，更增加了莫斯科的神圣性。组诗的字里行间里流露着莫斯科是“第三罗马”、是被上帝选定和受上帝保护的城市的观念。众所周知，“第三罗马”这一思想产生于伊万四世统治时期，持有这种看法的人认为，俄罗斯是唯一、真正的世界基督教中心。“前两个罗马已经灭亡，第三罗马巍然屹立，世界上永远不会出现第四罗马”[①]。组诗中出现了祈祷者、朝圣者、圣徒、修女、女巫医、地痞、恶棍等各色人物，在祈祷的钟声的号召下，人们纷纷奔向教堂，“朝圣者的队伍/沿着黑色的小路”[②]涌向一座座教堂。此刻，莫斯科不仅是俄罗斯的地理中心，而且还是俄罗斯人的精神家园。茨维塔耶娃以此突出了莫斯科在俄罗斯人们心中的重要位置，从而表达出身为莫斯科人的骄傲和自豪。

在描写莫斯科时，茨维塔耶娃不仅展示了城市的外表和生活在这里的人们，而且还从声音和色彩方面对其进行了描述。莫斯科的神圣不仅是因其拥有数量众多的教堂，还因为回荡在城市上空的连绵不绝的钟声而显得异常肃穆。诗人这样形容钟声：“雷鸣般的钟声”、“轰鸣的声浪”、“数百口大钟在争论不休”，作者借此说明钟声之宏大，其气势之恢弘。莫斯科城市的色彩也可谓五彩缤纷：这里有蓝天和白云，晨起的彩霞和日落的黄昏，也有五颜六色的鲜花；有“赤红的拱顶”，阳光下“金光闪烁的小教堂”……在茨维塔耶娃的笔下，洪亮而悠远的莫斯科钟声“把崇高的精神从高高的神圣世界传送到尘世”[③]，与此同时，缤纷的色彩也将古老的城市点缀得分外美丽和妖娆，古朴中不失典雅，艳丽中不失神圣。

《莫斯科组诗》中的莫斯科是一个整体世界，这个世界的上界是云彩、天空和拱顶、钟楼，下界是大地、七重山，中间则有不绝于耳的钟

① 格奥尔吉耶娃：《文化与信仰》，焦东建、董茉莉译，华夏出版社，2012年，第153页。

② 茨维塔耶娃：《茨维塔耶娃诗集（修订本）》，汪剑钊译，东方出版社，2011年，第76页。

③ 荣洁：《茨维塔耶娃的诗歌创作研究》，黑龙江人民出版社，2005年，第82页。

声和虔诚信徒的祈祷声。由此可见，茨维塔耶娃由上至下，由远及近地描绘了整座城市的立体图景。在这里，组诗中的天空意象具有特别意义，不仅具有某种宗教意义，对于诗人来说，它还是其追求的自由精神的体现。在这个空间里，俄罗斯人民和国家的历史如奔腾不息的河水一样从中穿流而过，只留下了铿锵回响的教堂钟声。

在俄罗斯民间文学中有对莫斯科和彼得堡这两座城市非常形象的比喻。通常，人们喜欢将莫斯科比作女性：亲爱的妈妈、家庭主妇和未婚妻等。而把彼得堡比作男性：威严的父亲、活泼的男孩和未婚夫。果戈理认为，“莫斯科好像妇女，彼得堡好像男人。在莫斯科大家都是待嫁姑娘，在彼得堡大家都是未婚夫”[①]。在茨维塔耶娃的意识中，有一种人与诗人一样，也具有创造力，那就是女人。而且同诗人一样，女人也有与上帝较量的能力和权利。诗人将组诗中女主人公的命运与莫斯科的命运紧密地联系在一起。

对于茨维塔耶娃而言，莫斯科始终是“自己的莫斯科”，与“别人的彼得堡”相对立，并且这种对立是十分鲜明的。虽然在组诗中对彼得堡的存在似乎只字未提，但实际上却又处处暗示，不失时机地将彼得迁都的历史事实展现在读者眼前：“非人工的城市”、“沿着被遗弃莫斯科的街道”、“莫斯科的大地”等语句中的修饰语都成为暗指彼得迁都彼得堡后莫斯科受到的冷落，而“在被彼得抛弃的城市上空”一句则充分表明诗人将莫斯科比作被男人抛弃的女性形象。同样的情形出现在创作于1917年十月革命之后的《致莫斯科》一诗中。在这首诗中莫斯科既是公爵夫人、美人儿、女智者，又是小鸽子，还是失去儿子的母亲。

梅列日科夫斯基在谈及莫斯科和彼得堡时曾这样写道：“莫斯科从俄罗斯的土地上崛起并被俄罗斯的土地环绕着，它没有被坑洼代替坟墓，或用坟墓代替坑洼的沼泽地所包围，它是自己落成的——而彼得堡是被培育出来的，是从土地中拔出来的，甚至是被臆想出来的。”[②]

---

① 别林斯基：《别林斯基选集》(第5卷)，辛未艾译，上海译文出版社，2005年，第278页。

② 梅列日科夫斯基：《重病的俄罗斯》，李莉、杜文娟译，云南人民出版社，1999年，第8页。

在茨维塔耶娃的意识中，无论迁都与否，莫斯科在俄罗斯人心中的重要位置始终无法撼动，“莫斯科！多么巨大的屋子，/接纳朝圣的香客们！/罗斯的每个人都无家可归。/我们大家都要投奔你”①。在诗人眼中，无论是饱受压迫和折磨的芸芸众生，还是不怀好意、心怀叵测者，对于莫斯科而言，他们都是自己的孩子，所以它“依然在很远的地方，/向人们发出召唤”。在《致勃洛克》中，茨维塔耶娃在阐释对勃洛克的理解时，不忘加入对莫斯科的赞美：“在我的莫斯科——圆顶在闪烁，/在我的莫斯科——洪钟在鸣响，/在我那里停放着一排排棺椁，——棺椁里长眠着皇后和沙皇。/你并不知道，在克里姆林宫黎明时分，/比起整个大地上，呼吸得更轻松！/你并不知道，在克里姆林宫晚霞来临，/我为你祈祷——直到黎明”②。在诗中，涅瓦河的波涛与莫斯科河的流水分别哺育了勃洛克和茨维塔耶娃成长，然而二者之间的隔阂却是难以消除的：“然而我的河流与你的河流，/然而我的手臂与你的手臂/难以汇合，我的欢乐啊，/直到晚霞追赶上晨曦。”③

在谈及自己时茨维塔耶娃曾如是说，她“从父母那里继承了三种血液，还从他们那里继承了对莫斯科的热爱，波兰人的尊严和对德意志的依恋”④。正是源自于对故乡的热爱，她的笔端才不断地流淌出精美绝伦的诗行，这种情怀宛如莫斯科上空悠扬的钟声一样，久久地回荡在人们的心间。

3

茨维塔耶娃写有不少献给她喜爱的诗人、历史人物、故乡等的组诗。例如，献给组诗《献给普希金的诗》。不过更多的则是献给与自己生活在同一时代诗人的组诗，《致阿赫玛托娃》、《致勃洛克》等就是

① 茨维塔耶娃：《茨维塔耶娃诗集（修订本）》，汪剑钊译，东方出版社，2011年，第79页。

②③ 茨维塔耶娃：《致一百年以后的你：茨维塔耶娃诗选》，苏杭译，广西师范大学出版社，2012年，第41—42页。

④ 丘可夫斯卡娅等：《寒冰的篝火：同时代人回忆茨维塔耶娃》，苏杭等译，广西师范大学出版社，2012年，第39页。

其中的代表作。研读茨维塔耶娃献诗类的组诗我们可以发现，茨维塔耶娃非常熟悉同时代诗人的创作，对他们创作中的个性化特征有着深刻而独特的理解和把握。她的献诗对象多是谋面甚少、甚至从未谋面的诗人，但是她却对同行怀有高度的信任，尽管对方对她的评价不冷不热、甚至还有贬损。但这些并不妨碍她对这些诗人的敬仰和赞美。

在其诸多的献诗中，我们尤为关注组诗《致阿赫玛托娃》。

1917年春，她在工作日志中写道："是的，一切都是关于自己、关于爱情，——还有，令人惊讶的，关于鹿的银色的声音，梁赞省的狭窄、赫尔松的教堂黝黑的尖顶、关于空气、'上帝的礼物'……没有尽头……阿赫玛托娃书写自己，也就是在书写永恒。她没有写一句有关国家、社会的诗行，但在其诗作的深处却向后辈们展示了自己生活的时代……关于阿赫玛托娃的一本小书可以写出整整十卷，而且不做任何添加……阿赫玛托娃对于诗人而言，是多么困难和富有吸引力的礼物啊！"[①] 茨维塔耶娃真诚、豪放、激情似火，阿赫玛托娃处事极有分寸，重礼貌。研究者认为，正是这一点将茨维塔耶娃引向了阿赫玛托娃。在组诗《致阿赫玛托娃》中，茨维塔耶娃如是赞美阿赫玛托娃："教堂的圆顶在我悦耳的城市里闪光，/而流浪的瞎子在高声赞美神圣的救主……/——我赐予你钟声齐鸣的城市/——阿赫玛托娃——并附加我这颗心！"[②]

虽然两位诗人之间多次通信，都表达了见面的愿望，但直到1941年6月7日两人才相见。这次见面持续了几个小时，她们具体谈论的内容无人知晓。第二天她们又在俄国先锋派艺术研究家哈季耶夫（Хаджиев, Н. И.）家里见面。据哈季耶夫回忆，在整个会面过程中阿赫玛托娃比较沉默，而茨维塔耶娃则侃侃而谈。"她们是多么迥异于对方，完全不同，无法相互融合"[③]。茨维塔耶娃把自己的新作《大气之诗》送给了阿赫玛托娃，而后者为前者朗诵了《没有主人公的叙事诗》中的部分

① 茨维塔耶娃（Цветаева М. И.）：《诗歌·散文·戏剧》（Поэзия. Проза. Драматур-гия）莫斯科，德罗法出版公司，2000 年，第276页。

② 茨维塔耶娃：《茨维塔耶娃诗集（修订本）》，汪剑钊译，东方出版社，2011年，第95页。

③ 卡冈（Каган Ю. М.）：《玛丽娜·茨维塔耶娃在莫斯科：死亡之路》（Марина Цветаева в МосквеПуть к гибели），莫斯科，祖国出版社，1992年，第214页。

诗节。

组诗《致阿赫玛托娃》由11首诗组成，写于1916年6月19日—7月2日之间。这也是茨维塔耶娃彼得堡之行的成果（第一首诗创作于此行前）。短暂的停留，已让诗人感受到了与彼得堡诗人之间的隔阂，莫斯科与彼得堡之间的对立，正如后来她在随笔中所写的那样："我朗读了1915年创作的所有诗……我认为，我是代表莫斯科在朗读……（人们）不仅将我和阿赫玛托娃进行对比，还把彼得堡的诗与莫斯科的诗作对比，将彼得堡和莫斯科作对比。"[①]对于茨维塔耶娃而言，如果说勃洛克是天上的诗人，那么阿赫玛托娃就是大地的诗人，她们生活在相同的时代，有着相似的命运和遭遇。因此，在组诗中诗人如是写道："我们得到了加冕，因为我和你脚踏/同一块土地，头顶同一个蓝天！"[②]

1916年茨维塔耶娃创作了不少抒情诗，相同主题的不断复现使这些诗最终合为一个统一整体，成为组诗。创作中诗人"赋予不同的组诗以某些相同的标志……把一些对她来说具有特殊意义的诗人的名字与诗歌的标志物联系在一起"。[③]的确，在组诗《致阿赫玛托娃》中，茨维塔耶娃在诗歌开篇之时便将自己的女主人公与"缪斯"联系了起来："哦，哭泣的缪斯，缪斯中最美丽的缪斯！"[④] 组诗中的女主人公有时是"皇村的缪斯"："哦，深渊，哦，迷雾，—你的声音—/挤压着我的呼吸，/我第一次把你的名字//叫做皇村的缪斯"[⑤]；有时又是"哭泣的缪斯"、"受伤的缪斯"，她会因为伤痛和悲惨的遭遇而哭泣。由此可见，茨维塔耶娃赋予了阿赫马托娃不同的面孔，从各个角度诠释着她的阿赫玛托娃。

① 巴辛斯基等（Басинский П. Федякин С.）：《19世纪末—20世纪初俄罗斯文学第一次侨民文学》（Русская литература конца XIX - начала XX века и первой эмиграции）（莫斯科），科学院出版社，2000年，第312页。

② 茨维塔耶娃：《茨维塔耶娃诗集（修订本）》，汪剑钊译，东方出版社，2011年，第94页。

③ 荣洁：《茨维塔耶娃的诗歌创作研究》，黑龙江人民出版社，2005年，第90页。

④ 同上，第94页。

⑤ 同上，第96页。

在组诗中，阿赫玛托娃的过去与现在，生命与死亡、记忆与遗忘、欢乐与痛苦都在茨维塔耶娃的记述中得到了一一的展现，而伴随着这一切的是茨维塔耶娃对女主人公的深刻理解。她写道："时辰，年岁，世纪。她不再记得/我们，我们的屋子。/也不再记得/在那儿生根的纪念碑。/扫帚已经闲置很久，/在皇村的缪斯的头顶，/荨麻十字架/谄媚地弯下腰来"[①]。实际上，为更好地刻画人物形象和进一步阐释自己对这一形象的理解，茨维塔耶娃还赋予女主人公其他特点。诗人让她的阿赫玛托娃以"鞭笞派的圣母"形象出现："请为我祈祷，忧郁的/色彩和魔鬼的色彩，/一旦森林把你放置/在鞭笞派的圣母面前"。[②]不仅如此，茨维塔耶娃还把阿赫玛托娃塑造成为"狂风的暴怒者"、"暴风雪的遣送者"，"她身上有些东西/来自天使，来自鹰隼"。[③]

此外，茨维塔耶娃还用小鸟、天使等形象隐喻她的阿赫玛托娃。这些形象与"翅膀"、超自然的能力有关。之所以如此，是因为作者认为，诗人就是有羽翼之人。诗人会借助羽翼越过尘世的浮华，超越时空的界限。组诗《致阿赫玛托娃》中，诗人试图通过这些形象更准确地表现出女主人公所具有的精神力量。俄罗斯研究者科林格指出，在茨维塔耶娃看来，阿赫玛托娃具有非凡的意志力。诗人无形之中也将自己的理想和气质投射到人物身上。

阿赫玛托娃的大多数诗歌作品都与爱情有关，这类主题的诗篇中笼罩着忧愁和悲哀的情绪，蕴涵着激情和愿望的折磨，但总体来看，叙事基调是平稳的、沉静的，即使是在组诗《安魂曲》中她也没有为自己遭受的痛苦呼天抢地地悲泣。可以说，阿赫玛托娃更多地是在"倾诉女性的柔肠，……只写闺房和闺房中的感受；……很少出激烈之词"[④]。茨维塔耶娃则恰恰相反。她认为，"纯粹的抒情诗靠感情而生活。感情总是同样的。感情没有发展，没有逻辑。它们也不一贯始终。所有感情总是一下子便全给我们了，我们会有时间体验一切感情。它们

① 荣洁：《茨维塔耶娃的诗歌创作研究》，黑龙江人民出版社，2005年，第97页。

② 同上，第100页。

③ 同上，第96页。

④ 李毓榛主编：《20世纪俄罗斯文学史》，北京大学出版社，2000年，第263页。

就像火炬之焰，一下子压进我们的胸膛”[①]。正是这些如火焰般的情感的迸发促使茨维塔耶娃在诗歌创作中敢于并乐意于大胆地、毫无顾忌地宣泄自己的情感，没有丝毫隐忍和克制，这恰与阿赫玛托娃情感的节制形成鲜明的对比，由此也凸显二者创作风格的截然不同。正如萨阿基扬茨所言，“不论从人格上还是从诗学意义上，她们都是两种不同的个性，两种不同的本质，不可避免地会产生分歧”[②]。

二者之间存在的差异并不能阻碍两人的交流。在组诗中，茨维塔耶娃连续不断地讲述着女主人公的生平经历，现实生活中阿赫玛托娃所经历的所有苦痛，她的忧虑、无奈、祈求等都化作茨维塔耶娃笔下流畅的、充满激情，并饱含同情的诗行，她勇敢地面对生活中的困难和苦难。此时的阿赫玛托娃兼具了茨维塔耶娃的某些个性特征。她变得大胆起来，不再一味地隐忍和退缩，并成为“女巫师”，成为“暴怒者”和“遣送者”，获得超自然能力的诗人，试图表达出与命运抗争、大胆反抗的精神。可以说，这与茨维塔耶娃一贯以来的精神和心灵诉求是一致的。

茨维塔耶娃喜欢具有强烈反差性的颜色，“她的诗中经常将光明与黑暗，白昼与黑夜，黑与白对立起来。茨维塔耶娃的颜色都含有丰富的深意。夜和黑色，既是死亡的象征，也标志着内心深处的冥思苦想，是自己单独面对世界和造物主的感觉”[③]。在《致阿赫玛托娃》中，诗人大量使用了黑色和白色，她赋予二者截然相反的意义，并且在对比中揭示组诗的主题，深化人物形象的意蕴。

对生与死的思考是人类永恒的话题。黑色大多与痛苦、悲伤、死亡等意象联系在一起，而白色则是鲜活的生命的象征。在组诗的第七首中诗人这样写道：“你，从灵车和摇篮里/揭开覆布的女人”[④]，“我

① 阿格诺索夫主编：《20世纪俄罗斯文学》，凌建侯等译，中国人民大学出版社，2001年，第246页。

② 萨阿基扬茨（Саакянц А. А.）：《玛丽娜·茨维塔耶娃 生平与创作》（Марина Цветаева. Жизнь и творчество）莫斯科，埃利斯—拉克出版社，1999年，第743页。

③ 阿格诺索夫主编：《20世纪俄罗斯文学》，凌建侯等译，中国人民大学出版社，2001年，第251页。

④ 茨维塔耶娃：《茨维塔耶娃诗集（修订本）》，汪剑钊译，东方出版社，2011年，第99页。

听到许多热情的声音——/有一个声音倔强地沉默，/我看见许多红色的船帆——/其中——有一张船帆——是黑色”[①]。由此可见，茨维塔耶娃对黑白两色的理解与传统上的理解相同。此处红色的船帆与黑色的船帆，喧哗、热闹与沉默形成鲜明的对比，在生与死的对立中诗人揭示出女主人公的悲惨命运，也突出强调了女主人公所具有的强大精神力量。

在组诗中，黑色是诗人经常用来形容阿赫玛托娃的词语，例如，“自己的夜”、“黑色的珍珠”、“在碎花的黑头巾下”、“由于痛苦而变黑的眼睛”等等。仔细研读组诗作品，我们会发现，茨维塔耶娃并没有继续使用黑色的传统意义，而赋予新义。这里黑色代表正面、积极的内容，表示充实、完满之意，与诗人给予高度评价的东西紧密相连；而白色则与之相反，代表反面、消极的内容，表示空虚，毫无热情。在茨维塔耶娃笔下，围着黑色头巾的女主人公徘徊在圣三一学院旁，默默地、虔诚地祈求着什么。“黑色头巾”使她明显区别于身边的人，还代表着某种希望。组诗中，我们仿佛看到在监狱外排队等候见儿子的阿赫玛托娃的身影。她那“由于痛苦而变黑的眼睛”依然闪烁着生命之光。这样的描写使黑色与白色获得了个性化的释义。组诗中黑色与白色的对比还代表着空间的某种对立。当空间与白色联系在一起时，它显得苍白、无力，平淡无味，而黑色相反，它体现着充实而强烈的一种力量。诗人这样吟诵道：“哦，你，白夜肆无忌惮的产物”。[②]“在我红色的克里姆林宫上空，/你把自己的夜向四方扩张”。[③]这里我们看到，“白夜”把读者引向了彼得堡，而黑夜则把人们的视线转向了莫斯科。白夜与黑夜的对立，彼得堡和莫斯科的对立说明，茨维塔耶娃深深体会到了莫斯科与彼得堡之间的隔阂，在她的意识里，阿赫玛托娃恰好是她视为异己世界的代表者。

茨维塔耶娃是位纯粹的抒情诗人，她始终在丰富的内心世界里寻找着符合理想的诗意。在塑造阿赫玛托娃形象时，她也在表达着自

① 茨维塔耶娃：《茨维塔耶娃诗集》（修订本），汪剑钊译，东方出版社，2011年，第100页。

② 同上，第99页。

③ 同上，第95页。

身对外界喧嚣世界的认知与理解，因此可以说，抒情组诗《致阿赫玛托娃》就是“茨维塔耶娃对自己、对时代、对历史的一种独特的书写”[①]。

4

帕斯捷尔纳克晚年在回答记者提问时说道：“我认为茨维塔耶娃是属于高层次的诗人，她从一开始便是位已经成熟的诗人。在那笨嘴拙舌的年代，她已经发出了自己的声音，个性的、经典的声音。这是一个有着男性心灵的女人。同日常生活的斗争赋予她以力量。茨维塔耶娃寻找并且达到了完美的清晰度……茨维塔耶娃死了，这是我一生中最大的一次悲伤。”[②] 的确，茨维塔耶娃的诗歌创作可谓独树一帜，发出了属于自己的声音，表达了内心深处的想法。无论是对自由的理解和追寻，还是对生与死的阐释读者都可以在那一篇篇诗作之中寻找到它们的踪迹，从中发现茨维塔耶娃自己的“声音”。

勃洛克是俄国象征主义诗人，在俄罗斯文学史中占据举足轻重的地位。茨维塔耶娃和勃洛克无论是在年龄、生活的城市，还是社交圈子等方面，几乎都没有交汇点。勃洛克年长茨维塔耶娃十岁，生长在彼得堡，而茨维塔耶娃则是十足的莫斯科人。茨维塔耶娃只在1920年莫斯科举办的勃洛克诗歌朗诵会上见过后者，不过两次。可是茨维塔耶娃却非常理解勃洛克和他的创作，非常钦佩他的诗歌天赋。1916年到1921年间茨维塔耶娃为勃洛克写了数首献诗，并在诗人辞世后将它们集结成组诗，即《致勃洛克》。

茨维塔耶娃认为，亚历山大·勃洛克是和普希金一样伟大的诗人。在她眼中，勃洛克的创作是自己永远无法企及的高度，对他她只能崇拜和景仰，在此意义上，她献给勃洛克的诗章就是对其诗歌崇拜、赞美的表现。

① 余献勤：《茨维塔耶娃组诗中的勃洛克形象》，《解放军外国语学院学报》，2009年第5期，第107页。

② 茨维塔耶娃：《刀尖上的舞蹈：茨维塔耶娃散文选》，苏杭译，广西师范大学出版社，2012年，第9页。

在组诗的开篇，茨维塔耶娃从勃洛克的名字写起，接下来利用若干诗节分别描绘了勃洛克的形象、他的死亡与复活。在这一过程中，对诗人的死亡以及“复活”的描写成为茨维塔耶娃表达情感的重点。在第一首诗中，茨维塔耶娃并没有直接说出勃洛克的名字，而是通过三个诗节的描写分别从视觉、听觉和触觉等角度描摹诗人的名字，诗句中的小鸟、冰凌、小球儿、银铃等一系列形象正是女诗人对勃洛克名字的感知：“你的名字是捧在手心里的小鸟，/你的名字是含在舌头上的冰凌，……是在碧空中接住的小球儿，/是衔在口中的银铃。”[①]在第二诗节中，则通过石头投进池塘的声音、马蹄的嗒嗒声、扣动扳机时发出的清脆响声等形容勃洛克名字的音响效果，第三诗节则是触觉角度的描写，对双眸的亲吻、对白雪的亲吻以及清泉的凛冽等都成为喊出勃洛克名字时的感受与体验。从组诗的第二首开始，茨维塔耶娃逐渐展开对诗人形象的描写。在诗人的想象中，勃洛克首先是一个“温柔的幻影”，是一个骑士无疑。在风雪飘摇、寒风凛冽的黄昏出现了一个可爱的幻影：“在灰濛濛的暮霭中/你伫立着/身着一袭雪白的披风。”[②]他在晚霞的熠熠光辉中向着太阳西沉的方向走去，走过女主人公的窗前。茨维塔耶娃仿佛在讲故事一般，通过女主人公之口讲述着她的勃洛克形象。此时的男女主角成了“我”和“你”。在“我”与“你”的对话中，茨维塔耶娃表达着对骑士的感情：“冷漠的人，你从我的窗前走过，/在寂静的雪地里徜徉，/我的壮美的上帝的虔诚者，/你是我的灵魂的静谧的光芒！”[③] 由此可见，勃洛克在茨维塔耶娃的心目中占有极高的地位，他像神一样。在诗人笔下，黄昏、暮霭、白雪等构成骑士存在的时空。诗人用“向太阳西沉的方向走去”暗指诗人的死亡事实。接下来，在组诗的第六首中出现了象征着葬礼的“三支蜡烛”。女主人公眼中的烛光是摇曳的，“寄托着迷信的悲思”。在黑衣神父的诵读中，在闲散的人们的踯躅中，死去的诗人安息了。茨维塔耶娃正是通过嘈杂与安静的对比，揭示出“诗人之死”的原因：他被日常生活和庸碌的尘

① 茨维塔耶娃：《致一百年以后的你：茨维塔耶娃诗选》，苏杭译，广西师范大学出版社， 2012年，第37页。

② 同上，第38页。

③ 同上，第40页。

世所谋杀，而世界给他的仅仅是“三支蜡烛”。“大家都认为他是个奇人！/然而却逼迫他致死，/如今他死了。永世死了。/——哭泣吧，为死去的天使！”[①] 在茨维塔耶娃的诗作中，诗人与愚昧者的矛盾是一对主要矛盾。此外，诗人的形象总是与鹰、天使、天鹅等带有翅膀的形象相联系。她认为，“诗的天赋会让一个人长上翅膀，带他超越尘世的浮华，超越时空的界限，赋予他驾驭大脑和心灵的奇妙威力”[②]。在《致勃洛克》中，勃洛克就是长着翅膀的天使、发出最后悲鸣的天鹅。

勃洛克个人的死亡已然得以上升为“诗人”之死，勃洛克成为全体诗人的代表，他拥有一颗“圣洁的心灵”。对于诗人而言，尘世是异国他乡，而他真正的故乡应该在彼岸。他在那里称王，“在那里他应有尽有：有领地，有慈母，/有粮食，还有队伍。”[③]最重要的是，那里没有死亡。

茨维塔耶娃从组诗的第十二首诗开始描写“诗人的复活”。在人们的嘈杂声中死去的诗人暗暗地为即将到来的复活而庆祝。对于热爱勃洛克的女主人公而言，诗人的肉体虽然变得僵硬，但是灵魂却可能留在了人间，转化为新的生命而复活：“既没有召唤，也没有言语，——/仿佛工人从屋顶上失足跌落。/你再次到来，也许，/正在摇篮里独卧？……是哪一位普普通通的妇人/正在摇晃着你的摇篮？”[④] 女主人公“我”踩着诗人的足迹，踏上了巡回查访之路，满怀希冀，盼望着诗人的重生。在这里，死亡的阴影并没有阻挡住诗人的复活，对诗人精神的追随与承继战胜了死亡的恐怖。通过这种描写茨维塔耶娃突出强调了诗人精神的崇高与不灭。

总体说来，在组诗《致勃洛克》中，茨维塔耶娃通过对勃洛克的死亡与复活的描写表达了对他的热爱之情，呈现出对勃洛克的独特理

① 茨维塔耶娃：《致一百年以后的你：茨维塔耶娃诗选》，苏杭译（桂林），广西师范大学出版社，2012年，第42页。

② 阿格诺索夫：《20世纪俄罗斯文学》，凌建侯等译，中国人民大学出版社，2001年，第252页。

③ 茨维塔耶娃：《致一百年以后的你：茨维塔耶娃诗选》，苏杭译，广西师范大学出版社，2012年，第46页。

④ 同上，第49页。

解。对诗人而言，勃洛克不仅仅是一个人，他还代表着千千万万个诗人，而勃洛克的死也相应地成为不容于社会的“诗人之死”的体现。他们的肉体虽然消亡，而其精神却会长存。

黑格尔在《美学》中曾指出：“艺术家应该从外来材料中抓到真正有艺术意义的东西，并且使对象在他的心里变成有生命的东西。”①对于茨维塔耶娃而言，外部世界中的悲欢离合、生与死等都是她获得创作灵感的源泉。在创作中，她绝对忠实于自己的心灵与情感，在诗歌创作中表现出最大的真诚，通过引用历史、神话故事、传说等将自己的情感、感受与体验等一一展现在读者的眼前。

通过对《莫斯科组诗》和《致阿赫马托娃》的分析，我们看出茨维塔耶娃对故乡莫斯科的深厚感情，看出她的莫斯科的古老与神圣，解读出茨维塔耶娃对阿特马托娃精神的个性化认识，掌握了茨维塔耶娃对“自由”与“死亡”的理解与认识。

茨维塔耶娃以无限的真诚呈现了自己的日常生活和精神生活，用全部的生命诠释了一位诗人肩负的责任与使命。（曹海艳，赵梦雪，荣洁）

① 黑格尔：《美学》（第一卷），朱光潜译，商务印书馆，1979年，第365页。

第三章 茨维塔耶娃长诗创作主题研究

有“20世纪第一诗人”（布罗茨基语）之称的玛丽娜·茨维塔耶娃无疑是一颗明星，即便是在白银时代这片璀璨的星空中，她的光芒也丝毫不能被遮掩。她并不属于哪个星系，而是独自明亮着，独在一隅，因为爱而美丽，因为苦难而神圣。在历史的长河中，49年短到可以忽略不计，而1892—1941年，却因为有了茨维塔耶娃的存在而永生。

1910年，18岁的茨维塔耶娃出版了诗集《黄昏纪念册》，这部处女作即以其真诚和独具一格而轰动诗坛，此后，她的抒情诗创作日臻成熟，并成为她独特的“灵魂日记”，留下不少传世的经典之作。

茨维塔耶娃在家庭浓郁的艺术氛围中，继承了父亲热爱事业的顽强精神，受到了母亲热爱音乐的熏陶，她饱读俄罗斯诗人的作品，接触德国浪漫主义的经典，在灵魂深处滋生了终生不衰的浪漫主义精神。茨维塔耶娃一生的创作中有着充溢的灵感和丰富的想象力，以灵魂深处终生不衰的浪漫精神抒写自己内心世界的情感波澜：生命、死亡、爱情、友谊、艺术、自然、上帝……天才的洞察力来源于生活，而生活的穷困和思想的孤独却让诗人长期饱受物质与精神的双重危机，终以自缢结束生命：“她等待刀尖已经太久！”

别林斯基曾说，思想是诗歌的灵魂，是诗歌的激情。思想即指主题。主题是一部作品的中心思想或支配性观念，具有从意义上整合作品的作用。俄国形式主义学派的托马舍夫斯基认为，“在艺术过程中，各个单独的语句根据各自的意义彼此组合起来，形成一定的结构，在这样的结构里由一种思想或共同主题把语句联系在一起。一部作品中各个具体要素的含义结构构成一个统一体，这便是主题”[①]。

在茨维塔耶娃一生的创作中，自然、爱情、生命、死亡、上帝、祖国等主题是其艺术思想的主要表达。早期的抒情诗纯净透明，呈现一种特别的真实性。在诗人的艺术世界中，爱情是一种自然力，是宇宙的第五大元素。茨维塔耶娃于1923年写给帕斯捷尔纳克的诗《联系之线穿越梦境》（收录于《黄昏纪念册》）中，借助于穿越时空的电线传递对远隔万里的他的爱意（电报似的语言穿越电线：我—爱—你），是诗人心中的情感转化为这汹涌的诗篇；同年的诗作《信步漫游——不是修房子的木匠……》中诗人对平凡爱情易逝的无望，开始偏爱永恒的精神之恋（跟该诅咒的床单离别/临别时的宠儿偷偷潜入夜晚的秘密……是否接受我更热情/是否接受我更甘甜/处处听见——我的叹息/时时听见——我的誓言！）；在1925年的献诗《距离：俄里，海里……》中，诗人超越世俗世界的羁绊，追寻着永恒的心灵之恋（墙壁和沟壕/把我们驱散，仿佛驱散诡谲的鹰：俄里，海里……把我们塞进宽广大地丛生的荆棘）。这几首抒情诗都是茨维塔耶娃给心灵爱人帕斯捷尔纳克的献诗，诗人通过一首又一首的诗在不断地阐释自己心中理想的爱情——超越距离、战胜世俗的理想之爱。

安德烈·别雷在《文化的危机》一文中写道：“爱情的顶峰是死亡与黑夜”，茨维塔耶娃也受到这种气氛的熏陶与感染。诗人早期的死亡主题是其旺盛甚至过剩的生命力的反映（例如《你踟躇着，挺像我的身影》）。在《莫斯科组诗》中，开篇从她的长女（爱情的结晶）的诞生写起：“我举着你，最好的负担……”；在写爱的时候顺便拨起了死亡的琴弦：“在这座宁静的城市里/就是死后的我——/也会快乐……”；组诗的第二、三、五首诗中主导旋律依然是爱情；在第七首诗中出现了死亡与新生的交织：“在钟鸣、红字的圣约翰日，/我降临人世……”；“我也在想，有那么一天/我也会厌倦敌人，也会厌倦朋友……”，诗中的Я代表诗人，敌人、朋友代表外部世界。《莫斯科组诗》实现了爱情、死亡、新生主题的交替，同时也展现了诗人与外部世界的矛盾。组诗《致勃洛克》是茨维塔耶娃对诗人（广义）的颂歌，爱情、创作与死亡三种

① 托马舍夫斯基：《主题》，选自托多罗夫的《俄苏形式主义文论选》，蔡鸿宾译，中国社会科学出版社，1989年，第234页。

主题交织呈现，死亡成为通向上帝道路的唯一途径。

茨维塔耶娃的诗以生命与死亡、爱情与创作、时代与祖国等为主题，被誉为不朽的、纪念碑式的诗篇。然而，抒情诗人茨维塔耶娃在长诗和散文创作方面，也为我们留下不少佳作。她的长诗创作具有重大意义，但目前在国内鲜有研究。她一生共写就21部长诗，时间跨度从1914年的第一部长诗《魔法师》到1936年的《公共汽车》，应当说，长诗写作是在她创作的高峰时期进行的。长诗主题与抒情诗一脉相承，更加深刻地阐释了其创作主题和创作特征。

1

俄罗斯对茨维塔耶娃长诗的研究，大约可以分为三个阶段：同时代人视野中的茨维塔耶娃长诗；20世纪30—80年代的茨维塔耶娃长诗研究；20世纪90年代至今的茨维塔耶娃长诗研究。

同时代人视野中的茨维塔耶娃长诗

1922年茨维塔耶娃开始侨居国外。她在布拉格的《挪亚方舟》杂志上发表了长诗《终结之诗》。1925—1932年间茨维塔耶娃在布拉格的《俄罗斯意志》上发表了长诗作品《捕鼠者》、《阶梯之诗》、《房间的尝试》、《红色牛犊》、《大气之诗》；在巴黎的《里程碑》杂志上发表了《山之诗》、《自大海》、《新年书简》。侨民界对她的作品褒贬不一，有人对其评价颇高，有人大肆诋毁。高尔基评论《终结之诗》是“毫无人性地对待俄语”[①]。布宁和吉皮乌斯也尖锐地批评茨维塔耶娃的作品精神匮乏、太过随意。而另一些评论家、作家则对茨维塔耶娃的诗歌赞誉有加。马克·斯洛尼姆在《俄罗斯文学的十年》一文中评论说：“茨维塔耶娃的诗歌充满激情和灵动，这些特点在她近十年的创作中表现得非常突出。”[②] 斯洛宁在为《山之诗》写的书评中他简要论述了

① 《高尔基和苏联作家——未发表的通信集》（М. Горький и советские писатели. Неизданная переписка），苏联科学院出版社，1963年，第301—302页。

② 斯洛尼姆（Слоним М）：《俄罗斯文学十年》（Десять лет русской литературы），《俄罗斯意志》，1927年第10期， 第75页。

茨维塔耶娃创作的主要特征，通过对每一诗句的语义分析来揭示作品的主题内涵。1941年安娜·阿赫玛托娃重读《大气之诗》后，写道："玛丽娜采用了玄妙的语言……在诗歌的框框中她已感到窒息……单一的诗歌元素对她来说太少，于是她大胆的追求一种又一种的诗歌元素。"阿赫玛托娃客观地指出了这一时期茨维塔耶娃创作的本质特征。同时代人的评论多限于对茨维塔耶娃长诗作品诗学语言特征的简要分析，而疏于对作品思想主旨的揭示。

20世纪30—80年代的茨维塔耶娃长诗研究

20世纪30年代中期至50年代之前这段时间，茨维塔耶娃被"冰封"，俄罗斯境内外均没有出版发行过茨维塔耶娃的作品，也没有评论茨维塔耶娃的成果问世。

对茨维塔耶娃的真正研究始于60年代中期，长诗研究也处于起步阶段。1968年，茨维塔耶娃研究的先行者维·伊万诺夫在《玛丽娜·茨维塔耶娃长诗〈终结之诗〉中的音步和节律》中，重点分析了作品的音步和节律。1977年，奥·列芙季娜从语义结构的视角切入研究《终结之诗》，写了《玛丽娜·茨维塔耶娃〈终结之诗〉的语义结构》一文。文章分析了长诗中古老语义的对立和发展以及对立中的意义转换。

1979年著名诗学研究专家加斯帕罗夫在《试析玛丽娜·茨维塔耶娃的〈大气之诗〉》一文中，分33个部分分析了这部长诗的主题和艺术特色，阐述了诗人对高空的向往、对理想诗歌王国的永恒追寻："第七层大气——没了大气。大地。思想世界在大地之外"，揭示了诗人的死亡观："死亡不是终结，而是新生命的开始。"谈及茨维塔耶娃的信仰时；作者指出茨维塔耶娃心中的上帝是一种绝对的生成，运动、变化、滑落，永远处于动态。该论文在对长诗文本深入解读的基础上，深入剖析了诗人的死亡观，揭示了诗人对高空永恒存在的向往，是80年代之前茨维塔耶娃抒情长诗研究的重要成果。

从20世纪80年代起，研究者开始较系统地梳理茨维塔耶娃的作品。俄罗斯茨维塔耶娃研究专家安娜·萨阿基扬茨，为诗人的生平与创作研究作出了卓越贡献。如：1984年整理出版的《长短诗·戏剧作品集》、1988年主编出版的同名作品集、1989年和1991年出版的《长短诗集》, 1994—1995年间她与姆努欣整理并注释的《茨维塔耶娃七卷本作品集》面世, 1999 年萨阿基扬茨完成了茨维塔耶娃研究中最重要的专著《玛丽娜·茨维塔耶娃 生平与创作》, "竭尽全力地再现出20世纪最重要的诗人之一茨维塔耶娃的生活和创作道路"[①], 深刻全面地展现了诗人跌宕一生的日常生活和精神生活, 将茨维塔耶娃生平与主要作品的分析融为一体, 勾勒了诗人日臻完美诗艺的发展轨迹, 呈现了茨维塔耶娃诗学世界形成的全过程。这为以后的茨维塔耶娃研究(包括长诗研究)提供了最翔实的材料。

90年代至今的茨维塔耶娃长诗研究

90年代苏联解体后, 人们开始重新审视、重新解读20世纪苏联文学遗产。在这个大环境下, 茨维塔耶娃长诗研究进一步升温, 进入平稳发展的阶段, 呈现出纵深化、多元化的特点。

1990年苏联文化基金会决定成立茨维塔耶娃故居博物馆文化中心。正值1992年茨维塔耶娃百年诞辰之际, 茨维塔耶娃故居博物馆正式开馆。博物馆内藏有大量关于茨维塔耶娃研究的重要资料, 而且博物馆连续多年主办茨维塔耶娃研究的国际研讨会并出版文集, 这为笔者的长诗研究提供了不可多得的史料。故居博物馆于1994年主办的第二届"茨维塔耶娃国际学术研讨会"以《大气之诗》为主题召开, 并出版了《茨维塔耶娃的〈大气之诗〉会议论文集。俄罗斯境内外茨维塔耶娃研究的学者们分别从《大气之诗》的主题思想、诗学手段、结构特征、文化意蕴以及长诗中的现代主义因素等多方面进行深入探讨, 拓展了茨维塔耶娃抒情长诗研究的视角, 为长诗研究提供了丰富的材料。

茨维塔耶娃研究者逐渐不再局限于诗人生平与创作的研究、长诗的主题研究等传统角度, 而是从更多样化的角度发掘茨维塔耶娃长诗的魅力。对茨维塔耶娃长诗进行宏观研究的有: 日利佐娃(Жильцова, В.)的《茨维塔耶娃抒情诗和长诗中的破折号研究》; 哈伊莫娃(Хаимова, В.)的《普希金浪漫主义长诗基础上的茨维塔耶娃抒情长

① 萨阿基扬茨(Саакянц А. А.):《玛丽娜·茨维塔耶娃生平与创作》(Марина Цветаева: Жизнь и творчество), 莫斯科, 埃利斯—拉克出版社, 1999 年, 第5页。

诗》、《茨维塔耶娃抒情长诗：时间和空间的诗学》、《马雅可夫斯基与茨维塔耶娃抒情长诗中的时间空间诗学》、《茨维塔耶娃与马雅可夫斯基诗歌语言修辞特色研究（以长诗为例）》；娜塔莉娅·什列莫娃《茨维塔耶娃长诗中的爱情哲学》等。

除此之外，针对单部（或两部）长诗的研究数不胜数：例如，米特拉法诺娃（Митрофанова, Ю.）撰写的文章《茨维塔耶娃〈终结之诗〉中的联想叙事原则和矛盾》。对联想关系的研究本身是很有意义的，但是没有涉及茨维塔耶娃联想关系的特点研究成果，尤其缺乏整体上对语音联想的研究，没有揭示茨维塔耶娃长诗的体裁特征；科林格（Клинг, О.）的《玛丽娜·茨维塔耶娃〈大气之诗〉的象征主义解读》通过分析《大气之诗》中的象征主义元素，从而揭示茨维塔耶娃抒情长诗与现代主义思潮流派的相交融合。鲜有学者对比研究茨维塔耶娃抒情长诗和同时代诗人的抒情长诗，类似的研究有奈曼的《阿赫玛托娃〈没有主人公的长诗〉和茨维塔耶娃〈大气之诗〉关系研究》。

据笔者搜集资料统计，近二十年来俄罗斯关于微观研究茨维塔耶娃单部（或两部）长诗的文章共有100余篇，较为集中地研究了20世纪20年代诗人创作鼎盛时期的长诗作品。这里就不再一一分析。我们注意到，关于1926—1927年长诗的研究论文甚少，尤其是长诗《自大海》和《房间的尝试》，而这两部长诗对于理解茨维塔耶娃艺术哲学、把握诗人创作道路的规律是非常重要的。

有些学者延续了对诗人生平创作进行研究的传统视角。1992年施维采尔的专著《玛丽娜·茨维塔耶娃的日常生活与存在》主要分析了“布拉格”长诗的创作背景，探讨茨维塔耶娃精神世界与现实生活的矛盾冲突，还讲述了茨维塔耶娃和罗泽维奇之间的爱情故事以及他们的回忆录和书信。

这一时期，对20年代茨维塔耶娃长诗进行宏观研究的博士论文和著作相继面世。1990年科尔金娜的博士论文《玛丽娜·茨维塔耶娃的长诗抒情情节的统一性》是茨维塔耶娃长诗研究的重要专著。科尔金娜根据长诗情节和体裁的演进，将20年代长诗分为三组进行研究，探讨了20年代茨维塔耶娃长诗中统一的抒情情节，揭示了“茨维塔耶娃是单一主题（即不存在主题）诗人，她的诗学思想一直是围绕着不存在主题展开的”[①]。该著作对茨维塔耶娃长诗的抒情情节特征、抒情主题和创作动机做了颇有价值的研究，并得出结论：抒情长诗与抒情诗的主题一脉相承，这个主题（日常生活与存在的矛盾）的发展构成了统一的抒情情节，将茨维塔耶娃长诗组成一个连贯的组诗，在总体上反映了诗人诗学世界形成的过程。[②] 这部专著对茨维塔耶娃长诗的主题研究具有一定的借鉴意义。但是，这部专著并没有挖掘诗人日常生活与矛盾主题的世界观根源，对每组长诗的诗学特征的研究也较为浅显。

1997年奥西波娃的著作《20年代茨维塔耶娃长诗：艺术神话主义问题》从神话主义角度研究20年代茨维塔耶娃长诗，系统地研究神话因素在诗人艺术世界形成中的决定性作用，她认为，神话主义思维是茨维塔耶娃长诗诗学世界模式的基础。[③]萨巴列夫斯卡娅（Соболевская, Е.）也从类似的视角进行了研究，其著作为《〈山之诗〉和〈终结之诗〉中的神话诗学：组诗结构的音乐基础》、温茨洛娃（Венцлова, Т.）的《〈山之诗〉和〈终结之诗〉：旧约和新约》的研究也属此类范畴。

2001年斯科里波娃的博士论文《20年代茨维塔耶娃抒情长诗：诗学与体裁的演进》阐述了诗人诗学世界观的形成，深入分析了20年代抒情长诗的诗学特征；通过对抒情长诗体裁演变进程的考察，揭示了茨维塔耶娃抒情长诗中艺术整体性的构建模式，分析了作品艺术世界的结构元素并阐明它们之间的相互作用。研究最终回归到：长诗体裁形式的演变是对主题思想的某种呈现。斯科里波娃的博士论文是新世纪以来茨维塔耶娃长诗研究的又一力作。

欧美学者的茨维塔耶娃研究为这一领域注入了别样的声音。俄裔

① 科尔金娜（Коркина Е.）：《玛丽娜·茨维塔耶娃的长诗抒情情节的统一性》（«Поэмы Марины Цветаевой единство лирического сюжета»），莫斯科，1990 年，第17页。

② 同上，第18页。

③ 奥西波娃（Осипова Н.）：《20年代茨维塔耶娃长诗：艺术神话主义问题》（«Поэмы М. Цветаевой 1920-х годов: проблема художественного мифологизма»），基洛夫，维亚特卡国立师范大学出版社，1997年，第3页。

美籍诗人约瑟夫·布罗茨基是西方茨维塔耶娃研究的代表人物。他曾多次发表文章评论他眼中的“二十世纪第一诗人”。1997年《布罗茨基谈茨维塔耶娃：访谈录》一书在莫斯科出版，书中评论了茨维塔耶娃的抒情长诗《新年书简》，阐述了诗人的死亡观：死亡即意味着永生，在永生的世界去聆听诗人一生追寻的“天上真理的声音”。

我国茨维塔耶娃研究最重要的成果应该是荣洁的专著《茨维塔耶娃的诗歌创作研究》（黑龙江人民出版社，2005年）。作者对《山之诗》、《终结之诗》、《新年书简》等长诗作品做了分析和研究。徐曼琳在专著《白银的月亮——阿赫马托娃与茨维塔耶娃对比研究》（2011年）中对抒情长诗《终结之诗》、《山之诗》的主题思想做了简要阐述。《诗人的天空——茨维塔耶娃长诗创作中的存在与矛盾》（黄玫，2011）是国内首篇宏观研究茨维塔耶娃长诗创作主题的论文。全文分为民间童话诗、爱情与创作、第三空间和长诗的终结四个部分，分析了贯穿茨维塔耶娃长诗创作始终的统一主题——日常生活与存在的矛盾，提示了诗人对历史、对时代、对诗人命运的深思。

综上俄罗斯、欧美、我国学术界的茨维塔耶娃抒情长诗研究，我们可以将茨维塔耶娃抒情长诗研究分为两大类，其一，茨维塔耶娃抒情长诗的宏观研究，其中包括以长诗创作总体特征为研究对象的专著和论文；其二，茨维塔耶娃抒情长诗的微观研究，是指针对单部（或两部）长诗的具体研究。自茨维塔耶娃第一本诗集问世至今，俄罗斯对诗人单部（或两部）长诗的分析研究不胜枚举。研究者分别从茨维塔耶娃单部（或两部）长诗的创作背景、主题思想、艺术形式、语义结构、文化意蕴、哲学思考以及长诗与现代主义的交融等诸多方面进行研究。总体看来，茨维塔耶娃抒情长诗的研究是不够的。国内外茨维塔耶娃抒情长诗研究主要侧重对单部长诗的分析，而对长诗创作的系统化、整体性研究仍是或主题、或体裁、或神话因素的单一研究。无论是从长诗的体裁特征，还是长诗中的神话因素入手的宏观研究都是对针对长诗某方面特征的研究，这些研究也试图从体裁特征或神话因素来揭示长诗的主旨内涵，然而由于研究侧重于对体裁特征和神话因素的探讨分析，显然对主题思想的揭示是不够的。

2

在茨维塔耶娃短暂的创作生涯中，一共写了21部长诗。尤其是诗人在20年代创作巅峰时期的抒情长诗作品《山之诗》、《终结之诗》、《捕鼠者》、《阶梯之诗》、《房间的尝试》、《自大海》、《新年书简》和《大气之诗》，记录了她一生中最重要的事件，也揭示了她思想发展的轨迹。爱情和死亡，鄙俗的生活和崇高的精神，诗人与创作……这些长诗的主题与抒情诗一脉相承，或者说集中体现了抒情诗的艺术世界，并且因其篇幅的优势，对某些主题的揭示更加深刻。[①]

20世纪20年代是俄罗斯历史上最动荡的时期之一，茨维塔耶娃也不能摆脱时代加诸其身的困厄。贫困、孤独、流亡的国外生活中，诗人饱受精神和物质危机的折磨。“茨维塔耶娃的天才恰是在流亡中，在异国的真空中达到了最充分的发挥”[②]。现实的诸多痛苦和对理想王国的向往，日常生活与存在的矛盾贯穿诗人创作的始终，变为创作的法宝，成就了诗人最卓越的艺术作品。她的诗歌创作中对悲剧性矛盾的自我揭示，对自由不羁心灵的释放，她给俄罗斯诗歌带来前所未有的抒情深度和力度。她被诺贝尔文学奖获得者布罗茨基称为“20世纪最伟大的诗人”。

20年代茨维塔耶娃的抒情长诗创作达到顶峰。这些长诗，记录了她一生中最重要的事件，也揭示了她思想发展的轨迹，并因其炽烈的抒情艺术成为脍炙人口的名篇。20年代前半期的抒情长诗《山之诗》、《终结之诗》、《捕鼠者》、《阶梯之诗》集中展现了诗人心灵世界与现实生活的矛盾。《山之诗》和《终结之诗》记录了茨维塔耶娃和康斯坦丁·罗泽维奇短暂却热烈的浪漫史，揭示了诗人现实之爱与理想之爱无法交汇的悲剧爱情观。爱情易逝，爱人不会永恒，永恒的是世界，是不朽的创作，诗人悲剧的爱情观中也体现了诗歌与爱情的对立。《捕鼠者》、《阶梯之诗》是诗人为日常生活与诗歌之争所做的辩驳，在诗中诗人离开尘世，走向诗歌的理想王国，体现了诗人与那拖住她的污浊尘

① 黄玫：《诗人的天空》，《俄罗斯文艺》，2011年第4期，第49页。

② 同上，第78页。

世越来越强烈地对立和对彼岸世界的向往。茨维塔耶娃在1926—1927年的抒情长诗中，已从尘世的矛盾纠结中超脱，开始了理想诗歌世界的构建，无论是梦中的约会（《房间的尝试》、《自大海》），写给另一个世界的信（《新年书简》），还是飞向永恒存在（《大气之诗》）都是诗人从尘世超脱，追寻永恒存在的画笔。

爱情和死亡，鄙俗的生活和崇高的精神，诗人与创作，诗歌与世界…… 这些长诗的主题与抒情诗一脉相承，或者说集中体现了抒情诗的艺术世界，并且因其篇幅的优势，对某些主题的揭示更加深刻。茨维塔耶娃的八部抒情长诗统一体现了日常生活与存在的矛盾。茨维塔耶娃追寻和向往的“存在”是浪漫主义热烈追寻的理想王国，是象征主义倾心的神秘彼岸世界。

茨维塔耶娃在写给帕斯捷尔纳克的信中谈到单个的抒情诗与“大作品”的对比：“抒情诗是一个行为的不同瞬间。它是一条虚线，远观是黑色的、完整的，细看却全是不连续的，点与点之间是死亡的真空。您从一首诗读到另一首诗，就是在不断地死去。在书中（小说，或者长诗，甚至文章）都不是这样的……”[①] 诗人在这里谈到了抒情诗表达的不完整性，短诗是对行为某个瞬间的描绘，而不是整个行为或事件的全部呈现。诗与诗之间常常有着千丝万缕的联系，看似连续，却是中断的。加斯帕罗夫指出：“茨维塔耶娃成熟时期的诗歌没有结局，甚至没有结尾，它们是从开始处开始：诗的标题就给出折磨诗人的核心形象（例如，《倾斜》，第一行诗便进入形象，之后便开始一连串的明确和中断，因为无法穷尽。而如果原初的形象在此之后仍在继续折磨着诗人，则又开始一首新的诗歌，朝着新的方向，又有一系列成串的联想形象。”加斯帕罗夫指出了抒情诗中形象的中断性，诗人靠不断创作新的诗歌来延续未完成的形象，构成了一系列联想形象。抒情长诗体裁为诗歌核心形象的发展提供了更广阔的空间，长诗诗学结构的完整性实现了形象发展的艺术可能性与无限性。规模的宏大和诗学结构的完整性是抒情长诗体裁的一个显要特征。

20年代前半期四部抒情长诗中，可以明显发现诗人“心灵世界与现

① 茨维塔耶娃（Цветаева М.）：《茨维塔耶娃的艺术论》（М. Цветаева об искусстве），莫斯科，1991年，第383页。

实生活的矛盾”，具体体现为垂直之爱与水平之爱的矛盾、诗歌与世界的矛盾。

茨维塔耶娃性格桀骜，特立独行，她有着天生的诗歌才华，生性的激情和耀眼的理智，同日常生活的斗争赋予她以创作的力量，她是“一个有着男性心灵的女人”（帕斯捷尔纳克语）。茨维塔耶娃的缪斯取法于狄奥尼索斯精神，她的诗歌热情、炽烈，她的诗心永远向上，直线运行，一往无前。她的创作都是自己真实内心的情感流露，最初的抒情诗有着对自然的歌颂，对爱情的眷恋，还有对死亡的懵懂向往，她无畏于世俗，不顾及周围，专心于自己诗的书写。日常生活对于她完全是世俗的外部世界，是与诗歌相对立的世界，而诗歌的国度栖于高空，才是永恒的存在。从茨维塔耶娃渐趋成熟的诗歌中，我们可以感觉到，一个脆弱、激情的人在绝望地寻找着什么。20年代是俄罗斯历史上最动荡的时期之一，茨维塔耶娃也不能摆脱时代加诸其身的困厄。贫困、孤独、流亡的国外生活中，诗人饱受精神和物质危机的折磨。诗人的创作转向对痛苦和矛盾根源的艺术认知。“茨维塔耶娃的天才恰是在流亡中，在异国的真空中达到了最充分的发挥”[①]。诗人与她生存的世界互不相容，诗人与她所处的时代充满矛盾，现实的诸多痛苦和对理想王国的向往，日常生活与存在的矛盾贯穿诗人创作的始终，变为创作的法宝，成就了诗人最卓越的艺术作品。这一时期诗人的抒情长诗《山之诗》、《终结之诗》、《捕鼠者》、《阶梯之诗》、《房间的尝试》、《自大海》、《新年书简》和《大气之诗》对悲剧性矛盾的自我揭示，对自由不羁心灵的释放，她给俄罗斯诗歌带来了前所未有的抒情深度和力度。

《山之诗》、《终结之诗》——垂直之爱与水平之爱的矛盾

1924年创作的《山之诗》和《终结之诗》，记录了茨维塔耶娃和康斯坦丁·罗泽维奇短暂却热烈的浪漫史，揭示了诗人现实之爱与理想之爱无法交汇的悲剧爱情观。这两部抒情长诗中所呈现的诗人爱情观与抒情诗一脉相承，或者说集中体现了抒情艺术世界的爱情主题，并且因其篇幅的优势，对诗人悲剧爱情观的揭示更加深刻。《山之诗》标

① 利季娅·丘可夫斯卡娅：《寒冰的篝火 同时代人回忆茨维塔耶娃》，广西师范大学出版社，2012年，第78页。

志着一系列长诗创作的开端，它们体现着诗人非凡的激情或创作意志。

“山峰”是把《山之诗》和《终结之诗》联系在一起的核心形象。《山之诗》这一标题勾勒出茨维塔耶娃由大地向天空、由生活向存在的垂直诗歌世界。“山峰”是爱情的象征，它直冲云霄，是垂直方向的爱情形象，是通向理想精神王国之路，通过攀登，才能上升。长诗矛盾冲突的叙事性兼有浪漫主义的开头：《山之诗》是作者心理的自画像，建立在现实与理想的强烈对比之上，诗中有两个断面——水平方向的和垂直方向的。在诗人笔下，两个没有相爱的人互相扶持的登山，因为男主人公的爱情是水平方向的爱情，是尘世之爱，他内心羸弱，服从城市，厌倦高度，害了“高山”病。他无力跟上女主人公登山的步伐，他是爱情中的逃离者。而女主人公内心充满力量，渴望登高，她放弃了尘世间最宝贵的爱和爱人，选择了山峰，在攀登的路上她注定是个孤独的行者。男主人公是爱情中的“平民”，他胆小懦弱，自身就是矛盾的根源，却无谓地指责女主人公；她不接受道德的评判，她不喜欢“幸福的废墟”，而是选择决裂。两极间的差异却被不止一次地冲淡了，由于茨维塔耶娃情感的复调在发挥作用，内在辩证交织的情感，甚至在决裂的鸿沟处又变得不可分离，不可剥夺，“……我们彼此是心灵/今后……”，“……我们彼此是影子/今后……”。女主人公将男主人公升高到自身处，抬高、放大，让他看到上帝眼中的自己。男主人公获得了精神上的新生。女主人公说道：“给您希望，/唉，给你新生。”最后一次登山，是最后的尝试，最后的一线希望。在最后一次攀登中实现了男女主人公意外的最终汇合，在山上，水平线与垂直线相交融合了。决裂的痛苦带来了精神情感的暂时统一。通过死亡，通过下降，达到了瞬间绝对的爱情。本质的不同决定了他们的交汇只是短暂的一瞬，爱情的结局是分离，在茨维塔耶娃笔下，尘世之爱与永恒之爱永远是背离的。

在《山之诗》中冲突本质的现实主义和诗歌呈现的浪漫主义得到矛盾的统一。山峰是心灵和家园的象征，是爱情的象征，激情的巅峰，是人类关系中的绝对。茨维塔耶娃经常在“局部狭小的生活”中确立山峰的最高现实性。“山峰—天堂”的假设和“山峰—光秃秃的兵营小丘”的现实在茨维塔耶娃诗学中和谐交织，这种交织是对最高度概括的追求，这种概括在诗歌凝练的表述中不加掩饰地自然流露出来。

个人内心情绪最紧张的时刻是茨维塔耶娃长诗创作的源泉。（“生活被夸大/在死亡的时刻。”）逐渐地，抒情体验成了全部内容。（“山峰在悲悼，它终成烟雾/现在是世界和罗马！”）诗中的矛盾冲突决定了结构的广阔性，而这种广阔性是通过个人与社会历史的相互关系来达到的。（“所有的长诗/都那样描写山峰”）高度的具体化和本质的象征性相结合成为长诗的特点。认知的激情决定了茨维塔耶娃抒情诗体裁的演变，催生了新的艺术结构。如果说《山之诗》完成了从抒情叙事长诗向抒情长诗的体裁转变，那么《终结之诗》则是一首完全意义上的抒情长诗。

在《终结之诗》中，茨维塔耶娃再次描写最后一次相见，记录下的是两颗心分离的时刻，揭示的是男主人公水平方向的爱（尘世之爱）与女主人公垂直方向的爱（从尘世超脱，走向永恒存在的精神追求）无法相合的悲剧。（“在我们的漂泊中/在渔夫的情谊中/起舞——不哭/在死亡的灰烬中/和歌声中藏匿/在漂泊的情谊中。”）诗人对于爱情的态度“不像凡间的女子”（茨维塔耶娃），她不属于尘世，诗人的天赋守护着她，她拥有“非此间漂泊的情谊”，宁愿放弃幸福做诗人，而不愿只有“空的，会逝去的爱情”。“激情是什么？——已经老去/这就是激情——我的笔！”爱情易逝，爱人不会永恒，永恒的是世界，是不朽的创作，茨维塔耶娃悲剧的爱情观体现了诗歌与爱情的对立。“《山之诗》是一张男人的脸，一开始就很热情，很快就达到高音，而《终结之诗》则是已经爆发的女人的痛苦，滚滚的泪水，当我躺下时，我是我；当我起床时，我已不再是我！《山之诗》——是一座从另一座山上所看到的山。《终结之诗》——是我身上的一座山，我在它的下面”[①]。

从《山之诗》到《终结之诗》的路，是茨维塔耶娃从浪漫主义向戏剧性现实主义转变的道路，从再造的艺术能量向外部世界与内部世界相互依存状态过渡的道路，从注重浪漫主义腔调（“让我在山峰之巅/把痛苦歌唱”）向日常具体事物（“商业秘密”、“舞会的粉末”）确定性转变的道路。茨维塔耶娃经历了理想与现实的冲突，试图用理想来检验现实，通过自身内部的情感，来揭示客观的现实。

① 《抒情诗的呼吸 一九二六年书信》，刘文飞译，上海译文出版社，2011年，第114页。

《捕鼠者》、《阶梯之诗》——诗歌与世界的矛盾

《捕鼠者》是一部抒情讽刺长诗，它取材于德国中世纪的传说。茨维塔耶娃将长诗的体裁定为抒情讽刺诗。自古希腊罗马文化和古典主义的盛行开始，艺术理论家就将讽刺视为抒情诗的一种类型，这类抒情诗中带有对人类社会弊病的讥笑讽刺意味。长诗《捕鼠者》富含有形形色色的笑，同时整个作品中也洋溢着感情与灵感的抒情情调，讽刺的睿智与抒情诗的生命力完美结合，因此称之为抒情讽刺诗。“首先，这是讽刺作品的挖苦腔调，这一腔调将描述浓缩到了荒谬的程度，这样一来，还与之平行地将表达的激情推至极端……”

茨维塔耶娃将哈默尔恩城肥硕健壮的公民与抒情纯粹的诗歌世界加以对比，把自己的欢乐与痛苦，爱情与憎恨转化到诗作中，是诗人为日常生活与诗歌之争所做的辩驳。日常生活背弃对诗歌的承诺，诗歌对其进行了报复。日常生活与诗歌的战争是诗人日常生活与精神存在矛盾的一块缩影，“对于理想王国的不懈追求使得诗人与那拖住她的污浊尘世越来越强烈地对立”[①]。彼岸世界更美好其实是诗人借吹笛人之口道出了自己的向往。

现实生活的贫困、昏暗不断地激发着茨维塔耶娃创作的能量。《阶梯之诗》中的楼梯，既是日常生活的楼梯，又是生存意识的象征。破旧的楼梯摇晃不稳，痰迹斑斑，可怜的穷人们上楼下楼，楼梯都产生震颤。阴暗的楼梯每天受到两次惊扰，还要忍受脚步、咳嗽、垃圾、臭味的侵袭。这座楼梯是“真实生活”的象征。终于迎来宁静的夜晚（只有夜晚从彼岸给心灵传播新号），事物的本质只有在夜晚才能呈现，这是物体解放的变形环境（物品想自我表白/尽情倾诉/各种词汇冲击/物体想挺身站立），这些可怜的物体以何种方式实现他们的造反呢？熊熊大火，“袅袅轻烟向上，向上！”楼梯恍惚间变成了三种相互重叠的意象：贫寒楼房里“阴沉沉的楼梯”，同时又是《圣经》里雅各梦中出现的天梯——一端在地上，一端通向天庭：“沿着有人沉睡的梯子/彩虹升起——复又落下……”同时，它还是熊熊燃烧的楼梯。因为长诗中的火灾，从一方面说，完全是现实生活中真实的火灾，是小孩子玩火引起

① 黄玫：《诗人的天空》，《俄罗斯文艺》，2011年第4期，第46页。

的火灾(母亲到邻居家串门/忘记了藏起火柴盒),但是这场火灾象征性的、拯救性的一场大火,为了另一种生存烧毁现有的不合理世界,正是在大火中孩子们回归到自然的状态。

在《捕鼠者》和《阶梯之诗》中,“离开”现实的生活是它们共同的主题,捕鼠者将老鼠和孩子们带往印度的天堂,楼梯将物体带向黑夜的大火获得新生。长诗中的印度和黑夜是彼岸世界的象征,是超越死亡开始新生的象征。

爱情是茨维塔耶娃生命的一部分。每一次恋爱时的激情,每一段爱情后的失落都能激发茨维塔耶娃写作的能量,赋予诗人创作的灵感。诗人不要尘世的爱恋,而追寻永恒的精神之爱,她的爱情观从根本上源于诗人对尘世的鄙夷和对诗歌理想王国的向往。在长诗《捕鼠者》和《阶梯之诗》中深刻地揭示了诗歌与世界的矛盾,诗人宁愿离开尘世,选择死亡,在死亡中进入天堂获得永生。日常生活与存在的矛盾使得诗人与世界格格不入,她的诗歌世界围绕这一主题展开,尘世之爱与永恒之爱的矛盾、诗歌与世界的矛盾都是日常生活与存在矛盾的缩影,这一主题的发展构成了统一的抒情情节,并在总体上反映诗人诗学世界的形成过程。

1926—1927年的四部抒情长诗中,诗人主要在进行“理想世界的构建:走向永恒的存在”,诗中的理想世界呈现为梦境、死亡的第三空间,高空的永恒。诗人从“矛盾于心灵世界与现实生活之中”到“构建理想世界,走向永恒存在”的超脱。对理想世界的向往、对永恒的追寻其根本源于心灵世界与现实生活的矛盾,矛盾纠结终究让诗人无可忍耐,带着对现实生活的失望与放弃,诗人最终迈向了心中的理想王国。

茨维塔耶娃在写给捷斯科娃的信中写道:“我不喜爱原样的生活,对于我来说,生活——只有变形的生活、亦即艺术中的生活,才会开始有意义,即获得意义和分量。”[①] 20年代末,茨维塔耶娃长诗中的抒情之“我”,丢开现实,沉浸在自己内心理想世界的构建中,开始追寻永恒的存在。这一时期的四首抒情长诗《房间的尝试》、《自大海》、

① 茨维塔耶娃:《抒情诗的呼吸 一九二六年书信》,刘文飞译,上海译文出版社,2011年,第353页。

《新年书简》、《大气之诗》都是围绕“永恒的存在”主题展开的。是1926年夏天茨维塔耶娃、帕斯捷尔纳克、里尔克之间书信往来友谊的结晶。前两首是写给帕斯捷尔纳克的，后两首和里尔克的形象相关。

《自大海》、《房间的尝试》——梦中的约会

茨维塔耶娃创作长诗《自大海》和《房间的尝试》的动因是帕斯捷尔纳克的信，在信中诗人描述了两人梦中的约会。梦境是茨维塔耶娃诗歌世界的重要元素之一，早在诗集《黄昏纪念册》中就有了梦中约会的情景（“不，我祈祷，上帝啊/把我的梦带给他！”）。在茨维塔耶娃的抒情长诗中，梦的形式将客观世界纳入抒情主人公的意识中。梦的主题是主导，决定着情节，决定着抒情矛盾发展的逻辑，决定着诗人的风格。在茨维塔耶娃的长诗中完全是梦境的重建，逗留在梦境中，客观现实随之消逝。在《房间的尝试》中“梦”的主题被很详细的阐释（从“在眼皮底下遗失某种，过去的某种”到“在第一个梦里，你垂下眼帘，我和你……”）而且直接地出现在《自大海》中（“从我的梦里调到你的梦里。梦见我。清晰吗？……”到“让我们入睡吧……这不是共同的梦，而是相互的梦：在上帝那里，在彼此心里……看得见的出口”）。这个相互梦见、相互交流的主题通过梦与“你做梦，梦见你”相呼应。

《自大海》是一部小型长诗，写于圣吉尔，原题为《代书信》，是关于诗人与帕斯捷尔纳克的梦中会晤。两位诗人在梦境中与大海嬉戏，分享童年的回忆和关于时间的思想。在长诗的前几个诗行中出现了相反方向风的汇合，这在现实中是不可能的（“北方-南方”），而女主人公正是被它带往过去的那个梦中，诗中的男主人公在那个梦里醒来，并把这个梦告诉了女主人公。诗人在梦中称呼收信人为“你”（“我从自己的梦/跳向你的梦”），这是志同道合、心灵相通、爱情平等的“你”。长诗的基调逐渐由欢乐的情感转变为面对大海的恐惧。茨维塔耶娃不喜欢大海，甚至害怕它：唯一的安慰是入睡和梦。长诗的结尾出人意料：梦的结局，也就是叙述结束时，在男主人公的视野之外，女主人公的面部特征变成了风景画描写（“眉毛？不对，车轭/出路隐现——在视野”）。

茨维塔耶娃梦想着与里尔克面对面的交流，但是梦中约会时，站在主人公面前不是真实的人，而是具有一系列新特征的诗歌形象：抒情之“我”有着“性情的自由停顿”，“竖琴”，古老的字母硬音符号和软音符号组成了他的脸庞，等等。茨维塔耶娃一直把里尔克看作德国的俄耳甫斯，视他为诗魂，诗歌的化身。与其说这部长诗是梦想着与里尔克的见面，不如说是茨维塔耶娃对诗歌世界的憧憬，与诗歌的梦中约会。

起初，《房间的尝试》是茨维塔耶娃打算写给帕斯捷尔纳克的信——尝试用诗来构筑他们假想的（《在梦里！》）约会空间。但是里尔克的死让茨维塔耶娃以另外的眼光来衡量《房间的尝试》，她把长诗“转赠”给她的德国诗人。在1927年2月9日她写给帕斯捷尔纳克的信中：“鲍里斯，我想给你说很重要的东西。关于你和我的诗——是房间尝试的开始——是关于他和我的诗，每一行……发生了有趣的替换：诗写于我最思念他的日子，而发往——意识和愿望——发给了你。很少关于他！——关于他——现在（在12月29日之后），也就是说，先想到的，也就是说，恍然大悟。我只是给他，活着的他，讲述，打算去他那的！——好像没有见面，好像，否则就是见面了。”

在《房间的尝试》中有一些不现实的规律。情节是根据梦的规律展开的，空间的时常变形，时间层的改变，抒情主人公从时间洪流中的坠落，成为梦境的主要特征。抒情主人公在情节中占有特殊的地位：她同时在梦境空间之外，也同时在梦境空间之内。长诗起初打算写成关于见面的故事，因此从诗的第一行开始，就追求在最大程度上回忆和再现梦中看到的见面空间：

> 我记起了三面墙，
> 第四面墙我不敢保证。

第四面墙在镜子里的变形，很大程度上揭示了第四面墙的实质：“在墙边—方法—这个—镜中的走廊……”。

在茨维塔耶娃的长诗中，镜子显现出了不可见的“第四面墙”的真正实质——通往另外一种现实的入口。镜子和走廊的形象扩大了房间的空间，象征着进入另一种维度。在这个意义上，镜子的形象和梦的主题紧密相连：镜子的形象属于神秘的、不现实的世界。我们发现，走廊的形象——生与死、梦境与现实之间的隧道——在长诗中获得了更深远的发展。

抒情主人公不只讲述自己的梦，还停留于梦境中，不仅再现梦中所见的约会空间，而且创造它，像创作长诗。房间在长诗中获得了更深远的意义。

在长诗的第二部分展开了抒情主人公的内在状态和他对梦中事件的反思。在这一部分房间创建的主题就像诗歌作品的创作，梦境状态和创作状态是视为同一的（“房间被匆匆组合/草稿上白色斑点——已勾画轮廓”）。

走廊成了“迂回”的象征，真正见面环境中的弯路，这是“诗之路”。走廊——也是时间的停顿，对于抒情主人公来说是见面的必要内在准备：“谁创建了走廊/曾知道，往哪拐弯/为了给时间血液/在拐角处转弯/心脏……”

最后，诗人尝试写约会的地点。“地板呢，什么？除了塌陷！/我们哪儿顾得上地板？那些/肮脏的木板？白灰太少？——上空！要知道诗人凭借一条破折号站稳……两个躯体赤裸/上空的天花板确实听到/天使们的赞歌。”《房间的尝试》在这里结束了，诗人梦中约会的地点叫“心灵约会旅馆”，约会的尝试只存在于诗人的想象中，犹如题名，只是一种尝试，不可能实现。

1926年的两部长诗是“永恒的存在”在诗歌中的实现，诗人的“永恒存在”是只有通过梦境和诗歌意识才能到达的空间，是诗人理想世界中的诗歌国度。

《新年书简》——写给另一个世界的信

茨维塔耶娃一直将里尔克视为诗歌的化身。1926年12月29日，里尔克在瑞士病逝。这一噩耗带给茨维塔耶娃悲伤和绝望的情绪并没有肆意漫延，它促使诗人更加深刻地思考生与死，为诗人打开了全新的写作空间。里尔克去世的日子恰好是新年的前一天，茨维塔耶娃将这一年的结束看做是里尔克新世纪的开端。在茨维塔耶娃的心里，里尔克并未离去，“不，你尚未高飞，也未走远，你近在身旁，你的额头就靠在我的肩上。你永远不会走远：永远不会高不可及。”[1] 他到了天堂，栖息于诗歌的理想国度（“莱纳，/是不是天堂不止一个，/天堂上面还有天堂……”）。在1927年2月9日茨维塔耶娃给帕斯捷尔纳克的信中，女诗人讲述了梦中与里尔克相见并交谈的情景，并且得出结论说：“如果对‘逝者’能持有这种平静、自然、毫无恐惧、超越肉体的情感，那么，这就意味着，逝者是存在着的，这就意味着，逝者将在那里。哪里还有什么恐惧呢？害怕。我不害怕，平生第一次，我因逝者而感到了真正的喜悦。是的！”[2] 这些信件非常好地诠释了《新年书简》中诗人对逝者的态度。长诗中根本就没有死亡的恐惧，相反，却充满了喜悦、快乐。在这里，里尔克成了茨维塔耶娃穿越生死界线的向导，生与死的界线因而不复存在。此岸世界与彼岸世界——不过是有序的穿越（“在俄罗斯——在这个世界/能看到那个世界”），逝者和生者之间存在着无形然而牢固的联系，茨维塔耶娃将这种联系称为永恒的委托。在长诗中，诗人与死者自然交流，像对待活着的人一样，祝他新年快乐，祝贺他移居到天上，到某一颗星星上，殷殷询问他在那里的生活和感受。她对他说道：

如果你，那样的眼眸，不再明亮，
那么，生不是生，死不是死。
那么，我们都在变暗，相见时就会明白！——
没有生，没有死，——第三个
新的生存。

这首诗里首次出现了“第三个”，这是某个新世界，是诗人死后的寓所。因此，死亡只是诗人存在的另一个空间，在那里，死亡即意味着永生。里尔克离去了，他迁居到自己的世界，进入诗人的天堂。

《大气之诗》—— 飞向永恒的存在

1927年5月21日—22日，勇敢的美国飞行员查尔斯·林德伯格完成了第一次飞越大西洋的壮举。阿里阿德娜·埃弗隆给茨维塔耶娃讲述了此事，茨维塔耶娃想象自己坐在飞机的驾驶舱里，想象飞行的感受。

---

① 茨维塔耶娃：《新年书简》，刘文飞译，中央编译出版社，2007年，第163页。

② 同上，第169页。

这激发了她创作的诗情，此事为长诗创作的外部诱因。内在的动因仍然是深藏心底的追悼之情，她依然怀念莱纳·马利亚·里尔克，依然为他的离去感到痛苦。

《大气之诗》——讲述一个人（作者，诗人）在大地上空飞行时的自我感受，从纯粹的身体感觉到哲理思考，到"天上"的洞察远眺。这是《房间的尝试》这部长诗的延续，或者反过来说，长诗《房间的尝试》是《大气之诗》的先声。《大气之诗》与之前创作的《新年书简》也有关系。

没有生，没有死——第三种
新的空间……

"没有诗人和遗骸"，没有"精神和肉体"：有的是第三种形态。从哲学的角度看，这第三种形态就是不朽的诗歌创作，即永生。诗中体现的里尔克没有消失，他仍然生存在诗歌中，热爱诗人生命的茨维塔耶娃就能够感觉到他的存在。

在1926年创作的长诗《房间的尝试》中另外一场会面完全是相似的描述——不是和"自己"，而是和里尔克，那时他还活着，但是和茨维塔耶娃从未相见过。事件的地点——心灵约会旅店，原形是《那个世界》（在《新年书简》中："只有一个那样的世界——我们曾去过"）；没有门，客人从女主人的背后靠近她（"来自暗地里存在的力量"），通过占卜用的第四堵墙（脊背的墙，"攻击后方"，"枪决"，也就是说，约会就是死亡），墙的后面——走廊过堂风的穿梭。在《房间的尝试》中，在《大气之诗》中，女主人站在圆圈缺口前磁铁的一极；在那里和这里她为了聚会环绕圆圈一整圈，但是是在相反的方向。在《房间的尝试》中，她通过圆圈的缺口呈现出（梦中的世界）另一个自己，这个活跃的另一个自己，迅速地飞过环形的走廊，在她的背后。在《大气之诗》中它（女主人心脏的跳动声）沿着圆圈响起，在"另一个她"的背后发声，推他向前，通过缺口，通过门，呈现在她的面前。

在《大气之诗》中，身体的感受与哲学、诗学的思考交织在一起。主题或许能被这样界定："死亡和上升。"这首诗是诗人最抽象，但也是最出色的长诗之一，是茨维塔耶娃对死亡主题更为深刻的、哲学上的思考。在这部长诗中，诗人不再用自己的"二分法"将世界区分为外部与内部、现实与理想、日常生活与存在。这里只有一个,“第三”空间,容纳着生命的全部意义。这是一首写与尘世分别,到另一个世界去的诗,是写永生和灵魂不灭的诗。创作的缘起,如茨维塔耶娃自己在长诗最后标注的,写于“林德伯格那些天”,即当时发生的重大事件,美国飞行员林德伯格驾机首度穿越大西洋。但是这一事件只是诗人创作的一个引子,诗中对穿越这一事件本身的记录微不足道,重要的是“飞行”、“上升”和“高度”,这与茨维塔耶娃诗歌中一贯的思考暗合:这是垂直方向的上升,是向尘世之上的上升,是在无尽的飞行的空间中绝对自由和无拘无束的感觉。可以把长诗的情节视为“抒情之我”的死后之途,或如诗中所言,“飞行的航程”。一开始空气浓稠,随后出现轻松感,雨水淋漓的痛苦感;之后,继续上升,空气越来越轻盈,越来越稀薄(第三层空气——稀薄);第五层空气(锋利/比剪刀还快),它洪亮如汽笛,诗人的第五重天是她写给里尔克信中的“乐音最响亮的穹隆”;接下来立刻升到了第七层,升到了“七重天”,“七是诗歌的基础/七是世界的根基——抒情诗”,七重天是诗的国度。最后,即将冲进永恒之前,七重天已落在身后,“断绝了回归大地的道路。空气已经消失。苍穹——已经到头……”尘世的感觉逐渐消失。空中继续飞行,最后有着怎样的结果?“继续飞行——没有结果:完事大吉。”茨维塔耶娃以这样的方式给予回答。

在《大气之诗》中,茨维塔耶娃渴望自己的肌肤能接触彼岸世界,能体验飞入虚无境界的感觉(从大地过渡到死亡状态)。《大气之诗》中的飞行并非向林德伯格那样沿着地表飞行,而是顺着垂直线一直向上,脱离地球。生活的水平线与精神的垂直线,日常生活与存在意识,是让茨维塔耶娃感到亲切的哲学范畴。

茨维塔耶娃的这部长诗是天才之诗,却很难解读。我们试用谢·米·沃尔康斯基的话进行阐释:“……人在世界上的状态和宇宙规律有相通之处,他的堕落是有限度的,而他的向上飞行则是没有限度的。这条线无比高深,它是贯穿着理智、思想、记忆、征兆的一条线。”[①] 这是一部有关死亡的长诗,诗人尝试了解死亡,“触摸”它,她

① 安娜·萨阿基扬茨:《玛丽娜·茨维塔耶娃 生平与创作》(中),谷羽译,广西师范大学出版社,2011年,第633页。

认为，只有在死亡中才有真正的上升。

1926年茨维塔耶娃、帕斯捷尔纳克与里尔克三位大诗人的书信集以及三位诗人这一时期的所有作品构成了一个完整的文本。茨维塔耶娃写于1926—1927年的四部抒情长诗有着内在的联系，它们就像是这个完整文本的重要组成部分，主题都是对见面的期盼，因而在自己的内心世界中形成了约会的空间和彼岸、高空的印象。科尔金娜以国家文学档案馆中茨维塔耶娃档案为基础，给出了这样的表述："一册厚厚的黑色布面手稿本，就像是一条湍急的河流，其源头是《阶梯之诗》，于新的一年即1926年的最初几天发端于默东，随后这条河分为《房间的尝试》和一首没有完成的无题长诗这两道独立的水流，泻入由写给里尔克的那些德语书信所构成的深潭，从《大气之诗》的致命高度一跃而下，拐入《自大海》的独立湾，再冲进由写给帕斯捷尔纳克的书信所构成的宽阔河段，以便在自己的三百页长的流水中融进两种语言、五部长诗、两位诗人和沿途无数的诗句小溪，最后以壮阔的洪流于1926年的夏天汇入海湾——即旺代的海岸。"①

20年代前半期茨维塔耶娃的抒情长诗创作主要是对心灵世界与现实世界矛盾痛苦的认知，阐述了诗人悲剧的爱情观，诗歌与世界的矛盾。这一时期诗人处于日常生活与心灵世界的矛盾纠结状态，尘世的爱情无法与诗人永恒的精神之恋相汇合，世俗的世界与理想的诗歌国度格格不入，在诗的结局中诗人常常选择离开此岸，奔向远方的彼岸。1926—1927年的长诗则完全脱离了生活，理想世界取代了现实生活。这一时期梦境主题成为主导。茨维塔耶娃在1922年写给帕斯捷尔纳克的信中说："我最喜欢的形式是彼岸的，梦和书信。"这四部抒情长诗源于茨维塔耶娃、帕斯捷尔纳克、里尔克三位诗人的联系，无论是与帕斯捷尔纳克的梦中约会，致在另一个世界的里尔克的信，还是对于永恒高空的垂直追寻，都是对尘世的离弃和永恒存在的追寻。在这八部抒情长诗中，起初诗人痛苦于日常生活与永恒存在的矛盾，而后沉浸于内心理想世界的构建，走向永恒的存在，如诗人所言："我高高地爱过你/我把自己埋葬在天空上。"

① 《抒情诗的呼吸 一九二六年书信》，刘文飞译，上海译文出版社，2011年，第351页。

3

通过分析20年代诗人创作巅峰时期的八部抒情长诗，我们发现，茨维塔耶娃是一位集中主题诗人，她的诗学思想是围绕着日常生活与存在之间的矛盾展开的，这些抒情长诗以其体裁优势深刻地揭示了茨维塔耶娃诗歌创作的思想灵魂，集中呈现了诗人抒情世界的诗学特征，反映了诗人诗学世界观的形成过程。

20世纪初，整个欧洲充满悲观情绪，俄国亦不例外。这一时期是俄罗斯文学创作充盈着无意识、自发性（思想）的时期。带有唯心思想的作家、诗人的作品中既有对死亡的追求，又有对生命的渴望。维切斯拉夫·伊万诺夫曾一语道破这一时代的创作本质："艺术家是不是只有处于无意识状态时，……才能创作出最辉煌的作品？"[①] 尼采认为："每一个艺术家必或是阿波罗梦幻的艺术家，或是狄奥尼索斯狂醉的艺术家，或是兼有狂醉与梦幻于一身的艺术家。我们可以想象后者如何在狄奥尼索斯狂醉和神秘自我的情形下，脱离那狂喜的大众而落在地上，以及后来如何透过阿波罗的梦幻灵感，甚至他自己的情态——与宇宙之本质的完全合一。"[②] 伊万诺夫同这一时期的许多俄罗斯人文主义者一样借鉴了尼采思想，他视狄奥尼索斯（酒神）精神为创作的主要源泉。茨维塔耶娃深受这一时期人文精神的影响，在她的诸多作品中体现了诗人渴望融入狄奥尼索斯世界，进入那种自然的、无意识的状态。安德烈·别雷对茨维塔耶娃的创作观也产生了一定的影响。别雷认为："艺术是生活的艺术……生活是个人创造。"[③] 茨维塔耶娃早期诗集中恰恰流露了这一思想。茨维塔耶娃是在用诗歌创作这一武器

---

① 维切·伊万诺夫（Иванов Вяч.） 斯波拉泽斯（Спорады），选自伊万诺夫的《故乡和全球》（ИвановВ. «Родное и вселенское»），莫斯科，1994年，第75页。

② 尼采：《悲剧的诞生》，周国平译，南京，译林出版社，2011年，第18页。

③ 安德烈·别雷（Белый А.）：《象征主义和文化哲学》（«Символизм и философия культуры»），选自安德烈·别雷的《象征主义是一种世界观》（Белый А. «Символизм как миропонимание»），莫斯科，1994年，第23页。

拯救世界，而用这一武器拯救世界的关键人物就是诗人——创造者。在茨维塔耶娃日趋成熟的诗作中，诗人成了她诗歌世界的主宰和思考的对象，它经常与爱情、死亡、新生等主题交织融合。在古老的传统神话中，死亡是步入另一个世界的通道，是亡者进入天国的媒介。茨维塔耶娃深受古老文化的影响，她一生的创作中都饱含着对死亡的理解：死亡就是换一种方式走出日常生活的世界，去感知另一个世界。

回顾世纪之交的俄罗斯文学，这一时期的诗人、作家都深受尼采哲学、美学的影响。尽管茨维塔耶娃认为："我从未受过任何人的影响。"诚然，茨维塔耶娃自身对生活和创作的理解是其艺术观形成的关键因素。然而，同时代人安德烈·别雷，无论从个人角度，还是写作风格都对茨维塔耶娃产生了影响；勃洛克作为诗人和人文主义者，深深地影响着茨维塔耶娃；哲学家、文学评论家罗赞诺夫亦是如此。茨维塔耶娃在广泛的阅读中汲取传统文化的精髓，感受时代的脉搏，与具有较高修养博览群书的诗人作家们的社会交往也间接地向她传递着时代思想和文学思潮，并对她创作意识的形成产生了一定的作用。

茨维塔耶娃一生追求着狄奥尼索斯精神的无意识、自然的艺术创作。诗人与诗歌是茨维塔耶娃创作中的永恒主题，诗人是世界的主宰，欲以诗歌拯救世界。她认为，死亡并不可怕，死亡即意味着永恒的存在。这些艺术观意识融于诗人终生创作中，是诗人灵魂的翅膀，带着诗人翱翔于诗歌的国度。

茨维塔耶娃在这八部抒情长诗中实现了浪漫主义与现代主义各个分支流派的交相辉映：有着象征主义的余音，和未来主义的接近，与超现实主义的交融。茨维塔耶娃的抒情长诗依据主观情感的逻辑和表现理想的需要，充分发挥想象、夸张、虚构、变形、比喻、象征的非再现性的艺术手段，致力于理想世界的构建，充分体现了浪漫主义的特征。茨维塔耶娃沉湎于个人内心世界，陶醉于虚幻神秘的彼岸世界，在长诗中构建理想的王国，这无疑亦与象征主义的文艺观相契合。茨维塔耶娃诗歌创作的三位一体原则，即声音、意义和词汇的统一，反映了诗歌文本的音乐起源，正是对象征主义音乐精神的继承，在长诗《捕鼠者》中激昂有力的韵律节奏充分证明了这一点。在《山之诗》中，茨维塔耶娃的表现力达到极致，文本充满意想不到的形象和联想，诗中常使用自由不羁的语言和大量的新词新意，这些特征使得茨维塔耶娃的这首长诗和她所亲近的追求未来主义路线的诗人马雅可夫斯基、帕斯捷尔纳克的作品相近。长诗中旋风般强烈的灵感激情和一定的规整性、有序性相结合，它们的结合使茨维塔耶娃紧张的独白语独具特色，与其说它证明了诗人亲近未来主义，不如说证明她克服了未来主义。

茨维塔耶娃在20年代后期创作的作品已经开始靠近超现实主义。超现实主义的理论基础是柏格森的直觉主义和弗洛伊德的潜意识学说。超现实主义者认为，现实的表面不足以反映现实本身，在现实世界之外，还有一个所谓的彼岸世界，即无意识或潜意识的世界，它比现实世界更真实。[①] 无疑，超现实主义者的宣言和茨维塔耶娃的创作思想有诸多一致之处。茨维塔耶娃诗中有着浪漫主义的传统，又时常绝对地转向超现实主义，这完全是合理的。在许多研究者看来，超现实主义源于浪漫主义传统、浪漫主义的世界观。勃列通给超现实主义下了这样的定义："超现实主义——是和梦境状态相一致的某种心理的无意识运动。"[②] 茨维塔耶娃被"在梦游的状态中将可能的、实际的、希望的像真实一样实现"所吸引。20年代末茨维塔耶娃的抒情长诗，如《自大海》、《房间的尝试》，通过梦境的构建来实现盼望已久的约会。但她还是和超现实主义美学有差别的，她从来不完全否定纯理性主义的考验，也从来不绝对信任语言的无意识运动。

茨维塔耶娃20年代前半期创作的《山之诗》采用了浪漫主义抒情叙事结构，由引言、献词、正文、结尾几部分组成。《山之诗》实现了由抒情叙事结构向抒情结构的转变，《终结之诗》、《捕鼠者》、《阶梯之诗》不再是间接地表达感情，完全是抒情结构。茨维塔耶娃的爱情观非常接近浪漫主义的爱情观，都崇尚理想爱情的最高状态。在《山之诗》中由于"山峰"整体形象的存在，长诗完成了抒情叙事结构向抒情结构的转变：内心生活好比最高现实，将个人情感体验的全部纳入其中。《自大海》、《新年书简》是抒情长诗的书信体形式，《房间的尝试》、《大气之诗》分别是时空转换和超越现实空间中抒情主人公变形

① 智量、熊玉鹏：《外国现代派文学词典》，上海文艺出版社，1999年，第345页。

② 《法国超现实主义作品文集》（Антология французского сюрреализма），莫斯科，1994年，第62页。

的抒情试验。在茨维塔耶娃抒情长诗创作中，体裁形式的变换和长诗抒情情节发展（长诗从对个人情感的书写到对人和世界关系的认知层面）相呼应。

茨维塔耶娃创作的长诗记录了她一生中最重要的事件，也揭示了她思想发展的轨迹。其中很多长诗都因其思想和才华成为传世名作。从我们重点分析的八部抒情长诗中可以看到，贯穿茨维塔耶娃全部长诗的，是一场战争，是发生在一个人身上的战争，是发生在一个女诗人灵魂深处的战争。没有硝烟，又何其惨烈。生活与存在决斗，庸常爱情的幸福直面理想爱情的高处不胜寒。这也是一场没有悬念的战争。在女诗人的灵魂深处，胜利者早已昂起高傲的头颅，用清澈的目光仰望着她的天国 —— 那只为诗人准备的诗意的栖居之所。我们不能以尘世幸福的标准来衡量女诗人的生活和追求，我们只能相信，在她的天国中，她是幸福的。

无论如何，茨维塔耶娃的长诗同样可以证明，她是位深刻而独特的诗人，无愧于“20世纪第一诗人”的美誉。（黄玫，于晓利，史诗谦）

第四章

茨维塔耶娃的《捕鼠者》

1925年，茨维塔耶娃在侨居地巴黎完成了抒情讽刺长诗《捕鼠者》。这是诗人童年“记忆”被激活的产物，是诗人对祖国社会政治生活痛苦思考的结果。这是一部极具现实意义的作品。故事情节分为两部分，捕鼠者的“善举”：城市摆脱了鼠患；捕鼠者的“恶行”：把孩子“带走”，全城人陷入无限悲痛之中。就其体裁来看，诗人称其为“抒情讽刺诗”。茨维塔耶娃借用一个古老传说表达了她对世界、现实的感受。因为对于茨维塔耶娃来说，“一切都是神话，不存在非神话、超神话的东西，一切都源自神话……神话可以预言一切，并塑造一切”。

1

这部作品的创作动因主要说法有二。其一，1923年，茨维塔耶娃为女儿阿莉娅上学事宜在捷克东部地区摩拉维亚的特舍波瓦小城小住了十日。关于《捕鼠者》的创作构思萌发于此地。这是一座具有典型德国风情的小城。它古朴，宁静，街道整洁。居民们彬彬有礼，彼此坦诚交流。小城的外部环境令诗人躁动的心安静了下来，可百姓们平庸的生活却让她难以忍受。“……我可受不了了。我无法过这种平庸的生活。”在致好友巴赫拉赫的一封信中她如是写道。可见，在诗人的世界里，日常生活与精神生活时刻处于矛盾之中。在她的创作记事本中有这样一句话：“想把捕鼠者（篇幅不长的长诗）献给我的德国。”依据最初构想，她还要把长诗献给她热爱的海涅，把它作为对海涅《流浪的老鼠》一诗的回应。其二，茨维塔耶娃的资深研究者萨阿基扬茨认为，诗人创作《捕鼠者》的原因有三。创作灵感，与《俄罗斯意志》杂志签订的协议（茨维塔耶娃承诺每月要交长诗的一章给杂志社），发自肺腑的愤怒。对特舍波瓦小城的感受和对德国、对海涅的感情是其创作灵感的来源；发自肺腑的愤怒，应是指其日常生活与精神生活的矛盾。诗人不懈地追求她的理想王国，使得她与尘世的对立越来越突出。《捕鼠者》正反映出了这种对立。

这部长诗取材于德国中世纪的传说①。中世纪时，德国下萨克森州威悉河畔的一座小镇哈默尔恩鼠患成灾，于是，出现了专门捕鼠的行业。捕鼠者大多是能演奏乐器的流浪艺人。1284年，小镇来了个衣着奇特的陌生人。身着花衣，脚穿一双带尖角的鞋子，头上戴着顶插着彩色羽毛的帽子。他站在小镇的街道上向市民宣称，如果肯给他一笔酬金，他可以把镇里的老鼠尽数消灭，解除鼠患之忧。市民们允诺，如果他真能消除鼠患，就给他些金子。于是，花衣人拿出笛子，吹奏起来。结果，老鼠从各个角落跑出，来到他的身边。他用笛声引领老鼠，一直把它们带进威悉河，全部淹死。城里人摆脱了鼠患。他们却不肯兑现诺言。就在全城人陶醉于摆脱鼠患的喜悦中时，吹笛人走了。同年的6月26日，一个炎热的夏日，吹笛人重返小镇。他站在街上，再次吹起笛子。听到笛声，一群孩子欢快地从家里跑出。他们如醉如痴地听着曲子，跟随着吹笛人，消失在密林深处，再也没有回到父母身边。全城人都在哭泣。哈默尔恩人因为不守诺言，遭受了巨大的痛苦和灾难。

这个古老的传说被许多作家、诗人作为创作素材使用，例如：海涅据此创作了《流浪的老鼠》②，歌德创作了《捕鼠

① 格林兄弟根据传说创作了童话故事《彩衣吹笛人》（又名《神奇捕鼠人》）。

② 海涅在《流浪的老鼠》（俄译为：Бродячие крысы）（1855年）（黎奇将之译为《流动鼠》）一诗中把老鼠分为两类：一类是饥饿的老鼠，另一类是饱食终日的老鼠。诗人主要塑造了前者。这群老鼠不管狂风暴雨，盲目地不停奔波，它们翻山越海，不屈不挠。它们扔下死去的同伴，继续前行。造物主让它们长着一副可怕的嘴脸。这是群激进的"野兽"。它们不信神，不给孩子洗礼。精神上一贫如洗，对食物充满渴望。因此，它们终日忙于觅食，丝毫不在意灵魂的永生。这样的老鼠不怕猫不怕地狱，它们没家也没钱。它们要建立一个新世界。老鼠即将来袭的消息，让市民惊恐。市长和他的市议员们恐惧万分，不知所措。市民们准备了火药，神父们敲响了教堂的大钟，人人岌岌可危。最令人无奈和痛苦的是，没有什么办法能拯救可爱的孩子们。老鼠们饥肠辘辘，有吃的就行，热气腾腾的汤，香喷喷的腌猪肉，哥廷根香肠就是全部。这些激进的流浪者，更需要热油中无言的鳕鱼，而不是西塞罗、米拉波。

人》[①]；不少童话故事、歌曲、剧本、雕塑也以它为创作素材，例如，英国诗人布朗宁所著的《哈默林的花衣吹笛人》。他的这个童话故事流传很广，他的这部作品因强调“言而有信”，“一诺千金”的思想而深得人心，并因此成为儿童文学的经典之作。20世纪八九十年代，德国威悉河畔拥有6万居民的哈默尔恩市（又译哈默林市）因“花衣吹笛人”故事的广泛流传，而成为世界旅游的热点。今天的哈默尔恩人把“花衣吹笛人”奉为城市的守护神，并以他的形象作为该城城徽。市民们每年夏季举办“花衣吹笛人节”。

2

茨维塔耶娃的长诗《捕鼠者》由六章组成，分别是：《哈默尔恩城》、《梦》、《灾难》、《引走》、《在市政厅》、《孩子的天堂》。

诗人在第一章《哈默尔恩》中描写了小城哈默尔恩的“光荣”历史。交代了城市的日常生活。这是一座古老的城市。这里的居民家家丰衣足食，人人谨言慎行。生活平静。老两口一起平安顺利过了五十年。他们“一同流汗，一同腐烂”。对他们来说，床垫和稻草没什么区别。在这一章的叙事过程中，作者不断现身、“插话”，不时加入对所描述事件的评价。此处，作者插言道，这样的日子她连五年都过不了；当写到“主接受了他们的灵魂”时，她突然问道：“他们没有灵魂可如何是好呢？”对他们而言，手脚都有用，手可以收钱，赖账时脚可以踹人。可灵魂能干啥？所以小城几乎“一个灵魂都没有”。这里也没有单簧管，也就是没有音乐。按着诗人的描述，这里的衣食住行都很便宜，只有一件东西代价昂贵，它就是罪恶。在这一章中诗人加进了“纽扣颂”，这是一个裤子上的纽扣，是外乡人丢掉的。在哈默尔恩人的眼中，外乡人是乞丐，会带来伤寒病。这座城中只有过一个乞丐，早死了。神父让把乞丐枯瘦的尸体另埋他处，远离“胖人”。哈默尔恩市民非常赞同这一做法，他

① 歌德在《捕鼠人》（1803年）一诗中，用第一人称书写了这个故事。诗中，歌德塑造了一个快乐云游四方的捕鼠者形象。他是歌手，也是儿童的诱拐者。他用歌声、琴声征服少男少女。歌德改变了捕鼠者手执的乐器，他的捕鼠者随身携带的是七弦琴，而非笛子。借这一乐器，歌德拉近了捕鼠者形象和俄耳甫斯形象。

们认为，穷人没有资格受用“和撒那”[①]。在“纽扣颂”部分，诗人呈现出了这座城市对纽扣的认识。（笔者认为，这里的纽扣并非指普通意义的纽扣，而是指小事。）“纽扣颂”中的第一段诗文中，就已经为纽扣定位：纽扣是所有生活方式和日常生活的支柱。纽扣是人类有了羞耻感后的产物。对小市民来说，它的意义不啻于弥勒佛的肚皮，（塔拉斯·）布利巴的额发。对于一个国家来说，它不啻于土地在《纽扣颂》中，诗中写道，上帝的羔羊和流浪者的孩子的区别在于：上帝之子的扣子扣得严严实实，而公羊却一个扣子也没扣。诗中还写道：男人既然能与天使为亲，就该扣好所有的扣子。“宁可无头，不可缺扣”。纽扣无法摆脱革命。弹唱诗人与恶魔为伍，他就该把所有扣子都解开。在这一章的最后部分，诗人用大量修饰语来描写哈默尔恩城。她写道：这是一座道德高尚、天堂般的城市；是恶魔痛恨、上帝喜欢的城市；是尊老爱幼的城市；是亚伯城。是健康人、善良人居住的地方。这里的人不冷漠也不热情，一切都拿捏得恰到好处。晚间，巡夜人提醒各家各户，该睡觉了。学生要收拾书本，上好闹表；商贩要收拾好货物；神父要收起《圣经》；市民要戴好睡帽。十点钟，全城睡觉。

《梦境》中，诗人先描写了其他城市居民的梦境，以突出哈默尔恩人的“纯洁与高尚”。在别的城市里，丈夫梦到的不是自己的妻子，而是大海的女儿，妻子梦到的不是自己的丈夫，而是拜伦一样的男人；孩童梦到的是小鬼；女仆梦到的是过路人。于是，叙事人叫摩耳甫斯去看看，纯洁无邪的哈默尔恩人都梦到了什么。睡神告诉他：丈夫梦见妻子，妻子梦见丈夫，幼儿梦到奶头，祖父梦到的是孙子们，女仆梦见的炉膛和善良的主人，丰腴的美人在梦中为父亲缝补袜子。厨师在品尝菜肴，“当官的”要求，一切都需按部就班，井井有条。神父梦到的是戒律和训诲。叙事人非常想了解市长和狗梦到了什么，于是问睡神：“狗梦到的是骨头吧？”摩耳甫斯告诉他，狗梦到的不是骨头，而是项圈！市长是白天做了什么，梦中就出现了什么。白天他把市民看成农奴，梦中看到的就是自己的农奴。而实际上，市长是无所事事，在第二问“市长梦到什么”后，诗人写道：“什么也没有。”市长女儿梦到的则是气

① 和撒那（旧宗）——古希伯来语，原意为：“求你施救”。古犹太教徒和今基督教徒用以颂扬、祈福、祝愿。

味、喃喃细语。在第二章中诗人已开始流露出她对哈默尔恩市民的鄙视态度，认为他们根本没有理想、没有追求。但对市长的女儿却另眼相待，因为在本诗中市长的女儿象征着“灵魂”。

《灾难》具有辛辣的讽刺意味。哈默尔恩市人从梦中醒来后，开始了新一天的生活。这一天的生活模式实则代表着小城人一辈子的生活模式。一大早哈默尔恩人便到市场采购，这是一个纯粹的物质世界，也是一个纯粹的世俗世界。在这一章中诗人利用词的音响和节律营造出一种氛围，使得读者仿佛身临小城中，看到了挤满人的市场和市场上出售的货物，听到市场的喧闹声，闻到了食品的味道。读者在这里通过深入小城的“腹地”，读者看到了小城人的部分品质：说瞎话，好吃懒做。诗人有意使用具有低俗色彩的复合词，表现这座小城居民的低俗特征。在小城的市场上，我们看到了高声叫喊的“喋喋不休的婆娘”，“说话像连珠炮一样的厨娘”，“爱闲扯的娘们儿”，“大嗓门的女商贩”。她们熟知每一个来者的“爱好”，所以为他们准备好了所要购买的东西：大夫的咸猪肉，药剂师的草药，牧师的新鲜肺子；她们更知道每个人之所缺，所以为法官准备了良心，为市长准备了大脑。这里我们看到的几乎是清一色的女人，她们在此说长道短，传播各种流言蜚语。这个市场简直就是一个“婆娘俱乐部”。这一章中诗人大谈尺度问题。强调一切都要中规中矩，坚守分寸，恰到好处，否则就会天下大乱。

长诗主角之一老鼠出现在这一章中。这是一群饥饿的老鼠。它们是不愁温饱的哈默尔恩人的“敌人”。它们有自己的语言。诗人在这里用各种方式暗示老鼠的身份：它们是布尔什维克。在诗人眼里，这群吱吱叫的老鼠不比哈默尔恩人（政客们，小市民们）更可恶，“饿汉”不比“饱汉”更令人嫌，相反，“饱汉”比“饿汉”更令人厌。这是茨维塔耶娃一贯的思想。诗人在1918年写下的《如果灵魂生有一双翅膀……》一诗中宣称：“世界上我有两大敌人，两个分不开的孪生兄弟：饿汉的空腹，饱汉的肥囊！”

这群老鼠给小城带来一片混乱，让哈默尔恩市苦不堪言。无计可施的市长发出悬赏告示，谁能解除鼠患，就将爱女下嫁于他。告示刚一贴出，一个手执长笛、身穿绿衣的吹笛人就出现在城里。他就是这部长诗中的主人公——捕鼠者。

《引走》是长诗的重头戏。吹笛人成为该章的叙事者。他宣布了自己的使命：赞美音乐，为音乐增光。在这一章中吹笛人用魔笛迷惑住老鼠，制造了一个“海市蜃楼”，向老鼠展示了喜马拉雅山、印度、天堂等美景。长笛吹奏出的音乐使老鼠们回想起往昔的生活，并对未来充满向往。他劝诫老鼠，不要待在一个地方，要换个地方，要变动变动。在美景和美妙笛声的诱惑下，老鼠们仿佛看到了自己的过去和美好的未来，它们对此充满向往。它们对自己的现状发出感慨：变胖了，秃顶了，听觉迟钝了，牙齿松动了，走不动了，已经丧失捕食的本领了。它们很清楚：人离开斗争无法生活。已经从“饿汉”摇身变成“饱汉”、丧失斗志的老鼠们听从长笛的召唤，紧紧跟随着吹笛人，走向“恒河”。只有一个老耗子清楚，它们身在何处，等待它们的会是什么。它识破了捕鼠者的身份，说他是骗子，带它们去的地方根本不远，就是哈默尔恩的池塘，他就是想弄死它们。洞悉老耗子内心活动的长笛告诉它说，音乐不会撒谎，撒谎的是乐器，是人。最后，长笛吹出了更具诱惑的音乐，老鼠们纷纷跳进水中，尽数淹死。在这一章中茨维塔耶娃借吹笛人之口道出了自己的观点：彼岸的生活更美好。

第五章《在市政厅》中哈默尔恩人沉浸在欢乐和喜悦中，他们庆幸没费一枪一弹就摆脱了鼠患。但当捕鼠者要求他们兑现承诺时，他们开始找各种借口“赖账”，说，这里没有叫格列塔的女孩儿，又说，在德国叫格列塔和汉斯的太多了，最后挖苦吹笛人说，音乐不过是噪音，是大菜上的点缀，是种“激情”，“幕间休息”。人们在婚礼上都喜见音乐家，因为他们可以助兴，可是嫁给音乐家，嫁给乐谱，嫁给音乐，那可绝对不行。怎么能和音乐家为伍呢？吹笛子的人怎么能当市长的女婿呢？在别的地方可以有这样的事情，可哈默尔恩市绝对不行。市长则认为，音乐是伤寒，是暴动，是魔鬼。他认为，把女儿嫁给音乐家有伤大雅，所以不能把女儿嫁给吹笛人。他要换一种更合适的奖励给吹笛人：送给音乐家一个昂贵礼物“笛子套”。受了欺骗和侮辱的吹笛人向所有人宣称，他只要他应得的奖励，那就是市长的女儿。之后愤然离去。

第六章《孩子的天堂》是最残酷的一章。在这一章中，情节开始发生巨变。深受刺激后，捕鼠者身上被压制的恶抬起了头。恶滋生出愤怒，愤怒滋生出报复。愤怒的音乐家用长笛的魔音给哈默尔恩的孩子们施了魔法，带走了他们。听从音乐召唤的孩子们看上去很幸福，他们终于能够不受学校条条框框的束缚，可以不再上枯燥无味的功课，不再听那些道德说教，不再看老师的脸色。听他们的训斥等等。他们就这样跟着音乐家，不担心领路人会欺骗他们。他们只担心一件事，那就是要是重返学校可怎么办。他们愿意跟随音乐家到任何地方，只要不是学校就好。孩子们在学校里就如同深陷“湿洼地里的鱼儿”，“笼子里的鸟儿”。他们很想展开翅膀。他们充满希望地倾听着笛子吹出的旋律。

一大早被睡意笼罩的孩子们，被闹钟叫起，匆匆准备着去上学。他们为作业、校规等诸事烦恼不已。就在这时，他们听到了长笛吹出的音乐。他们像被施了魔法一般，不由自主地放下手中的东西，放下书包，跑出了家门。他们听到音乐的召唤，音乐让他们离开学校，并像孩子们许下各种诱人的诺言：他会给“给女孩儿娃娃，给男孩儿猎枪，给大家华夫饼干”；孩子们看到了伊甸园和“芝麻，开门”的那扇大门；他会满足孩子们的所有愿望。孩子们就这样懵懵懂懂地跟随笛声，渐行渐远地离开熟悉的家园。有些孩子意识到，笛声在领他们走向死亡，读出孩子心声的长笛加强了劝诫、诱惑的旋律，他告诉孩子，不要后悔，不要回头，他要带他们去一个永远是星期天的地方，那里无需劳动、无需上课。他还像施咒语一般说道：“长出草来，把我们的足迹掩盖。”如有人问起，就说，他们去了中国。就这样，他们被带到了水边，水先淹没了他们的脚，膝盖，肩膀，然后是他们的下巴。市长的女儿也在这群孩子中间。长笛告诉他们：别思考，只要跟着走，不要思考，只需听着。结果，孩子们的“心越来越静”，笛声越来越甜；笛声越来越甜，心越来越沉。在这里，诗人借吹笛人之口宣传了自己的观点：人活着就得变老，不可避免要衰老，让敌人活下去吧！永恒的一切在彼岸！

但在最初的构思中，诗人是想让孩子们离开尘世的天堂城，跟随捕鼠者和市长的女儿格列塔进入真正的天堂。这样，长诗就有了童话故事惯有的美好结局，即：所有正面人物皆大欢喜，而恶人遭到惩罚。可最后我们看到的却是：孩子们一个接一个地走进水里，水面上冒出一个个小气泡。这样开放的结尾给了读者参与创作的机会，“读者成了创作的同谋”。相信，每个读者对孩子们的命运和故事的下一步发展都会有自己的思考。

关于捕鼠者的传说有各自不同的结局。在德国中世纪关于捕鼠者的传说中，结局是：捕鼠者用笛声把小城的孩子们带进深山，没有一个孩子再回到城中。布朗宁安排的结局是：市长和议员们看着孩子们被带进柯佩尔堡山，看着孩子们在笛声的引领下走进半山腰上突然打开的一扇神奇大门，眼睁睁地看到大门在吹笛人身后紧紧关上（只有一个瘸孩子留在了门外）。布朗尼为其作品加上一个给人希望的“尾巴”：在特兰西瓦尼亚有一个部族，它是异邦民族的一支分部，他们不同于当地人的习俗和服饰曾引起邻人们的关注，他们的解释是：自己的祖先是来自哈默林（即哈默尔恩）的人。但是他们不清楚，他们的祖先是如何来到此地的。

读罢茨维塔耶娃安排的捕鼠者的结尾，读到孩子们的命运，帕斯捷尔纳克痛苦地感叹道：太可怕了！太残酷了！

关于茨维塔耶娃安排的结局不同的研究者也有不同的解读。有人认为，孩子们的死亡象征着他们的获救，死亡使他们摆脱了父母强加给他们的生活和世界观。吹笛人给了他们生活在“灵魂和幻想”王国中的自由；有人认为，这样的结局符合音乐家复仇的动机，而这复仇又完全符合逻辑。正因这种复仇，才使作品的讽刺平添了残酷的意味；也有人认为，通过老鼠和孩子命运反映出的悲剧意义，源于茨维塔耶娃“日常生活”和“存在”的无休止的冲突。此外，孩子走进河水这一举动具有某种神秘的成年仪式特征。水象征着一种界限，要想成为大人，孩子必须逾越这个界限。这界限就像基捷日湖一样，湖底是永久的城市。市长的女儿和捕鼠者将永久居住于此地。这也是诗人对长诗结局的最初构想。有研究者指出，孩子们这是走向天堂，其解释的依据是，基督教中有一种说法，早逝的孩子必能进入天堂。孩子们跟随音乐家的“旅行”具有神秘剧的性质，河水具有净化功能。被水“洗礼”后的孩子的灵魂将获得永生，死亡是一道门槛，想获得永生就必须经过这道门槛。我们则认为，这样的结局完全反映出了茨维塔耶娃的道德观和世界观。真、善、美是她一生不变的信仰，她容不得丝毫的背叛与欺骗。其次，茨维塔耶娃对彼岸世界充满憧憬，她对死亡有着独特的理解：“我会用自杀方式结束生命……我死不是因为这里不好，是因为那边甚好。”也许，她正是想借助水这一媒介，把孩子们转移到一个没有虚伪、欺骗、重负，充满欢乐的空间去。诗人安排这样的结局也许是在告诉我们，音乐和艺术具有双重性；告诉我们，诗歌一定会战胜日常生活和所有尘世的烦恼。这样的结局也让我们去思考，人死后能否获得永生。

3

茨维塔耶娃的记事本中有这样一段话：“猎人—诱惑者—魔鬼—诗歌。市长—日常生活。市长的女儿—灵魂……老鼠—尘世的烦恼，猎人使城市摆脱这些烦恼。日常生活没有履行对诗歌的承诺，诗歌报复……”[①]诗人在此揭示了《捕鼠者》的最初创作构想。从诗人的这段话可以看出，她赋予捕鼠者一定的恶魔性。助他达成心愿的是长笛这件具有魔力的乐器。正是听到长笛吹奏出的音乐，老鼠和孩子们才看到了不曾见过，但又十分憧憬的图景。音乐告诉他们，他们看到的是真正的天堂。这里，在茨维塔耶娃的笔下，音乐和艺术成了一种魔法。茨维塔耶娃在《良心光照下的艺术》中曾谈及自己对艺术的认识：“艺术是一种诱惑，是大地上最后的、最细腻的、最无法战胜的诱惑……”

捕鼠者是这部长诗当之无愧的主人公。他刚一出场，就让读者眼前一亮，因为诗人让主人公身着一件与众不同的衣裳：一件绿衣。绿色本身就具有一定的象征意义。这里诗人赋予绿色以希望、宁静、和平、肥沃之喻意。诗人用绿色去对抗灰色和黑色。这两种颜色代表着哈默尔恩城庸俗、浑浑噩噩的生活，代表着空虚和自私的灵魂。黑色和灰色为哈默尔恩城涂上一抹阴郁的色调。灰、黑色所承载的生活实质充斥整个小城。拒绝所有丑陋的茨维塔耶娃让穿绿衣的吹笛人去小城惩恶扬善。为了能让穿绿衣的吹笛人完成使命，诗人赋予他一支魔笛，魔笛吹出的音乐就是消灭恶的秘密武器。可哈默尔恩人根本瞧不起这个利器。（上文中我们已经提及，音乐在小城人眼中是无用之物。）

1935年茨维塔耶娃在其创作的自传体中篇小说《鬼》中，塑造了绿

① 茨维塔耶娃：《茨维塔耶娃作品选集》（Избранные произведения），莫斯科，苏联作家出版社，1965年，第770页。

人、鬼的形象。她塑造的绿衣人形象与《鬼》中的绿人等具有原型意义的形象有不少相似的特征。这里我们引一段《鬼》中的对话："妈妈问，'绿人是谁呀？是谁总穿绿衣，猎装？'安德留沙冷淡地回答道：'是猎人。'妈妈又启发道，'谁是猎人呐？'"阿霞回答说："猎人就是偷鹅、狐狸和兔子的人。"《鬼》中的"我"则如是回答说："绿人就是鬼。"按茨维塔耶娃的说法，这是她七岁时说的话。由此，我们可以看出，其笔下的绿人形象与捕鼠者有内在的联系。

从捕鼠者在长诗中所起的作用，以及围绕这一人物展开的故事情节来看，他是一个文明的英雄，因为他消灭了老鼠；他还是一个双面人，具有魔鬼性，因为他诱使老鼠和孩子都走向了死亡；此外，捕鼠者还像是一个民间故事、神话传说中的恶作剧精灵，是个魔术师，"骗子"，他借具有魔力的长笛、长笛奏起的魔音，使老鼠、孩子、市长的女儿产生幻觉，看到了自由幸福的天堂。其次，从他对市长许诺、食言的态度来看，他又令人联想起民间故事里爱开玩笑的傻瓜形象。捕鼠者最初出现在城中，无名无姓，但在市政厅召开的会议上市长称其为汉斯，也就是说，市长给捕鼠者起了一个童话中傻瓜形象的名字，汉斯是德国民间故事中的经典形象，这一形象就像俄罗斯民间故事中的傻瓜伊万一样广为流传。

长诗中构建了两个世界模式。一个是看上去一片祥和的哈默尔恩城，这个世界代表着所有人类的生活，这里有创世前的原始混乱状态；另一个是神秘的世界，想象中的天堂，它存在于捕鼠者的音乐世界里。这里的音乐是一种现象，它存在于"尘世"和"天堂"的交界处。音乐在茨维塔耶娃的长诗中既肩负着战胜混乱的使命，又行使着引诱和扼杀的功能。音乐的第一个功能赋予长诗一种神秘意义，吹笛人用魔笛使哈默尔恩摆脱了鼠患，摆脱了混乱。魔笛奏出的音乐再次出现时，孩子听从音乐的召唤，沉入水底。捕鼠者带走孩子，带他们离开充满清规戒律的生活牢笼，到一个比哈默尔恩城更好的地方去。从这个角度来看，捕鼠者是一个救赎者，他的使命就是拯救孩子，而音乐则是带领孩子走向永恒的媒介。

不同时期塑造的吹笛人形象具有不同的"面孔"。文艺复兴时期，吹笛人形象才开始具有正面意义，这一时期张扬的是人的个性。此时，相比道德律条，人的快乐要重要得多。因此，吹笛人才既能迷住老鼠，又能迷住孩子，他简直是一个让所有的生命都听其摆布的新“奥尔菲斯”[①]。布朗宁写《哈默林的彩衣笛手》时，情况又发生了变化。在当时英国维多利亚时代的刻板和金钱至上等因素的影响下，布朗宁塑造了纯洁的孩子形象。他们成为成人世界那虚伪、狡诈的对立面。吹笛人成了带领孩子摆脱成人世界的引路人，成了让孩子得以永葆纯洁的天使。应该说，在“捕鼠人”故事的所有版本中，布朗宁笔下的这个吹笛人最具正面意义。在歌德的抒情诗《捕鼠者》中捕鼠者是歌手，亦是诗人，他的捕鼠者用秘密武器“魔琴和歌”征服了老鼠、孩子，唤醒了沉睡在妇女心中的爱情。茨维塔耶娃的捕鼠者是流浪汉，他只对音乐忠诚。茨维塔耶娃的捕鼠者吹着长笛，他的第二个名字就是音乐家。在第四章中他甚至成了长笛的化身。在以往的创作中，茨维塔耶娃不太注重视觉效果，而在这部长诗中她却突出强调了主人公衣服的色彩：“一个穿绿衣的吹笛人。”在第六章中捕鼠者就像《上尉的女儿》中的普加乔夫一样成为向导，带领老鼠、孩子到“很远的地方、到善与恶的‘密林’深处”。

在分析捕鼠者形象时，有研究者认为，他和20世纪现实生活中的某些名人有些相似之处。捕鼠者用乌托邦式的承诺引走了老鼠，这样的承诺在马雅可夫斯基革命诗篇中有之。反观诗人塑造的形象，思考诗人的世界观，我们认为，茨维塔耶娃的抒情主人公经常集地狱与天堂、黑暗与光明等冲突与一身，捕鼠者就是这类人物的典型代表，甚至可以说，茨维塔耶娃的捕鼠者就是那难以捕捉、难以琢磨的自然力，他不受条条框框的约束。她塑造的捕鼠者形象就是艺术家形象，是艺术的化身。捕鼠者是音乐、诗歌自然力的具体体现。

《捕鼠者》中的孩童是模糊不清的群体形象，他们没有鲜明的外部特征。茨维塔耶娃为了强调孩子的这一特点，甚至没有使用关于捕鼠者传说或是布朗宁作品中的瘸腿孩子、瞎孩子形象。在茨维塔耶娃的长诗中，孩子对待世界的态度是盲目的，不自觉的，自发的，他们更易于接受生活中非理性的东西。这是这部长诗中孩童的重要特征。孩子对

① 奥尔菲斯（Orpheus）——希腊神话中的著名琴手。据说其琴声能让顽石点头并感动了冥界的王后。

他们的前途充满信心。正因如此，长笛才“说”，孩子们旅行的终点是孩童的天堂。魔笛召唤孩子们去往“天堂”之路的时候，还唤醒了他们的个人意识。魔笛区分出孩子们的性别，让男孩子玩男孩子的游戏，例如，玩地滚球，玩打仗游戏，玩枪和子弹；女孩子玩娃娃，过家家，玩珠子项链等。

在整部长诗中，长笛不仅是一个用其具有魔力的音乐左右老鼠情绪、驾驭其理想与追求的武器，还是抒情诗的标志。在传统的俄罗斯诗歌中笛子是“离群索居”的象征，是带有民俗色彩的诗歌的象征，常常与竖琴相对应。捕鼠者的魔笛唤醒了老鼠的潜意识，唤醒了孩子压抑已久的愿望。诗人笔下的长笛是能感人肺腑、具有浪漫主义情感的长笛。在茨维塔耶娃的诗歌世界中，长笛代表着诗歌和艺术，有着自己的真、善标准。在这个长笛“身上”蕴藏着某种恶魔因素。长笛吹奏出的音乐引领老鼠和孩子走向“死亡”：在那个地方他们将看到比现实世界更美好的东西。长笛是言说者的灵魂，是灵魂的标志物，音乐家则是孤独灵魂的象征。长诗中主人公的行为通过长笛的旋律、音乐的主旋律呈现出来。在诗人看来，对音乐的侮辱和欺骗就是对自然力本身的欺骗，它会唤起自然力的所有反抗能量。此外，长笛还是一个“挑拨者”形象，是“蛊惑家”。它对充满革命浪漫主义情绪、对世界革命神话充满信心的老鼠说，要把它们带向最美好的理想王国。正是这种诱惑毁灭了老鼠王国。一些研究者认为，老鼠被哈默尔恩化的过程就如同革命后出现的必然结果一样，革命者建立了自己的政权后，和老鼠一样，进入饱汉的世界，此前创建新世界的浪漫主义追求已被遗忘脑后。他们接受了饱汉世界的法则，渐渐蜕变成庸俗的小市民。

《捕鼠者》中，茨维塔耶娃建构出理想城邦的乌托邦模式。长诗中理想乌托邦的模式与尘世天堂的神话因素结合在一起。城市的主宰是上帝，他的副手是市长。茨维塔耶娃把这座城市定位为亚伯的城市，上帝永无止境的快乐之城。这里的民风纯朴，老百姓身体健康，衣食无忧，生活富足。天堂城没有罪犯，没有乞丐，没有音乐家，没有其他社会危险分子。诗人在《哈默尔恩城》和《梦》这两章中勾勒了乌托邦的世界图景。但在第三章中，老鼠的入侵破坏了宁静、和谐的生活。长诗中的老鼠具有讽喻功能，他们是革命者。他们身上既有法国革命者的痕迹，也有布尔什维克的特征。例如，老鼠就他们的处境发表的感慨：“饱食终日—交出刺剑……”，他们曾佩戴的“刺剑”（шпага）暗示出了他们与法国革命的联系。在交代老鼠外貌特征时，有这样几行诗文：“……这哪还像老鼠？秃头！患上斑秃病！……听说了吗？穿红色！……有一条路 — 大路（большак）……那个国家的人走路迈大步……”①

老鼠入侵时的许多细节使人联想起1917年和之后发生的一些事情。例如，身着红色衣服的“鼠人”满口苏联时期人们惯用的话语，大量使用缩略语和政治术语等。“……要想冲进新世界：不努力做，不得食；不努力干，不得食；不射击，不得食。他们说，……不好好干活，就枪毙；不想干活，就枪毙，不射击，就枪毙。……国际（歌）”

在塑造老鼠形象时，诗人加入了诸如上文中出现的一些互文性的材料。长诗中的“不努力干，不得食；不射击，不得食”与《国际歌》、“不劳动者不得食”形成呼应关系。长诗中老鼠渴望去印度。我们禁不住要问，为什么是印度？印度何以有如此大的诱惑力？就这一问题笔者请教了一名从事印度文化研究的中国学者，其解释是，印度是一个充满自由精神的国度，这里的人拥有一种自由自在的生活状态。俄罗斯学者奥西波娃认为，20世纪20年代印度被视为世界革命的中心。捕鼠者引领孩子们走向死亡这一情节说明，他既是一个捕鼠者，也是一个政治家。他深谙控制人意识的“门道”。

格列特，哈默尔恩唯一灵魂的象征在长诗中没有“露脸”：长诗中只用几个词暗示了市长女儿的存在。

而悠扬的旋律像摇篮曲，让人想起圣诞树旁的圆舞曲。在《孩子的天堂》中，乐曲向孩子们保证：彼岸世界是自由的，那里充满欢乐。笛声引走了包括市长女儿在内的所有孩子。长笛吹出的音乐告诉孩子们，他们不用再死记硬背书本，他们离开生存的牢笼，离开扼杀生命的清规戒律，走向彼岸的极乐世界。日常生活背弃对诗歌的承诺，诗歌对其进行了报复。日常生活与诗歌的战争是诗人日常生活与精神存在矛盾的一块缩影，对于理想王国的不懈追求使得诗人与那拖住她的污浊尘世越来越强烈地对立。“彼岸世界更美好”其实是诗人借吹笛人之口

① большак这个词从词形上诗人马上联想起большевик“布尔什维克”一词。

道出了自己的想法。

茨维塔耶娃通过这部作品，传递出对革命、社会和国家的态度。其长诗中的“危险分子”不是老鼠，而是捕鼠者，因为他借助音乐和自己的艺术改变了哈默尔恩的整个秩序。他和孩子们离开后，哈默尔恩不再是衣食无忧、美满的天堂城。捕鼠者完成了老鼠未能完成的事业。

4

茨维塔耶娃在《捕鼠者》中使用了一些外来语，例如，бюргеры，释义为德、奥等国的市民，бургомистр—欧洲某些国家及18-19世纪60年代的俄国市长，以及描写哈默尔恩日常生活和文化现象时所使用的一些词汇等。使用这样的词语旨在突出哈默尔恩的“遗风”。从诗人描写的城市图景来看，她笔下的哈默尔恩是一座典型的中世纪城市，该城的教堂、市政厅、市场同在一个广场上，是一座十字路口城，市场城，圈子城。其建筑风格“硬朗”。这个广场就是“捕鼠者”的戏剧舞台，是他的“地盘”。这座中世纪城市其实就是一座舞台，在这个舞台上现实和幻想交相辉映、崇高和低俗相辅相成，舞台上有主要人物，也有广大民众。这里有一种怪诞、狂欢的气氛。人声鼎沸，色彩斑斓，有新生，有毁灭，诗人呈现出的仿佛是一幅具有狂欢情节的画面。这是第一章中诗人对市场的描写，它给人留下了深刻的印象。在捕鼠者诱走老鼠时，诗人使用了诸如棕榈树、鳄鱼、竹子、塔、芒果树、孔雀、火烈鸟、珊瑚、祖母绿等词语，它们是老鼠向往印度的外在原因。内在原因则是，老鼠们认为，印度是一个自由的国度，那里没有任何禁忌，人民过的完全是另外一种生活。茨维塔耶娃笔下那些不吃哈默尔恩食物、不吃香肠、到达“印度”的老鼠，确实有一种完全自由、当家作主的感觉，觉得自己就是拉甲——印度土邦的王公。

诗人在作品中使用了熟语性搭配来描写老鼠的变化：老鼠的屁股变得松弛，脑子麻木了，尾巴不好使了。或是市长幕僚们在市政厅开会时的场景：“一百头公猪哼哼叫，大肚子轻轻摇动。”这样的描写赋予长诗具有很强的讽刺性。

1936年在给友人维利德拉克的信中，茨维塔耶娃总结了自己的创作经验，她认为："抛开词与意义的音是不存在的，因为它们是三位一体。"[①]在《捕鼠者》中这"三位一体"完美地结合在一起，除此之外，在这部长诗中，茨维塔耶娃还展露了她熟练驾驭词、词根、其派生词、熟语的高超技艺。在她笔下，那些乍看上去无关紧要的文字，经品味后却能获得很深刻的意义。这里我们不妨看一小段文字："Крысо—лов? Крысо—люб? Значит любит, коли ловит."（捕鼠者？爱鼠者？既然捕鼠，那就是爱鼠。）[②]这是一只老鼠对吹笛人说的话。 通过词根的变化，茨维塔耶娃完成了一个质的转变过程：捕鼠者成了老鼠的庇护者。同时诗人还通过"Крысолов"和"Крысолюб"这两个词直观地表现出了一种矛盾情绪。诗中类似的派生词还有许多，它们或多或少都带有一些讽刺意义。

第五章中茨维塔耶娃使用了她喜欢用的成语性搭配形式。诗人在这一章中充分运用了词汇和语法联想手段，她以这种形式表现出其"生命哲学"的本质。"я"（我）与"все"（大家）、"всяк"（所有人）这样的词相对立。从对я — аз的教会斯拉夫语翻译中延伸出两条线索：一条是对原始的"字母"的消极联想；一条是建构在раз, азры上的积极的联想。在文字游戏中，я获取了语法的潜在搭配意义；人称代词代替名字，并扩张到мы乃至все上。

茨维塔耶娃非常注重语音在作品中的强化意义，因此制造出了短小且具有密码意义的词，如德语词Gott, Herz, Brot与俄语词глаз, цыш, прод 相呼应；чернь对应терн；три对应при等。由于带有"异国风情"的德语词的介入，构成了一系列讽刺和浪漫的联想，从而使读者悟到了德语在《捕鼠者》中所起的作用。茨维塔耶娃这位熟谙德语的诗人在《捕鼠者》中作了一个语言实验：她把外来词的音和意义直接植入长诗中，不加任何模仿、改造。她在长诗中使用的德语词的音与俄

① 茨维塔耶娃（Цветаева М. И.）：《茨维塔耶娃全集》（七卷本）（Собрание сочинений в семи томах），第7卷（书信集），莫斯科，埃利斯—拉克出版社，1995年，第377页。

② 茨维塔耶娃（Цветаева М. И/）：《茨维塔耶娃全集》（七卷本）（Собрание сочинений в семи томах），第3卷（长诗·戏剧作品），莫斯科，埃利斯—拉克出版社，1995年，第71页。

语词的音相同，例如，《纽扣颂》中德语的ан和俄语词ан合为一体（…Ан/ Пуговица к штанам!）（一个裤子上的纽扣）[①]，ан — на相呼应（Божье застегнуто чадо на / Все, —а козел расстегнут— / Весь!）（上帝的子民扣好所有扣，所有的羊儿解开扣子！）[②] на被置于诗行中最关键的地方。在长诗中德语词和俄语词成了“混合体”。

诗中，茨维塔耶娃使用了德语成语，用以说明某种庸俗的行为。在《灾难》一章中，随着老鼠的俄罗斯化，它们与哈默尔恩城的矛盾冲突升级了。为了表现此时的老鼠已经资产阶级化，诗人开始使用德语—俄语混合词，以表现哈默尔恩城与老鼠结合在一起的特征。当德语词像俄语词那样变格，甚至书写也同俄语词相同时，便出现了一种独特的、夹杂着外语的诙谐主体，例如：“—К черту всю / Быль с её трехстолетними Lind' ами”（让所有往事和有三百年历史的椴树见鬼去吧。）[③]，这说明：“诗中夹杂的外语已经俄语化了。”随着长诗情节的发展，德语不再是“小玩闹儿”，而具有了较严肃的面孔。它成为与俄语平起平坐的叙事者。茨维塔耶娃也很少再使用俄语和德语词的谐音。于是俄语化的德语词，诸如фатер, муттер自然而然地进入长诗的最重要诗行中，并从“俄语角度”来观察它们相互接近的进程。长诗以夹杂着外语词的诗行结束：“— Муттер, ужинать не зови! / Пу—зы—ри.”（妈妈，晚饭别叫我！ 水—泡。）

随机词是一种极富表现力的诗歌语言手段，它肩负着特殊的使命，它是诗人某种艺术思想的体现者。茨维塔耶娃在其创作中善用随机词表达自己的创作意图。《捕鼠者》中，随机词的属性和构词方式多种多样。其中既有能产型，也有非能产型，它们或遵循构词规则，或“绕道而行”。所有随机词无论其形式还是意义都具有丰富的表现力。这种表现力是靠使用能产型词根的各种意义、利用对比色彩鲜明的修辞特征、依靠奇异的意义组合、形式与语境相互作用等营造出来的，在

① 茨维塔耶娃（Цветаева М. И/）：《茨维塔耶娃全集》（七卷本）（Собрание сочинений в семи томах），第3卷（长诗·戏剧作品），莫斯科，埃利斯—拉克出版社，1995年，第52页。

② 同上，第54页。

③ 同上，第75页。

长诗的语义空间中，随机词最大限度地表现出了生命、变化等语义，这种生命、变化的语义与死亡和墨守成规形成鲜明对比。

在这部长诗中，除了第二、第六章外，其他章节中都有随机词的“身影”。第一章只在结尾处使用了随机词。在第三、第四章中，大量运用了随机词，第五章略少一些。第一、第三章中，使用的基本都是名词性随机词，第三章中使用了动词性随机词和（复合）缩写词随机词。第四章中使用了合成名词性随机词，及带有前缀пере-的随机词，同时也出现了变形为动词的名词性随机词；第五章中使用了近似于感叹词的名词性随机词。

随机词在这部长诗中的作用“功不可没”，它引导出哈默尔恩主题、老鼠主题，引出捕鼠者及作者，并用纯语言手段保证了它们之间的联系。

下面我们以《捕鼠者》中的一个小片断为例，来分析《捕鼠者》中的随机词：“哈默尔恩——/是座街路成排之城，/道德高尚，丰衣足食，//—— 是座天堂城……哈默尔恩城—— 满是上帝赐予的快乐/，是健康人的城，/——正直人的城//……是天堂城，乖乖城，人人有份的城，—— 是温顺城，预先采购城。是座天堂城，乖乖城……沙皇城，敬老城。/是座没有火灾的城，/是座仁慈城，/温和城—/天堂城……//快来哈默尔恩城//——天堂城、白鼬城，//睡眠城，按时入睡城……”①

这个片断可以分为三部分，每一部分包含2个4—5行的诗节，每一部分之间有一个2行诗的“边界线”。在4—5个诗节中的移行很突兀。被移行符号切断的词（поез-жай）将最后两句诗与前面的诗句联系在一起。在茨维塔耶娃的创作中，移行符号的作用是独一无二的。如果“Город-грядок — Гаммельн, Нравов добрых, Складов полных”中没有移行符号的话，那么这段诗句就是会被看成是“实话实说”的诗句了，就会变成对哈默尔恩的赞美诗了。从这个片断我们可以看出，茨维塔耶娃利用了俄语中常见的地名构词法来创造她的表地名的名词性随机词。例如，Рай-город等，根据此构词模式，并结合以下几种

① 茨维塔耶娃（Цветаева М. И/）：《茨维塔耶娃全集》（七卷本）（Собрание сочинений в семи томах），第3卷（长诗·戏剧作品），莫斯科，埃利斯—拉克出版社，1995年，第55页。

构词方法生成出一些具有表现力的表地名的随机词：（1）地名的第一部分是一个词（多数情况下是抽象名词），例如：благость-город；（2）假词素构成的词：жай-город；（3）句子构成的随机词：загодя-закупай -город。在随机词的构成中，茨维塔耶娃还经常利用具有同音、同形、异义的词。试比较：пай- город一词，第一部分пай在标准语中的释义为 паинька, пай-мальчик，利用这个模式出现了姑息、宽容，但又不失正面的评价(这里它与“哈默尔恩城——满是上帝赐予的快乐” 相一致，也与“哈默尔恩人——上帝的子民”相符），但пай一词还有另外一层意思，即：“份、股份”，这个意义在诗篇的语境中也得到体现：“всяк-свой-пай-берет”，于是，пай-город又体现出哈默尔恩的“经济发展特征”。Зай-город含有与рай，пай音和音节外形相似的随机词素，因此被纳入含有随机词的那一诗行。在Поез-жай-город中，移行符号既让 поез-жай保存了完整的命令式形式，也突出了其中的随机词词素жай，这一词素与“Без пожаров . . . не жарок. . . Жай-город”有相似的发音，具有隐含的扩展意义。在《捕鼠者》中，动词命令式也成了随机词家族的成员，也承担起称名的任务，而且它的称名既完整、又能表现事物的本质特征，在这种称名中甚至还能传达出哈默尔恩人的“声音”，表现出他们的行为准则，例如：“старшему-уступай-город”，“загодя-закупай-город”等。同时，在由动词命令式构成的随机词中，几乎均含有пай这一韵脚：пай, уступай, закупай, засыпай，所以不难看出，这一片断中的随机词无论其形式，还是意义，都具有鲜明的表现力。

我们认为，诗人是在深思熟虑后才把随机词引入诗文中的。每一随机词都有它的特殊使命，例如：рай-город是诗中随机词的“灵魂”，其他随机词都以它为核心，并根据篇章的语义要求逐渐聚集在这一关键词的周围。在这一片断中，рай-город出现了六次，它们分别出现在诗节的开头、中间和结尾部分。它位于限定语和谓语之间，为理解其他随机词提供了便利。这类指称城市的随机词表现出了如下意义：（1）物质生活富足健康；（2）笃信上帝，行为检点，规矩。生活有规律，稳定；（3）国家稳定繁荣，伟大。除此之外，还具有一些朦胧、若隐若现的意义；温和性（Авель-город）[1]；罕见性（горностай-город）。这些意义循序渐进地融入文中，并形成了一个以 "рай-город" 为中心的语义空间。读这一片断时，我们会有一种感觉，仿佛它在由两个声音朗读，一个是哈默尔恩人的声音（正面的评价、比较严肃），一个是作者的声音（带有滑稽、幽默的色彩）。哈默尔恩人的评价与评价哈默尔恩人的随机词结合在一起（загодя-закупай-город, старшему-уступай-город, вовремя-засыпай-город）。Рай-город这一名称本身仿佛已在昭示，作者在借随机词表现哈默尔恩人的特征。

我们节选的这一片断位于第一章的结尾部分，它起着承上启下的作用。第一章第一部分勾勒出了哈默尔恩的具体面貌：物价便宜、物质生活充盈，但缺乏精神生活："哈默尔恩城——没有一个灵魂，但却有肉体！"[2]并通过"纽扣颂"直接表达出叙事者的讽刺态度。这两种描写如同两面镜子，互相映照着。

此片断中最后两个随机词бай-город和вовремя-засыпай-город与梦——第二章的主题联系在一起，而第二章一开始便出现了край-город，它仿佛与第一章中的рай-город形成了一种映照关系，它仿佛真的位于рай-город之外，就像其中的第一个字母К也游离于其结构之外一样：к-рай-город。于是两者形成了一种对立关系：рай-город象征着哈默尔恩和哈默尔恩人；край-город代表着篇章的作者。这种对立贯穿全诗。

"承上启下"式的联系还体现在第三章第二部分中："哈默尔恩是垄沟城/道德高尚的城……"这句诗重复着我们所举片断的第一段诗行，而其后出现的与"尺度"主题有关的片断也以随机词为基础建构而成。就其主题而言，它继续了第一章中便已开始的对哈默尔恩人的评价。尽管"尺度"这一主题在第一章中并没有直接引入，但两者在主题上是有联系的，第二部分可视为第一部分的延续。

其他"承上启下"式联系建构在对立原则上。例如，《孩子的天

① Авель（圣经）——亚当的儿子，上帝非常喜欢他，因为他很温和。

② 茨维塔耶娃（Цветаева М. И）：《茨维塔耶娃全集》（七卷本）（Собрание сочинений в семи томах），第3卷（长诗·戏剧作品），莫斯科，埃利斯—拉克出版社，1995年，第52页。

堂》中捕鼠者给孩子们描绘天堂时讲道："Рай-сути, /Рай-смысла, Рай слуха, /Рай звука."（实质天堂，意义天堂，听觉天堂，声音天堂。）[①]此时强调的是对比意义。哈默尔恩是一座Рай-город，所以与Рай"捆绑"在一起的是富足的物质生活，遵纪守法、循规蹈矩的行为，国家的稳定等，在这个层面上根本就不存在捕鼠者所言的那些意义。

在第三章《灾难》中作者生动地描绘了市场和"婆娘俱乐部"的生活。在这些描述中，作者使用了诸如хозяйки-всезнайки（无事不知的女主人），соседки-добросердки（好心肠的女邻居）等带有随机色彩的复合名词，这些词表现了细腻而又复杂的语义。通过诗人的描绘，我们自然而然地将市场与嘈杂混乱之地等同起来。描写"婆娘俱乐部"的情节以如下诗句结束："婆娘俱乐部关闭了，汤煮飞了。"[②]我们不妨看一下перекипеть一词，词的释义是：煮的时间过长，使必要的养分丧失；煮过火；煮坏。

《尺度颂》正是借助这一动词的直义才得以引入一个基本的构词模式，例如："要有分寸！神圣的戒律！笑大劲儿——就该哭了!骄傲过了头——就要遭殃!太霸道——就会出暴动。过分——就有害。要有分寸!数数再称称!吃多了——肚子会痛，（秃头——是挠大了劲儿），持斋过久——死路一条，治病过了头——得鼠疫！就是发疯也得有分寸，……过分就有害。能做会做要有限度：说太多坏话——定遭鞭打，可也别过多夸奖：——就是别多给!——别超越界线!就是有分寸时也要牢记——分寸……[③]《尺度颂》可谓是作者的独白，但也表达出了哈默尔恩人的观点。这里有两个施话者，表面上施话者是作者，而深层的施话者则是哈默尔恩人。两者的观点是相互对立的：哈默尔恩人的世界观遭到作者的嘲讽。这里所采用的方法与"哈默尔恩颂"相同。

诗人使用如下方法突出"分寸论"：（1） 使用带有相关意义的关键词，如："Мера!"，"В меру!"等，让关键词与熟语"搭界"，如：

---

① 茨维塔耶娃（Цветаева М. И）：《茨维塔耶娃全集》（七卷本）（Собрание сочинений в семи томах），第3卷（长诗·戏剧作品），莫斯科，埃利斯—拉克出版社，1995年，第100页。

② 同上，第63页。

③ 同上，第63—64页。

"Даже и в мере знай меру. . ."（即便有分寸时也要掌握分寸……）而且，в меру还有德语的对应形式："В меру! Im rechten Mass!"（要有尺度！要有尺度！）（2）使用德语成语Zuviel ist ungesund（过量有害）作重叠之用；（3）使用具有"过量意义"的пере- 这一前缀构成动词性随机词。它们与关键词перекипит构成了链式连接关系。诗人将这些动词运用到带有感叹意义，具有相同结构的诗行中，并利用它们表达出不同的观点。诗句中的动词性随机词表示超越尺度（准则）的行为，并且借助其后的词，表达"违反规矩必遭受惩罚"的思想。

第一个诗节中作者借动词пересмеяться, перегордиться表现哈默尔恩人的个性特征，除了爱嘲笑人、骄傲外，还由于使用了具有"过量"意义的前缀，使得小城人又获得了邪恶的特征。在第二个诗节中，分寸概念体现在国家社会政体范畴中。переовечить和перемонаршить这两个动词性随机词是前缀пере-＋随机动词овечить, пере-＋随机动词монаршить构成。овечить释义为：行事像绵羊一般、一味地顺从。монаршить可释义为：统治、征服。所以，服从法律是合时宜的行为，行使权力同样也是"合时宜"的行为，由于具有了这样的语义，这段诗节中使用的随机词与所要表现的主题得以"互利互惠"，"和平共处"："要有分寸！……/吃太多，会痛， /（秃头——是挠过了头）过度节食，会死去……"通过这段诗文，诗人揭示出了哈默尔恩人的不良饮食习惯：饕餮和因斋戒节食。并警示人们，这种不良的饮食习惯终会使人遭到惩罚：他们会遭剧痛折磨，会受死亡威胁。另外，诗人还指出，不良的行为也会使人遭受惩罚，使劲挠头会变成秃子。这里需指出，перескреб一词可视为名词性随机词，用来揭示秃头的原因，同时也可视为动词过去时形式，可以说，这两种解释都有道理。再如："治病过了头——得鼠疫！即便发疯，也要有度。"诗人把"超越尺度"的意义引入到医学范畴中，治病过头也会遭惩罚：会得鼠疫!连发疯也要有节制。之后再次引出了名词性随机词пере-через-край，其中的每一部分，两个前缀和一个词根，均用于概括所指空间，而与所指空间紧密联系在一起的都含过度之意。

尺度，这是一个界限。哈默尔恩城"健康、道德高尚"的居民是不会超越这个界限的，做事有尺度是拥有可靠未来的基础。《尺度颂》以

"米仓装得太满，就会招老鼠"结束。就内容而言，这一部分的意义是多方面的、深远的。随着老鼠的入侵，哈默尔恩人和老鼠之间的矛盾激化了。他们之间的矛盾其实喻指着富人和穷人之间的矛盾："饱之恶——饿之恶。"在这一部分中最后一次出现带前缀пере的词，它预示着哈默尔恩人灾难性的结局。"尺度诞生出过分，秩序孕育出混乱"。

在这一部分中既有作者的独白，又有老鼠的对话，更有哈默尔恩人的关于老鼠的谈话。于是出现了两种"言语"的对比，即哈默尔恩人的言语和老鼠言语的对比，通过两种言语的对比表现出更深一层的意义：从外部来看它们很相像（音相似），就像最后老鼠也变得像哈默尔恩人一样，它们在他们身上获得再生："你对他们说：上帝，他们说：魔鬼!你对他们说：礼节，他们说：胡说八道!"[①]

在《老鼠》一节中，茨维塔耶娃使用了大量孤零零的随机词和缩写随机词，缩写随机词的"原型"是某些典故和苏联时期出现的各种缩写名称。这里缩写随机词中的构成部分，包括прод（продовольственный）等，都作为独立的词素使用,例如，我们这儿说：Bort，他们说——прод，没法读出来！[②]"你对他们说：上帝 他们说：头儿!"[③] глав这是缩写词，根据其构词模式，根据其"原型"，它被理解为各种国家机关名称的缩写。它之所以能获得这样的释义与上下文（语境）有关，例如，"Глав — глад — Крысиный набаг"（头儿——饥饿——老鼠的警钟）之间的关系是：原因—结果，"Глав — гвалт — Крысиный обвал."（头—吵嚷—老鼠的"雪崩"）[④]。音和词形相似；"...Рвись: Глав — крыс!"（冲吧：老鼠的头领!）[⑤]之间的关系是：行动（行为）和它的发出者。缩写随机词中的第二个成素

① 茨维塔耶娃（Цветаева М. И）：《茨维塔耶娃全集》（七卷本）（Собрание сочинений в семи томах），第3卷（长诗·戏剧作品），莫斯科，埃利斯—拉克出版社，1995年，第67页。

② 同上，第68页。

③ 同上，第66页。

④ 同上，第65页。

⑤ 茨维塔耶娃（Цветаева М. И）：《茨维塔耶娃全集》（七卷本）（Собрание сочинений в семи томах），第3卷（长诗·戏剧作品），莫斯科，埃利斯—拉克出版社，1995年，第65页。

或是某词的截短部分，或是整个单词，它们揭示着哈默尔恩人的主要道德标准，指出道德标准的“携带者”是老鼠：главглот，главсвист。诗人通过诸如наркомчорт，наркомшиш这些具有典型游戏特征的缩写随机词的使用，表现出了作者对新世界的认识：恶魔的因素（черт），欺骗（шиш）。

这里，我们仅探讨了《捕鼠者》中随机词的一个片段。我们仅想以这一小小的片段为切入点，打开研究茨维塔耶娃作品中随机词的“窗口”。我们认为，诗歌中的语言空间即是诗人的生活空间，长诗的作者始终置身这个空间中。诗人对待语言的态度，诗人的个性是促使她创造随机词的原动力。

此外，我们还应该从语言和诗人的相互关系这一角度来看待随机词的问题，只有这样才能理解作品中所使用的随机词的真正含义。布罗茨基曾讲过这样一段话：“诗人就是语言存在的手段”，“诗人就是语言赖以生存的人。”①

《捕鼠者》堪称是茨维塔耶娃对经典文本重新解构的典范之作，也是其长诗创作的巅峰之作。1925年创作的这部作品成了茨维塔耶娃的一部预言性作品（如果安于现状，享受安乐，富足，必死于其中），也映射了当时的社会生活。这部长诗把革命看做是一场乌托邦运动，它预示这场革命必然失败的结局。伊莉娜·马林科维奇在其《古老传说的命运》中把茨维塔耶娃的《捕鼠者》视为漂泊诗歌主题的终结之作。她的观点不无道理。因为诗人在这部作品中成功地揭示了这个传说的本质，并通过它喻说了现实生活中存在的社会问题。

每个作家的意义，取决于他以何种方式影响我们，其作品唤起读者怎样的感情、思想和行为，其作品能否以其内涵丰富我们的身心。茨维塔耶娃用自己的“魔笛”演奏了被许多人演奏过的“乐曲”。她在这部长诗中运用的节律具有一种“催眠曲”效应，读其中的相关片段，读者也会情不自禁地进入她的“魔咒”世界，和她一起律动。她用笛声为老鼠和孩子们制造出美好幻象，并用这个幻象把被诱惑之人带进“永恒的世界”。她的这种魔力无人能比。可以说，她的《捕鼠者》至今

① 布罗茨基：《文明的孩子》，刘文飞译，中央编译出版社，1999年，第44页。

具有很大的借鉴意义。生活中“老鼠”无处不在，捕鼠者是唯一能除去“老鼠”的人。老鼠即是恶，当一种恶无法被正常手段消除时，就需让手执魔笛，吹响魔音的捕鼠者现身。他就是向导，就是走在最前面的引路人。有时，笔者甚至臆想：茨维塔耶娃在塑造这个形象时，是否也和勃洛克一样，把这个领路人“设定”为基督？捕鼠者、长笛、音乐，它们是不是茨维塔耶娃意识中的“三位一体”？捕鼠者离开长笛还具有那样的能力吗？没有长笛，还会有令老鼠、孩子忘我的音乐吗？既没有魔笛，又没有可借力的音乐，捕鼠者还是捕鼠者吗？

茨维塔耶娃的“笛声”独一无二，她让自己的“笛声”久久地回荡在俄罗斯，乃至世界文学的殿堂中。正如布罗茨基所言，20世纪的俄罗斯诗歌史中比她的声音更具吸引力的声音还不曾出现过。她的声音就如同“反对尘世真理声音的天国真理声音一样”。

第五章 茨维塔耶娃童话长诗创作研究

1920年茨维塔耶娃创作出第一部童话长诗《少女—女王》。这部作品以俄罗斯民间传说及歌谣为素材创作而成。《少女—女王》开启了诗人创作童话长诗的序幕，之后两年里她创作《骑在红色的骏马上》，《叶果鲁什卡》和《勇士》等童话长诗作品。

茨维塔耶娃对俄罗斯民间文学怀有浓厚的兴趣。俄罗斯民间歌谣、童话故事成为其创作的重要灵感和源泉。在长诗创作中诗人擅长借用民间文学中的形象，借鉴民间文学的创作方法和原则，从而使自己的作品具有一种独特的俄罗斯民间文学“气质”。

1

童话长诗《少女—女王》的故事情节源于俄罗斯民间童话。茨维塔耶娃对这则故事进行了巧妙的加工。她赋予童话故事以不同的结局和意义。童话故事中，少女—女王和伊万最终克服了重重困难，幸福地生活在了一起，而茨维塔耶娃童话长诗中的主人公却一个留在了此岸，一个去往了彼岸。

这部作品的诞生与诗人的处境不无关系。当时的莫斯科正处于革命的浪潮中；昔日的生活一去不复返；小女儿伊丽娜夭折；丈夫埃弗隆参加了白军，不知去向。这样的经历给其日常生活和精神生活带来了巨大的压力和打击，但它们也成为诗人思想和世界观发生转变的催化剂。可以说，《少女—女王》是诗人世界观发生急剧转变的标志。通过这部作品诗人传递出逃离现实的想法。

这部童话长诗在时间上严格遵守了俄罗斯民间故事的要求：一共只有三天三夜，少女与王子共见了三次面。

故事情节如下：少女—女王爱上了会弹奏古斯里琴的王子。但她只能在王子入睡时才能与心爱的人相见，因为王子的继母也爱上自己的继子。为了不让少女—女王与王子见面，恶毒的继母从巫师那里学会了一种咒语，每当少女—女王来与王子相见时，继母就会施咒，让王子昏睡不醒。三个昼夜后，少女—女王不得不忍痛离开了王子。王子醒后，想起梦中与少女见面的场景，意识到恶毒的继母是个蛇妖后，毅然决然地去追赶少女。可是少女—女王已经从这个世界上永远地消失了，就像少女—女王所言："我不在任何地方，/ 我消失在空虚之地。/ 谁也不曾追上我，/ 什么也不能让我回转。"[①]

《少女—女王》中茨维塔耶娃的女主人公是"女王"，一个代表太阳的女王，而男主人公则是一个代表月亮的王子。诗人笔下的男主人公大多软弱无力，而女主人公则坚强勇敢。她们勇于追逐自己的爱情，敢于与命运斗争。茨维塔耶娃给童话长诗取名为《少女—女王》，其用意不言而喻。царь是一个阳性名词，释义为：皇帝、帝王、君主，此外царь也指在某方面或某处压倒别人或独擅胜场的人或动物；"царь"对应的阴性名词为"царица"。"девица"是一个阴性名词，原则上应该与царица"连用，而诗人却选择了"царь"，按着俄语语法规则，这两个词原则上不能搭配使用，但诗人却搭配使用了！她让女主人公成了少女—女王。

古代神话中有这样一种关于太阳和月亮的说法："太阳落入地下世界象征着黑暗和死亡的来临，也意味着英雄和少女被妖怪吞噬。"[②]童话长诗中，少女—女王与王子的会面都是在白天进行的，因为太阳代表着少女—女王。每当黎明来临，女王就来到了王子的身边，她不能选择晚上来见自己心爱的人，因为太阳落下时分，少女即要离去；月亮升起，黑暗便会随之而来。虽然少女与王子总是在白日里约会，但王子却

① 茨维塔耶娃：《茨维塔耶娃诗选》（两卷本）（Избранные произведения в двух томах），第2卷，圣彼得堡，列斯别克斯出版社，1999年，第114页。

② 爱德华·泰勒：《原始文化》，连树生译，广西师范大学出版社，2005年，第273页。

不能亲眼见到少女，因为每次两人会面时，王子都会在继母的咒语中沉睡。长诗中的王子是一个弹奏古斯里琴、魅力十足的形象，被他深深吸引的少女—女王克服重重困难与之相会，可王子却变化无常，令少女—女王心碎，最后逃离了尘世。

1921年，茨维塔耶娃创作了《叶果鲁什卡》。俄罗斯古代壮士歌中有很多关于"勇士叶果尔"的传说。不过，茨维塔耶娃的叶果鲁什卡却是茨维塔耶娃的叶果鲁什卡。他的身世和经历是诗人凭其主观意愿虚构出来的。创作这部作品前，诗人似乎没有看过关于他的壮士歌。她的叶果鲁什卡的原型是一个充满活力的俄罗斯革命者。"有一天，一位年轻的红军战士来找茨维塔耶娃，他是茨维塔耶娃的朋友介绍来的，短期出差来到莫斯科，暂住到诗人家里。茨维塔耶娃就这样接触到了革命士兵，从他那里，诗人听到了他童年时期及在革命和国内战争期间的故事。"这段话出自诗人的书信集。

茨维塔耶娃的女儿阿里阿德娜·埃弗隆认为，革命对茨维塔耶娃的创作产生了重要影响："革命伊始，俄罗斯民间文学的语言和诗歌的自然力便出现在诗人的作品中，并再未离去；也正是从这个时期开始，茨维塔耶娃的抒情主人公具有了超凡的人道主义精神。"①显然，《叶果鲁什卡》的构思受到了时代背景的影响。诗人原本想把这部长诗写成一部篇幅宏大的史诗巨著，通过这部作品把叶果尔的命运与俄罗斯的命运连接起来，但可惜，后来由于种种原因，虽然诗人曾两次继续创作，但《叶果鲁什卡》这部长诗终未完成。

主人公叶果鲁什卡是集傻瓜、壮士、拯救者于一身的英雄形象，是具有超凡人道主义精神的主人公。他的出生与鹰有关。诗人在长诗的第一诗句中便交代了这种联系："偶然飞过的雄鹰掉下一根羽毛。/叶格里-叶果鲁什卡来到了人间。"②

叶果尔是吮吸母狼的乳汁长大的。他的好朋友是只狼，他们一起

① 埃弗隆（Эфрон А. С.）为茨维塔耶娃的长诗《叶果鲁什卡》而作的序言（Предисловие к поэме М. И. Цветаевой «Егорушка»），《新世界》，1971年第10期，第18页。

② 茨维塔耶娃：《茨维塔耶娃作品选》（两卷本）（Избранные произведения в двух томах），第2卷，圣彼得堡，列斯别克斯出版社，1999年，第435页。

“闯荡江湖”，出生入死。在他遭难的时候，这狼总向他伸出援助之手。在危难时刻狼崽曾如是说：“你是我的一奶同胞，/我是你的患难兄弟。”叶果尔曾同挚友一起潜入天堂的花园，想把树上的果实摇下。他们的举动被善良、聪明的天使发现。天使用自己的言行感动了他们，他们空手离开花园。被天使感动后的叶果尔发生了巨大的改变，他找到了人生的真谛，成了牧羊人。在《放牧》这一章中，叶果尔竭尽全力保护羊，使其免遭母狼的威胁，虽然母狼曾经养育过他；在《商人》中叶果尔的经历跌宕起伏。他被商人雇佣为伙计，经历了各种考验。

茨维塔耶娃所受到的古代神话和古希腊罗马神话影响，在这部作品中有所体现。在古代神话模式中，关于弃婴的传说大体一致：弃婴被救，后来成为了英雄。在长诗中，主人公虽然不是弃婴，可与这个古老的神话模式却有着紧密的联系，他的成长与弃婴的成长轨迹很相似。在长诗的开篇处，奶娘的歌谣已预示了叶果尔将被掳走的命运：“好儿子，你躺着，别出声，/ 附近有只大灰狼！/ 乖儿子，大灰狼要来了，/ 它要抓走叶果尔！/ 快睡吧，我可爱的叶戈里！”叶果尔的成长经历与赫拉克勒斯的成长经历颇为相近。小时候的叶果尔便力大无比，“他抱住谁，谁就喘不上来气，/ 十个奶妈的奶都不够他吃”。《六翼天使城》中的“火焰河”与神话中关于冥国的故事有相似之处。俄罗斯民俗学家普洛普在其著作《神奇故事的历史根源》中描述说，越过火焰河畔便是冥国，冥国的最高统治者是阎王。民间故事中讲，通向西方冥界的路上有一条河，跨过这条河才能进入冥国。

1922年，诗人创作了《勇士》。这部长诗共分两个部分。第一部分描写玛露霞与勇士的五次会面以及他们相爱后发生的故事。玛露霞与勇士在一次古老的节日舞会上相遇并擦出了爱情的火花。他们双双坠入情网，他们的爱像熊熊燃烧的烈火，疯狂又炽热。得知勇士是吸血鬼后，玛露霞在爱情和亲情之间踟蹰，摇摆不定。最终玛露霞选择了勇士，为了义无反顾地追随勇士，她甚至牺牲了弟弟和母亲的性命，最终又为爱献出了自己的生命。后来凭借勇士为她留下的最后一滴血，得以“复活”。玛露霞弥留之际，勇士为她来世的生活设下了禁忌，为了五次会面，玛露霞必须在重获生命后历经五年的尘世生活，用这段时间洗涤罪恶，拯救自我，拯救心爱的人。在第二部分，诗人详细描写了玛露霞重生后的生活。玛露霞死后，被埋在十字路口。不久这个地方长出了一株美丽的花朵，贵族少爷路经此地时，为它所吸引，便把这株花移栽到了自家的花盆里，日日观赏。后来，花朵变成美丽的少女，少爷便娶她为妻。但是他们的婚姻是有条件的，为了遵守与勇士的约定，为了不背叛勇士，玛露霞的第二次生命必须有所禁忌：她的家里不能有任何红色之物，甚至不能供奉圣像，她不能去教堂做日祷，不能与任何人来往。所以，婚后的生活虽然富足平静，却也寂寞无聊。儿子的到来也未能给他们的生活增添乐趣，反而暴露出他们婚姻的不真实和不幸福。可怜的少爷根本没有得到过玛露霞的爱，她心里念念不忘的仍旧是勇士。她时常自己唱歌，歌声里充满忧伤和痛苦，充满对爱情的向往。玛露霞在尘世的生活毫不快乐，在这里她没有办法完成自己的使命，没有办法追求爱情，所以当一群不速之客突然闯入他们的婚姻，破坏了玛露霞原有的生活秩序、并打破了勇士为她设下的禁忌时，在玛露霞用五年的时光赎清了所有罪孽后，她毫不犹豫地抛弃了丈夫和儿子，和勇士一起飞向了另一片天空。

童话长诗《勇士》的主要情节源于阿法纳西耶夫的童话故事《吸血鬼》，但是两者却有着本质上的不同。童话故事中，少女为了自我拯救，喊出了吸血鬼的名字，并向他身上泼了圣水，使他永远离开了人间。茨维塔耶娃则把童话情节和语言材料看成是有信息的密码，必须对其中隐藏的活生生的人物和他们的遭遇进行重新解读，所以，在她的童话长诗中，女主人公未喊出爱人的名字，而是通过自我毁灭这种方式去追求超越现实、异在空间的爱情。诗人把女主人公的这种探索，追求爱情的道路看成是自己的道路。此时的玛露霞成了她的化身，“我自己就是玛露霞：以其所需要的诚实恪守诺言，自卫着，抵挡着幸福，半死不活地，我自己也不是很清楚，为何要听命于对自己的那种强制，甚至是走向天使的赞歌——听命于一种声音，听命于他人的、而非自己的意志”[①]。

茨维塔耶娃作品中的女主人公与童话故事中的女主人公性格不同，命运亦不同。《勇士》中，玛露霞为了拯救自己心爱的人，宁愿牺牲

① 《里尔克，帕斯捷尔纳克，茨维塔耶娃 三诗人书简》，刘文飞译，中央编译局出版社，2007年，第60页。

性命。她想凭借灵魂的力量拯救勇士，她要与勇士一起逃离世俗世界，飞向永恒。

茨维塔耶娃的诗如其人，自由奔放，不拘一格。她曾经说过，人在世间惟一的天职就是探索生存的本质，这是她一生所秉承的创作理念。她没有给自己的诗歌起名为《吸血鬼》，因为她的任务是破解童话故事中的魔法，揭示童话故事的本质。诗人在创作这部作品之前曾说过："我读了阿法纳西耶夫的童话故事《吸血鬼》，开始想一个问题，既然玛露霞害怕吸血鬼，却长时间不承认她看到了鬼怪。明明知道说出他的名字就能解脱，却始终不说，应该做的，为什么偏偏不做？是恐惧？要是心里害怕，不仅能躲到床上去，也可以跳窗户逃跑啊！不，不是恐惧。就算是恐惧，必定还夹杂着别的情绪。除了恐惧，还有什么呢？有时候人们告诉我：你做那件事就能获得自由，可我不愿那么做，这就意味着……我更看重的是'不自由'。人们看重的'不自由'究竟是什么呢？爱情。玛露霞爱那个吸血鬼，因此才不说出他的名字，结果连续失去了母亲、弟弟的性命。这就是爱情和罪孽，爱情和牺牲……"①

2

童话长诗《少女—女王》中的爱情充满悲剧性。少女—女王与王子之间的爱情被"第三种因素"——魔法破坏，本应美好的爱情故事变成了悲剧。美国研究者利莉·费勒指出，诗人运用"梦幻、魔法和超现实主义的技巧创造了自己的想象世界"②。少女—女王具有俄罗斯壮士歌中勇士的性格特点，她勇敢坚强、勇于追求自己的爱情，而王子却是一个异常羸弱的男人，他总是软弱无力，诗人有意将两人的外貌进行了比较，少女—女王的"身材——如高塔，/ 肩宽魁梧！"③而王子的"胳膊

① 茨维塔耶娃（Марина Цветаева）：《诗人谈批评家》（Поэт о критике），自《茨维塔耶娃作品选》（两卷本），莫斯科，文学出版社，1999年，第295—296页。

② 利莉·费勒（Лили Фейлер）：《玛丽娜·茨维塔耶娃》（Марина Цветаева），顿河畔罗斯托夫，凤凰出版社，1998年，第162页。

③ 茨维塔耶娃：《茨维塔耶娃作品选》（两卷本）（Избранные произведения в двух томах），第2卷，圣彼得堡，列斯别克斯出版社，1999年，第39页。

腿——软得像面条!”[①]“……他还在用尿布,吃奶嘴”[②]!就这样一个王子不仅没有回应少女—女王的爱情,还受到蛇妖继母的诱惑,使爱自己的人伤心绝望地逃离了现实世界。

《少女—女王》中的这种擦肩而过的爱情,这种悲剧性的会面在茨维塔耶娃的长诗中不乏深意。深爱王子的少女—女王选择了离开,因为她无法忍受自己深爱的人对她视而不见,无法忍受深爱的人对自己的背叛。当她发现王子的胸前有一根继母的头发时,她觉得,自己失败了,所以折断了宝剑,剜出自己的心脏,留下一张字条后“蒸发”了。但是诗人并没有让女主人公死去,她只是离开了这个尘世,进入了另外一个空间——“异在空间”。这出爱情悲剧是诗人对爱情思考的结果。《少女—女王》中的爱情是复杂的。这部作品有少女—女王与王子之间的爱情,也有母亲对继子的爱情,更有一种穿越于此岸世界和彼岸世界的爱情。这些都是诗人爱情观哲学化的体现。在思考爱情之余,诗人还将哲学思考加在了自己的爱情观中。起初诗人描写的爱情是一种尘世的感情,一种体验,一种游戏,随着时间的推移和生活的变化,诗人的爱情观也随着发生了变化。她逐渐意识到人的两面性。她发现了女人的两种本质,一个是代表心灵的普叙赫,一个是代表肉体的夏娃。对诗人而言,爱情并非只存在于男女之间,它还存在于母亲与儿子之间;存在精神之爱,存在两个不同空间的爱。在她的诗歌中爱情是人性的崇高与卑微、纯洁与罪孽、光明与黑暗、上苍与人间的集合。童话长诗中的女主人公追求的是特别的爱情。在描写男女主人公爱情故事时,诗人对女人扮演的社会角色进行了思考。

《少女—女王》中少女对王子的爱,是一个懵懂少女的真诚、纯洁的感情,这是一种美好的爱情,同时,少女对王子的爱,还伴有母性的呵护和关怀。少女—女王是一个鲜明的例子,少女为王子唱的摇篮曲表现出,她对王子的爱既有一种对待情人的爱,也夹杂着一种母爱。“睡吧,我的宝贝,/ 我的小蒲公英花!/ 我钢铁似的胸膛,/ 正好做你的摇篮。/ 我不打扰你的睡眠,/ 小钻石,我的宝贝!/ 我高大,/ 你瘦

① 茨维塔耶娃:《茨维塔耶娃作品选》(两卷本)(Избранные произведения в двух томах),第2卷,圣彼得堡,列斯别克斯出版社,1999年,第29页。

② 同上,第43页。

小！”在俄罗斯人的传统观念中，女性在社会中扮演的角色非常重要，她们首先是孕育生命的母亲，女性的身上有着与生俱来的母爱；其次是身为人妻的女性，对爱情有着执著的追求。这两点在少女—女王身上均有所体现。在俄罗斯文学作品中，大多数作家力求塑造纯洁美好的女性形象，希冀通过主人公来表达本人的爱情观。在《少女—女王》中茨维塔耶娃同样塑造了一个向往爱情、执著追求爱情的女性形象。

童话长诗《勇士》的爱情不同于《少女—女王》。这首长诗的主人公通过牺牲自我去追求非尘世的、永恒的爱情。在这部长诗中，爱情是一种瞬间爆发、不可战胜的情感，它同时还伴有剧烈的冲突。这部长诗的主人公追求的是彼岸的爱情。玛露霞为了这份爱，宁可牺牲家人和自己的性命，所以，当勇士变成雄蜂来到玛露霞面前，对她说：“时辰已到！/ 地狱张开血红的口！/我已把嘴贴向酒盅”时，明知大限已到的玛露霞对勇士的痴情和眷恋丝毫不减，她回答道：“和我同饮吧！/ 哎，雄蜂！开怀畅饮吧，/ 哎，雄蜂！喝吧！”男女主人公渴望成为永恒的伴侣。在诗歌的结尾处“她——腾空而起，/ 他追逐而去：/ 相互依偎，/ 飞向高空：/ 炽热对炽热，/ 激情伴激情！/ 回家，/ 飞入蓝色火焰中。”他们最终超越了虚伪、丑陋，摆脱了卑鄙、可怕的生活，勇士带着玛露霞飞向了高空，飞向了另一片天空。玛露霞通过死亡获得拯救，去追寻与勇士的永恒爱情。这是茨维塔耶娃塑造男女主人公的一贯手法。

茨维塔耶娃笔下的男主人公脆弱，情感不稳定；主人公则善良、坚强、勇敢、执著。她们在经受各种考验之后成长起来。她们富有叛逆和反抗精神。为了实现自己的理想，不惜“造孽”。在长诗中勇士只会索取，而玛露霞只能付出。这与少女—女王的遭遇如出一辙。透过长诗《勇士》可以看出，诗人把女主人公对爱情的追求看成是自己的探索。玛露霞就是个叛逆、渴望冲破世俗枷锁、追求自我的人。

1913年开始，茨维塔耶娃的创作中出现了死亡主题。在她的世界中生与死是一种二元对立，正如在她的世界中“日常生活”与“存在”永远处于对立冲突一样。诗人一直试图寻找解决这种冲突的方法。早期创作中她就“热衷”让其笔下的女主人公进入某种“非存在”状态中。[①]茨维塔耶娃诗歌中的死亡并不是一种永久的死亡，更像是一种

① 荣洁：《茨维塔耶娃的诗歌创作研究》，黑龙江人民出版社，2005年，第291页。

"异在"。安娜·萨阿基扬茨认为:"茨维塔耶娃的一生是与死神、非存在(异在)、超越现实的东西共舞的一生,这些东西既使人恐惧,又令人向往。"[①]在《少女—女王》和《勇士》中死亡主题得到了充分的体现。

"在茨维塔耶娃诗的宇宙中,离别经常是女主人公死亡的代名词。"[②]这种逃离现实的死亡通常是一种"假死",一种进入异在空间的方式。女主人公看重的不是此岸的生活,而是彼岸的存在,她想要通过这种"假死"的方式告别尘世生活,获取彼岸的自由。

在《少女—女王》中,少女—女王选择了死亡,其实质上是选择了彼岸的存在,此时与其说是死亡,不如说是离别。这是进入异在空间的一种方法。在诗人的一些抒情诗中,离别不仅代表两个人的分离,还体现着抒情诗女主人公的心理、精神状态,体现着她的激情和她所忍受的激情的折磨。[③]这一主题在她的长诗《少女—女王》中亦有所体现,少女—女王为了彼岸的存在放弃了对王子的爱情和现实生活,脱离了大地和尘世。女主人公从"这个"世界上消失了,她就这么失踪了,但是没有死去,她去了另一个地方,一个尘世中并不存在的地方,一种异在。这正是诗人思想的体现。她本人曾如是说过:"我不想死,/ 我想不存在。"[④]

茨维塔耶娃的诗歌中充满了"复活"因素。"在原始世界和文明民族的神话和宗教中,存在着一种很普遍的思想,即世界必须每年获得一次更新。每当年终岁尽之际,也就是世界回返初始状态,回返初始时间的时候"。[⑤]"回返原始生命源头,也就是复归创世前的恍惚混沌的'一'的状态。"[⑥]普洛普在其著作中专门探讨了暂死与复生这样的问题。他认为,

① 萨阿基扬茨(Саакянц А. А.):《玛丽娜·茨维塔耶娃 生平与创作》(Марина Цветаева жизнь и творчество),莫斯科,埃利斯—拉克出版社,1997年,第757页。

② 荣洁:《茨维塔耶娃的诗歌创作研究》,黑龙江人民出版社,2005年,第291页。

③ 同上,第303页.

④ 萨阿基扬茨(Саакянц А. А.):《玛丽娜·茨维塔耶娃 生平与创作》(Марина Цветаева Жизнь и творчество),莫斯科,埃利斯—拉克出版社,1999年,第756页。

⑤ 叶舒宪:《中国神话哲学》,中国社会科学出版社,1997年,第23页。

⑥ 同上,第24页。

暂死是传授仪式中十分重要和一贯的标志。[①]仪式的主要部分是被授礼者的死去和复生，他以这种方式获得一种魔力。[②]我们最熟悉的这种形式是童话故事《白雪公主与七个小矮人》中白雪公主的暂死。公主暂时离去，为的是能够复生，与王子成婚。在茨维塔耶娃的诗歌中，尤其是《少女—女王》、《叶果鲁什卡》和《勇士》中有不少"死亡—复活"因素。

在长诗《勇士》中玛露霞走的是一条"暂死—复活"之路，通过自我牺牲获得重生的权利；经历"暂死—复活"是她与心爱之人在一起的必要条件，只有经过这样的考验，她才可能获得永恒的爱情；在"死亡—复活"阶段中，玛露霞必须在重生后洗涤罪孽，拯救自我，拯救心爱的人。对玛露霞而言，再次来到尘世只是一种体验，是一种由尘世向彼岸的过渡阶段，她最终要离开贵族少爷。女主人公经历了尘世生活的洗礼，终结了尘世生活而走向了彼岸世界的永恒存在。

3

诗歌是一种古老而优美的文学形式。俄罗斯诗歌最古老的形式包括仪式歌、壮士歌和历史歌谣等，这些最早期的诗歌形式或与多神教相关，或与歌颂勇士的英雄业绩紧密相连，这些诗歌形式对俄罗斯文学的发展产生了重要影响，是俄罗斯文学创作取之不尽、用之不竭的源泉。罗蒙诺索夫曾说过："写诗是崇高的创作活动，诗人是人民的教师，是民族意识的体现者。"[③]自普希金以来，俄罗斯诗歌在世界文学中都占有重要地位。在诗歌创作过程中，茨维塔耶娃一直寻找能够表达自己思想的语言，始终在创造个性化的词语。其诗歌语言与她本人一样，自由随意，无拘无束。茨维塔耶娃的诗句总是自由不羁，不受格律与节奏之限，音调和谐动听。诗歌语言经其个性化加工后，已成为需要解读的密码。她用词大胆，在诗歌创作中茨维塔耶娃经常使用词中省略、断句移行等方法，还经常使用大量的标点符号，以此增强诗歌的音响效果。茨维塔耶娃不拘泥于语法束缚，同时还对古俄语表现出了浓

① 普罗普：《神奇故事的历史根源》，贾放译，中华书局，2006年，第152页。

② 同上，第106页。

③ 徐稚芳：《俄罗斯诗歌史》，北京大学出版社，2002年，第19页。

厚的兴趣，通过诗歌创作她使那些“被遗忘的古老词语”复活。

在童话长诗《少女—女王》、《叶果鲁什卡》和《勇士》中，茨维塔耶娃不仅使用了上述语言手段，还使用了大量的言语禁忌，这些言语禁忌通过没有说完或者没有说出来的话语表现出来，这种言语禁忌在《勇士》中表现得尤为突出。此外，诗人对口语化的言语情有独。她的这个特点引起研究者的极大关注。

童话故事中，禁忌是个明显的标记。在俄罗斯童话故事中，有很多含有禁忌。例如，阿法纳西耶夫的《吸血鬼》中禁止说出主人公的真实身份。普洛普在其著作《神奇故事的历史根源》中对这种现象进行了总结归纳。他认为，禁忌是故事的一部分。在童话长诗中表达言语禁忌的方式有多种。长诗《勇士》中，茨维塔耶娃使用了大量没有说完或没有说出来的词语[①]。例如，“邪恶的力量”、“黑暗”、“死亡”等等。这些词语没有说出来的原因有很多，或是情节发展的缘故，要求主人公不能说出来；或是由于惊吓过度，没来得及说完。阿格诺索夫指出：“茨维塔耶娃在禁忌的基础上把民间故事改编成了《勇士》。”[②]因为爱，玛露霞没有说出吸血鬼的名字。在童话长诗中，可以通过韵脚猜出没有说出来的话语。例如：……去生，/ 去——，根据韵脚很容易联想到没有说出来的词汇应该是“смерть”（死亡）。其次，可以通过情节的发展和故事的要求，对所禁忌的言语进行推测：“……你的未婚夫是吸——”在这个具体语境中，没有说完的单词应该是“упырь”（吸血鬼）。根据情节这个词是不能说出来的，首先，在这部长诗中禁止使用“吸血鬼”这个词语；其次，玛露霞的弟弟成了吸血鬼的第一个牺牲品。他还没来得及说出“吸血鬼”这个词就断气了。

在童话长诗中，有时通过韵脚无法猜出没有说出来的词语，根据情节的发展也猜不出主人公想要说的词语是什么。例如这段诗文：“愿不愿意与我相亲相爱共同生活？/ —生活？让我活？呐！还是亡？！/

① 祖波娃（Зубова Л. В.）：《茨维塔耶娃的诗歌语言》（Язык поэзии Марины Цветаевой —Фонетика, словообразование, фразеология），圣彼得堡，圣彼得堡大学出版社，1999年，第252页。

② 阿格诺索夫：《白银时代俄国文学》，石国雄、王加兴译，上海译文出版社，2001年，第291页。

——我不知——道，不……”这是巴里斯向玛露霞求婚时的对话。根据上下语境可以猜测，未说出的词可能是“хочу”（想），可是根据情节和逻辑来看，通过分析具体文本，我们又觉得，女主人公此时应该是无法表达自己的意愿，因为此时的玛露霞无法选出恰当的词语来表达她的心情。前文中我们已经提及，女主人公必须经历假死这一仪式才能获得重生。玛露霞与巴里恩的婚姻不过是此岸与彼岸的一种过渡，是她为了赎罪必须经历的阶段。在这种情况下，我们认为，这种言语禁忌属于沉默禁忌，即主人公通过沉默来表达内心的挣扎与痛苦。

民间口头文学的语言对俄罗斯各时代的文学创作均产生过重要影响。使用民间口头文学的语言使文学作品的语言具有了口语化色彩。《少女—女王》、《叶果鲁什卡》和《勇士》中就有不少口语化的诗句。

“俄罗斯民间童话故事的语言特色之一是简洁明了，同时具有形象化的特点。”[①]长诗《少女—女王》、《叶果鲁什卡》和《勇士》的语言都具有这种特色，尤其是《叶果鲁什卡》。这部作品的语言轻松幽默，具有鲜明的民间文学语言特点。读起来像一则生动故事。在《商人》这一章中，叶果尔即将离开母亲，去接受挑战，克服种种诱惑。母亲对儿子所说的话就具有典型的民间口头文学的典型语言特征。

在放牧和经商过程中，叶果尔经历了数次考验，这与民间文学中的主人公要经历考验方能获得成功的情节非常相似。在《鲁斯兰与柳德米拉》中，鲁斯兰为了营救心爱的公主，甚至经历了起死回生的考验，最终有情人终成眷属。在童话长诗中，茨维塔耶娃也让自己的主人公经历了考验，其中之一便是让叶果尔成为牧羊人。让他去保护羊群，使它们免遭狼群的伤害。他曾经与狼为伍，母狼曾恩泽于它。但是叶果尔经受住了母狼的诱惑，当母狼想把偷来的羊羔献给狼王时，叶果尔决心拼死保护羊羔。此时他们之间的对话具有民间口头文学的语言特点，他说：“我不是你们的王，/ 我是羊群的王！”

《商人》中，叶果尔经受住了金钱、财富和安逸等诱惑和磨难，最终取得了三个商人的信任。他们确信叶果尔是真正的勇士，是足以完成奇迹的英雄，于是将拯救俄罗斯这样的重任委以叶果尔。这一章中的语言轻松、诙谐。诗人把一个破产的商人与主人公的对话写得活灵活

① 赵为、荣洁：《俄语阅读（六）》，哈尔滨工业大学出版社，2008年，第91页。

现："哦，你的头脑不灵，/ 你的口袋空空，/ 我的钱包鼓鼓，/ 我的钱财干净！// ……叶果尔挽起袖子说：/ 我跟别人不一样，/ 身材高大，/ 却长着一颗很笨的脑袋瓜，/ 为了让我的脑袋变得聪明，/ 老爹呀，你狠狠地揍我一顿吧！"[①]这种口语化的诗句表现了商人嗜财的个性，他的贪婪与叶果尔对钱财的不屑形成鲜明的对比。

童话长诗中，诗人还使用了民间口头文学的另一个标志性的手段，即：哭诉歌。《勇士》中，当继母发现王子离去，吟唱了一段哭诉歌。这段哭诉无论从韵脚、还是韵律方面，都带有民间口头文学中哭诉歌特征。它有《伊戈尔远征记》中雅罗斯拉夫娜向大自然哭诉的特点，即民间口头文学的特点；也有民间口头文学中常驻的形象，例如，白柳。

茨维塔耶娃在童话长诗创作中使用了大量的叠句。叠句的使用使其诗歌更加接近民间口头文学创作。民间口头文学创作的基本特点之一便是：在相似的韵律条件下重复使用同义词组。在民间歌谣中，叠句是最重要、最常见的句子结构。茨维塔耶娃在其诗歌创作中大量使用叠句，加斯帕罗夫称她的诗歌为"诗句的重叠"。在民间歌谣中，叠句是最重要、最常见的句子结构。茨维塔耶娃的诗歌宛若优美的音乐，流畅自然，叠句的使用加强了其诗歌的音乐性，加强了其诗歌的形象，深化了诗歌的主题。茨维塔耶娃使用叠句的手法已经达到炉火纯青的地步，尤其是在《少女—女王》中。在少女—女王与王子最后一次见面时，王子依然昏睡不醒，然而少女却依然坚定地爱着王子："睡觉的人，酩酊大醉，/ 睡觉的人，酒足饭饱。/ 是的，芳香的花朵！/ 有胖沙皇，/ 有瘦沙皇，/ 我的王啊，/你是我的梦沙皇！"[②]从这段抒情独白中我们可以看出少女对王子的一往情深和对爱情的执著追求。可以说，茨维塔耶娃的叠句是其个性化语言表达的一个手段。

4

某些数字除了具有其本身的数量意义外，还兼"非数字"意义，

① 茨维塔耶娃 (Цветаева М.)：《茨维塔耶娃作品选》(两卷本)(Избранные произведения в двух томах)，第2卷，圣彼得堡，列斯别克斯出版社，1999年，第479页。

② 同上，第110页。

被称为“圣数”，“神秘数字”等。神秘数字的形成和使用和特定的文化背景有关。某些神秘数字不仅在某一文化背景中反复出现，获得相对稳定的象征意义，还出现在不同的文化背景中，从而获得了“全人类性”的象征意义。当然，拥有不同文化背景的人对神秘数字会有不同的理解。在诗歌、艺术创作中神秘数字成为一种独特的文化记忆方式。

托波洛夫认为，3是至善至美，乃至至尊的数字，3不仅象征着绝对的完美和卓越（例如，3象征的两极：三圣和三恶），而且在神话诗学创作中，3是宇宙和社会体制的一个基本常数（包括标准的行为规范），在文学创作中常见的宇宙的三层，三至宝和神圣的三位一体等等（斯拉夫神话中的“三首神”等）。奥尔里克（Орлик, А.）认为：“在传统叙事文学中，3是表示人和物体最大的数字，没有任何其他方法可以像数字3那样，将大量的民间叙事从现代文学和现实中区别开来。”[①]

数字3在与基督教联系以后，寓意更加深远，并带有了神秘和神圣的意义。俄罗斯人对3偏爱有加，在日常口语和谚语中经常可以听到3。童话故事中，就有《伊万王子和三姐妹》的名篇，故事中总是出现三兄弟或三姐妹，主人公要经历三次考验才能取得成功等等。

《少女—女王》的情节安排与发展均遵循了民间故事的“三次转折法”的原则。长诗的主要人物有三个，即：女王、王子和继母；时间为三个夜晚，女王与王子见了三次面，每次见面都被“第三种因素”破坏。少女—女王爱上了会弹奏古斯里琴的王子，可是王子的继母也对他爱意绵绵。为了让王子留在自己的身边，恶毒的继母借助巫术使王子昏睡了三天三夜。白日里少女来时，王子总在睡梦中。少女—女王与王子的爱情同样有三种模式：自然的、占有的、母爱的。

《叶果鲁什卡》之《商人》一章中出现了三个商人。这三个商人是来帮助叶果尔战胜困难，并教他成为可以委以重任的英雄。他们见证了叶果尔的成长，认为他确实是位可以拯救俄罗斯大地的英雄后，送叶果尔上路，告诉了叶果尔在路上将会遇到高山、密林等困难，并将战胜困难的方法也一并告知。在童话长诗《叶果鲁什卡》中三个商人以不同的面貌出现，但他们的职责都是一样的，帮助叶果尔克服困难。

① 阿兰·邓迪斯：《世界民俗学》，陈建宪、彭海斌译，上海文艺出版社，1990年，第187页。

此外，三个商人的出场方式与圣经故事中天使的出场方式极为相似。都是到主人公家里借宿或休息，借以考察所选定的人是否能够完成重任。圣经故事中，上帝要毁灭索多玛城之前，派了两位天使去拯救罗德。他们去罗德家做客并在那过夜。在《六翼天使城》中，叶果尔要到达目的地，必须经过一条“火焰河”，这时候出现了一个相助者，他可以帮助叶果尔过河，他提出了三个条件：第一，不能回头看；第二，不能接触水；第三，不能骂人。普洛普在《神奇故事的历史根源中》中提到，当故事发展到高潮时总会出现神奇的相助者，会帮助主人公克服困难，相应地主人公必须答应相助者提出的条件，这些条件即是禁忌，在主人公的相助者里有一只鹰或是其他鸟类。鸟的功能只有一个——将主人公载运到另外一个国度。[①]正是基于童话故事的情节，长诗中才出现了一个长着翅膀的士兵来帮助叶果尔克服困难的桥段。叶果尔才能越过火焰河畔，到达目的地。

玛丽娜·茨维塔耶娃是20世纪俄罗斯文学中最有特色的诗人之一。特殊的艺术气质和她对俄罗斯诗歌的改革和成就使她成为俄罗斯文学史中最为重要的一位诗人。她善于捕捉各种瞬间的感觉，并用诗歌将之表现出来。她不断思考日常生活与存在之见的矛盾问题。茨维塔耶娃钟爱俄罗斯民间文学，早年间有意识地搜集民间故事、民间传说和民间歌谣，为其后的童话长诗创作打下了良好的基础。茨维塔耶娃的诗歌天赋是卓尔不群的，她的个性是桀骜不驯的。她的个性化创作特征鲜有人能够模仿她。布罗茨基曾坦言：“我从未模仿过她的声音，她是我无意与之一争高下的唯一诗人。”[②]

萨阿基扬茨指出，茨维塔耶娃创作中蕴含着民间文学元素，她认为其创作有两个重要元素：一是臆想出来的，或源于书本、剧本的浪漫情调；一是民间俄国化的东西。茨维塔耶娃在其创作中继承和发扬了俄罗斯民间文学传统。“善于使用民间文学创作中特有的音调、韵律等技巧”[③]。茨维塔耶娃童话长诗的创作与俄罗斯民间文学紧密相连。

爱情、死亡主题是其童话长诗的重要主题。她的爱情是悲剧的、

① 普罗普：《神奇故事的历史根源》，贾放译，中华书局，2006年，第209页。

② 刘文飞：《二十世纪的俄罗斯文学》，中国社会科学院出版社，2004年，第160页。

③ 荣洁：《茨维塔耶娃的诗歌创作研究》，黑龙江人民出版社，2005年，第332页。

非尘世的，她认为："彼岸世界比此岸世界更完美，"[①]正因如此，《少女—女王》和《勇士》中主人公们才能去追求超越尘世的爱情。在茨维塔耶娃的创作意识中，死亡是一种可以获得永生或者是去往异在空间的方式。也正因如此，她的死亡中没有恐惧和妥协，没有害怕和退缩，有的是她强烈的意志、主人公追求永生的脚步。

加斯帕罗夫称茨维塔耶娃的创作为"词的诗学"，因为茨维塔耶娃是位非常注重词语运用的诗人。在童话长诗创作中，茨维塔耶娃从未停止过对词语原始意义的探索。诗人使用属于她的个性化语言，使用大量的叠句，使长诗更加具有茨维塔耶娃的个性，同时也使长诗更加接近俄罗斯民间口头文学的风格。茨维塔耶娃在原有童话故事基础上，成功地展现了词语最原始的意义。在童话长诗中，诗人对词语形式的选择倾注了很多心血。刻画轻松生活场面的时候，她喜欢使用接近日常生活的口语;抒发感情的时候，她选择使用叠句的形式；当需要表达深刻思想时，她喜欢使用古旧的斯拉夫语。除了使用言语特征外，童话长诗中，诗人还使用了咒语、哭诉歌等民间口头文学形式。这使她的长诗，使她本人离民间文学更近一步。在这三部童话长诗中，源于民间口头文学的语言变成了诗人优美韵律和语言创新的一部分。

通过对茨维塔耶娃童话长诗的研究，加深了读者对俄罗斯民间文学的了解。俄罗斯民间文学以其丰富性对诗人的创作产生了重要影响，茨维塔耶娃深谙民间口头文学的形象和语言，从民间口头文学中汲取营养，并运用到童话长诗创作中，表达她对现实世界和彼岸存在的种种看法。研究茨维塔耶娃作品中的民间文学元素有助于读者发掘诗人的创作与民间文学的关系，掌握其对民间文学元素的传承。（方媛，荣洁）

① 荣洁:《茨维塔耶娃的诗歌创作研究》，黑龙江人民出版社，2005年，第333页。

第六章 茨维塔耶娃的普希金

“有一千个读者，就有一千个哈姆雷特”。这种观点同样适用于对普希金的解读上。不同文化背景、不同经历、不同年龄的人，对普希金也会有不同的理解和认识。果戈理说，“普希金是一个特殊的现象，也许是俄国精神的唯一现象”；别林斯基、车尔尼雪夫斯基、屠格涅夫认为，“普希金是俄国第一个艺术家诗人”；格里高利耶夫（Григорьев, А. А.）称“普希金是我们的一切”；俄罗斯诗人巴拉丁斯基认为，“普希金是一位思想家”；陀思妥耶夫斯基认为，“普希金是俄罗斯精神中一种带预兆性的现象”；丘特切夫把普希金视为“自己的初恋”[①]；梅列日科夫斯基称普希金为“俄罗斯诗歌的太阳”；对阿赫马托娃来说，普希金就是“民族圣人，是超越时空的诗人”；[②]帕乌斯托夫斯基认为，“我们每个人从小就感受到普希金在我们身边。他时时刻刻存在于我们的生活中。然而，随着新人一代一代地成长，他也不断变得更加年轻，因此，他总是我们的同时代人”。[③]赫尔申佐（Гершензон, М. О.）[④]认为，尽管普希金的作品中蕴含很多哲学思想，但他不是哲学

① “就像铭记自己的初恋一样，/俄罗斯心中不会把你遗忘！”丘特切夫：《丘特切夫全集》朱宪生译，漓江出版社，1998年，第185页。

② 斯特拉霍娃（Страхова Л.）：《她们的作品将流芳百世》（Увековечение жизни в слове）//阿赫马托娃，茨维塔耶娃：《抒情诗·长诗·戏剧作品·随笔》（Стихотворения Поэмы Драматургия Эссе），莫斯科，阿斯特—奥林波斯出版社，1999年。

③ 帕乌斯托夫斯基：《面向秋野》，张铁夫译，湖南文艺出版社，1992年，第116页。

④ 赫尔申佐（Гершензон М. О.）（1869-1925），俄国哲学家、历史学家。

家，他就是诗人；而艾捷里曼（Эйдельман, Н. Я.）[①]则将普希金视为思想家和幻想家；马里宁（Малинин, В. А.）直接给其研究普希金的专著起名为《思想家普希金》[②]。

茨维塔耶娃用全部的生命感受着她的普希金。普希金是她的创作道路上的指路明星，是她的“理想，她在创作上能与普希金产生共鸣”[③]。她称他为“我的普希金”。

关于普希金，茨维塔耶娃在《娜塔丽亚·冈察洛娃》一文中如是说：“有三个普希金：热爱他的人（朋友，女人，喜爱诗人的人，大学生）眼中的普希金；好奇者（所有那些贪婪地捕捉与普希金有关故事的人，这些人对流言蜚语的热情丝毫不亚于对普希金诗文的热情）眼中的普希金；审判者（君主，警察等人）眼中的普希金，最后是未来，也就是我们的眼中的普希金。”[④]

1

1913年10月，雅尔塔，每每漫步于克里米亚的山间小路或驻足在大海边的悬崖峭壁上时，茨维塔耶娃都会情不自禁想起那个曾几何时也在此游历过的“卷发的魔法师”，那个自由的灵魂。于是，她写下了献给普希金的第一首诗《与普希金会面》。这首诗写得激昂，轻盈。在茨维塔耶娃想象里的会面中，她对普希金热烈地述说了自己喜爱、珍惜的一切。在她的意识中，普希金是生活在现实世界中的活生生的人，她向他敞开心扉，述说自己所有最真实的情感和对世界的看法。

茨维塔耶娃渴望与普希金同行，渴望与他交往，但不会“扶着那只黝黑的手”，因为她认为，她虽不是能与普希金平起平坐的诗人，却是能独立撑起自己的一片创作天空、与他同行的诗人。“普希金！你会一

① 艾捷里曼（Эйдельман Н. Я.）（1930-1989）苏俄作家、历史学家、文艺学家。

② 马里宁（Малинин В. А.）：《思想家普希金》（Пушкин как мыслитель），克拉斯诺亚尔斯克，克拉斯诺亚尔斯克大学出版社，1990年。

③ 茨维塔耶娃（Цветаева М.）：《茨维塔耶娃全集》（七卷本）（Собрание сочинений в семи томах），第4卷，莫斯科，埃利斯—拉克出版社，1994年，第604页。

④ 同上，第80—81页。

眼认出，/ 谁与你同行。/ 你会欣喜，而不会搀扶 / 我攀登山顶。”[①]于是，面对自由的天空、自由的大自然，两个同样自由的灵魂冲破一切束缚，开心地向山下温馨的灯火阑珊处跑去：“我们哈哈大笑，/手拉着手跑下山。”茨维塔耶娃通过这首诗向世人宣布：她与普希金是同一条道路上的人，他们有同样的志趣和追求。她用带有一丝稚嫩、但十分自信的语气声明：她像普希金一样，是一个叛逆的、自由的诗人。这首诗奏响了“她与普希金是同行”的序曲。

时隔18年，1931年六七月间，在地中海沿岸的小城，茨维塔耶娃续写了她的普希金的新乐章。她完成了6首写给普希金的献诗，1933年7月19日完成了诗篇《推翻皇权的民权主义者……》，之后把它们结为组诗，题名为《献给普希金的诗》。

茨维塔耶娃的研究者安娜·萨阿基扬茨对组诗创作的背景作了一番考证。她认为背景有二，其一：茨维塔耶娃的好友帕斯捷尔纳克的出国请求遭到拒绝，这使茨维塔耶娃非常痛心。她认为，她的朋友，自由的灵魂被桎梏了。这个想法后被她复现在《娜塔丽娅·冈察洛娃》中，被她移花接木地用在了普希金的身上：尼古拉一世把诗人禁锢在金笼子里。我们以为，正是由于这个原因，“被俘的诗人，禁锢中的诗人”才自然而然地成为组诗的一个重要主题，而诗人和沙皇，即诗人和彼得大帝，诗人和尼古拉一世之间的关系成为组诗的第二个主题。其二：茨维塔耶娃曾参观一个画展，在那里茨维塔耶娃看到了非洲人的作品，也许是画面上的非洲人让她浮想联翩，让她想起了“彼得大帝的黑教子”，让她想起了黑教子的后代，并由此在组诗中刻意强调了流淌着黑人血液的俄罗斯诗人形象：“没患上俄罗斯白血病”的“黑人的孙子”，“非洲的自由人”。也许，由于自己的普希金，生活在异邦的茨维塔耶娃才更喜欢外国人，关于这一点，我们在她的散文中曾不止一次读到，例如：在《中国人》中。

普希金早已是俄罗斯精神文化生活永久的象征。但是随着时代的发展变化，在一些人的意识中，普希金渐渐地被石像化、青铜化，变成了纯粹的“普希金纪念像”。他成了一些文人政客用来教训和惩戒在艺

① 茨维塔耶娃（Цветаева М.）：《茨维塔耶娃全集》（七卷本）（Собрание сочинений в семи томах），第1卷，莫斯科，埃利斯—拉克出版社，1994年，第188页。

术上胆敢越雷池半步的人的“御用工具”。他们的做法引起了勃洛克，马雅可夫斯基、茨维塔耶娃等诗人的愤怒。勃洛克在一篇文章中写道：“我们了解作为人的普希金，作为君主的朋友的普希金，作为十二月党人的朋友的普希金。但这一切都在作为诗人的普希金面前显得黯然失色。”茨维塔耶娃与勃洛克所持观点基本相同，她认为：普希金是“友谊的普希金，婚姻的普希金，造反的普希金，王位的普希金，上流社会的普希金，保姆的普希金，加百利的普希金，教会的普希金，有无数自己面孔和面貌的普希金，而所有这一切都被其中的一个共同的‘人’，即诗人连接、支撑着”[①]。因此，茨维塔耶娃在组诗中倾情塑造了自己的普希金，一个有历史和发展的诗人，并与那些妄想把普希金当作“纪念碑”、“骑士团长”、“石客”、“家庭教师”、“机关枪”、“陵墓”等的“普希金研究者们”展开了激烈的辩论。霍达谢维奇在为组诗所写的审读意见时曾对这种争辩提出异议，他认为，“组诗中与普希金研究者的辩论过多，而对普希金本人用墨较少，但作品本身写得非常好”[②]。笔者却以为，茨维塔耶娃正是在这些辩论中展现出自己的普希金形象。

在第一首诗《宪兵的鞭子，学生的上帝》中，茨维塔耶娃“把普希金从阿波罗手中夺走，送给了狄奥尼索斯”（萨阿基扬茨语）。她告诉普希金研究者：她的普希金是最自由的人，是狂热的叛逆者，他一点都不循规蹈矩，不受任何约束：“尺度感？/ 你们忘记了大海/ 拍击岩石的感觉？”[③]她的普希金没有“尺度的感觉”，只有“大海的感觉”，所以才“比任何人都灵活，都生机勃勃”[④]。在茨维塔耶娃的意识里，普希金是一个“爱开玩笑的人，爱嘲笑人的人”，“目光放肆的人”，“非洲的自由自在的人，恣意妄为的人”。她的普希金是“宪兵的鞭子，学生的

① 茨维塔耶娃（Цветаева М.）：《茨维塔耶娃全集》（七卷本）（Собрание сочинений в семи томах）第4卷，莫斯科，埃利斯—拉克出版社，1994年，第84页。

② 施维采尔（Швейцер В.）：《茨维塔耶娃的日常生活和存在》（Быт и бытие Марины Цветаевой），莫斯科，青年近卫军出版社，1992年，第392页。

③ 茨维塔耶娃（Цветаева М.）：《茨维塔耶娃全集》（七卷本）（Собрание сочинений в семи томах）第2卷，莫斯科，埃利斯—拉克出版社，1994年，第281页。

④ 同上，第282页。

上帝”，他敢放肆地面对尼古拉一世：“伸出双脚去烤火/ 还当着沙皇的面靠坐在桌子上……”[①]所以当有人说：“在普希金面前要谦卑恭顺！”时，茨维塔耶娃马上反驳说：“你们忘了他的热吻？/普希金的叛逆？/你们忘了他尖刻的话语？”[②]她想用以此说明，这样的普希金不可能成为当权者或某些人的教化榜样，成为古板的教师爷，更不可能去约束他人的自由和个性的发展。

她的组诗像熊熊燃烧的烈火，这是茨维塔耶娃创作中的一个重要特征。她总会让自己心爱的主人公有着激昂、热情似火、桀骜不驯的性格特征。

普希金和皇权是这部组诗中的第二个主题。在第二首诗《彼得和普希金》中，她赞美了彼得大帝。她认为，彼得大帝的最大功绩是：他把汉尼拔带到了俄罗斯，使得俄国有了令其自豪骄傲的、流淌着黑人血液的伟大诗人。她认为，普希金是彼得大帝送给俄罗斯的“最后的——死后的——永垂不朽的礼物”[③]。而对尼古拉一世，她则充满了仇恨，在她的意识中，尼古拉一世是一个残酷、虚伪、狭隘的恶君，是他扼杀了普希金。

第三首诗是组诗中最重要的组成部分。在这首诗中，茨维塔耶娃，一个个性鲜明的诗人，阐释了自己对普希金的态度：“普希金的手 我握，而不舔……”[④]这是一个骄傲的灵魂对一个伟大的灵魂的态度。之所以持这样的态度，是因为她与普希金在“同一作坊”工作，他们是“同事”，他们有同样的手艺。她对普希金手艺的所有秘密都了如指掌，她知晓他使用的每一个括号，每一处笔误，熟谙他每一犀利的语句，每一个词语的价值，并把自己创作的手艺融到普希金的手艺里：“每一个涂改处/ 都像出自我的手”[⑤]。由于有了这样的经历，茨维耶

① 茨维塔耶娃（Цветаева М.）：《茨维塔耶娃全集》（七卷本）（Собрание сочинений в семи томах），第2卷，莫斯科，埃利斯—拉克出版社，1994年，第281页。

② 同上，第282页。

③ 同上，第285页。

④ 同上，第286页。

⑤ 同上，第286页。

娃才坦荡地向世人宣布：“我是曾祖的同事。”[①]是同样的激情、灵感，他们所共同拥有的手艺确定了这份亲情。（茨维塔耶娃这样的态度让霍达谢维奇这位自喻为“普希金的学生”的人感觉非常不舒服。）既然普希金是自己的曾祖，那她自然是当仁不让地让普希金成为自己的同盟，与她共同对付攻击她的人：“您别用普希金打击我！/ 因为我要用他教训您！”[②]她嘲笑那些拿普希金当挡箭牌的普希金研究者们说：“怪不得你们紧贴在普希金的小屋上，/ 原来你们是一群没用的东西。”[③]她的这首诗得到了阿达莫维奇和霍达谢维奇的高度评价。阿达莫维奇认为，“组诗中关于彼得大帝和普希金的诗篇内容深刻，特色鲜明。这首诗的内容和形式都独具特色”[④]。 霍达谢维奇也认为，这首诗的构思和写作技巧非常出色。但他指出，诗人在这首诗中更多关注于和普希金研究者的论战上，而很少写普希金。[⑤]

在《致普希金的诗篇》第4首诗《打破俄罗斯的守旧……》中，茨维塔耶娃极富表现力地展现了她的普希金的特征，她用“肌肉”，“奔跑”，“搏斗”，“马的心脏的跳动”，“船桨与海浪的竞赛”，“六翼天使”等词语来形容普希金，旨在表现出她的普希金的力量、热情、阳刚之气。

茨维塔耶娃的研究者库德洛娃认为，组诗“既是写普希金的诗，也是写茨维塔耶娃自己的诗”[⑥]。我们认同这个观点，但同时我们还认为，组诗是茨维塔耶娃向那些所谓的普希金研究者发出的檄文，是对普希金个性化解读的诗文。

茨维塔耶娃热爱他的普希金，她爱他的不屈不挠精神，他的叛逆！

---

① 茨维塔耶娃（Цветаева М.）：《茨维塔耶娃全集》（七卷本）（Собрание сочинений в семи томах）第2卷，莫斯科，埃利斯—拉克出版社，1994年，第286页。

② 同上，第287页。

③ 同上，第282页。

④ 阿达莫维奇（Адамович Г. В.）：《关于“现代人札记”第63、64辑的评语》（Рец. Современные записки, кн. 63,64），《新闻报》，1937年5月6日，第3版。

⑤ 霍达谢维奇（Ходасевич В. Ф.）：《关于“现代人札记”第63、64辑的评语》（Рец. Современные записки, кн. 63,64），《复活报》，1937年5月15日，第9版。

⑥ 库德洛娃（Кудрова И.）：《彗星之路 玛丽娜·茨维塔耶娃的生平》（Путь комет. Жизнь Марины Цветаевой），圣彼得堡，维塔·诺娃出版社，第439页。

这种爱是诗人对诗人的爱，而非普通人对神灵的顶礼膜拜。茨维塔耶娃像谈自己的朋友、亲人那样谈自己的普希金。她总把自己的美好感受，自己对诗歌的理解与普希金相对比。她把他的诗句植入自己的内心深处，让它们在那里生根、发芽、结果，并以她所接受的方式与普希金诗意地生活在她的诗歌世界里。

2

走进茨维塔耶娃的散文世界，我们会更多地与她的普希金接触，更深刻、更全面地理解她的普希金和她对普希金作品的解读。《我的普希金》和《普希金和普加乔夫》可谓是茨维塔耶娃书写普希金的最经典作品。

《我的普希金》写于1936年末，这部作品是为纪念普希金去世100周年而作的。茨维塔耶娃从最简单、最容易理解的地方来叙说她的普希金。它记录了一个不同寻常的小孩对伟大诗人的认识过程，讲述了一个未来诗人在普希金作品"光照"下个性形成的故事。

普希金是如何进入茨维塔耶娃世界的？茨维塔耶娃不是简单地复现童年的记忆，而是边回忆，边阐述此时的她对普希金的认识和评价，并将两者有机地结合在一起。她先用孩子特有的语言和思维方式向读者讲述了她和她的普希金的故事。首先，她把读者引进她的视觉世界（她本来是信奉声音的），让读者和她一起目睹了普希金被"不会写诗的"丹特士打中腹部的可怕一幕，由此玛丽娜有了悲剧意识，有了死亡的概念："普希金是我的第一个诗人，我的第一个诗人被杀死了……哪一个诗人又没被杀害呢？"[1]茨维塔耶娃在告诉我们，她是在弥漫着死亡气息的氛围中认识普希金、知晓诗人的。她在告诉我们，诗人的道路是充满荆棘、苦难，甚至是死亡的。看到诗人被杀的画面后，幼小孩子心中生出了对诗人的巨大同情和责任感："从那些人在纳乌莫夫的那幅画上当着我的面杀死普希金时起……我就把世界分为'诗人和所有人'两部分，我选择了'诗人'这个世界，我把诗人置于自

① 茨维塔耶娃（Цветаева М.）：《茨维塔耶娃全集》（七卷本）（Собрание сочинений в семи томах），第5卷，莫斯科，埃利斯—拉克出版社，1994年，第58页。

己的保护伞下，使'诗人'免受'所有人'的欺凌。不管这些'所有人'着什么装，有怎样的称谓。"[①]由于这种责任感，她甚至对诗人的死怀有一分自责："假如我在他的身旁，他就不会死了。"[②] 其实，她并非是在画面上第一次见到普希金。她与普希金的接触还要早一些，当她还不知道普希金就是普希金时，她就已经见过他。那个普希金就是普希金纪念像，她的第一个活动空间，永恒的里程碑："普希金纪念像是我的第一个活动空间……是日常生活……是我和黑白色的第一次接触……是我与数的第一次接触……是我与材料：生铁、细瓷、大理石，以及自己的材料的第一次接触。"[③]因为普希金纪念像，更因为普希金身上流淌的黑人血液，她一生钟爱黑色，并对黑白两色有一种独特的理解，而之所以对普希金纪念像怀有刻骨铭心的爱，是因为通过纪念普希金，她明白了不可侵犯和不容争辩的含义。我们以为，茨维塔耶娃是想用上述种种"第一"的例子说明，普希金对她的日常生活的影响是何等巨大。在这些例子中我们尤其注意到她提到的地位高低的问题。她说，普希金纪念像使她第一次直观地了解到"等级"的问题，并以儿童的口吻告诉我们："小女孩是会长高的。"[④]这里茨维塔耶娃绝不是在简单地说高矮的问题，也不是在说一个最简单的常识，而是在预言自己的创作地位，她相信，可以与"魔法师"相提并论的那一天终会来临。

通过阅读普希金，茨维塔耶娃知晓了爱情，牺牲，忠诚，离别，痛苦，叛逆，勇敢，坚强……可以说，普希金的作品、人物对茨维塔耶娃世界观、个性的形成产生了很大的影响。

《茨冈人》是她所阅读的第一部普希金作品，阿列哥和杰姆菲拉是她"见到"的第一对普希金作品中的男女主人公。因为《茨冈人》，她有了对爱情的感受："如果心中热乎乎的，又不想把这种感受告诉别

① 茨维塔耶娃（Цветаева М.）：《茨维塔耶娃全集》（七卷本）（Собрание сочинений в семи томах），第5卷，莫斯科，埃利斯—拉克出版社，1994年，第58页。

② 施维采尔（Швейцер В.），《茨维塔耶娃的日常生活和存在》（Быт и бытие Марины Цветаевой），莫斯科，青年近卫军出版社，1992年，第359页。

③④ 茨维塔耶娃（Цветаева М.）：《茨维塔耶娃全集》（七卷本）（Собрание сочине-ний в семи томах），第5卷，莫斯科，埃利斯—拉克出版社，1994年，第60页。

人，这就是爱情。”[①]她爱上了茨冈人，因为茨冈人自由，充满激情，有着火辣辣的爱与恨。由于普希金，她有了对爱的理解：离别时，你心中难过，痛苦，想流泪，这就是爱。之后，当她见到普希金的普加乔夫后，她又疯狂地爱上这个领路人，她对他的爱“超出了对所有亲人和陌生人的爱……超出了对《茨冈人》的爱”，这是因为，普加乔夫是叛逆的象征，是自由的象征。茨维塔耶娃爱这种叛逆、自由甚于一切。

她在6岁时，她爱上了奥涅金和塔吉亚娜，由于有了对他们的爱，而有了后来的对创作的爱和灵感：“我若不是同时爱上他们两个人（爱她稍深一些）……那么后来我就什么东西也写不出。”[②]茨维塔耶娃非常重视《叶甫盖尼·奥涅金》这部作品，因为对她的影响甚大，甚广，甚深远。由于看到患上单相思、不幸的塔吉亚娜后，茨维塔耶娃“便不想成为一个幸福的女人，因此注定没有爱情”[③]。由于塔吉亚娜，而始终“第一个给别人写信，第一个向别人伸出一只手和两只手，而且不怕别人笑话，那是因为……塔吉亚娜曾经当着我的面这样做过”[④]。而当与人分别时，她也从不伸出手与人握别，甚至连头都不回一下，因为在花园中，当奥涅金离开的时候，“塔吉亚娜曾经像雕像一样呆坐着”。她从塔吉亚娜那里学会了勇敢地去向所爱慕的人表白，争取主动的爱情。同样是塔吉亚娜教会了她如何去面对爱情，如何对爱情忠诚。尽管两个人爱的经历不同，但是恪守的诺言极为相似。塔吉亚娜说：我既已嫁人，就要对他忠诚；茨维塔耶娃说：我要像一条狗一样跟随他。“塔吉亚娜不仅影响了我的整个一生，而且影响了我生命的事实本身”[⑤]。

《致大海》让茨维塔耶娃知晓了离别的痛苦，加深了对爱的理解：“因为当你爱的时候，总是要离别的，当你离别的时候，才会爱。”[⑥]她对普希金大海的解读使我们了解了她的大海：“普希金的大海是诀别

① 茨维塔耶娃（Цветаева М.）：《茨维塔耶娃全集》（七卷本）（Собрание сочинений в семи томах），第5卷，莫斯科，埃利斯—拉克出版社，1994年，第65页。

② 同上，第71页。

③ 同上，第72页。

④ 同上，第71页。

⑤ 同上，第72页。

⑥ 同上，第84页。

的大海……我的大海是普希金奔放不羁元素的大海。"[①]因为普希金的大海而使茨维塔耶娃的一生中的好多事情都是"以诀别，而非相逢，以决裂，而非会合"而告终。只有"放荡不羁"的元素——诗歌成了茨维塔耶娃永远也不能与之诀别的唯一元素。

在普希金的《致奶娘》中茨维塔耶娃第一次读到"最富情意"的词"女友"。茨维塔耶娃如是解读了普希金对奶娘的爱：普希金最爱的是他的奶娘。她认为，在普希金所写的献给女性的诗篇中，只有这首诗的语言最温情。她甚至认为，这首诗是一座"孝子贤孙"的纪念碑。从《致奶娘》中她悟出爱的哲学："年老的女人比年轻的女人更值得爱。"[②]她为这种爱深深感动，每每说起"女友"这个词，她就会心痛。

1937年，茨维塔耶娃为纪念普希金逝世100周年又完成了一部散文作品《普希金和普加乔夫》。在《普希金和普加乔夫》中，茨维塔耶娃向我们展现了她的普希金的"人民性"一面。更重要的是，她以自己独特的理解，揭示了普希金塑造两个截然不同的普加乔夫形象的原因，并明确表明了自己对《上尉的女儿》中的普加乔夫的喜爱和对《普加乔夫暴乱史》中的普加乔夫的厌恶。茨维塔耶娃认为，《上尉的女儿》中的普加乔夫"一团正气，知恩图报，在他的野性当中时常显露出善良的一面"，他"有爱心"，"重友情，讲情面"等等；而《普加乔夫暴动史》中的普加乔夫则无耻、"兽性十足"。

同样出自普希金笔下的普加乔夫何以有如此大的反差？何以普希金在已知史料对普加乔夫的评价后又塑造了《上尉的女儿》中的普加乔夫形象呢？茨维塔耶娃给出了自己的答案："《普加乔夫暴乱史》是他写给别人看的，而《上尉的女儿》则是写给自己的。"[③]茨维塔耶娃认为，《上尉的女儿》是诗人对尼古拉一世的报复。在《上尉的女儿》中普希金顺从了人民的意愿，他把普加乔夫送回到传说中高高的祭坛上。可见，她对普希金、对普希金的作品、对普希金塑造的形象理解得有多么深刻。

---

① 茨维塔耶娃（Цветаева М.）：《茨维塔耶娃全集》（七卷本）（Собрание сочинений в семи томах），第5卷，莫斯科，埃利斯—拉克出版社，1994年，第91页。

② 同上，第81页。

③ 同上，第519页。

在《普希金和普加乔夫》中她突出强调一个观点，那就是善在普加乔夫。她说，还在很小的时候，她就知道普加乔夫是个恶人，继而，她对“恶”作了独特的阐释：“对孩子来说，童话中就应该有恶。普加乔夫的恶行就是童年时代里（又岂止童年时代）不可或缺的童话故事中的恶”[①]。但茨维塔耶娃马上解释说，小孩子痛恨的不是恶，而是背叛，不守诺言和信用。这哪是在说小孩子，这分明是在道自己的心声！普加乔夫是她遇到的第一个恶，“这恶又是真正的善。从这以后，一遇到恶，我就总是把它疑为善”[②]。而让她有这种感觉的人，能把恶变成善的魔法师就是普希金，是普希金赋予了普加乔夫最神奇的魔力：让恶瞬间变成善，让恶势力瞬间变为善的力量。她爱这个大恶的善人，格里涅夫的恩人，领路人。

在《普希金和普加乔夫》中，我们还读出了茨维塔耶娃另一个更独特的观点：即：保卫女皇、拥有军人神圣天职的贵族格里涅夫和暴动者、充满人格魅力的普加乔夫彼此惺惺相惜，心存感激和爱。普加乔夫的爱体现在他给予格里涅夫的所有馈赠中，而格里涅夫的爱体现在他对普加乔夫的所有感激中。普希金对普加乔夫也充满感激和爱，因为在普加乔夫身上，普希金才得以释放出诗人天生就有的叛逆、暴乱的热情：“普希金心中只有普加乔夫和他对他的热爱。”[③] 这是一种对心爱的恶人、敌人、心爱的朋友和敬仰的人的爱。这爱被施了魔法，使得“普希金拜倒在普加乔夫的魔力下，直至最后也没能从这种魔力中走出来”[④]。茨维塔耶娃对普希金充满感激，因为他，她才有了对普加乔夫、对叛逆者的热爱，而之所以能产生这种爱，是因为：诗人对叛逆有一种天生的热情。自己是普希金“同一作坊的同事”，加之，普加乔夫的世界是火热的世界，其中充满了纵火、抢劫、暴风雪、飞奔的马车、酒宴……所以她才会说：“我感谢普希金让我对叛乱者充满激情。”[⑤] 茨维塔耶娃在这部作品中秉承以往的创作理念，即：进入所解

①② 茨维塔耶娃（Цветаева М.）：《茨维塔耶娃全集》（七卷本）（Собрание сочине-ний в семи томах），第5卷，莫斯科，埃利斯—拉克出版社，1994年，第501页。

③ 同上，第510页。

④ 同上，第508页。

⑤ 同上，第510页。

读的作品中，成为作品中的一分子，与作品中的人物一样，拥有同样的话语权。例如，当她读到："普加乔夫向我伸出了他那只青筋暴出的手"时，她写道："我是否偷偷暗示了格里涅夫去吻普加乔夫的手？……我没有那么做。"[①]并解释说，之所以不去吻普加乔夫的手，是"出于对他的爱"。这思想可谓是《献给普希金的诗篇》中第三首诗中思想的延续和深化。

我们认为，《普希金和普加乔夫》是茨维塔耶娃研究普希金世界观、个性最透彻的一部作品。她借对普加乔夫的分析，说明了她的普希金的性格特征，诗人的天性，甚至是诗人悲剧的根源。茨维塔耶娃研究普希金的最大一个特点就是：她不是就普希金而说普希金，而是通过对作品中人物的分析来说自己的普希金。

茨维塔耶娃的日记是帮助我们了解其更隐秘观点的放大镜。在茨维塔耶娃的日记中我们读到了她极富个性的私语："我还没见过一个比我更有诗歌才华的女人，应该说是人……我敢说，若不是因为缺少计划和布局，我也能像普希金那样创作并写出他那样的戏剧作品……那就会出现一部天才的、享誉全俄的作品了……'第二个普希金'或第一个女诗人——这才是我应得到的评价，我可以活着等到这一天的来临。"[②]这是她在21岁时写下的感言，而在之后的日记中她写下了更惊世骇俗的感慨："既生普希金，何生玛丽娜·茨维塔耶娃？"[③]

茨维塔耶娃一生书写过许多诗人，也为不少诗人写过献诗。但只有普希金才是茨维塔耶娃第一个、也是永远不变的深爱的诗人。她认为他是自由的元素，是能让人对自由充满渴望的诗人。茨维塔耶娃在他的诗歌、个性、天性中读出的是庄严、自由、释放的自然力，而真正的艺术则是表现这个自然力的工具。她的这个观点在《良心光照下的艺术》中有明显的体现。在茨维塔耶娃看来，普希金的《鼠疫之歌》不是词

① 茨维塔耶娃（Цветаева М.）：《茨维塔耶娃全集》（七卷本）（Собрание сочинений в семи томах），第5卷，莫斯科，埃利斯—拉克出版社，1994年，第500页。

② 库德洛娃（Кудрова И.）：《彗星之路 玛丽娜·茨维塔耶娃的生平》（Путь комет. Жизнь Марины Цветаевой），圣彼得堡，维塔·诺娃出版社，第108页。

③ 茨维塔耶娃（Цветаева М.）：《未曾发表过札记》（第2卷）（Неизданное. Записные книжки），莫斯科，埃利斯—拉克出版社，2001年，第106页。

语、诗歌之作，而是由火舌，海洋的巨浪，大漠的沙子等大自然造物完成的天赐之作。普希金是与她生活在同一时代的交谈者，是她永远的朋友，给她建议的顾问。

我们这里无需去追究茨维塔耶娃对艺术和创作的理解、阐释正确与否。但我们却赞同她的这个观点，即：诗人是自然力之子，而自然力又永远躁动不安，永远在叛逆、暴动，每一个真正的诗人都在叛逆、暴动的自然力中寻找着灵感，每一个真正诗人的内心深处都有一个自己的普加乔夫，一个属于自己的叛逆者。在茨维塔耶娃的意识中，普希金就是这种叛逆、自然力的代表。

第七章 茨维塔耶娃创作意识中的“神”

“从来不是无神论者，永远信多神教。”[①]这是茨维塔耶娃对自己信仰的定位。纵观诗人的整个人生和创作，我们认为，她确实具有多神意识，而且，随着其人生和创作意识的变化，她所信奉的神也随之改变。她让诗人充满多神意识，又把多神思想反映在作品中。她通过诗歌创作寻找自己的“神”。

1

正统的东正教徒指责说，茨维塔耶娃是一个心中无神的人，是一个异教徒。纵观茨维塔耶娃的全部创作，我们发现，她是一个心中有神的诗人。她始终坚持不懈地在诗歌之旅途上寻找着自己的神。

在《良心光照下的艺术》中诗人又写下了一句“冒天下之大不韪”的话：“最好是我们的基督上帝加入到他的（诗人的）诸神行列中。”[②]我们的理解是：在她的意识中，基督教之前的诸神与基督教的上帝是同时存在的。

茨维塔耶娃有这样的意识，与其幼年时所受到的父母影响以及诗人创作伊始的社会文化背景不无关系。身为神父之子、虔诚东正教徒的茨维塔耶夫把毕生的精力都献给了筹建“古希腊神庙”的伟大事业上。正因如此，茨维塔耶娃在很小的时候就已经“沉迷”于父亲的古希腊罗马诸神世界之中。奥林波斯神的雕塑在玛丽娜幼小的心灵里复活，

①② 茨维塔耶娃（Цветаева М.）：《茨维塔耶娃全集》（七卷本）（Собрание сочине-ний в семи томах），第5卷，莫斯科，埃利斯—拉克出版社，1994年，第363页。

并成为她崇拜的神。流淌着德国血统的母亲又把德国民谣和浪漫主义精神传给了女儿。在塔鲁萨生活期间，诗人有机会接触到鞭笞派教徒，在交往中熟悉了她们的生活习惯及信仰，并“喜爱”上她们。1934年诗人在《鞭笞派女教徒》中讲述了她与鞭笞派教徒交往的故事。通过这部作品，她向诗人述说了对鞭笞派教徒的喜爱之情。她称女主人公为“圣母”，男主人公为“基督”。她展示了“基督”和“圣母”的形象。这可真是令人吃惊的形象。“基督”的头发是棕红色的，还留有两撇胡子，瘦瘦的，光着脚。“圣母”的脸是皮革色的。我们第一次“见到”他们时，他们正在茨维塔耶娃父母的旧花园中“偷苹果”！茨维塔耶娃交代说，“基督”是一个痛苦的酒鬼。“圣母”关心他，为他轰苍蝇。“基督”的动作软弱无力，无精打采，“圣母”搀扶着他前行。就是这样修行的人，让茨维塔耶娃喜爱不已！

此外，玛丽娜自幼就受到俄国保姆，法国、德国家庭教师讲述的民间故事和鬼神故事的“洗礼”。而当茨维塔耶娃步入文坛时，又恰值许多文人都把创作的注意力集中到基督前时代、神话原型上时期，文人们不断地思考着他们与基督教的关系，反思着自己对基督教、基督本身的态度。这对诗人形成多神的意识都起到了至关重要的作用。

也许，正因这种意识，茨维塔耶娃在创作带有恶魔因素的戏剧作品时，才会安排真主、宙斯、维纳斯等神出场，在写诗歌作品时，才会加入一些膜拜偶像和多神教因素，才会欣赏中世纪空谈玄理之人的“也许，上帝也不是全知全能”的观点。

2

对茨维塔耶娃而言，耶稣基督是一种历史文化象征，他处在她和上帝之间，是他们的“中间人”。但在“交往”时，她却绝对不接受、不采纳“中间人”的观点，她认为，她与上帝交往时无需任何“中间人”。

在她的世界中，总有一种无形的东西使她的灵魂与上帝接近，这就是爱。通过爱，茨维塔耶娃阐明了她对上帝的基本看法，例如：“整个心—— 需要整个上帝。”[①]为了爱，她可以“得罪”上帝：“我只从永恒那儿盗走/一小小会儿时间。/只有一小时 ……/用于全部的爱情。”[②]为了所犯的罪她要受到惩罚，但这惩罚来自她自己，而不是上帝：“我全部的罪孽，我全部的惩罚。”[③]之所以写出这样的诗句，是因为茨维塔耶娃断言：没有哪一个神会将别人（她的）罪过揽在自己身上。

茨维塔耶娃在灵魂深处寻找着上帝，并让他活在她的内心深处。在她的意识中，她本人，她的生与死，她的日常生活与精神生活永远与上帝的声音、教堂的钟声联系在一起，她让教堂的钟声见证、庆贺她的降生：“我降生。数百只钟齐鸣/那天是安息日：圣约翰日”；[④]“我出生在钟鸣、日历上印着红字的圣约翰日……”；[⑤]她让教堂的钟声伴她长眠：“我会做自由的梦，听钟鸣，看朝霞——在瓦甘科沃墓地。”[⑥]

茨维塔耶娃对爱情的态度和她对上帝的态度紧密相关。以组诗《约翰》为例，组诗以“只要活着!”[⑦]开篇。她把这首诗记录在1917年写下的一篇关于爱情的日记体散文中，在这篇散文中诗人如是写道：“上帝第一天只说了一句话：活吧!”[⑧]此时，诗人所言的“活吧！”与“存在吧！”具有相同的意义。

组诗第一首诗中的头两个诗行交代出了主人公“有信仰前”的状态及对信仰的渴望：“只要活着!——我垂下双手，/我把滚烫的额头垂向双手。”[⑨]接连出现的两个下滑动作交代出女主人公的身心状态：无力，激情后出现的疲倦。第三个诗行：“年轻的风暴就这样聆听着上帝……”破坏了“约翰——我—年轻的风暴——上帝”这个已确定的线

① 茨维塔耶娃（Цветаева М.）：《茨维塔耶娃全集》（七卷本）（Собрание сочинений в семи томах），第5卷，莫斯科，埃利斯—拉克出版社，1994年，第522页。

② 同上，第523—524页。

③ 同上，第524页。

④ 同上，第273页。

⑤ 同上，第272页。

⑥ 同上，第268页。

⑦ 同上，第357页。

⑧ 茨维塔耶娃（Цветаева М.）：《茨维塔耶娃全集》（七卷本）（Собрание сочинений в семи томах），第1卷，莫斯科，埃利斯—拉克出版社，1994年，第479页。

⑨ 同上，第357页。

素。其实，在第二句诗中，茨维塔耶娃已然暗示出了一种转变：“把滚烫的额头垂向双手”既意味着女主人公想让滚烫的额头凉下来，也意味着诗人想集中一下精神，倾听自己的心声。

在第二个诗节中，诗人暗示了自己与“上帝”在情感上的结合：“一只权势之手/压到我呼吸的高峰……/双唇印到我的双唇……/上帝就这样聆听着年轻的风暴。”[①]这段诗文将“年轻的风暴”和“上帝”的位置，也就是诗人和上帝的位置做了调换，使两者“扯平”。从这一点我们可以推断出：在茨维塔耶娃的意识中，她的上帝与她应是平等的。

茨维塔耶娃通过《约翰》告诉读者，她的上帝只在她的心灵深处。在组诗中，诗人重新思考了古代崇拜偶像的心理因素。她这一时期上帝是一个“内在的上帝”。她的内在上帝与多神教的诸神一样，既不善良，也不邪恶，但却是不可战胜的。他不是个冷冰冰的偶像，而是活生生的、不断“成长”的上帝。他有自己的成长史。年少的上帝有两副面孔：一副是多神教的，一副是基督教的。她对待这双面神的态度不尽相同。当多神教的神在其意识中占上风时，她的作品中会充满感激的情绪，此时她感谢上帝能让自己与大自然、万物同在：

噢，上帝，感谢你
赐给了我海洋和陆地，
还有迷人的肉体
不朽的灵魂，
赐予我热血，
还有冷水。
——感谢你赐予我爱情。
感谢你赐予我天气。[②]

在这首诗中，茨维塔耶娃把海洋、陆地、冷水、热血、迷人的肉体、不朽的灵魂放在一个层面上，并借助相同的语法结构把爱情和天气放在同一个层面上，从而使爱情成为一种不受上帝制约的自然力。这是茨维塔耶娃的“神”赋予给她的权利。

① 茨维塔耶娃（Цветаева М.）：《茨维塔耶娃全集》（七卷本）（Собрание сочинений в семи томах），第1卷，莫斯科，埃利斯—拉克出版社，1994年，第357页。

② 同上，第441页。

组诗《Н. Н. В》再次说明，茨维塔耶娃对待基督的态度是双重的：一方面，她不接受基督的说教。她认为，这些说教会扯断她与大自然、内在上帝联系的纽带；另一方面，她又不能不承认基督的存在，不能不承认基督教对欧洲历史、文化、文明的影响。这种矛盾的情绪迫使她在作品中不断地与基督（教）进行辩论："就像读鞭挞世俗的圣经诗文/在你的眼中我读出：'愚蠢的激情'！"[①]这就是一种叛逆！

3

茨维塔耶娃于1910年之前写的作品中尚没有出现人与上帝辩论的迹象。在早年的诗歌作品中神的"领地"是明朗透彻、无忧无虑的，但在早期创作中已初露诗人要与上帝对话、渴望与上帝平等、称其为"你"的端倪 。最能说明这点的是她于1909年写下的《祈祷》一诗，这首被称为茨维塔耶娃第一个宣言的作品中，诗人提出了一个非基督徒的祈求："你给了我胜似童话的童年，/ 再给我一次死亡——在我十七岁这年！"[②]可以说，正是这首诗拉开了诗人叛逆（反叛上帝）的序幕。

从心理学角度来看，此时，茨维塔耶娃与上帝间的关系属于典型的"孩子——家长"式的关系：从幼年时的无条件接受，到"讨狗嫌"年龄时的叛逆，渴望独立自主，又不得不对大人察言观色的阶段，再到要求完全平等的对话时期。

1921年创作的组诗《学生》之第4首诗中有这样一段诗文："眼神被醋意左右，/它在祈祷还抱怨……/ 天上的父，带我进黄昏，/带我入汝夜，天上的父。"[③]"祈祷—抱怨"可谓是茨维塔耶娃对上帝信仰中的两种极端态度。在她的诗歌作品中，多愁善感的女主人公一旦意识到自己是"上帝的喉舌"后，就一定会与上帝进行无休无止的争辩。其

① 茨维塔耶娃（Цветаева М.）：《茨维塔耶娃全集》（七卷本）（Собрание сочинений в семи томах），第1卷，莫斯科，埃利斯—拉克出版社，1994年，第528页。

② 同上，第33页。

③ 茨维塔耶娃（Цветаева М.）：《茨维塔耶娃全集》（七卷本）（Собрание сочинений в семи томах ），第2卷，莫斯科，埃利斯—拉克出版社，1994年，第15页。

实这是茨维塔耶娃在向上帝“挑战”，是一种叛逆。这种叛逆在茨维塔耶娃的作品中时常出现，例如，1916年8月15日创作的三首诗《为了香唇和婚床》[①]，《我要夺回你，从所有陆地，从所有天际》[②]，《上帝因操劳累弯了腰》[③]，展示了诗人的不同叛逆模式。

“上帝—人”是《为了香唇和婚床》一诗的基础，属于“上帝”语义场的有：“可怕的上帝教堂”，“天使的禁止”，“铁一般的守护人：警觉的大门”等；属于“人”的语义场的是：“嘴唇和婚床”，“婚车”，“发亮和唱歌的门”等。从茨维塔耶娃使用的词汇中我们不难看出，诗人有意识地让“上帝—人”形成一种对立关系，而且用在“上帝”语义场的词几乎都带有沉重的语义：“可怕”，“禁止”，“铁一般”（这个词还有“黑压压的”意思），“乌云”；而用在“人”的语义场的词汇多充满生活气息：“嘴唇和婚床”，“婚车”，“发亮和唱歌的门”（教堂的门由于人手的触摸而被磨得发亮，由于年久而发出吱吱悠悠的响声）。这是上帝与人的一种对立。

诗人对女主人公运动轨迹的安排也是为“上帝—人”这种对立服务的：走过教堂—走过婚车—走过灵车—从守护人身旁走过—穿过香雾—从上帝身旁走过。这种安排是为“走向人的人”这一终极目标服务的。诗人通过这种对立表现出女主人公反抗和摆脱桎梏的精神，及让人、而非上帝成为主宰的愿望。

《我要夺回你，从所有陆地，从所有天际》延续了《为了香唇和婚床》的主题。写的依旧是“从上帝身旁走过”，只不过这个主题是通过道德—心理层面展开的。“我”被个性化地表现出来。男女主人公被塑造成叛逆（“在最后的较量中我要把你—闭嘴！/—从与雅各一起站在夜里的人手中夺回”）和纯洁的“天使”（“你的两个翅膀扑向天空，/—因为世界是你的摇篮，而坟墓是世界”）。诗中的翅膀带有茨维塔耶娃式的象征意义，在茨维塔耶娃的意识中，翅膀是诗人的标志物。

在《上帝因操劳累弯了腰》中，带有“由于”的句子交代出女主人

① 茨维塔耶娃（Цветаева М.）：《茨维塔耶娃全集》（七卷本）（Собрание сочинений в семи томах），第1卷，莫斯科，埃利斯—拉克出版社，1994年，第317页。

② 同上，第317—318页。

③ 同上，第316页。

公宁愿选择人，而不要上帝的痛苦决定："我之所以痛哭许久，/是因为—/我爱上帝/但更爱他的可爱天使。"[①]在茨维塔耶娃的意识中，能帮助上帝卸掉"包袱"的天使既有有翼的，也有无翼的。无翼的天使就是人。组诗《致勃洛克》就是最典型的例子。组诗中，三首诗的主人公不尽相同，第一首诗的主人公是人，第二首诗的主人公是那个长有翅膀、扑向天空的人或天使，第三首的主人公是天使。这是展现人之本质的最好途径。人升华到形而上的高度，而上帝却愈发人性化，愈发接近尘世。

诗人的叛逆逐步升级。在诗人1921年创作的组诗《赞美阿佛洛狄忒》[②]中，"我"和"上帝"间已经出现着某种相抵触的东西了。日渐清晰的意识已经开始与无意识抗衡，"我"开始反对上帝，不再顾虑上帝会怎样对待她。在该组诗的第二首诗中，茨维塔耶娃揭示了内在上帝的变化："诸神的恩赐—却已不是那些恩赐/在河岸上—却已不是那条河的岸。/……就像蛇望着蜕去的皮—/我度过了自己的青春。"

诗人借用"蛇"这一具有典型象征意义的形象预示着新神的来临。同时，由于蛇本身的生理特征（蜕旧皮，换新皮），它又具有死亡和新生的语义，这样就构成了"生—死"这种对立关系。为了强调这种对立，茨维塔耶娃甚至动用了多神教的表命令—请求的咒语句式："О престол моего покоя, Пенорожденная, пеной сгинь!"（我平静的神座，/浪花的女儿，你化作浪花消失吧！）[③]

在第四首诗中，茨维塔耶娃让既象征着维纳斯、又象征着圣灵的鸽子出场。诗人让圣洁的形象与恶魔的形象同时存在于阿佛洛狄忒身上："你的面孔，女魔鬼。"[④]最后两句诗是茨维塔耶娃对阿佛洛狄忒发出的最严厉的责难，也是最激烈的对抗。她指责阿佛洛狄忒没有感情，指责她冷酷，称她为"没有手臂的石头像"。

---

① 茨维塔耶娃（Цветаева М.）：《茨维塔耶娃全集》（七卷本）（Собрание сочинений в семи томах），第1卷，莫斯科，埃利斯—拉克出版社，1994年，第316页。

② 茨维塔耶娃（Цветаева М.）：《茨维塔耶娃全集》（七卷本）（Собрание сочинений в семи томах），第2卷，莫斯科，埃利斯—拉克出版社，1994年，第62—63页。

③ 同上，第63页，

④ 同上，第63页。

需指出，恶魔和上帝在茨维塔耶娃的创作中是二元对立因素，她作品中的上帝时常和恶魔同时出现，有时甚至还合二为一。在《可汗的战利品》（1921）中诗人写下了这样的诗句：“黑色的上帝，/乌鸦—上帝，/上帝—敲响—午夜，/……划桨的魔鬼本人—上帝!”[①]《赞美阿佛洛狄忒》成了茨维塔耶娃与自己昔日万能上帝的告别序曲。在其创作的组诗《西卜拉》中，诗人让阿佛洛狄忒从生命空间中消失：“鸟都死光了。”[②]笔者认为，此时诗人使用的是一种隐喻手法，鸟的死亡喻指阿佛洛狄忒的“离去”。但是，茨维塔耶娃没有让上帝从诗人的世界中消失。在诗人处于无意识状态时：“上帝进来了……上帝冲霄而起……上帝在我体内!”

诗人的上帝终于与诗人融为一体。

4

茨维塔耶娃1922年9月写下的组诗《树》被视为写“上帝的词语”的诗篇。组诗中，诗人试图阐明自己对神的态度。茨维塔耶娃赋予西卜拉引导人们进入树神世界的职责：“进入帚石南—干枯的小河……/进入帚石南—干枯的大海。”[③]

茨维塔耶娃赋予树以神性、神力。这符合世界文化历史传统。在日耳曼、斯拉夫等民间口头文学和各种仪式中，树都是神的住所。“日耳曼人最古老的圣所可能都是自然的森林”；“斯拉夫人崇奉树神或树林之神”；“古代日耳曼人的宗教，对神圣树林的崇拜似乎一直占首要地位……他们主要的树神是橡树……古代日耳曼人也把橡树之神当作雷神”；“斯拉夫人也把橡树看成雷神彼隆的圣树”。[④]在《树》的第二首诗中，茨维塔耶娃让诸树神同时出现，首先出现的是在日耳曼和斯拉夫神话中被视作圣树的橡树。诸树神出场的顺序是：橡树→柳树→白

① 茨维塔耶娃（Цветаева М.）：《茨维塔耶娃全集》（七卷本）（Собрание сочинений в семи томах），第2卷，莫斯科，埃利斯—拉克出版社，1994年，第56-57页。

② 同上,第136页。

③ 同上，第142页。

④ 弗雷泽：《金枝》，北京民间文艺出版社，1987年， 第167，168，242，243页。

桦树→榆树→松树→花楸树。在茨维塔耶娃的意识中，橡树是一个反对上帝的神："反抗上帝的橡树。"[①]

此外，茨维塔耶娃还把森林视为永生者的居所，多神教的天堂："森林—我的乐园!未卜先知的大树!"森林预言："这里有……完美的生活……"[②]

茨维塔耶娃于1922—1934年间创作的组诗《上帝》、《淮德拉》、《电线》、《桌子》、《幽居》进一步说明了诗人对"神"的态度。在每部组诗中，茨维塔耶娃都点出了诗人内在上帝的某些特征。组诗《上帝》[③]中，诗人塑造了成熟、威严的上帝。诗人用自己喜爱的形象和旋律，自己的标志物"包装"着上帝。她的上帝多变，他的脸"没有面容，严厉—美妙"；上帝"不像窗台上 温顺的秋海棠那般风姿秀逸"等等。

在《上帝》中，茨维塔耶娃让上帝形象和森林形象交织出现，旨在突出她的上帝与大自然的联系，强调上帝的根深扎在大自然中："……是不是你的外衣在奔跑的树中展开？"[④]诗人认为，森林、大自然是上帝复活的场所："乞丐们唱道：噢，漆黑漆黑的森林！……上帝……复活了!"复活后的上帝是不停"运动"着的上帝，是"奔跑"的上帝。在第三首诗中茨维塔耶娃还把上帝和词语联系起来："又厚又大的一部书：从头至尾，——只留下他披风的痕迹!"在《淮德拉》中，茨维塔耶娃的上帝俨然是个全新、"成人"的上帝，已具有个性化特征："奥林波斯神?!/……我们——在塑造——天上的神!/ 希波吕托斯!希波吕托斯!"[⑤]《电线》中亦如此。在《桌子》中，茨维塔耶娃的桌子成了充满生机、充满无限创造力的大树，成了树神的变形，成了诗人的精神家园。

① 茨维塔耶娃（Цветаева М.）：《茨维塔耶娃全集》（七卷本）（Собрание сочинений в семи томах），第2卷，莫斯科，埃利斯—拉克出版社，1994年，第143页。

② 同上，第144页。

③ 同上，第157页。

④ 同上，第158页。

⑤ 茨维塔耶娃（Цветаева М.）：《茨维塔耶娃全集》（七卷本）（Собрание сочинений в семи томах），第2卷，莫斯科，埃利斯—拉克出版社，1994年，第173页。

5

在献给里尔克的长诗《新年书简》中，茨维塔耶娃指出，上帝是一种绝对精神。茨维塔耶娃致捷斯科娃（Тескова, А.）的信中也谈及类似的想法。“我需要像里尔克，像您，像帕斯捷尔纳克这样的人：（你们）活在上帝心里，但又好像没有上帝，不使用‘上帝’这个词。没有有形和相同的上帝”。[①]在茨维塔耶娃的意识里，众神的“首领”是不能被人看到的。她认为，上帝只存在于人的心中，只有在人的心中时他才能拥有意识、自由和个性。正因如此，里尔克成了茨维塔耶娃的“上帝”。“你是父亲的宠儿……你是上帝——父亲的约翰”。[②]

茨维塔耶娃善于通过对尘世和天庭等级的挑战、反叛等活动把诗人造就成了神。“诗人是我们——一群同如贱民的人，/ 但是，涌上岸的我们，/ 从诸女神手中争夺上帝 /从诸男神手中争夺处女”！[③]

在创作过程中，茨维塔耶娃经常把诗人等同于基督，天使，上帝，也经常让诗人身上带有恶魔因素。研究其关于“神”的态度时，我们发现，在她的意识中，女人与诗人一样，也具有创造力，而且同诗人一样，女人也有与上帝较量的能力和权利。女人——上帝这种对立在茨维塔耶娃的抒情诗中表现得尤为突出。这种对立多与尘世生活的旋律紧密相连，因为在茨维塔耶娃看来，尘世生活是上帝无法理解的，所以也就成了他无法驾驭的领域。“哎，离天太远！/双唇一在黑暗中接近……/上帝，别责难！——你没做过 /尘世上的女人”[④]！此外，在她的一些诗中女人俨然就是上帝。

在生命的最后十年里，茨维塔耶娃更加明确地阐释了诗人与神的

① 茨维塔耶娃（Цветаева М.）：《茨维塔耶娃全集》（七卷本）（Собрание сочинений в семи томах），第6卷，莫斯科，埃利斯—拉克出版社，1995年，第375页。

② 茨维塔耶娃（Цветаева М.）：《茨维塔耶娃全集》（七卷本）（Собрание сочинений в семи томах），第7卷，莫斯科，埃利斯—拉克出版社，1995年，第58页。

③ 茨维塔耶娃（Цветаева М.）：《茨维塔耶娃全集》（七卷本）（Собрание сочинений в семи томах），第2卷，莫斯科，埃利斯—拉克出版社，1994年，第185页。

④ 茨维塔耶娃（Цветаева М.）：《茨维塔耶娃全集》（七卷本）（Собрание сочинений в семи томах），第1卷，莫斯科，埃利斯—拉克出版社，1994年，第244页。

关系，更加醉心于思考存在的本质。可以说，《桌子》成了她这一段时间创作过程的见证人，在组诗中桌子完全被人格化，它能够行动，思考，它“陪我走过了所有的道路”[①]；它履行着“仆人”、“警卫”、“武器”的职责、功能。“忠实的桌子!……保护了我。”[②]桌子承担着一部分创作的重任，可这创作能使人受到伤害，甚至还能令人死亡。“我的死亡木板!”[③]桌子还成为诗人的一部分，而诗人则因为有了创作的支点而有了坚定的信念，受到神的保佑。“我的双肘/不停地说：—上帝/保佑!上帝同在!”[④]在第四首诗中，诗人与古老的神交谈起来（在本诗中木匠被诗人视为古老的神），诗人感谢上帝赐予了他（她）适于创作的坚固桌子。其实，在茨维塔耶娃的意识中，桌子已成为宇宙的一部分，成为诗人创作的支点，也成了额头——苍穹的支点。桌子与诗人的才能完全般配。

到了1934年，茨维塔耶娃对神的态度发生了急剧的转变，在她渴望的“花园”中，她除了拒绝面孔、灵魂、脚步、眼睛、笑声、耳朵等外，她还不希望上帝出现：“你也不要出现在附近!”[⑤] 此时的茨维塔耶娃其实是在忠实自我，她的信条就是“排斥”。她需要的是一种绝对的孤独：“像你本人一样孤独的花园。”[⑥]对孤独的渴望使她越来越排斥存在，在她的诗中越来越明确地写到死亡：“在干燥的夏日的某一天……/死神会漫不经心地/揪下我的头。”[⑦]

在组诗《致捷克》中茨维塔耶娃甚至直接“动用 ”多神教的“法力”去制服敌人：“噢，魔法! 噢，伟大的木乃伊! 德国，你定会烧焦! 你在制造疯狂，疯狂!”[⑧]

最后诗人决定把生存权还给上帝：“是时候了—是时候了——该把

① 茨维塔耶娃（Цветаева М.）：《茨维塔耶娃全集》（七卷本）（Собрание сочинений в семи томах），第2卷，莫斯科，埃利斯—拉克出版社，1994年，第309页。

② 同上，第309页。

③ 同上，第310页。

④ 同上，第312页。

⑤ 同上，第320页。

⑥ 同上，第320页。

⑦ 同上，第341页。

⑧ 同上，第357页。

票还给上帝了。”她拒绝存在，拒绝在这个世界中生存。“拒绝—活下去……/对你疯狂的世界/答案只有一个：拒绝。”[①]1941年8月31日玛丽娜·茨维塔耶娃以自己的方式进入了她梦寐以求的空间。她那不安分的灵魂永远驻守在诗歌的圣殿中了。

纵观她的一生、她的全部创作，我们不难发现，面对“要么诗歌要么上帝”这样的抉择时，诗人永远选择前者。在《良心光照中的艺术》中茨维塔耶娃明确表示：“我不为任何上帝服务：我知道，我为哪个神服务。”诸神中最重要的神就是“诗人”。“诗人”就是她为之而献身的最高的神。

① 茨维塔耶娃（Цветаева М.）：《茨维塔耶娃全集》（七卷本）（Собрание сочинений в семи томах），第2卷，莫斯科，埃利斯—拉克出版社，1994年，第360页。

附录一

重要文献

Агеносов В. В. Литература Русского Зарубежья (1918-1996) — М.: Терра. Спорт, 1998. — 543 с., ил. [«Роман с собственной душой»: Марина Цветаева. — Глава написана в соавторстве с А.Ю. Леонтьевой. — С. 248-264]. Адамович Г. Собр. соч. Литературные беседы. Кн. 1: «Звено» 1923-1926/ Вступ. ст., сост. и примеч. О.А. Коростелева. — СПб.: Алетея, 1998. — 575 с. [«Молодец» М. Цветаевой — с. 257-259; «О Германии» М. Цветаевой — с. 376-378]

Азадовский К. Эвридика и Сивилла: орфические странствия Марины Цветаевой // НЛО № 26 — 1997. С. 317-321 [Рецензия на книгу: Peters Hasty. O. Tsvetaeva,sorphie journeys in the worlds of the world. — Evanston, Illinois: Northwestern University Press, 1996. — 267 p.]

Айзенштейн Е. К постановке проблемы «Сон в жизни и творчестве М. Цветаевой» // Wiener Slawistischer Almanach (WSA). Sonderband (Sdb.) 32 / Hrg. von A. A. Hansen-Loeve, Red. von L. Mnuchin. — Wien, 1992. — S. 121-134

Айзенштейн Е.О. Построен на созвучьях мир: Звуковая стихия М. Цветаевой. — СПб.: Ж-л «Нева», ИТД «Летний сад», 2000. — 288 с.

Айзенштейн Е.О. Символика «стекла» в творчестве Марины Цветаевой // Научные доклады высшей школы: Филологические науки. — № 6 (1990). — С. 10-17

Александров В.Ю. «Заговорное слово» в системе поэтической речи Цветаевой // Studia Russica Budarestensia: Материалы III и IV Пушкинологического коллоквиума в Будапеште. — Будапешт, 1995. — П-Ш. — С. 253-262.

Александров В.Ю. Жанровое своеобразие поэзии М. Цветаевой // Russica

Aboensia 2. День поэзии Марины Цветаевой: Сборник статей/ Под ред. Барбары Леннквист и Ларисы Мокробородовой. — Abo / Turku, 1997. — S. 85-105

Александров В.Ю. О некоторых тенденциях построения «фольклорного стиха» Марины Цветаевой // Литература и фольклор: Вопросы поэтики: Межвуз. сб. науч. трудов — Волгоград, 1990. — С. 123-130

Александров В.Ю. Фольклорно-песенные мотивы в лирике Марины Цветаевой // Русская литература и фольклорная традиция: Сб. научн. трудов/ Отв. ред. Д.Н. Медриш — Волгоград, 1983. — С. 103-112

Александрова О.И. О формировании моделей поэтического словотворчества // Научн. труды Куйбышев. пед. института. Т. 120 / Отв. ред. А.А. Дементьев. — Куйбышев, 1973. — С. 16-31

Александрова О.И. Окказиональные безаффиксные существительные женского рода в поэтических произведениях начала XX века: (Краткий анализ и материалы для словаря) // Учен. записки Горьковского пед. института. Вып. 95/ Отв. ред. Е.Г. Сорокин — Горький: Волго-Вятское кн. изд-во, 1969. — С. 193-227

Александрова О.И. Русское поэтическое словотворчество // Художественная речь: Традиции и новаторство: Научные труды Куйбышев. пед. института. Т. 238/ Отв. ред. О.И. Александрова. — Куйбышев, 1980. — С. 91-142

Александрова О.И. Русское поэтическое словотворчество. Организация плана выражения // Художественная речь: Традиции и новаторство: Научн. труды Куйбышев. пед. института. Т. 218/ Отв. ред. О.И. Александрова. — Куйбышев, 1978. — С. 3-73

Бабенко Н.Г. Нестандартная сочетаемость в поэтическом языке М. Цветаевой // Шестая цветаевская международная научно-тематическая конференция (Москва, 9-11 октября 1998 г.): Сборник докладов/ Отв. ред. В.И. Масловский. — М.: ДМЦ, 1999. — С. 187-190

Белова Л.А. «Малиновые мелодии» и непобедимые ритмы Цветаевой // РЯЗР — № 5/6 (1992). — С. 82-86

Белый А. Поэтесса-певица // Голос России. — 21 мая 1922 г. (Берлин).

Белякова И. Ю. Ариадна Эфрон в поэтическом мире М. Цветаевой // «... Все в груди слилось и спелось»: Пятая международная научно-тематическая конференция (Москва, 9-11 октября 1997 г.): Сборник докладов/ Отв. ред. В.И. Масловский. — М.: ДМЦ, 1998. — 280 с. — С. 125-132

Белякова И.Ю. Исследования по поэтическому языку в семинаре МГУ // Творческий путь Марины Цветаевой: Первая международная научно-тематическая конференция (Москва, 7-10 сентября 1993 г.): Тезисы докладов/ Под ред. О.Г. Ревзиной. — М.: ДМЦ, 1993. — 72 с. — С. 41

Белякова И.Ю. Лексико-семантические изменения в словаре М. Цветаевой в конце 10-х гг. // Шестая цветаевская международная научно-тематическая конференция (Москва, 9-11 октября 1998 г.): Сборник докладов/ Отв. ред. В.И. Масловский. — М.: ДМЦ, 1999. — С. 149-153

Белякова И.Ю. Поэма М. Цветаевой «Переулочки» и былина о Добрыне и Маринке // «Лебединый стан», «Переулочки» и «Перекоп» Марины Цветаевой: Четвертая международная научно-тематическая конференция (Москва, 9-10 октября 1996 г.): Сборник докладов/ Отв. ред. О.Г. Ревзина. — М.: ДМЦ, 1997. — 212 с. — С. 167–176

Белякова И.Ю. Семантика пространств и голосов в поэме М. Цветаевой «Красный бычок» // Поэмы Марины Цветаевой «Егорушка» и «Красный бычок»: Третья международная научно-тематическая конференция (9-10 октября 1995 г.): Сборник докладов/ Отв. ред. О.Г. Ревзина. — М.: ДМЦ, 1995. — 128 с. — С. 105–111

Белякова И.Ю. Стилистически сниженная лексика в составе поэтического идиолекта М. Цветаевой. — Дипломная работа. МГУ им. М.В. Ломоносова. Фил. фак. Каф-ра рус.яз. Научн. рук-ль — к.ф.н. Ревзина О.Г. — М., 1988

Бродский И. А. Поэт и проза // И. А. Бродский. Сочинения: В. 4 т. — СПб.: КПО Пушкинский фонд, 1995. — С. 64-77

Бродский И. Вершины великого треугольника: («Магдалина» М. Цветаевой) // Звезда — № 1 (1996). — С. 223-233

Бродский И. О Марине Цветаевой: (Поэт и проза) // Новый мир — № 2 (1991). — С. 151-157

Бродский И. Об одном стихотворении: («Новогоднее» М. Цветаевой) // Новый мир — № 2 (1991). — С. 157-180

Бродский И. Об одном стихотворении: («Новогоднее» М. Цветаевой) // Марина Цветаева. Новогоднее / Сост. Коркина Е.Б. / Ред. Перевозов А. — М.: ДМЦ, РГАЛИ, Изд-во «Изограф», 1995

Бродский о Цветаевой: Интервью, эссе / Вступ. ст. И. Кудровой. — М.: НГ, 1997. — 208 с., ил.

Валгина Н.С. Стилистическая роль знаков препинания в поэзии Марины Цветаевой // Русская речь — № 6 (1978). — С. 58-66

Викулина Л.А.. Мещерякова И.А. Творчество Марины Цветаевой: (Проблемы поэтики). — М.: «Эребус», 1998. — 96 с.

Гаспаров М. От поэтики быта к поэтике слова // Wiener Slawistischer Almanach (WSA). Sonderband (Sdb.) 32 / Hrg. von A. A. Hansen-Loeve, Red. von L. Mnuchin. — Wien, 1992. — S. 5-16

Гаспаров М.Л. (совм. С Н.Г. Дацкевич) Тема дома в поэзии Марины Цветаевой // Здесь и теперь — № 2 (1992).

Гаспаров М.Л. «Гастрономический» пейзаж в поэме Марины Цветаевой «Автобус» // Русская речь. — № 4 (1990). — С. 21 — 26

Гаспаров М.Л. «Поэма Воздуха» Марины Цветаевой: Опыт интерпретации // Труды по знаковым системам. — Т. XV: Типология культуры. Взаимное воздействие культур. — Тарту, 1982. — С. 122-140

Гаспаров М.Л. Избранные статьи. — М.: Новое литературное обозрение, 1995. — С. 234-451

Гаспаров М.Л. Марина Цветаева: От поэтики быта к поэтике слова // Русская словесность. От теории словесности к структуре текста. Антология / Ред. д.ф.н. В.П. Нерознак. — М.: Академия/ Akademia, 1997. — 320 с.

Гаспаров М.Л. Русский «Молодец» и французский «Молодец»: Два стиховых эксперимента Марины Цветаевой // В печати. — журн. «Rossica Romana»

Гаспаров М.Л. Слово между мелодией и ритмом: Об одной литературной встрече М. Цветаевой и А. Белого // Русская речь — № 4 (1989). — С. 3-10

Голицина В.Н. М. Цветаева о Блоке: (Цикл стихов «К Блоку») // Ученые записки ТГУ. Вып. 9, № 857. — Тарту, 1989.

Гурьева Т.Н. Архитипический компонент в концепции творчества Марины Цветаевой // Филологич. сб-к: Соврем. проблемы языка и литературы: Межвуз. сб. научн. трудов. — Саратов: Изд-во СГУ, 1996. — С. 134-136

Гурьева Т.Н. Концепция творчества в лиропоэтическом комплексе цикла

«Стихи к Блоку» // Проблемы современного изучения рус. и заруб. историко-литерат. процесса: Материалы XXV зональной науч.-практич. конференции литературоведов Поволжья и Бочкаревских чтений (22-25 мая 1996 г.) — Самара, 1996. — С. 212-214

Гурьева Т.Н. Тема свободы в творчестве М. Цветаевой // Филология: Науч. изд-е (сб-к) посвящ. памяти акад. А.М. Богомолова. — Саратов: Изд-во Саратовского ун-та, 1997. — С. 174-175

Дзуцева Н. В. Игра как принцип творческого поведения в поэтическом сознании М. Цветаевой // Константин Бальмонт, Марина Цветаева и художественные искания XX века: Межвузовский сборник научных трудов. Вып. 2. — Иваново: ИГУ, 1996. — С. 81–90

Дзуцева Н. В. М. Цветаева и А. Ахматова: (К проблеме типа поэтического сознания) // Константин Бальмонт, Марина Цветаева и художественные искания XX века: Межвузовский сборник научных трудов. [Вып. 1]. — Иваново: ИГУ, 1993. — С. 156–165

Дзуцева Н. В. М. Цветаева и Вяч. Иванов: пересечение границ // Константин Бальмонт, Марина Цветаева и художественные искания XX века: Межвузовский сборник научных трудов. Вып. 3. — Иваново: ИГУ, 1998. — С. 150–159

Ельницкая С. Конфликт лирического героя и действительности в поэтическом мире Марины Цветаевой. — Phil. D. Dissertation, McGill — University, 1987

Ельницкая С. Поэтический мир Цветаевой // Wien — WSA, Sdb. 30 (1990)

Ельницкая С. Цветаева и черт // Russian Language journal (USA) — XL, Nos.Nos. 136-137 (1986). — p. 75-93

Жильцова В.В. Композиционно-поэтическая функция тире в поэзии Марины Цветаевой // Язык как творчество: Сб. ст. к 70-летию В.П. Григорьева. — М.: «ИРЯ РАН», 1996. — 365 с. — С. 353-363

Жогина К.Б. Поэзия собственных имен: (Некоторые особенности лирики М.И. Цветаевой) // Анализ худ. текста на школьном уроке: Теория и практика: Сб. науч.-методич. трудов. Вып. 1. — Ставрополь: Изд. СГПУ, 1995. — С. 45-46

Зубова Л. Актив-пассив и субъектно-объектные отношения в поэзии М. Цветаевой // Wiener Slawistischer Almanach (WSA). Sonderband (Sdb.) 32 / Hrg. von A. A. Hansen-Loeve, Red. von L. Mnuchin. — Wien, 1992. — S.

97-120

Зубова Л. Наблюдения над языком цикла М. Цветаевой «Стихи к Пушкину» // Studia Russica Budapestensia: Материалы Ш и 1У Пушкинологического Коллоквиума в Будапеште. — Будапешт, 1995. — П-Ш. — С. 245-252

Зубова Л.В. Грамматические трансформации в поэзии М. Цветаевой // Стилистика и поэтика: Тезисы всесоюзн. научн. конф. (Звенигород, 9-11 нояб. 1989 г.). Вып. 1/ Отв. ред. В.П. Григорьев. — М.: Ин-т Рус. яз. АН СССР, МГИИЯ им. М. Тореза, 1989. — С. 55-56

Зубова Л.В. Лингвистика поэтического микроконтекста: (Фрагмент из поэмы М. Цветаевой «Молодец») // Вестник СпбУ: Серия 2. Вып. 1 (№ 2). — 1992. — С. 19-22

Зубова Л.В. Лингвистический аспект поэзии М. Цветаевой. — Автореф. дис…. д.ф.н. — Л.: ЛГУ, 1990. — 37 с.

Зубова Л.В. О семантической функции граматических архаизмов в поэзии М. Цветаевой // Вопросы стилистики/ Отв. ред. О.Б. Сиротинина. — Саратов: Изд. Саратовского ун-та, 1982. — С. 46-60

Зубова Л.В. Поэзия Марины Цветаевой: Лингвистический аспект. — Л.: Изд. ЛГУ, 1989. — 263 с.

Зубова Л.В. Приемы стилистической трансформации фразеологических единиц в стихотворениях М. Цветаевой // Проблемы русской фразеологии/ Под ред. В.Л. Архангельского. — Тула: Изд. Тульского пед. ин-та. — 1978. — С. 98-106

Зубова Л.В. Семантика художественного образа и звука в стихотворении М. Цветаевой из цикла «Стихи к Блоку» // Вестник ЛГУ. Сер. История. Язык. Лит-ра. — № 2 (1980). — С. 55-61. Библиограф. — 9 назв.

Иванов В.В. Метр и ритм в «Поэме Конца» Марины Цветаевой // Теория стиха / Отв. ред. В.Е. Холшевников. Ред. В.М. Жирмунский, Д.С. Лихачев. — Л., 1968. — С. 168-201

Иванов В.В. О воздействии «эстетического эксперимента» А. Белого (В. Хлебников, М. Цветаева, Вл. Маяковский, Б. Пастернак) // Андрей Белый: Проблемы творчества. — М.: Советский писатель, 1988. — С. 338-366

Иванов В.В. О цветаевских переводах песни из «Пира во время чумы» и «Бесов» Пушкина // Мастерство перевода/ Отв. ред. К.И. Чуковский. —

М., 1968. — С. 389-412

Иванов Вяч. В. «Поэма Воздуха» Цветаевой и образ семи небес (тезисы) // «Поэма Воздуха» Марины Цветаевой: Вторая международная научно-тематическая конференция (Москва, 9-10 октября 1994 г.): Сборник докладов/ Отв. ред. О.Г. Ревзина. — М.: ДМЦ, 1994. — 92 с. [Приложение — ст. Гаспарова М.Л. «Поэма Воздуха» Марины Цветаевой: Опыт интерпретации — отд. нумер. — 22 с.] — С. 20

Иваск Ю. Образы России в мире Марины Цветаевой // Новый журнал. — № 152 (1983). — С. 389-412

Каган Ю.М. О еврейской теме и библейских мотивах у Марины Цветаевой: (Опыт толкования нескольких стихотворений) // De Visu. — № 3 (1993). — С. 55-61

Клинг О.А. Миф о «Лебедином стане» — миф в «Лебедином стане» // «Лебединый стан», «Переулочки» и «Перекоп» Марины Цветаевой: Четвертая международная научно-тематическая конференция (Москва, 9-10 октября 1996 г.): Сборник докладов/ Отв. ред. О.Г. Ревзина. — М.: ДМЦ, 1997. — 212 с. — С. 156–166

Клинг О.А. Поэтический стиль М. Цветаевой и приемы символизма: притяжение и отталкивание // Вопросы литературы. — Вып. 3 (1992). — С. 74-93

Клинг О.А. Художественные открытия В. Брюсова в творческом осмыслении А. Ахматовой и М. Цветаевой // Брюсовские чтения. Ереван, 1983 г. — Ереван, 1985. — С. 235-247

Козлова Л. Н. Марина Цветаева: путь духовного поиска // Константин Бальмонт, Марина Цветаева и художественные искания XX века: Межвузовский сборник научных трудов. Вып. 3. — Иваново: ИГУ, 1998. — С. 132–139

Константин Бальмонт, Марина Цветаева и художественные искания XX века: Межвузовский сборник научных трудов. Вып. 1. — Иваново: ИГУ, 1993. — 208 с.

Константин Бальмонт, Марина Цветаева и художественные искания XX века: Межвузовский сборник научных трудов. Вып. 2. — Иваново: ИГУ, 1996. — 164 с.

Константин Бальмонт, Марина Цветаева и художественные искания XX века: Межвузовский сборник научных трудов. Вып. 3. — Иваново: ИГУ,

1998. — 228 с.

Константин Бальмонт, Марина Цветаева и художественные искания XX века: Межвузовский сборник научных трудов. Вып. 4. — Иваново: ИГУ, 1999. — 427 с

Коркина Е. «Пушкин и Пугачев»: Лирическое расследование Марины Цветаевой // ModernКоркина Е. О поэме Марины Цветаевой «Егорушка» // Поэзия: Альманах. Вып. 50. — М.: Мол. гвардия, 1988. — С. 137-142

Коркина Е.Б. Лирический сюжет в фольклорных поэмах Марины Цветаевой // Русская литература. — № 4 (1987). — С. 161-168

Кудрова И. В. Лирическая проза Марины Цветаевой // Звезда. — № 10 (1982). — С. 172-183

Кудрявцева Е. Л. Три Москвы Марины Цветаевой. Динамика номинации. // Иван Владимирович Цветаев, Марина Цветаева: Тема Италии: Пятая международная научно-тематическая юбилейная конференция (9 — 11 октября 1997 года): Сборник докладов. — М.: Дом-музей Марины Цветаевой; Культурный центр посольства Италии в Москве, 1998. — С.

Лаврова Е.Л. Антихристианские мотивы в творчестве М. Цветаевой // Християнскіі сюжети та образи в художній литературі: Тези доповдей Міжнародноі наукови-практичноі конференціі . — Житомир, 1993.

Лаврова С.Ю. Концепт «дом» в модели мира М. Цветаевой (На материале стихотворения «Чердачный дворец мой…») // Шестая цветаевская международная научно-тематическая конференция (Москва, 9-11 октября 1998 г.): Сборник докладов/ Отв. ред. В.И. Масловский. — М.: ДМЦ, 1999. — С. 230-235

Лосская В. Бог в поэзии Цветаевой // Le mesager (Вестник РХД). — № 135. — Paris, 1981. — С. 171-180

Лотман Ю.М. О поэтах и поэзии: Анализ поэтического текста. Статьи и исследования. Заметки. Рецензии. Выступления. — СПб.: Искусство СПб, 199__. [О Цветаевой: М.И. Цветаева. «Напрасно глазом — как гвоздем…» — С. 221-233].

Максимова В.А. Марина Цветаева и русские актрисы Серебряного века // Шестая цветаевская международная научно-тематическая конференция (Москва, 9-11 октября 1998 г.): Сборник докладов/ Отв. ред. В.И. Масловский. — М.: ДМЦ, 1999. — С. 35-51 Малинкович И. Своя чужая песнь: «Крысолов» Марины Цветаевой // Литературное обозрение. — №

11-12 (1992). — С. 20-31

Малова Т.Е. Поэма «Егорушка» и виды незавершенного произведения в творчестве М. Цветаевой // Поэмы Марины Цветаевой «Егорушка» и «Красный бычок»: Третья международная научно-тематическая конференция (9-10 октября 1995 г.): Сборник докладов/ Отв. ред. О.Г. Ревзина. — М.: ДМЦ, 1995. — 128 с. — С. 43–50

Мацеевский З. Прием мифизации персонажей и его функция в автобиографической прозе М. Цветаевой // Marina Tsvetaeva: Actes du 1er colloque international (Lausanne, 30.VI. — 3.VII. 1982)/ publ. sous la direction de Robin Kemball en collaboration avec E. Etkind et Leonid Heller. — Марина Цветаева: Труды 1-го международного симпозиума (Лозанна, 30.У1. — 3. У11. 1982)/ под ред. Р. Кембалла в сотрудничестве с Е.Г. Эткиндом и Л. М. Геллером. — Bern. Berlin. Frankfurt/ M. New York. Paris. Wien. — Bern: PETER LANG SA. 1991. — С. 131-141

Меркулова Т. Некоторые идейно-художественные особенности поэзии М. Цветаевой и Р.-М. Рильке // Начало: Сборник работ молодых ученых ИМЛИ. Вып. 2. — М.: Наследие, 1993. — С. 136-147

Мещерякова И.А. Библейские мотивы в творчестве М. Цветаевой 1910-х годов // Шестая цветаевская международная научно-тематическая конференция (Москва, 9-11 октября 1998 г.): Сборник докладов/ Отв. ред. В.И. Масловский. — М.: ДМЦ, 1999. — С. 193-201

Мирский Д. «Крысолов» М. Цветаевой // Воля России. — № 6/7 (1926). — С. 99-102

Мирский Д. Марина Цветаева: «Молодец». Сказка // Современные записки. — № 27 (1926). — С. 569-572

Мнухин Л.А. М.И. Цветаева. Библиографический указатель литературы о жизни и деятельности (1910-1928) // Marina Cvetaeva. Studien und Materialen / Hrg. Von Hansen-Loeve. — Wien, WSA. — Sdb. 3, 1981. — S. 273-308. [Название статьи дано в латинской транскрипции]

Найман А. О связи между «Поэмой без героя» Ахматовой и «Поэмой Воздуха» Цветаевой // Norwich Symposia on Russian Literature and Culture. Vol. II: Marina Tsvetaeva 1892-1992 / Ed. by Svetlana Elnitsky and Efim Etkind. — The Russian School of Norwich University. Northfield, Vermont. 1992. — Норвичские симпозиумы по русской литературе и культуре. Том II: Марина Цветаева 1892-1992 / Под ред. Светланы Ельницкой и Ефима Эткинда. — Русская школа Норвичского университета. Нортфилд, Вермонт. 1992. — СПб.: Изд-во «Максима», 1992. — С. 196-205

Орлова К. Поэтическое пространство поэзии Марины Цветаевой // Marina Tsvetaeva: Actes du 1er colloque international (Lausanne, 30.VI. — 3.VII. 1982)/ publ. sous la direction de Robin Kemball en collaboration avec E. Etkind et Leonid Heller. — Марина Цветаева: Труды 1-го международного симпозиума (Лозанна, 30.VI. — 3. VII. 1982)/ под ред. Р. Кембалла в сотрудничестве с Е.Г. Эткиндом и Л. М. Геллером. — Bern. Berlin. Frankfurt/ M. New York. Paris. Wien. — Bern: PETER LANG SA. 1991. — С. 337-344

Осипова Н. О. Мифологема рая в поэме М. Цветаевой «Крысолов» // Константин Бальмонт, Марина Цветаева и художественные искания XX века: Межвузовский сборник научных трудов. Вып. 3. — Иваново: ИГУ, 1998. — С. 95–104

Осипова Н. О. Театр как элемент «московского текста» в творчестве М. Цветаевой // «... Все в груди слилось и спелось»: Пятая международная научно-тематическая конференция (Москва, 9-11 октября 1997 г.): Сборник докладов/ Отв. ред. В.И. Масловский. — М.: ДМЦ, 1998. — 280 с. — С. 133-141

Осипова Н.О. Архетип пляски в поэме М. Цветаевой «Молодец» // Шестая цветаевская международная научно-тематическая конференция (Москва, 9-11 октября 1998 г.): Сборник докладов/ Отв. ред. В.И. Масловский. — М.: ДМЦ, 1999. — С. 210-217

Осипова Н.О. Демонические мотивы в поэме М. Цветаевой «Крысолов» // Актуальные проблемы современного литературоведения. — М., 1997. — С. 56-60

Осипова Н.О. Жанрово-родовая специфика лирических произведении. Методические указания к спецкурсу. — Грозный, 1985. — 29 с.

Осипова Н.О. Литературный портрет-эссе в творчестве М. Цветаевой и культурный контекст // Художественный текст и историко-культурный контекст: Сборник в честь 65-летия Аллы Михайловны Минаковой. — М., 1996. — С. 61-71

Осипова Н.О. Мифологема музыки в поэме М. Цветаевой «Крысолов» // Художественный текст и культура: Материалы международной конференции. — Владимир, 1997. — С.99-101.Осипова Н.О. Поэмасказка М. Цветаевой «Молодец» и проблема ремифологизации фольклорных жанров // Литературная сказка. История. Поэтика. Методика преподавания. Вып. 2. — М., 1997. — С. 49-55

Осипова Н.О. Поэмы М. Цветаевой 1920-х годов: жанровое своеобразие и историко-культурный контекст // Проблемы истории литературы. Вып. Ш. — М., 1997. — С. 90-101

Осипова Н.О. Поэмы М. Цветаевой 1920-х годов: проблема художественного мифологизма. — Киров: Вятский гос. пед. ун-т, 1997. — 101 с.

Осипова Н.О. Природный космос М. Цветаевой: мифопоэтический аспект // Образ природы в русской литературе: Материалы Всероссийской научной конференции. — Сыктывкар, 1995. — С.81-82

Осипова Н.О. Проблема синтеза искусств и задачи преподавания литературы в школе // Взаимодействие искусств и проблемы преподавания литературы в школе. — Грозный. 1986. — С.3-15. Осипова Н.О. Цветаева М.И. // Русские детские писатели XX века. Биобиблиографический словарь. — М., 1997. — С. 469-471.

Осипова Н.О. Числовая символика в стихотворении М. Цветаевой «Все повторяю первый стих ...» // Всемирная литература в контексте культуры: IX Пуришевские чтения. — М., 1997. — С. 182-183

Осипова Н.О.. Поэма М. Цветаевой «Крысолов» в контексте традиций средневековой культуры // Культура и творчество. Вып. П. — Киров, 1997. — С. 24-39.

Осипова Н.О./ Составление, авторские справки (В соавторстве)/ Русская поэзия серебряного века. 1890-1917. Антология. — М., 1993.

Павловский А. На перекрестке дорог: Лирический дневник М. Цветаевой. 1917-1920 // Нева. — № 7 (1988). — С. 177-194.

Петкова Г. Лирический цикл в творчестве Марины Цветаевой: (Проблемы поэтики) // Филологические науки. — № 3 (1994). — С. 14-22.

Петкова Г. Поэтика лирического цикла в творчестве Марины Цветаевой: Дисс. на соиск. уч. степ. к.ф.н. — М.: МГУ им. М.В. Ломоносова, фил. фак., каф. истории рус. лит. XX в., 1994. [Науч. рук-ль — д.ф.н., проф. В.И. Фатющенко]

Полякова С. Поэзия и правда в цикле стихотворений Цветаевой «Подруга» // Marina Cvetaeva. Studien und Materialen / Hrg. Von Hansen-Loeve. — Wien, WSA. — Sdb. 3,

1981. — S. 113-122. [Название статьи дано в латинской транскрипции]

Ревзина О. Г. «Поэма Воздуха» как художественный текст и как интертекст // «Поэма Воздуха» Марины Цветаевой: Вторая международная научно-тематическая конференция (Москва, 9-10 октября 1994 г.): Сборник докладов/ Отв. ред. О.Г. Ревзина. — М.: ДМЦ, 1994. — 92 с. [Приложение — ст. Гаспарова М.Л. «Поэма Воздуха» Марины Цветаевой: Опыт интерпретации — отд. нумер. — 22 с.] — С. 54-69

Ревзина О.Г. Авторская позиция в «Перекопе» // «Лебединый стан», «Переулочки» и «Перекоп» Марины Цветаевой: Четвертая международная научно-тематическая конференция (Москва, 9-10 октября 1996 г.): Сборник докладов/ Отв. ред. О.Г. Ревзина. — М.: ДМЦ, 1997. — 212 с. — С. 198-208

Ревзина О.Г. Выразительные средства поэтического языка М. Цветаевой и их представление в индивидуально-авторском словаре // Язык русской поэзии XX века: Сб. науч. тр. — М., 1989.

Ревзина О.Г. Знаки препинания в поэтическом языке: (Двоеточие в поэзии М. Цветаевой) // Marina Cvetaeva. Studien und Materialen / Hrg. Von Hansen-Loeve. — Wien, WSA. — Sdb. 3, 1981. — S. 67-87. [Название статьи дано в латинской транскрипции]

Ревзина О.Г. Из лингвистической поэтики: (Деепричастия в поэтическом языке М. Цветаевой) // Проблемы структурной лингвистики: Сб. науч. тр. — М.: Наука, 1983. — С. 220-233. [Библиограф. — 15 назв.]

Ревзина О.Г. Из наблюдений над семантической структурой «Поэмы Конца» М. Цветаевой // Учен. зап-ки Тартус. ун-та. Вып. 422 (9): Труды по знаковым системам. — 1977. — С. 62-84. [Библиограф. — 9 назв.]

Ревзина О.Г. Категория числа в поэтическом языке // Актуальные проблемы русской морфологии. — М., 1988.

Ревзина О.Г. Марина Цветаева // Очерки истории языка русской поэзии XX века. — М.: Наука, 1995.

Ревзина О.Г. Многоголосие и полифония в поэтическом идиолекте М. Цветаевой. — М., 1988 (рукопись)

Ревзина О.Г. Некоторые особенности синтаксиса поэтического языка М. Цветаевой // Лингвистическая семантика и семиотика: Учен. зап-ки Тартус. ун-та. Вып. 481, 2. — 1979. — С. 89-106.

Ревзина О.Г. Поэма Марины Цветаевой «Красный бычок»: По ту сторону добра и зла // Поэмы Марины Цветаевой «Егорушка» и «Красный бычок»: Третья международная научно-тематическая конференция (9-10 октября 1995 г.): Сборник докладов/ Отв. ред. О.Г. Ревзина. — М.: ДМЦ, 1995. — 128 с. — С. 119-126

Ревзина О.Г. Тема деревьев в поэзии М. Цветаевой // Труды по знаковым системам. Вып. ХУ: Типология культуры. Взаимное воздействие культур. — Тарту, 1982. — С. 141-148.

Ревзина О.Г. Число как форма культурной памяти в поэтическом тексте // Новейшие направления лингвистики: Тезисы всесоюзной школы-конференции. Звенигород, 14-18 апреля 1989 г. — М., 1989.

Саакянц А. «Марина Цветаева — не Адриан Ламбле!» // Вопросы литературы. — № 6 (1986). — С. 191-199.

Саакянц А. «Плащ Казановы, плащ Лозэна…» // Театр. — № 3 (1987). — С. 174-177.

Саакянц А. Встреча поэтов: Андрей Белый и Марина Цветаева. — В кн.: Андрей Белый. Проблемы творчества. — М.: Сов. писатель, 1988. — С. 367-385.

Саакянц А., Гончар Н.А. «Поэт и мир»: О Марине Цветаевой // Литературная Армения. — № 1 (1989). — С. 87-96.

Седых Г.И. Звук и смысл: О функциях фонем в поэтическом тексте: («Психея» М. Цветаевой) // Науч. докл. высш. шк.: Филологич. науки. — № 1 (1973). — С. 41-50.

Серова М. В. Цикл М. Цветаевой «Стол» и «Словарь живого великорусского языка» В. И. Даля: (Субъективный анализ) // Константин Бальмонт, Марина Цветаева и художественные искания XX века: Межвузовский сборник научных трудов. [Вып. 1]. — Иваново: ИГУ, 1993. — С. 149-155

Соболевская Е. К. Мифопоэтика «Поэмы Горы» и «Поэмы Конца» М. Цветаевой как основа музыкальной архитектоники цикла // Константин Бальмонт, Марина Цветаева и художественные искания XX века: Межвузовский сборник научных трудов. [Вып. 1]. — Иваново: ИГУ, 1993. — С. 131-139

Суни Т. Композиция «Крысолова» и мифологизм М. Цветаевой: Дисс. на соиск. уч. степ. доктора философии. — Хельсинки: Институт России и Восточной Европы, 1996.

Торопова Л. Л. Субъект в художественном мире Ф. Достоевского и М. Цветаевой // Константин Бальмонт, Марина Цветаева и художественные искания XX века: Межвузовский сборник научных трудов. Вып. 4. — Иваново: ИГУ, 1999. — С. 173-181

Тышковская Л. В. Мифологизм Марины Цветаевой в историко-литературном контексте: Автореф. дисс. на соиск. уч.ст. к.ф.н. — Киев: Национ. АН Украины, Ин-т лит-ры им. Т.Г. Шевченко, 1998. (Спец-ть — рус. лит-ра).

Тюленева Е. М. М. Цветаева и Б. Пастернак: миф о спутнике // Константин Бальмонт, Марина Цветаева и художественные искания XX века: Межвузовский сборник научных трудов. Вып. 2. — Иваново: ИГУ, 1996. — С. 131-134

Улична О. К проблематике жанровой формы «Поэмы Горы» и «Поэмы Конца» М. Цветаевой // Marina Cvetajevová a Československo: Sborník přednášek z konference. — Марина Цветаева и Чехословакия: Международная конференция. (Замок Добржиш. 17-18 октября 1992 г.): [Сборник докладов]. — Прага-Брно, 1993. — С. 64-71

Уфимцева Н.П. Метафоризм поэтического сборника М.Цветаевой «После России» // Константин Бальмонт, Марина Цветаева и художественные искания XX века: Межвузовский сборник научных трудов. Вып. 3. — Иваново: ИГУ, 1998. — С. 226

Фарыно Е. Мифологизм и теологизм Цветаевой: («Магдалина» — «Царь-Девица» — «Переулочки») // WSA. Sdb. 18. — Wien, 1985. — S.

Фейлер Л. Марина Цветаева: («Двойной удар небес и ада»)/ Пер. с англ. Цымбал И.А. — Ростов-на-Дону: Изд. «Феникс», 1998. — 416 с.

Хазан В.И. Тема смерти в лирических циклах русских поэтов XX века. — Грозный, 1990.

Ходасевич В. Заметки о стихах: (М. Цветаева «Молодец») // Marina Cvetaeva. Studien und Materialen / Hrg. Von Hansen-Loeve. — Wien, WSA. — Sdb. 3, 1981. — S. 262-266. [Название статьи дано в латинской транскрипции]

Ходасевич В. Заметки о стихах: М. Цветаева. «Молодец» // Владислав Ходасевич Колеблемый треножник: Избранное/ Сост. и подгот. т-та В.Г. Перельмутера. Комм. Е.М. Беня. Подбор илл. А.В. Наумова. Под общ. Ред. Н.А. Богомолова. — М.: Сов. писатель, 1991. — С. 519-523.

Ходасевич В. Заметки о стихах: М. Цветаева. «Молодец» // Литература: Еженед. прилож. к газете «Первое сентября». — № 10 (1995). — С.1. — (Рубрика «Архивъ»)

Черкасова Л.П. Наблюдения над экспрессивной функцией в поэтическом языке: (На материале поэзии М. Цветаевой) // Развитие современного русского языка/ Отв. ред. Е.А. Земская. — М.: Наука, 1975. — С. 141-150.

Чернухина И.Я. Виды речемыслительной деятельности и типология текстов: (На материале лирических стихотворений) // Человек–текст–культура. — Екатеринбург, 1994. — С. 60-80.

Чурилова И. Из наблюдений над синтаксисом М.И. Цветаевой // Исследования языка художественных произведений. — Куйбышев, 1975.

Шаяхметова Н.К. О семантических неологизмах в контексте М. Цветаевой // Вопросы русской филологии/ Ред. Х. Махмудов. — Алма-Ата, 1978. — С. 178-189.

Шаяхметова Н.К. О творческом контексте М. Цветаевой // Вопросы русской филологии/ Ред. Х. Махмудов. — Алма-Ата, 1978. — С. 189-198.

Шаяхметова Н.К. Семантические неологизмы в контексте М.И. Цветаевой: Автореф. дисс. … к.ф.н. — Алма-Ата, 1979.

Шевеленко И. По ту сторону поэтики: (К характеристике литературных взглядов М. Цветаевой) // Звезда. — № 10 (1992). — С. 151-161.

Шевеленко И. Символические архетипы в цветаевском самосознании // Марина Цветаева. Песнь жизни. — Un chant de vie Marina Tsvétaeva: Actes du Colloque international de l' Université Paris IV. 19-25 octobre 1992 / Sous la direction d' Efim Etkind et de Véronique Lossky. — Paris: YMCA-Press, 1996. — С. 332-340

Шевеленко И.Д. М. Цветаева в 1911-1913 годы: (Формирование авторского самосознания) // Учен. зап. Тарт. ун-та. Вып. 917: Блоковский сб. — II. — Тарту, 1990. — С. 50-66.

Шевеленко И.Д. Революция в творчестве Цветаевой // Шестая цветаевская международная научно-тематическая конференция (Москва, 9-11 октября 1998 г.): Сборник докладов/ Отв. ред. В.И. Масловский. — М.: ДМЦ, 1999. — С. 84-95

Штайн К.Э. Синкретизм языковых единиц и гармония поэтического произведения: (На материале стихотворения М. Цветаевой «Тоска по родине! Давно…»). — Ставрополь: Ставропольск. гос. пед. ин-т, 1987.

Щукина М. Марина Цветаева и Беттина фон Арним // Вопросы литсратуры. — Июль-авг. 1996. — С. 307-312.

Эпштейн М.Н. Природа, мир, тайник Вселенной: (Система пейзажных образов в русской поэзии). — М.: Высш. шк., 1990. [О М. Цветаевой — С. 252]

Эткинд Е. «Молодец»: оригинал и автоперевод // Slavia: Časopis pro slovanskou filologii. Ročnik 61. — Praha, 1992. — S. 265-284.

Эткинд Е. О стихотворениях М. Цветаевой «Имя твое — птица в руке…» и «Кто создан из камня, кто создан из глины…» // Серебряный век. Поэзия: Книга для ученика и учителя. — М.: АСТ Олимп, 1996. — С. 656-659. — (Серия «Школа классики»).

Эткинд Е. Флейтист и крысы: Поэма М. Цветаевой «Крысолов» в контексте немецкой народной легенды и ее литературных обработок // Вопросы литературы. — № 2 (1992). — С. 43-73.

Яковченко С.Б. Поэтический театр Марины Цветаевой: (Ранняя лирика в школьном изучении) // Анализ художественного текста на школьном уроке: теория и практика: Сб. науч.-метод. трудов. Вып. 1. — Ставрополь: СГПУ, 1995. — С. 31-45.

Яковченко С.Б. Природа конфликта и характер действия в драме М. Цветаевой «Федра» // Драматургические искания Серебряного века: Межвуз. сб. науч. тр. — Вологда: Русь, 1997. — С. 19-35.

附录二

人名中外文对照及索引

阿法纳西耶夫　Афанасьев А. А.　211, 212, 217

阿格诺索夫　Агеносов В. В.　124, 151, 155, 217

阿赫马托娃　Ахматова А. А.　9, 16, 21, 44, 46, 51, 68, 69, 77, 91, 98, 106, 107, 108, 111, 127, 129, 149, 156, 164, 223

阿喀琉斯　Ахилл　133

阿克肖诺夫　Оксенов И. А.　14

阿兰・邓迪斯　Алан Дэндис　220

阿里阿德涅　Ариадна　77, 133

阿尼西莫夫　Анисимов О. В.　51

阿舒金　Ашукин Н. С.　12

阿扎多夫斯基　Азадовский К.

阿德娜・埃弗隆　Эфрон А. С　75, 79, 175, 209

埃弗隆　Эфрон С. Я.　120, 134, 135, 136, 207

埃特基恩德　Эткинд Е. Г.　90

爱德华・泰勒　Эдвард Тейлор　208

爱伦堡　Эренбург И. Г.　5, 13, 19, 20, 21, 24, 59, 64, 65, 66, 67, 68, 98, 120, 135

安・利文斯通　Livingstone A.　113

安德烈·谢尼埃　Андрей Шенье　63, 105

安托科尔斯基　Антокольский П. Г.　27, 28, 34

奥尔洛夫　Орлов В. Н.　59, 71, 72, 87

奥索尔金　Осоргин М. А.　41, 42, 43

奥西波娃　Осипова Н. О.　141, 163

巴尔蒙特　Бальмонт К. Д.　10, 15, 16, 18, 54, 91

巴甫洛夫斯基　Павловский А. И.　76, 89

巴甫洛娃　Павлова М.　12

巴赫拉赫　Бахрах А. В.　36, 37, 38

巴焦姆金　Потёмкин П. П.　23

柏格森　Бергсон А.　115, 116, 117

贝斯特罗娃　Быстрова Т.　103

别尔金娜　Белкина М. И.　49, 76

别尔涅尔　Бернер Н. Ф.　63,

别尔佐夫　Перцов В.О.　9, 10, 11, 59, 67

别尔佐夫　Перцов П. П.　9, 10, 11, 59, 67

别　雷　Белый А.　Бугаев Б. Н.　3, 36, 37, 46, 54, 60, 61, 63, 83, 99, 112, 127, 137, 139, 144, 158, 179, 180

别利亚科娃　Белякова И. Ю.　100

别林斯基　Белинский В. Г.　143, 146, 157, 223

别洛娃　Белова Л. А.　42, 87

别姆　Бем А. Л.　48

波丽科夫斯卡娅　Поликоская Л. В.　88

勃留索夫　Брюсов В. Я.　3, 5, 8, 10, 23, 46, 91, 139, 143

勃洛克　Блок А. А.　10, 15, 18, 19, 20, 22, 23, 24, 25, 37, 38, 46, 51, 52, 69, 73, 77, 83, 91, 98, 106, 118, 129, 134, 139, 141, 142, 147, 149, 153, 154,

155, 156, 158, 180, 206, 226, 242
布哈洛娃－卡吉娜　Бухарова-Казина З. Д.　11, 12
布里奇　Булич В. С.　55, 56, 57
布罗茨基　Бродский И. А.　74, 77, 78, 84, 102, 110, 112, 114, 125, 157, 164, 165, 205, 206, 221
查别仁斯基　Забежинский Г. Б.　59, 69, 70
茨维塔耶娃　Цветаева М. И.　（此处页码略）
达比奇　Дабич С.　140, 141
达尔戈娃　Долгова М. А.　88
大卫·马克达夫　David McDuff　111, 113
狄奥尼索斯　Дионис　71, 133, 167, 179, 180, 226
杜伯罗维娜　Дубровина И. М.　107, 108
杜哈尼娜　Духанина М.　102
俄耳甫斯　Орфей　133, 173, 185
法雷诺　Фарыно Е.　118, 119, 120
高尔波夫　Горбов Д. А.　28, 29
高尔基　Горький Максим　138, 159
戈罗杰茨基　Городецкий С. М.　9, 18
歌德　Гёте　51, 55, 65, 73, 80, 93, 184, 185, 193
格尔特曼　Кертман Л. Л.　108
格拉特科娃　Гладкова Т. Л.　74, 75
格林　Братья Гримм　184
古米廖夫　Гумилёв Н. С.　3, 5, 6, 8, 9, 37, 106, 115
果戈理　Гоголь Н. В.　143, 146, 223
哈季耶夫　Хаджиев Н. И.　148

哈伊莫娃　Хаимова В. М.　161

海伦　Елена　133

赫拉克勒斯　Геракл　58, 133, 210

亨利希·海涅　Генрих Гейне　183, 184

霍达谢维奇　Ходасевич В. Ф.　17, 18, 40, 42, 46, 226, 228

吉皮乌斯　Гиппиус З. Н.　4, 54, 115, 159

加斯帕罗夫　Гаспаров М. Л.　160, 166

杰拉皮阿诺　Терапиано Ю. К.　59, 60

捷林斯基　Зелинский К. Л.　49, 50, 51

卡恰诺娃　Кочанова Е. Н.　104, 105

科尔金娜　Коркина Е. Б.　79, 162, 163, 178

科林格　Клинг О. А.　150, 162

克雷希科娃　Кресикова И. А.　101

库德洛娃　Кудрова И. В.　76, 77, 86, 88, 228, 234

库兹涅佐娃　Кузнецова А.　106, 107

拉比诺维奇　Рабинович В.　90, 92

拉尔斯基　Ларский И.　10

拉赫维茨卡娅　Лохвицкая М. А.　7

莱蒙托夫　Лермонтов М. Ю.　91, 93

莉莉娅·潘　Лиля Панн　101, 102

里尔克　Рильке Р. М.　73, 120, 122, 172-178, 211, 245

里沃娃　Львова Н. Г.　13

利莉·费勒　Лили Фейлер　122, 212

列芙季娜　Ревзина О. Г.　81, 82

列兹尼克娃　Резникова Н. С.　53, 54

柳托娃　Лютова С. Н.　103

罗伯特·勃朗宁　Браунинг Роберт　31

罗德夫　Родов С. А.　40, 41

罗德捷维奇　Родзевич К. Б.　120

罗基诺夫　Логинов В. С.　53

罗日杰斯特文斯基　Рождественский В. А.　39, 40, 75, 78

洛古诺娃　Логунова Г. Н.　86

洛斯卡娅　Лосская В. К.　85, 86

洛特曼　Лотман Ю. М.　92, 93

马采耶夫斯基　Мацеевский З.　119

马斯洛娃　Маслова В. А.　101

马雅可夫斯基　Маяковский В. В.　48, 49, 52, 53, 63, 68, 69, 73, 91, 106, 112, 118, 136, 181, 193, 226

曼德尔施塔姆　Мандельштам О. Э.　90-92, 111, 140

墨丘利斯基　Мочульский К. В.　16, 17, 15, 26

穆拉托夫　Муратов П. П.　35

穆努欣　Мнухин Л. А.　49, 66, 67, 74, 75, 88

那奇　Надь И.　115, 118

纳尔布特　Нарбут В. И.　12

尼基京娜　Никитина Е. П.　87

尼奇波洛夫　Ничипоров И. Б.　141, 142

涅克拉索夫　Некрасов Н. А.　63, 83

涅斯梅洛夫　Несмелов Арсении　Митропольский Арсений Иванович　48, 52, 53

努欣　Мнухин Л. А.　49, 66, 67, 74, 75, 88, 161

帕尔诺克　Парнок С. Я.　97, 120

帕斯捷尔纳克　Пастернак Б. Л.　30, 32, 33, 34, 40, 41, 46, 49, 63, 84, 90, 91, 92, 111, 115, 120, 122, 127, 135, 136, 142, 153, 158, 166, 167, 172, 173, 175, 178, 181, 190, 211, 225, 245

帕乌斯托夫斯基　Паустовский К. Г.　59, 61, 62, 223

皮尔斯基　Пильский П. М.　22

平达　Пиндар　36

普希金　Пушкин А. С.　12, 18, 39, 55, 56, 59, 60, 61, 66, 69, 70, 73, 81, 91, 99, 101, 106, 108, 117, 118, 119, 129, 133, 139, 142, 143, 147, 153, 161, 216, 223, 224, 225, 226, 227, 228, 229, 230, 231, 232, 233, 234, 235

普叙赫　Психея　17, 18, 19, 45, 52, 58, 133, 213

丘可夫斯卡娅　Чуковская Л.　167

秋谢姆巴耶娃　Дюсембаева Г　115

若基娜　Жогина К. Б.　104

萨阿基扬茨　Саакянц А. А.　75, 76, 80, 82, 83, 86, 87, 88, 89, 96, 97, 98, 99, 151, 160, 161, 177, 183, 215, 221, 225, 226

萨福拉诺娃　Сафронова И. П.　106

萨拉・奥西波夫　Сара Оссипов　120

萨拉・马奎尔　Sarah Maguire　111, 114

沙金　Шатин Ю. В.　88

沙拉耶娃　Шалаева И.　88

沙亚赫梅托娃　Шаяхметова Н. К.　81

莎吉娘　又译沙吉尼扬　Шагинян М. С.　6, 7, 11, 12

施泰恩　Штерн О.　53

施维采尔　Швейцер В. А.　85, 162, 226, 230

斯杰布恩　Степун Ф. А.　60, 61

斯捷潘诺夫　Степанов Н. Л.　66

斯卡托娃　Скатова Л.　105

斯科里波娃　Скрипова О.　103, 163

斯洛尼姆　Слоним М. Л.　26, 27, 42, 43, 45, 159

斯密特　Смит А.　115, 116, 117

斯维亚托波尔克 - 米尔斯基　Святополк-Мирский Д. П.　21

索福克勒斯　Софокл　36

索洛维约娃　Соловьёва П.　4

索欣斯基　Сосинский В. Б.　38, 39

陶布曼　Taubman J.　111

特鲁姆博卡伊斯　Трумпокаис Е.　79, 80

特瓦尔托夫斯基　Твардовский А. Т.　59, 62

图尔科夫　Турков А. М.　74

托洛茨基　Троцкий Л. Д.

陀思妥耶夫斯基　Достоевский Ф. М.　52, 104, 143, 223

威利奇科夫斯卡娅　Величковская Т. А.　59, 72

维纳斯　Венера　113, 237, 242

魏库林娜　Викулина Л. А.　100

温特尔瓦尔德　Унтервальд А.　54

沃洛申　Волошин М. А.　3-5, 10, 53, 115, 116, 117

渥龙佐夫斯基　Воронцовский В. Г.　23

谢尔比尼娜　Щербинина О.　104

谢利文斯基　Сельвинский И. Л.　57

谢列波罗夫斯卡雅　Серебровская Е. Б.　64, 67, 68

谢米布拉托娃　Семибратова И. Б.　89

雅科诺夫斯基　Яконовский Е. М.　63

伊莱恩·范斯坦　Feinstein E.　111, 112, 113

伊瓦斯科　Иваск Ю. П.　48, 57, 58, 59, 69, 77, 78

伊万诺夫　Иванов Вяч. И.　19, 36, 37, 42, 133, 160, 179

伊万诺夫　Иванов Г. В.　36, 37, 42, 160, 179

祖波娃　Зубова Л. В.　81, 93, 142, 217

附录三 书、报、刊、篇名中外文对照及索引

《19 世纪末—20 世纪初俄罗斯文学第一次侨民文学》 Русская литература конца XIX - начала XX века и первой эмиграции 149

《爱情》 Любовь 133

《安魂曲》 Реквием 150

《悲剧的诞生》 Рождение трагедии 179

《贝壳》 Раковина 99, 135

《彼得和普希金》》 Пётр и Пушкин 227

《鞭笞派女教徒》 Хлыстовки 237

《捕鼠者》 Крысолов 25, 28—33, 43, 67, 71, 74, 78, 120, 134, 159, 165, 167, 170, 171, 180, 181, 183—185, 191, 193, 194, 196, 197

《茨冈人》 Цыганы 230, 231

《茨冈人的离别激情》 Цыганская страсть разлуки 134

《茨维塔耶娃的日常生活和存在》 Быт и бытие Марины Цветаевой 85, 226, 260

《茨维塔耶娃全集》 七卷本 Собрание сочинений в семи томах （此处页码略）

《匆忙写下的诗，就放在那儿……》 Лежат они, написанные наспех 134

《打破俄罗斯的守旧……》 Преодоленье Косности русской ... 228

《大气之诗》 Поэма воздуха 95, 96, 135, 148, 159, 161, 162, 165—167,

176— 178, 181

《刀刃》 Клинок　135

《电线》 Провода　78, 244

《舵》 Руль　53

《俄罗斯意志》 Россия воля　23, 26, 31, 52, 159, 184

《房间的企图》 Попытка комнаты　135

《分别》 Разкулка　276

复活报　Возрождение　46, 228

《公共汽车》 Автобус　159

《古老传说的命运》 Судьба древней легенды　205

《关于"现代人札记"第63，64辑的评语》 Рец. Современные записки, кн. 63, 64, 228

《光雨》 Световой ливень　136

《横沟》 Перекоп　135

《红色牛犊》 Красный бычок　135, 159

《淮德拉》 Федра　15, 34, 65, 75, 120, 135, 244

《黄昏纪念册》 Вечерний альбом　3, 4, 5, 6, 8, 91, 96, 133, 157, 158, 172

《彗星之路 玛丽娜·茨维塔耶娃的生平》(Путь комет. Жизнь Марины Цветаевой　228, 234

《阶梯之诗》 Поэма лестницы　78, 135, 159, 165, 167, 170, 171, 178, 181

《她们的作品将流芳百世》 Увековечение жизни в слове　223

《金枝》 Golden Bough　243

《可汗的战利品》 Ханский полон　243

《离别后》 После разлуки　20, 26, 27, 36, 43, 83

《里程》 Версты　15, 38—40, 49, 77, 98, 159

《良心光照下的艺术》 Искусство при свете совести　55, 60, 77, 102, 117,

118, 121, 191, 234, 236

《玛丽娜·茨维塔耶娃 生活与创作》 Марина Цветаева : жизнь и творчество 86, 96, 97

《玛丽娜·茨维塔耶娃》 Марина Цветаева 15, 26, 29, 42, 51, 75, 78, 87, 120

《玛丽娜·茨维塔耶娃的诗歌语言(语音,构词和成语)》 Язык поэзии Марины Цветаевой Фонетика, словообразование, фразеология 93

《玛丽娜·茨维塔耶娃选集》 Избранные сочинения Марины Цветаевой (此处页码略)

《没有主人公的叙事诗》 Поэма без героя 148

《魔灯》 Волшебный фонарь 3, 8, 9, 11, 97, 134

《魔法师》 Чародей 3, 77, 97, 159

《莫斯科组诗》 Стихи о Москве 25, 41, 139—141, 145, 156, 158

《娜塔丽亚·冈察洛娃》(Наталья Гончарова 224

《普加乔夫暴乱史》 История Пугачевского бунта 232

《普希金和普加乔夫》 Пушкин и Пугачёв 229, 232, 233, 234

《祈祷》 Молитва 96, 240

《骑在红色的骏马上》 На красном коне 25—28, 120, 135, 207

《如果灵魂生有一双翅膀……》 Если душа родилась крылатой 134, 187

《山之诗》 Поэма горы 26, 28, 29, 32, 44, 66, 75, 98, 120, 135, 159, 164, 165, 167—181

《上帝》 Бог 244

《上帝因操劳累弯了腰》 Бог согнулся от забот 241

《上尉的女儿》 Капитанская дочка 99, 193, 232

《上尉的女儿》 Капитанская дочка 99, 193, 232

《少女—女王》 Царь-Девица 15, 25, 26, 31, 79, 83, 120, 135, 207, 208, 212—220, 222

《诗人论评论家》 Поэт о критике　49, 212

《抒情诗·长诗·戏剧作品·随笔》 Стихотворения Поэмы Драматургия Эссе　223

《树》 Деревья　243

《思想家普希金》 Пушкин как мыслитель　224

《死后不会说曾是》 Умерла, не скажу была　134

《天鹅营》 Лебединый стан　15, 59, 62, 63, 110, 134

《童年》 Детство　133

《为了香唇和婚床》 Чтоб дойти до уст и ложа　240, 241

《未曾发表过札记》 Неизданное. Записные книжки　234

《我的普希金》 Мой Пушкин　59, 60, 73, 129, 229

《我要夺回你,从所有陆地,从所有天际》 Я тебя отвоюю у всех земель, у всех небес　241

《无眠》 Бессонница　139

《西伯利亚》 Сибирь　135

《西卜拉》 Сивилла　98, 99, 243

《吸血鬼》 Упырь　211, 212, 217

《现代人札记》 Современные записки　15, 16, 32, 92

《宪兵的鞭子,学生的上帝》 Бич жандармов, бог студентов　226

《献给普希金的诗》 Стихи к Пушкину　225, 106, 139, 142, 147

《小巷》 Переулючки　39, 75, 79, 135

《新年书简》 Новогоднее　84, 135, 159, 164—167, 172, 174—176, 181, 245

《新闻报》 Последние новости　41, 45, 55, 228

《星》 Звезда　67, 77, 101

《学生》 Ученик　135, 240

《叶甫盖尼·奥涅金》 Евгений Онегин　69, 143, 231

《叶果鲁什卡》 Егорушка 79, 207, 209, 216—218, 220
《伊戈尔远征记》 Слово о полку Игореве 63, 219
《勇士》 Молодец 15, 32, 66, 79, 80, 83, 93, 120, 135, 207, 210, 211, 214—219, 222
《幽居》 Уединение 244
《与普希金会面》 Встреча с Пушкиным 244
《约翰》 Иоанн 238, 239
《赞美阿佛洛迪忒》 Хвала Афродите 135, 242, 243
《只有影子》 Только тени 7, 133
《致阿赫马托娃》 Ахматовой 98, 156
《致勃洛克》 Стихи к Блоку 15, 20, 22—25, 38, 51, 98, 106, 134, 139, 141, 142, 147, 153, 155. 158, 242

《致大海》 К морю 231
《致捷克》 Стихи к Чехии 67, 136, 246
《致奶娘》 К няне 232
《中国人》 Китаец 128, 225
《终结之诗》 Поэма конца 15, 29—32, 44, 66, 75, 98, 120, 135, 159, 160, 164, 165, 167—169, 181
《桌子》 Стол 78, 244, 246
《自大海》 С моря 135, 159, 162, 165—167, 171, 172, 178, 181